Zum Buch:

Als Florence, auch bekannt als Floss, nach einer schwierigen Zeit in London in das kleine Dorf St. Aidan in Cornwall zurückkehrt, hofft sie auf einen Ort der Ruhe und des Friedens. Sie braucht eine Abwechslung, will aber auch in ihrer gewohnten Umgebung bleiben und ist entschlossen, sich Schritt für Schritt einen Weg in ihr neues Leben zu bahnen. Als sie den perfekten, idyllischen Ort zum Leben findet, am Strand und umgeben von ihrer wunderbaren Familie und ihren Freunden, beginnt Floss, langsam, aber sicher ihr Glück wiederzufinden. Das heißt, bis all das bedroht wird und ein vertrautes Gesicht aus ihrer Vergangenheit ihre Pläne in vielerlei Hinsicht verändert. Als Floss entdeckt, dass ihr neuer Wohnsitz einen Haken hat, wird ihr Zuhause unversehens zum Anlaufpunkt für viele Menschen, die ihr zeigen, dass Gemeinschaft die beste Medizin ist.

Zur Autorin:

Jane Linfoot schreibt romantische Geschichten über lebenslustige Heldinnen mit liebenswerten Ecken und Kanten. Mit ihrer Familie und ihren Haustieren lebt sie in Derbyshire in einem kreativen Chaos. Sie liebt Herzen, Blumen, Happy Ends, alles, was alt ist, und fast alles, was aus Frankreich kommt. Wenn sie nicht gerade Facebook unsicher macht oder shoppt, geht sie spazieren oder arbeitet im Garten.

Jane Linfoot

Sommerglück im Strandcafé

Roman

Aus dem Englischen von
Christian Trautmann

HarperCollins

Die Originalausgabe erschien 2024 unter dem Titel
The Cornish Beach Hut Café bei
One More Chapter, an imprint of HarperCollins *Publishers* UK, London.

2. Auflage 2025
© by Jane Linfoot
Deutsche Erstausgabe
© 2025 für die deutschsprachige Ausgabe
by HarperCollins in der
Verlagsgruppe HarperCollins Deutschland GmbH
Valentinskamp 24 · 20354 Hamburg
info@harpercollins.de
Umschlaggestaltung von bürosüd, München
unter Verwendung von Shutterstock
Gesetzt aus der Stempel Garamond
von GGP Media GmbH, Pößneck
Druck und Bindung von CPI books GmbH, Leck
Printed in Germany
ISBN 978-3-365-01007-5
www.harpercollins.de

Druckprodukt mit finanziellem
Klimabeitrag
ClimatePartner.com/15109-2009-1001

MIX
Papier
FSC FSC® C083411

Für Eric, Theo, Dahlia und Lyla-Rose, xx

Wenn du deinen Verstand darauf trainierst,
in jedem Ereignis das Positive zu entdecken,
verbannst du alle Sorgen und fühlst dich stärker.
Jacqueline Gold

APRIL

1. Kapitel

Kurz vor St. Aidan, Cornwall
Pailletten und nachfolgender Wind
Mittwoch

Als ob ich es nicht geahnt hätte! Nach dreihundert Meilen reibungsloser Fahrt seit London entscheide ich mich eine halbe Stunde vor St. Aidan für die Abkürzung, und jetzt steht mein treuer Mini-Cabrio im Stau.

Ich sehe stöhnend Shadow, den Hund, an, der kurz seinen großen braunen Kopf hebt und es sich dann wieder auf der Rückbank bequem macht. Er liegt auf den Taschen, die ich nicht mehr im Kofferraum verstauen konnte. »Es ist erst April und nicht einmal warm genug, um mit offenem Verdeck zu fahren. Die Ferienstaus können doch noch nicht begonnen haben, oder?«

Ich schlage mit der flachen Hand auf das Lenkrad, denn selbst mein Mitsingen zu Miley Cyrus' *Flowers* hilft nicht. Ich hoffe, die ersten leisen Zweifel, ob es die richtige Entscheidung gewesen war, nach Cornwall zurückzukehren, wachsen sich nicht zu einer handfesten Krise aus und führen mir nicht all die Nachteile vor Augen, die ich in dem Jahrzehnt, seit ich weggezogen bin, vergessen habe. Ich blicke über eine Hecke auf das weite blaue Meer jenseits der Weiden und die malerischen pastellfarbenen Häuser von St. Aidan in der Bucht und klammere mich an den Optimismus, der mich hierhergeführt hat.

Als meine Mum mich Ende Januar anrief, um mich zu fragen, ob ich das Strandhaus von ihrer Freundin Ivy zu einem supergünstigen Preis kaufen wolle, kam es mir wie ein glücklicher Zufall vor. Klar, eine baufällige Hütte auf den Sanddünen in einem Dorf am Rand der Welt hatte ich zu der Zeit nicht unbedingt auf dem Schirm. Aber da mein Leben in London gerade zerbröckelte, sah ich darin den Rettungsanker, auf den ich gewartet hatte.

Vier Jahre zuvor war ich Ende zwanzig, und alles, was ich je gewollt hatte, traf endlich ein. Ich war Teammanagerin in einer angesagten postindustriellen Bar namens *The Circus*, in der sich nur die Hochseilartisten in luftigeren Höhen befanden als die Preise. Ich war verliebt in meinen hinreißenden Freund Dillon, einem talentierten Ingenieur und Kindheitsfreund, den ich mit dreiundzwanzig wiedergetroffen hatte, und zwar Silvester auf dem Dorfplatz von St. Aidan. Wir wohnten in einer mondänen Mietwohnung und waren uns unserer gemeinsamen Zukunft dermaßen sicher, dass wir unsere Eheringe heimlich selbst anfertigten. Da waren wir also, recherchierten Flitterwochen-Ziele und debattierten darüber, ob wir unsere Ersparnisse in die Anzahlung einer Eigentumswohnung, eine spektakuläre Flucht oder die Hochzeit des Jahrzehnts investieren sollten. Die öffentliche Ankündigung unserer Verlobung stand unmittelbar bevor. Und dann fegte das Ergebnis einer Routineuntersuchung auf Gebärmutterhalskrebs alles einfach weg.

Aber das stimmt nicht ganz. Meine Krebsdiagnose schockierte uns, aber danach sagte ich ihr den Kampf an, und Dillon stand mir bei. Wenn ich nicht arbeiten konnte, hätte ich mir keine bessere Unterstützung wünschen können. Als ich wieder anfing zu kellnern und feststellte, dass mir die Kraft fehlte, schaffte ich sogar den Start in eine neue Karriere, indem ich stattdessen Hörbucherzählerin wurde.

Doch diese Schlacht schien die Liebe ausgelaugt zu haben. Vor meiner Krankheit konnten wir kaum voneinander lassen. Als ich die vorläufige Alles-wieder-gut-Diagnose erhielt, war es mit der Beziehung auch vorbei.

Dillon nahm die vielversprechende Versetzung nach Dubai an, die er meinetwegen aufgeschoben hatte, und zahlte die Miete für unsere Wohnung ein Jahr im Voraus, um mir ein wenig Luft zu verschaffen. Um ein bisschen Geld zu haben, vermietete ich das Gästezimmer an eine Doktorandin aus Estland namens Elise, die meistens im Labor war. Dann stürzte ich mich in meine Arbeit.

Einige ruhige Monate lang sah es so aus, als hätte ich eine gute Lösung gefunden. Dann aber bekam ich nach einem kleinen operativen Eingriff an der Luftröhre eine Reibeisenstimme. Sobald ich ein paar Seiten vorgelesen hatte, verließ mich meine Stimme, weshalb ich nicht weiter in meinem neuen Job arbeiten konnte. Leider bin ich auch, trotz der hohen Trinkgelder, längst weit davon entfernt, in meinen alten Job zurückzukehren. Ich bin nicht mehr dieses extrovertierte Partygirl, das feiernde Gäste dazu animiert, eine teure Runde nach der anderen zu schmeißen. So wie ich mich momentan fühle, kann ich wohl nicht mal Cocktails servieren.

Als ich in meinen späten Teenagerjahren nach London kam, schwor ich mir, für immer zu bleiben. Aber in letzter Zeit hat mich mein Glück verlassen, weshalb ich zugriff, als sich die Gelegenheit mit dem Strandhaus ergab. Ein derart verschlafenes Nest, in dem nie etwas los ist, wäre früher mein Albtraum gewesen, aber so, wie mein Leben jetzt aussieht, ist es der perfekte Zufluchtsort. Vier

Wände und ein Dach sind alles, was ich brauche. Es ist eine Million Meilen weit weg von dem Luxusapartment im fünften Stock, mit Fitnessraum im Keller, das ich aufgebe, aber wenigstens gehört das Haus mir. Wenn ich zurückgezogen und bescheiden lebe, komme ich mit meinen Ersparnissen vielleicht hin, bis ich wieder Hörbücher lesen kann.

Von Shadow auf dem Rücksitz kommt ein mitfühlendes Schnaufen, aber bevor ich mich für seine Hunde-Solidarität wegen des Verkehrsproblems bedanken kann, fällt mein Blick auf den Aufkleber auf dem Wagen vor mir in der Schlange, und mein entmutigtes Herz macht einen Sprung.

The Little Cornish Kitchen!
Köstliche Tees und Veranstaltungen,
Seaspray Cottage, St. Aidan!

Meine gute Fee passt wohl besser auf mich auf, als ich ahnte!

The Little Cornish Kitchen wird von Clemmie geführt, einer der besten Freundinnen meiner älteren Schwester, die ich schon mein ganzes Leben lang kenne. Als eine Person in einem blau geblümten Kleid hinten am Wagen erscheint und sich die kastanienbraune Mähne zurückstreicht, springe ich grinsend auf die Straße.

»Clemmie! Das ist ja die beste Überraschung ever! Was machst du denn hier?«

Mit geröteten Wangen deutet sie auf das schlafende Kind auf dem Rücksitz ihres Fahrzeugs. »Bud und ich wollten einen bestellten Blechkuchen ausliefern. Alle haben angehalten, weil ein Hund auf der Straße war, aber ein

Fahrer vor uns hat ihn eingefangen, und jetzt schwirren sie alle weiter.«

Ich werde ein wenig nervös bei der Vorstellung, wie Shadow durch den Verkehr läuft, entspanne mich aber gleich wieder, als Clemmies Arm auf meiner Schulter landet. Seit Shadow und ich uns gegenseitig gerettet haben, hat er ganz großartig die Lücken in meinem Leben gestopft, die sich auftaten, nachdem Dillon und ich uns getrennt hatten. Wer braucht schon einen Partner, wenn man einen großen haarigen Hund hat, der sofort aufs Bett springt, kaum ist das Licht aus, und außerdem genauso süchtig nach Custard-Cream-Keksen ist wie man selbst?

Clemmie strahlt. »Du bist die Überraschung hier! Wer hätte gedacht, dass wir es jemals erleben werden, wie der London-Fan Florence May nach St. Aidan zurückkehrt?«

Ich jedenfalls nicht, das ist mal sicher. Aber das behalte ich für mich und umarme sie. Wegen der Wölbung ihres Bauches weiche ich jedoch gleich wieder zurück. »Nicht schlecht, Mrs. Hobson! Du bist jetzt schon runder als mit Bud!«

Clemmie hält sich den Bauch. »Diesmal ist es ein Junge. In einem Monat ist es so weit, deshalb habe ich schon die ganze Woche diese Übungswehen.« Sie atmet schwer aus und lehnt sich an den Kotflügel des Wagens. »Mal unter uns, Flossie, als der Verkehr vor uns gestoppt hat, war ich froh, aussteigen und mir den schmerzenden Rücken massieren zu können.«

Clemmie, meine Schwester Sophie, Dillons Schwester Plum sowie eine reizende Frau namens Nell sind eine Gruppe von Freundinnen, die sich schon seit der Zeit kennen, als unsere schwangeren Mütter sich in der Mums-

and-Bumps-Gruppe vor sechsunddreißig Jahren trafen. Dillon war bereits auf der Welt, und ich kam etwas später, aber selbst nachdem wir weggezogen sind, haben wir uns immer in St. Aidan wiedergetroffen.

In unserer Altersgruppe wird ständig geheiratet, und in manchen Sommern gab es eine Hochzeit pro Monat. Als ich hier aufgedunsen von den Steroiden ankam und sämtliche Haare infolge der Chemotherapie verloren hatte, einschließlich meiner Augenbrauen, versuchten Clemmie und ihr Partner Charlie, gerade ein Baby zu bekommen, und erlebten eine Enttäuschung nach der anderen. Auch Nell glaubte damals, sie und ihr Partner George würden nie Kinder haben.

Wenn man dreißig ist und unbedingt schwanger werden will, ist man ein Außenseiter, besonders auf Partys. Und als meine Chancen auf eine Familie ebenfalls schrumpften, hielten Nell, Clemmie und ich zusammen. Da wir auf Alkohol verzichteten, konnten wir uns nicht einmal trösten, indem wir uns anständig betranken. Wir saßen bei so vielen Hochzeiten mit unseren alkoholfreien Cocktails und verdrehten die Augen über all diese glücklichen Frauen, die aufgehört hatten, die Pille zu nehmen, und gleich beim ersten Versuch schwanger geworden waren.

Aber schließlich hatte Clemmie doch Glück. Ihr letzter Versuch mit künstlicher Befruchtung, Bud, kam letztes Jahr zur Welt. Das ganze Dorf hatte an ihrer verzweifelten Odyssee Anteil genommen und freute sich mit ihnen, als Clemmie wie aus heiterem Himmel Weihnachten verkündete, dass sie zum zweiten Mal schwanger sei.

Clemmies Miene hellt sich auf, und sie stellt sich wieder gerade hin. »Nells Baby soll etwa zur gleichen Zeit kommen.«

Bei jeder anderen als Clemmie und Nell hätte ich die Schwangerschaften schwer erträglich gefunden, aber niemand verdient eine glückliche Familie mehr als diese beiden. Clemmies schmerzverzerrtem Gesicht nach zu urteilen, ist sie noch nicht bereit, wieder in den Wagen zu steigen. Also schiebe ich die brennende Neugier auf mein neues Zuhause beiseite und plaudere weiter mit ihr.

»Hat Bud ihr erster Geburtstag gefallen?«

Clemmie macht die Augen auf und stößt erneut die Luft aus. »Und wie!«

Als ich wieder hinschaue, hat sie sich weggedreht und hält sich am Wagendach fest. »Alles okay, Clems?«

Sie wedelt meine Besorgnis fort. »Ich habe Charlie angerufen, er ist auf dem Weg, um uns nach Hause zu fahren.« Einen Moment wirkt sie verkrampft, dann lächelt sie wieder. »Genug von Babys. Erzähl mir von diesem Strandhaus, das du gekauft hast. Sophie hat es mir von der anderen Seite der Bucht gezeigt, als wir bei ihr waren.«

Was ich noch nicht erwähnt habe, ist, dass es sich bei Sophie um Sophie May, *die* multinationale Kosmetik-Magnatin, handelt, die ihr Unternehmen am Küchentisch begonnen hat, als alleinerziehende Mutter mit Mitte zwanzig. Jetzt schaltet sie Anzeigen in *Good Housekeeping* und kleidet sich in Blassblau, passend zu ihren Produkten. Sie ist so zierlich, blond und makellos, wie ich ausladend, dunkelhaarig und chaotisch bin. Natürlich hat sie einen tollen Mann, Nate, dazu vier Kinder sowie ein Schloss namens *Siren House* auf einer Klippe. Wie gut, dass ich mich nie vergleiche. Das Einzige, was ich je besser hinbekommen hatte, war meine Zeit als Teenager-Goth.

Ich bin mir nicht sicher, wie aufnahmefähig Clemmie ist, aber ich sage es trotzdem. »Es handelt sich eher um eine

Hütte und weniger um ein Haus. Aber wenn es in echt nur halb so hübsch ist wie bei Google-Satellit, werde ich begeistert sein.«

Clemmie starrt mich an. »Du hast es noch gar nicht gesehen?«

»Mum hat es sich genau angesehen.« Was könnte einem an einer Strandhütte nicht gefallen? Noch dazu am sehr stillen Ende des Dorfes, das ich bevorzuge. »Ich habe sofort zugeschlagen, auch wegen des hundefreundlichen Gartens. Nur Shadow und ich und die Abgeschiedenheit am Meer.«

Clemmie mustert mich skeptisch. »Dir ist hoffentlich klar, dass es in St. Aidan nun auch wieder nicht so friedlich sein wird, jetzt, wo wir alle hier sind …« Sie greift sich erneut an den Bauch. »Fuck! Sorry, Bud!«

Als Studentinnen in einer WG mit Anfang zwanzig schauten wir uns jede Folge von *One Born Every Minute* an, deshalb kenne ich die Anzeichen. Ich will nicht in Panik geraten, aber wenn sie so flucht, könnte das Baby sehr viel früher als erst im nächsten Monat kommen.

»Möchtest du dich hinsetzen, Clemmie?« Ich hole einen Teppichläufer aus meinem Wagen und schüttele ihn auf, als sich ein weiteres Auto nähert.

Als der Fahrer aussteigt, ist Clemmie auf allen vieren in der Einfahrt zu einem Feld.

»Alles okay hier? Brauchen Sie Hilfe?«

Ich blicke in schiefergraue Augen unter dunklem, gewelltem Haar und atme jene Art von edlem Aftershave ein, bei dem ich weiche Knie bekomme. *Gib Gin dazu und küsse gründlich …* Das ist nicht die Art von Gedanken, die ich haben sollte, wenn meine beste Freundin sich gerade im Gras krümmt und ich ein neues Leben als Single beginne.

Ich reiße mich zusammen. »Ich bin Florence. Meine schwangere Freundin Clemmie hat Wehen. Könnten Sie vielleicht 999 anrufen und die Worte ›schnelle Wehen‹ sagen, während ich nach ihr schaue?«

Clemmie stößt einen Klagelaut aus. »Niemand braucht hier einen Krankenwagen, Floss! Ein paar Minuten hier unten, und ich werde … Aaahhhh!«

Während der Typ gleich durchkommt und unseren genauen Standort nennt, sagt mir das Echo in meinem Kopf, dass ich diese dunklen Locken und diese Andeutung eines Lächelns nicht zum ersten Mal sehe. Dann fällt mir ein, dass ich nicht mehr in Stoke Newington bin, mit neun Millionen Fremden – in St. Aidan sieht jeder vertraut aus, weil sie es alle sind.

Er blickt mich an. »Der nächste Krankenwagen ist fünfzehn Minuten entfernt. Sie tun ihr Bestes, um jemanden herzuschicken.«

Er widmet sich wieder seinem Telefon, und Clemmie ergreift meine Hand. »Es tut mir so leid, Floss, du bist wirklich die letzte Person, die mir dabei helfen sollte.«

Ich knie mich neben sie und tupfe ihr den Schweiß von der Stirn. Wir wissen beide, dass sie recht hat. Vor meiner Krankheit ist mir nie in den Sinn gekommen, Kinder zu haben. Doch als mir die Chemo diese Möglichkeit nahm, änderte sich meine Einstellung dazu überraschenderweise. Ich versuche, keine große Sache daraus zu machen, aber als ich wusste, dass ich keine Kinder würde bekommen können, hielt ich aus reinem Selbstschutz Abstand zu Babys.

Allerdings hat Clemmie diese Situation ja nicht geplant, also werde ich es irgendwie durchstehen müssen. »Möglicherweise kann gerade ich am besten helfen. Einmal bekam eine Frau in *The Circus* die Wehen, daher ist es nicht mein erstes Mal!«

Ihre Wehen hören für einen Moment auf, und sie sieht mich an. »Lass mich nicht in der Luft hängen – erzähl mir, wie es ausging!«

Ich hätte lieber nicht davon anfangen sollen. »Ein Sanitäter, der schon Feierabend hatte, fing das Baby in seinem T-Shirt auf. Sie sind nicht zufällig Arzt, oder?«, rufe ich dann dem Typen am Handy zu.

Er schüttelt den Kopf. »Sorry, ich bin Metallurg.«

Verdammt. Einen Versuch war es wert.

Clemmies Blick fällt auf meine Brust, während sie keucht. Ihr Gesicht hellt sich auf, während sie liest und die Worte scheinbar wiedererkennt. »The Libertines in Reading, 2010 … *da war ich mit Sophie!*«

Ich grinse. »Das war mal ihr T-Shirt.« Ich hielt es für eine verheißungsvolle Wahl für meine Rückkehr hierher. Als ich es heute Morgen über mein paillettenbesetztes Bikinitop zog, hatte ich nicht vor, bei Windstärke zehn am Meer zu stehen.

Clemmies erstaunter Laut wird zu einem Jammern. »Sophie wird einen Anfall kriegen, wenn du Arnie *darin* auffängst.« Dass sie das Kind beim Namen nennt, macht es auf alarmierende Weise zu einem lebendigen, atmenden Wesen, und es ist nicht länger bloß ein Babybauch.

Ich lache, denn wenn man Sophie die Stirn bietet, gibt sie für gewöhnlich nach. »Jetzt ist es mein T-Shirt, sie hätte es eben nicht hergeben sollen.« Erst dann dämmert mir die Bedeutung dessen, was Clemmie gerade gesagt hat. »Wie weit *ist* das Baby denn schon?«

Der Typ kniet sich neben uns ins Gras. »Ich stelle die Notaufnahme auf Lautsprecher. Die wollen wissen, ob Sie den Kopf schon sehen können.«

Ich warte, bis Clemmie die Augen wieder aufmacht. »Ist der Kopf bereits da, Clems?«

Einzelne Haarsträhnen kleben ihr an der Stirn, und sie gibt ein Wimmern von sich. »Könnte sein.«

»Sollten wir nicht auf Charlie warten?« Ich spiele auf Zeit, ziehe aber vorsichtshalber meine Weste aus der Shorts, nur für alle Fälle. »Der kann nicht mehr weit weg sein, und ist bestimmt todtraurig, wenn er es verpasst.«

»Möglicherweise muss ich pressen …«

Mir geht es auch um die praktischen Erwägungen. »Was ist mit deinem Höschen, Clems?«

»Ich trage seit Wochen keine mehr …« Ihr nächstes Stöhnen ist so laut, dass es meine Erleichterung über die eben gehörte Information komplett verdrängt.

Der Typ gibt weiter laufend einen Bericht per Handy durch, während Clemmies Gesicht roter wird. »Sie ist auf den Knien und presst, während ihre Freundin Florence bei ihr ist und ihre Hüften stabilisiert.«

Der Wind trägt das Heulen einer Sirene herüber, aber vielleicht träume ich das auch nur. Und es könnte durchaus sein, dass ich diejenige bin, deren Haltung stabilisiert wird und nicht andersherum, indem ich mich an Clemmies Taille festklammere.

Eine Frauenstimme ist aus dem Handy zu hören. »Sie und Ihr Baby werden es schaffen, Clemmie, wir sind bei Ihnen, alles wird gut … Schnappen Sie sich das Baby, wenn es kommt, Florence … gut festhalten …«

Ich ziehe mein Oberteil aus, nehme die Position hinter Clemmie wieder ein und schiebe den Stoff ihres geblümten Kleides zur Seite. Meine wertvollste Fracht bis zu diesem Moment war ein Tablett mit Champagnercocktails, für die jemand Tausende Pfund bezahlt hatte. Aber der kleine

Körper, nach dem ich jetzt die Hände ausstrecke, ist so viel kostbarer.

Ich erschrecke ein wenig über das Gewicht des Babys, als es in meinen Armen landet. Er ist ganz warm, als ich es gegen meine nackten Rippen drücke. Ich sollte schreien, damit jeder es hört, aber ich bringe bloß ein Flüstern heraus. »Ich hab das Baby, Clems! Er ist echt schwer!«

Sie lässt sich seitlich auf den Teppich fallen, und ich eile an ihre Flanke. »Du hast es geschafft, Clemmie, Arnie ist da!«

Was zur Hölle ist jetzt zu tun?

Die nächsten Sekunden dehnen sich endlos, dann folgen ein Prusten und ein Schrei, der sich in einen Heulton verwandelt. Ich betrachte das zerknautschte Gesicht und die winzigen Fäuste. In der Hocke versuche ich, ihn in das T-Shirt zu wickeln.

Als ich das Baby Clemmie auf die Brust lege, ist ihr Gesicht tränennass, und sie erschauert. »Danke, Floss. Ich h-habe das nicht erwartet, als ich losgefahren bin!« Sie betrachtet das Bündel in ihren Armen. »Er ist wunderschön, nicht wahr?«

Ich schlucke ein Schluchzen herunter. »Und noch ein Rotschopf.«

Ihre Augen weiten sich, als fiele ihr noch etwas anderes ein. »Wenn du einen Custard-Cream-Blondie willst, nimm dir einen aus dem Auto!« Sie ergreift meine Hand. »Das sind doch immer noch deine Lieblingskekse?«

Plötzlich tauchen hellrote Fahrzeuge mit Blaulicht auf, und als die Reifen auf dem Schotter schlitternd zum Stehen kommen, halte ich das für ein Missverständnis.

»Haben wir nicht einen Krankenwagen gerufen?«

Die ersten zwei Männer sind schon da und knien jetzt neben uns. »Wir Feuerwehrleute haben den Notruf als

Erste erhalten; bei uns sind Sie in sicheren Händen.« Er grinst. »Keine Sorge, Blue Watch regelt das!«

Der zweite wendet sich an mich. »Wir springen ein, bis die Sanitäter da sind. Der nächste Schritt ist die Nabelschnur, dann die Plazenta.«

Ich gebe Clemmie einen Kuss auf die Wange. »Ich mache mal lieber Platz für die Profis!«

Während ich noch höre, wie die Notaufnahme Kontakt mit der Crew aufnimmt, schaut ein dritter Mann auf uns herunter. »Clemmie Hobson! Ein Baby am Straßenrand der Truro zu bekommen, bringt die Idee der natürlichen Geburt aber auf ein ganz neues Level!« Als er mich ansieht, zuckt er zusammen. »Und Florence Flapjack-Face auch noch! Zurück, um die Stadt in Flammen zu setzen, nehme ich an?«

Während ich mich aufrappele, entgeht mir nicht, dass ich von lauter Kerlen umgeben bin, die einen Männer-in-Uniform-Kalender füllen könnten. Meine Gänsehaut ist jedoch auf die Person in der dunklen Anzughose und dem weißen Hemd zurückzuführen, die abseits an der Hecke steht.

Ich habe hier nichts zu verlieren, also kann ich mir ebenso gut eingestehen, was ohnehin jeder weiß. Egal, wie alt ich werde, da wird immer jemand in St. Aidan sein, der mich beim Spitznamen aus meiner Kindheit nennt und mich an die Zeit erinnert, als ich wegen einer Wette in Chemie versuchte, ein Papiertuch zu rauchen, und dabei versehentlich die Schule in Brand setzte. Obwohl ich heute in den Dreißigern bin, ist es trotzdem schwer, die Fassung zu bewahren, wenn meine Brüste aus dem Bikinitop mit Diamantensaum fallen, das auch noch zwei Größen zu klein ist, und mir gleichzeitig Tränen über die Wangen laufen.

Trotzdem gebe ich mein Bestes. Ein weiterer Wagen taucht auf, und als Charlie herausspringt, laufe ich zu ihm, um ihn vorzuwarnen.

»Clemmie ist bei der Hecke, sie hat das Baby bereits, beiden geht es gut!«, versichere ich ihm schnell, aber Charlies Gesicht nimmt dennoch die Farbe des Green-Fairy-Absinth-Cocktails an, den wir in *The Circus* servierten.

Endlich hält ein Krankenwagen hinter dem Feuerwehrfahrzeug, und die Sanitäter kommen mit einer Trage auf uns zu. Charlie kniet sich zu der Gruppe auf dem Teppich, und ich laufe an den Autos vorbei, um nach Bud und Shadow zu sehen, die aber beide noch schlafen. Ich wische mir die Hände mit einem Papiertuch ab, das mir irgendwer reicht. Der Typ, der den Krankenwagen gerufen hat, wedelt mit einem T-Shirt vor mir herum.

»Nehmen Sie das hier, falls Ihnen kalt ist.«

»Ich kann doch nicht …« Zu fragen, wie ich es zurückgeben könnte, würde möglicherweise als Anmache verstanden werden.

»Es ist alt. ›Weiß XL‹ ist kein Urteil, es ist nur die einzige Größe, die noch übrig war.« Er drückt meine Schulter und schaut auf seine sehr elegante Armbanduhr. »Ich bin übrigens Kit. Das hast du sehr gut hinbekommen mit dem Baby. Wenn wir hier fertig sind, müsste ich los. Jemand wartet in Penzance auf mich, und anschließend habe ich noch eine lange Fahrt nach Hause vor mir.«

Ich drücke das T-Shirt an mich, während er zurückweicht. »Ohne dich hätten wir das nicht geschafft, Kit.« Ich merke, dass ich ihn gern davon abhalten würde zu verschwinden, was völlig albern ist. Ich zeige auf seine Beine. »Deine Hose ist dreckig geworden. Wenn du noch Zeit hast, um ins Dorf zu fahren, wird Charlie dir eine leihen.«

Er sieht mich skeptisch an. »Ich habe noch drei weitere saubere Hosen im Wagen und kann mich umziehen.« Als er meinen fragenden Blick sieht, erklärt er: »Tadellose Kleidung gehört zu meinem Job.«

Ich blende die Vorstellung aus, wie er sich die Hose auf dem Beifahrersitz an- oder auszieht, und konzentriere mich auf die Gegenwart. »Clemmie wird sich persönlich bei dir bedanken wollen. Wenn du mir daher deine Adresse gibst? Einer Kuchenbäckerin beim Babykriegen zu helfen, ist keine schlechte Wahl. Du wirst ziemlich sicher für den Rest deines Lebens Brownies aus der *Little Cornish Kitchen* bekommen. Meine werde ich jedenfalls ganz sicher nicht ablehnen!«

Tatsächlich fahre ich hier die komplette Kuchen-Bestechungsnummer. Wieso kann ich mich nicht bremsen?

Ich sollte mich einfach nach seinem Aftershave erkundigen, um ihm zukünftig aus dem Weg gehen zu können, und dann sollte ich den Mund halten.

Es folgt zunächst Schweigen. »Ist dein Zuhause weit weg?« Ich kann nicht glauben, dass ich das auch noch frage, aber da ich es schon mal getan habe, kann ich direkt klären, ob ich ihn kenne. »Du kommst nicht aus der Gegend?«

Er zögert und dreht sich dann mit perplexer Miene zu mir um. »›Zuhause‹ ist momentan ein bisschen zu viel gesagt, aber ich wohne nicht im Dorf. Noch nicht, zumindest.« Er ist bereits fast wieder bei seinem Wagen angelangt. Gleich wird er verschwunden sein.

»Und deine Nummer?«

»Ich erwarte wirklich keinen Dank.« Er öffnet die Wagentür, und ich habe den Eindruck, dass er mich auf die Probe stellt. Oder mich aufzieht. Dann gibt er doch noch nach. »Hat mich jedenfalls gefreut, euch beide kennenzulernen. Wenn du Kontakt aufnehmen willst, es steht alles auf dem Werbespruch.« Ein Lächeln erscheint auf seinem Gesicht, als er winkt. Dann startet er den Motor, und weg ist er.

Ich schiebe meine Arme in die T-Shirt-Ärmel, und als ich es glatt streichen will, lese ich den Aufdruck. Mein Herz wird zu Stein.

tOgether fOrever
www.KitAshton@Love2LoveAtelier
Covent Garden

Natürlich! Er ist aus meiner Londoner Vergangenheit, nicht von hier!

Wenn jemand nachvollziehen kann, dass man nach einigen Jahren völlig anders aussieht, dann ja wohl ich. Was mich allerdings total überrascht, ist die Tatsache, dass er so schlank wie jetzt und ohne Männerdutt absolut sexy aussieht. Darüber hinaus ist sein »Together«-Versprechen totaler Blödsinn! Er ist der Metallurg, der die Eheringe gemacht hat, die Dillon und ich nie brauchten, und wir hatten die gleichen T-Shirts in den richtigen Größen. »Für immer getrennt« hätte in unserem Fall besser gepasst.

Ich ziehe die Arme wieder aus dem T-Shirt und drehe es um, damit ich die Worte nicht lesen muss, aber dafür blicke ich diesmal auf den Schriftzug, der vor vier Jahren überall zu lesen war.

»ALL YOU NEED IS
LoVE«

Als ich das sehe, wird mir tatsächlich ein bisschen übel.

Während ich auf die parallelen Linien der Brandung in der blauen Bucht schaue, danke ich meinem Glücksstern dafür, dass Mr. tOgether-fOrever nur noch ein Punkt am Horizont ist. Mir wäre es extrem unangenehm, wenn irgendwer hier wüsste, dass Dillon und ich diesen Weg je beschritten haben.

Ich schniefe und stampfe mit dem Fuß auf. Am liebsten würde ich laut in den Wind schreien, weil ich Paare und Liebe bis obenhin satthabe. »Einige von uns wollen allein leben, und daran ist überhaupt nichts verkehrt!«, murmele ich stattdessen vor mich hin.

Ich eile zu Clemmie und dem Beginn meines neuen Single-Lebens in St. Aidan, von dem ich hoffe, dass es so aufregend wie möglich wird.

Aber wenn man eine Strandhütte gekauft hat, ohne sie sich vorher anzusehen, warten wohl noch eine ganze Menge weiterer Überraschungen auf einen.

2. Kapitel

Die Strandhütte, St. Aidan, Cornwall
Orange Kartons und ein Blick aus dem Weltall
Dienstag

»Woher kommt das neue Hotel nebenan?«

Es sind fast zwei Wochen vergangen, und Clemmie, Nell sowie die ganze Gang sind zu Besuch bei mir und Shadow. Nachdem sie sich die Hütte angesehen haben und alle auf der Veranda sitzen, ist das meine drängendste Frage.

Genau wie ich sehen sie über die verwitterten Schindeln draußen hinweg, die dringend einen Anstrich benötigen, auch über das ramponierte Blechdach, und bestaunen stattdessen die schöne Veranda sowie die unerwartet luftigen Innenräume.

Als ich bei meiner Ankunft den Gartenzaun hinten und die kleine Pforte mit dem Briefkasten sah, fing ich an zu weinen und hörte in den folgenden Tagen nicht auf damit. Es waren überwiegend Freudentränen über dieses wundervolle Haus, das mir in den Schoß gefallen ist. Aber die Tränen waren auch dem Schock und glücklichen Ausgang von Clemmies Zehnminutengeburt geschuldet. Selbst jemand, der mit Babys nicht viel am Hut hat, hätte dieses Erlebnis traumatisierend gefunden.

Erst seit ich hier bin, denke ich darüber nach, weshalb ich diese spontane Entscheidung getroffen habe, in das Dorf meiner Kindheit zurückzukehren, das ich vor Jahren nur zu gern verlassen habe. Es geht um viel mehr als einen Unterschlupf. Ich bin hier, weil mein Instinkt mir geraten hat, an einen sicheren Ort zu fliehen. Irgendwohin, wo es keine Komplikationen oder Herausforderungen gibt. An einen Ort, an dem ich mir die sprichwörtliche Decke über den Kopf ziehen kann und nicht gleich wieder verschwinden muss. Bisher erweist sich die Strandhütte als perfekt. Doch selbst in einem Idyll am Meer, das die Lösung all meiner Probleme zu sein scheint und wo ich bereits die Kunst perfektioniere, eine Einsiedlerin zu werden, gibt es unterschwellig Grund zur Sorge.

Mit achtzehn war ich begeistert, in eine Stadt zu ziehen, wo ich niemanden kannte, der über mich urteilte. Ich liebte die Freiheit, eine anonyme Fremde in einer Metropole zu sein. Es war aufregend. Es gab wilde neue Leute zum Feiern, jede Stunde ein neuer Club, in den ich gehen konnte. Ich hätte einen Tag, eine Woche oder ein Jahr loslaufen und trotzdem ständig neue Straßen entdecken können.

Erst als es härter wurde, fand ich Trost in den vertrauten Dingen und Umgebungen, suchte ich die bedingungslose Liebe und Unterstützung von Freunden und Familie, die ich mein Leben lang kannte. Vielleicht ist der wahre Grund, weshalb ich zurückgekehrt bin, der, dass ich nah bei den Leuten sein wollte, denen ich mich nicht erklären muss.

Für eine Frau wie mich, deren Identität die wundervolle Stadt geprägt hat, in der ich gelebt habe. Neben der Erleichterung, eine Zuflucht zu haben, ist es beängstigend, dass meine Welt jetzt zusammenschrumpft. Nun, da ich wieder an einem Ort bin, an dem man höchstens fünfzehn Minuten braucht, um zu Fuß von einem Ende ans andere zu gelangen, fürchte ich, selbst entsprechend zu schrumpfen. Nicht dass ich in meinem bisherigen Leben viel erreicht hätte, worauf ich stolz sein könnte, verglichen mit Sophie, Clemmie und der Gang. Was ich ihnen gegenüber auch nicht zugeben würde. Aber was, wenn ich komplett verschwinde, nachdem ich zurück in diesem winzigen Dorf bin?

Clemmie und ich tauschten unsere besten und schlimmsten Momente der Grasstreifen-Geburt am Telefon aus, während sie auf ihre Entlassung aus dem Krankenhaus wartete. Ich gab bewundernde Laute von mir beim Betrachten von Fotos via Messenger, auf denen Bud Baby Arnie daheim hält, und sie schickte mir auch Brownies. Ich hielt die anderen in der WhatsApp-Gruppe bei Laune mit Bildern von Shadow, wie er aus den regennassen Fenstern schaute, und sie schrieben: »Flossie May ist wieder da, juhu!« Laut Clemmie wurde der Dankeschön-Kuchen für Kit an eine Adresse in Dorset geliefert, die er genannt hat. Damit wäre das auch abgehakt.

Das Strandhaus ist zwar ein bisschen baufällig, aber dafür auch größer, als ich es mir jemals erhofft hätte, und dank seiner Lage auf einem Hang oberhalb der Flutlinie ist die Aussicht auf die St. Aidan Bay tagsüber fabelhaft, während nachts in der Ferne ein Lichterbogen zu sehen ist. Wenn der Wind vom Meer bläst, treibt er manchmal den Regen horizontal gegen die Fensterscheiben, aber der Standort des Hauses in den Dünen ist der Grund, weshalb es auch *The Hideaway* genannt wird. Es gibt sogar eine Stelle, an der man auf dem Weg hinter den Sanddünen den Wagen stehen lassen kann, außerdem eine kleine Kabine mit einem Außenklo.

Das Innere des Hauses besteht aus denselben weißen verwitterten Brettern, wie sie auf den Fotos zu sehen waren, die Mum mir geschickt hat. Ivy hat das Haus von oben bis unten geputzt und sogar ein paar Möbel und Sachen dagelassen. Das meiste Zeug aus meiner Wohnung in London habe ich eingelagert, und da ich nur das mitgebracht habe, was in den Wagen passte, war das Auspacken schnell erledigt. Sicher, Dillon war älter als ich, aber wenn es darum ging, protzige Sofas und Designerstücke zu kaufen, war er Lichtjahre voraus, weshalb die meisten Sachen ihm gehörten. Er und seine Kumpel wetteiferten mit ihrem harten männlichen Ego darum, wer die größten Beträge ausgeben konnte. In den meisten Bereichen unseres gemeinsamen Lebens hatte Dillon das Sagen, und ich ließ ihn gern gewähren. Aber da ich nie eine Hausfrau war, wenn es darum ging, unser Zuhause gemütlich einzurichten, habe ich hier nicht die leiseste Ahnung, wo ich anfangen soll.

Während unserer ersten Tage in St. Aidan verwandelte der andauernde Regen das Meer und den Himmel in ein dunkles Stahlgrau, und die ausgebleichten Holzböden waren übersät mit Abdrücken von Shadows nassen Pfoten. Immerhin konnten wir uns dank dem Regen an das Haus gewöhnen.

Und jetzt ist die Sonne herausgekommen, das Meer funkelt blau, und Sophie, Nell, Plum und Clemmie sind zum Tee da. Nachdem ich ihnen das Haus gezeigt habe, hoffe ich mehr über die größte Überraschung nach Arnies Geburt zu erfahren.

Ich nehme den Faden wieder auf. »Das Grundstück nebenan war eine Sanddüne, als ich mir das Strandhaus zuletzt auf Google Maps angesehen habe.«

Nell verzieht das Gesicht. »Es ist totaler Blödsinn, dass sie diese Satellitenbilder jede Stunde aktualisieren.«

Jede werdende Mutter trägt ihren Babybauch anders, und Nell sieht wohl ziemlich so aus wie immer, ihr Bauch verborgen unter einem Daunenmantel, den sie von George geborgt hat.

Plum sitzt auf den Stufen, die zur vorderen Veranda führen. Sie wirft ihren dunklen Pferdeschwanz hin und her und spielt am Träger ihrer mit Farbe bekleckerten Latzhose. »Dein neuer Nachbar ist das *High Tides Serenity Spa Resort*, Floss. Das ist so exklusiv, dass es sich selbst nicht einmal mit einem massentauglichen Begriff wie *luxuriös* beschreibt.« Ihr abschätziges Kopfschütteln ist nervtötend wie Dillons. »Die haben letztes Jahr mit dem Bau begonnen und eröffnen, während wir hier reden.«

Ich bewundere Plum, mit ihren riesigen Seelandschaftsgemälden und der Galerie, die sie in einer stillgelegten Kerzengießerei eingerichtet hat. Doch so nah wir uns früher auch gestanden haben mochten, bin ich in letzter Zeit vorsichtiger bei ihr. Auch wenn Dillon und ich uns freundschaftlich getrennt haben, ist es nur natürlich, dass sie eher auf der Seite ihres Bruders steht.

Sophie, die sich an das Holzgeländer der Veranda lehnt, wie immer ganz in Pale Aqua gekleidet, meldet sich zu Wort. »Diese italienischen Zypressen sehen vielleicht deplatziert aus, aber sie haben dieses Ende des Dorfes definitiv hübscher gemacht.«

Clemmie, mit dem schlafenden Arnie auf dem Arm in ihrem Regiestuhl sitzend, wirft ihr grinsend einen Blick zu. »Der Rasen sieht so gepflegt aus, dass ich ständig damit rechne, die Teletubbies über die Dünen kommen zu sehen.«

Für Nell haben wir einen Lehnsessel nach draußen gestellt, in dessen weichen Polstern sie sich jetzt streckt. »Bei den Preisen, die sie nehmen, werden wir Meerjungfrauen nicht so bald in deren Pool planschen!« Die vier haben ihre Clique als Kinder »die Meerjungfrauen« genannt und den Namen nie mehr abgelegt.

Clemmie wendet sich an mich. »Wie stehst du dazu, Flossie?«

Ich will mir nicht anmerken lassen, dass mein Mut sank, als ich von hier aus dabei zusah, wie die Bauarbeiter den Superluxushütten ihren letzten Schliff gaben, deshalb antworte ich gut gelaunt: »Mein Häuschen wird daneben natürlich ein bisschen schäbig aussehen, aber dagegen kann ich nichts machen. Kommt, kümmern wir uns um den Kuchen.« Als ich das Teetablett hinaustrage, rufen sie »Hübsche Tassen!« im Chor.

Ich lache und verteile die mitgebrachten Brownies. »Die Schränke sind voll davon. Es gibt keine Untertassen, Teller oder Schüsseln, also muss Mums Freundin Ivy nur Tee getrunken und sonst nichts zu sich genommen haben.« Dann füge ich hinzu: »Bei drei Giebeln und zwei überdachten Veranden werde ich bestimmt nicht meckern! Die Leute in St. Aidan streiten sich um Häuser, die nur halb so schön sind wie dieses. Ich kann mich sehr glücklich schätzen.«

»Und das zu Recht!« Sophies Bemerkung kommt eine Sekunde zu schnell.

Wie die meisten Schwestern stritten wir uns heftig als Kinder, aber als Erwachsene halten wir normalerweise zusammen. Niemand ist freundlicher und großzügiger als Sophie, außerdem arbeitet sie hart, und wir alle lassen uns von diesen babyblauen Chinos nicht täuschen – wenn sie sich etwas in den Kopf gesetzt hat, ist sie nicht aufzuhalten. Aber irgendetwas entgeht mir hier anscheinend gerade.

»*Du* hast abgelehnt, bevor Mum mir das Haus angeboten hat?« Entsetzt sehe ich Sophie den Kopf schütteln. »Sie hat dir nichts davon gesagt?«

Sie schnieft. »Ist schon okay, ich habe ein Schloss mit einer Treppe bis an den Strand. Auf diese Weise bleibt es in der Familie, *und* du wohnst wieder die ganze Zeit hier.«

»Ich wünschte trotzdem, du hättest davon gewusst.«

Sophie drückt meine Hand. »Es war nur deshalb ein Schock, weil wir dachten, du hängst an der Stadt. Aber ein Strandhaus passt sehr gut zu dir, so lebhaft und unbeständig.«

Ich verstehe, worauf sie hinauswill. Wenn sie mir vorwerfen will, dass London in den vergangenen sechzehn Jahren für mich der Mittelpunkt des Universums war, muss ich mich schuldig bekennen. St. Aidan befand sich nie unter den Top Ten meiner liebsten Orte. Es war eher meine verzweifelte finale Rettung, nachdem alles andere nicht funktionierte.

Aber Sophie ist die letzte Person, der ich meine Probleme anvertrauen will, da sie mir sofort würde helfen wollen, und ich möchte nicht, dass sie sich verpflichtet fühlt. »Nun, da ich hier bin, lasst uns das Beste daraus machen!«

Sophies Lächeln wird herzlicher. »Es ist doch toll, wenn dein Sprecherinnen-Job dir genug einbringt, dass du dir ein solches Haus leisten kannst.«

Sophie gehört zu den wenigen Leuten, die ich mit einer solchen Bemerkung durchkommen lasse, allein schon deshalb, weil ihr Unternehmen so viel wert ist, dass sie St. Aidan mehrmals kaufen könnte. Das Geld für mein Strandhaus ist ein weiteres Thema, von dem ich ablenken möchte, und da bietet sich das neue Baby an.

»Wie dem auch sei … Shadow und ich fühlen uns sehr geehrt, dass Arnie uns bei seinem ersten Ausflug besucht.«

Clemmie grinst breit. »Als ginge ich irgendwo lieber hin, nach dem, was du für uns beide getan hast.«

Plum sieht mich an. »Na weißt du, Flossie May ist immer noch St. Aidans beliebtester Gossip. Deine Nerven aus Stahl bei einer Geburt verdrängen vielleicht deinen Ruf als Brandstifterin.«

Das bringt alle zum Lachen, und dann wird Arnie bewundert, also habe ich mein Ziel erreicht und von mir abgelenkt.

Clemmie drückt meine Hand, während ich lächelnd ihr Baby betrachte. »Sei unbesorgt, Flossie Flapjack-Face. Irgendwann wird die Zeit auch für dich kommen.«

Sie versucht, mich zu beruhigen, aber es ist schon komisch, wie weit sie danebenliegt, was meine Zukunftspläne betrifft. Ich weiß genau, wovon sie redet: für jemanden in meiner Situation. Ich kann froh sein, dass ich meine Eizellen habe einfrieren lassen.

Ganz St. Aidan weiß das, weil dieser Ort eben so ist, allerdings muss ich Plum Anerkennung zollen, wo sie es verdient hat. »Reizend, wie Dillon war, hat er mir genug Geld überlassen, dass ich mir eine Leihmutter leisten kann.«

Als wir alles aufteilten, bestand er darauf, dass ich den Löwenanteil nehme, obwohl das meiste der Ersparnisse von ihm kam. Ich habe entsprechend genug, um für ein Baby zu bezahlen, falls jemals der Zeitpunkt kommen sollte. Aber nach dem Trennungsschmerz kann ich mir gar nicht vorstellen, jemals wieder einen Partner zu wollen. Und ich habe miterlebt, wie Sophie gekämpft hat, als sie ihr erstes Baby, Milla, bekam, ungewollt schwanger als Studentin. Grund genug für mich, kein Kind allein großziehen zu wollen. Und so haben sich meine Zukunftspläne eben komplett geändert.

Arnie schnauft in seine Faust, ein entzückender Anblick, aber Sophie wendet sich ab und schaut mich an, als begriffe sie gerade etwas.

»Bitte sag mir, dass du das nicht getan hast, Flossie.«

Obwohl ich keine Miene verziehe, reckt sie triumphierend die Faust. »Du hast mit Dillons Leihmuttergeld *The Hideaway* bezahlt, stimmt's?«

Ich bin erschrocken darüber, dass sie so schnell dahintergekommen sind, aber irgendwie muss ich mich jetzt behaupten.

Plum legt die Stirn in Falten. »Ich will dich nicht verurteilen, Flossie, aber möglicherweise wirst du diese Entscheidung irgendwann bereuen.«

Clemmie stößt einen Klagelaut aus. »Jetzt fühle ich mich noch viel schlechter damit, dass du Arnie auf die Welt geholt hast!«

Nell schaut mich über die Wölbung ihres Bauches hinweg an. »Du hast dich entschieden, in das zu investieren, was dir momentan am wichtigsten war, Floss, und das sollten wir alle respektieren.« Sie zögert kurz und fährt dann mit erhobener Braue an Plum gewandt fort: »Und was auch immer wir davon halten, es ist ihr Geld, nicht Dillons, und sie kann damit machen, was sie will.«

Ich bin ehrlich dankbar, dass Nell das so vernünftig sieht, ganz der Blick einer Buchhalterin, während sie diesen letzten Punkt auch noch klärt.

Ich muss Nells Worte unterstreichen. »Ich habe lange genug gelitten, aber jetzt bin ich hier, und es fühlt sich richtig an.« Es ist, als hätte der Verzicht auf die Möglichkeit einer Leihmutterschaft den Druck von mir genommen, der mir überhaupt nicht richtig bewusst gewesen ist. Ich würde es nicht laut aussprechen, für den Fall, dass Sophie noch eingeschnappt ist, aber ein paar Monate Erholung hier in diesem fantastischen Haus sind genau das, was ich brauche. Doch wie schön es letztlich auch sein mag, es ist nur vorübergehend. Zu meinem Plan gehört, dass ich meine Arbeit wieder aufnehme, sobald meine Stimme zurück ist, und dafür zurück in die Stadt gehe.

Sophies Brownie liegt nach wie vor unberührt auf dem umgedrehten Orangenkarton neben ihrer Tasse. »Dir ist klar, dass es einen Haken gibt, oder?«

Ich habe keine Ahnung, weshalb sie das Gesicht verzieht, aber das darf ich mir nicht anmerken lassen.

Clemmie und Nell tauschen einen Blick, aber Sophie spricht weiter. »Das Land, auf dem diese Hütten gebaut wurden, gehört der Gemeinde, und als sie das Hotel genehmigten, wurden die Häuser an diesem Ende des Strandes zu Wohn-und-Arbeitsgebäuden umgewandelt.«

»Und das ist wichtig, weil …?«

Nell schnauft und setzt sich auf. »Man darf in diesen Häusern hier nur übernachten, wenn man auch ein Gewerbe betreibt.«

Verdammt. Ich war so damit beschäftigt zu überprüfen, ob der Gartenzaun bleiben kann, dass ich die Bedeutung des Abschnitts »Arbeiten und Wohnen« im Vertrag nicht gecheckt habe. »Kümmert das überhaupt jemanden?«

Plum sieht mich skeptisch an. »Sobald die Besucher kommen, schon.«

Sophie schüttelt den Kopf über meinen Fauxpas, wirkt dann aber gleich sanfter. »Es ist absolut *kein* Problem. Wir deklarieren dich einfach als Sophie-May-Außenposten, um unsere Produkte bei den Verbrauchern zu testen.« Sie legt mir den Arm um die Schultern. »St. Aidan Bay ist bekannt für ihre Westwinde, die den Teint ruinieren. Du wirst für uns am Strand recherchieren!«

Sie versucht ihr Bestes, dabei will ich gar nicht, dass sie sich verpflichtet fühlt, mir beizustehen, weil ich es vergeigt habe.

Clemmie beobachtet mich, während ich unter Sophies Arm durchschlüpfe, und als ich mich auf die Stufe neben Plum setze, treffen sich unsere Blicke.

»*A Little Cornish Kitchen* an dieser Seite des Strandes könnte funktionieren, wenn du dich mit Kuchen wohler fühlst als mit Kosmetik?«

Ich kann nicht glauben, dass sie mir das anbietet. »Das kann ich mir tatsächlich schon eher vorstellen.« Ich springe darauf an, weil jedes Angebot von Clemmie weniger Verpflichtungen mit sich bringen wird als eines von Sophie.

Clemmie strahlt. »Es gibt niemanden, dem ich lieber helfen würde, Floss. Ich werde dir ein paar Kreationen überlassen, und morgen siehst du wie ein Profi aus.«

Ich stutze. »Zu authentisch soll's aber auch nicht sein!« Custard-Cream-Blondies sind eine Sache, aber echte Kunden eine ganz andere.

Sophie schnieft. »Keine Sorge, dieser Teil des Dorfes ist toter als Elvis – es gibt praktisch keine Kunden.«

Ich sehe sie lächelnd an. »Das wäre genau das Richtige für mich. Wir wissen beide, dass ich null unternehmerischen Ehrgeiz besitze und sogar noch weniger Begabung.«

Während die anderen für den Erfolg schufteten, sind berufliche Errungenschaften an mir vorbeigegangen. Für mich musste Arbeit Spaß machen, und obwohl ich bei *The Circus* Verantwortung trug, war ich in den Augen aller letztlich doch nur eine Kellnerin.

Nell stupst mich an. »Sag niemals nie, Florence! Du hast völlig ohne Erfahrung Arnie auf die Welt gebracht.«

Meine Hoffnungen und Träume sind zerplatzt, und ich weiß, ich sollte mein Leben in den Griff kriegen, bevor irgendwer noch weitere Knaller liefert. »Wenn du Arnie nach Hause bringen willst, ist das in Ordnung für mich, Clemmie. Wir können weiterreden, wenn ich wegen der Requisiten vorbeikomme.«

Aber Clemmie hört gar nicht richtig zu, sondern starrt hinaus zu den Dünen.

Plum tippt ihr aufs Knie. »Was ist denn so interessant, Clems? Wenn Chris Hemsworth in einem *High Tides*-Whirlpool liegt, behalte es bitte nicht für dich!«

Clemmie reckt den Hals. »Floss, da drüben, bei den schicken neuen Strandhütten …«

Nell reibt sich erneut den Babybauch. »Ich mag ja im neunten Monat schwanger sein, aber ich erkenne einen Hottie immer noch, wenn ich ihn sehe – nicht dass ich hier jemanden zum Objekt machen will.«

Plum steht auf, um bessere Sicht zu haben. »Chris ist unvergleichlich, aber der da ist vom gleichen Kaliber.« Sie lacht. »Irgendwer hier muss irgendwas richtig machen, denn er kommt in unsere Richtung, und er winkt!«

Clemmie klingt ganz aufgeregt. »*Er* ist es, Floss, oder? Das ist Kit, der den Krankenwagen gerufen hat!«

Ich habe nicht die leiseste Ahnung, was er hier will, aber es passt zum allgemeinen Abwärtstrend dieses Nachmittags. Bisher war es leicht gewesen, mit Männern nichts mehr zu tun haben zu wollen, also sollte ich mich von einem Typen fernhalten, bei dem mir das schwerfällt.

Ich schaue zu Sophie und versuche, sie zu besänftigen. »Wie wäre es denn, wenn ich verspreche, dir das Vorkaufsrecht zu geben, falls ich jemals das Haus verkaufe?«

Seien wir ehrlich, ich werde nicht für immer hier sein, nur bis ich mich erholt habe. Also geht es in Wirklichkeit nicht darum, *ob* ich verkaufe, sondern wann. Das weiß Sophie ebenso gut wie ich.

Ein verdächtig zufriedener Ausdruck breitet sich auf ihrem Gesicht aus. »Danke, Flossie, da fühle ich mich gleich viel besser. Damit komme ich definitiv klar.«

Diese unterschwellige Feindseligkeit schon bei der ersten Tasse Tee habe ich nicht erwartet. Da kehre ich zurück, um Unterstützung von der Familie zu erhalten, und tatsächlich hätte ich meine Boxhandschuhe einpacken sollen. Es kann natürlich daran liegen, dass sich meine Rolle verändert hat. Vorher war ich eine Besucherin. Jetzt bin ich Einwohnerin, und das Territorium ist nicht mehr dasselbe.

Und nun zur nächsten Aufgabe des Nachmittags: herausfinden, was Dr. Love2Love hier macht.

3. Kapitel

»Hat sich Ian Somerhalder aus *The Vampire Diaries* hierher nach St. Aidan verirrt?«

Während Plum um den Eckpfeiler der Veranda späht, um einen besseren Blick auf Kit zu bekommen, bin ich skeptisch. Aber die anderen stimmen ihr unisono zu.

Es ist nicht nur, dass dieser Typ gut gekleidet ist. Ein bisschen overdressed vielleicht in seiner Bügelfaltenhose, dem weißen Hemd und der dunklen Krawatte. Es sind vor allem sein Lächeln und seine lässige Ausstrahlung, als er auf uns zukommt. Ich hoffe, das Publikum stellt seine Quietschlaute ein, *bevor* er in Hörweite ist.

Es ist lächerlich, dass ich diese Anziehung verspüre, die meinen Körper wie tausend Volt durchdringt, während ich ihn dabei beobachte, wie er den Zaun entlanggeht. Er ist der Mann, der meinen Ehering gemacht hat, und zu der Zeit war er selbst verlobt; beides macht ihn für mich völlig indiskutabel.

Als er die Veranda betritt, keuche ich doch unfreiwillig laut auf. Und als ich den Duft seines Aftershaves einatme, ist es um meinen Vorsatz, die Finger von ihm zu lassen, geschehen.

Irgendwie bringe ich es fertig zu sagen: »Hey, du bist es! Wer hätte das gedacht? Leute, das ist Kit.«

Danach meldet sich gleich Clemmie zu Wort. »Kit war unser heldenhafter Helfer an der Straße, und das sind Plum, Nell und Sophie. Und natürlich Baby Arnie.« Sie schiebt das Bündel in ihren Armen zurecht, und Kit kommt näher, um einen Blick darauf zu werfen.

»Noch mal hallo, Arnie. Du bist gewachsen seit unserer letzten Begegnung.«

Männer, die mit Babys reden, sind manchmal zum Dahinschmelzen, aber diesen Typen zu beobachten, haut mich komplett um. Als er die linke Hand ausstreckt, sehe ich, dass er keinen Ehering trägt. Nicht dass ich darauf achte. Oder neugierig bin. Es könnte allerdings ganz nützlich sein, das zu wissen.

Auch wenn er bei der Geburt dabei war, sind die Möglichkeiten dessen, was man zu einem Neugeborenen sagen kann, doch begrenzt. Nachdem Kit Arnie ein Kompliment für seine süße Stupsnase gemacht hat, die ganz nach der seiner Mum kommt, tritt er zurück, und ich wappne mich, das Schlimmste herauszufinden.

»Nun, Kit, du bist zurück in St. Aidan! Ich nehme an, du wolltest dir rasch die neue Hotelanlage nebenan ansehen, auf deinem Heimweg nach Dorset?«

Kit sieht mich an und blinzelt wegen der Sonne. »*High Tides?*« Seine Haare sind vom Wind zerzaust, wie ich jetzt aus der Nähe erkenne, und während sein Lächeln breiter wird, bilden sich Grübchen auf seinen stoppeligen Wangen. »Ich hoffe, ich werde ein bisschen länger hier sein als beim letzten Mal.«

Sein tiefes Lachen lässt meine Brust vibrieren. Ich kann mich ehrlich nicht erinnern, wann meine Nippel zuletzt dermaßen hart geworden sind. Es muss dieser Mix aus gebändigter Wildheit sein, der ihn so unwiderstehlich macht.

Ein Grund mehr, ihn aus meinem Orbit zu entfernen, und zwar schnellstmöglich.

Ich verhandle mit mir selbst und versuche, mich auf das bestmögliche Ergebnis zu konzentrieren. Dass er zum Tee bleibt, damit komme ich wohl klar. Über Nacht wäre schon schwieriger. Verzweifelt, wie ich bin, setze ich ganz auf die teuren Hotelpreise, die ihn davon abhalten werden, länger zu bleiben. Eine ganze Woche jederzeit damit zu rechnen, dass er am Horizont auftaucht, ist echt zu viel.

Mit einem breiten Lächeln fasse ich ein mittleres Schreckensszenario in Worte. »Lass mich raten – du bleibst zum Dinner?«

Erneut folgt dieses Lachen. »Rate weiter …« Er hebt eine Braue. »Tatsächlich habe ich bei *High Tides* für die nächsten zwei Jahre gebucht, von heute an.«

Mein Magen sackt, als stünde ich in einem Hochgeschwindigkeitslift. »Aber … aber …« Das kann nicht sein, oder?

Sophie kommt mir zu Hilfe. »Spann uns nicht auf die Folter – hast du in der Lotterie gewonnen, oder bist du einfach reich?«

Plums Augen leuchten vor Aufregung. »Moment, ich habe in der Handelskammer davon gehört! Du bist der Schmuckhandwerker, der mit dem Hotel zusammenarbeitet?«

Kit nickt. »Das bin ich! Mein Love2Love-Atelier expandiert nach Cornwall! Ich bin in den neu gebauten Strandhäusern da drüben!«

»Wenn du hierbleibst, *musst* du zu unseren Singles-Club-Events kommen.« Nell ist geradezu besessen vom St.-Aidans-Singles-Club, den sie selbst gegründet hat. Mittlerweile hat der Club sich zum sozialen Mittelpunkt entwickelt, und wir fragen uns schon, wie sie es schaffen will, lange genug wegzubleiben, um den Kreißsaal aufzusuchen.

Mein Mund fühlt sich an wie Schmirgelpapier, aber ich zwinge mich zu lächeln. »Herzlichen Glückwunsch, die werden wunderbare Workshops veranstalten.« Selbst wenn er sechzehn Stunden am Tag arbeitet, muss er abends nach Hause, also alles gut.

Er grinst breit. »Das Beste an diesem besonderen Deal ist, dass ich hier auch wohnen werde!«

In meinen Gedanken schlage ich mir die Fäuste an den Kopf und springe herum wie Basil Fawlty, wenn er einen Zusammenbruch hat. Irgendwie schaffe ich es, mit fröhlicher Stimme zu erwidern: »Tolle Neuigkeiten! Du und ich werden Nachbarn sein!«

»Wow!« Er schaut zum Horizont, dann wieder zu Clemmie und mir. »Für diejenigen unter euch, die das T-Shirt nicht gesehen haben – zu mir kommen verlobte Paare, mit denen ich dann gemeinsam die Ringe entwerfe und anfertige. Die ganze Geschichte wird dokumentiert, dafür sind die Sonnenuntergänge über dem Meer der Hammer!«

Mir wird langsam so übel, dass ich einen Eimer gebrauchen könnte.

»Die ultimative romantische Erfahrung, die man für alle Zeiten auf Instagram posten kann!«

Jeden Tag direkt vor meiner Nase. Ich bemühe mich, nicht allzu ironisch zu klingen, als ich zu Nell sage: »Wenn das nicht perfekt zum Singles-Club passt!«

Nell klatscht in die Hände. »Absolut, Kit! Wieso bin ich nicht gleich darauf gekommen? Wir werden ein Special Event für dich auf die Beine stellen!«

Ich hatte gehofft, Kit wäre einigermaßen entsetzt von dieser Aussicht, aber stattdessen strahlt er.

»Und was genau ist denn deine Spezialität, Florence?« Er wendet sich so rasch an mich, dass ich fast von den Stufen falle.

»Meine was?«

Er legt den Kopf schief. »Dein Job?«

Clemmie meldet sich zu Wort. »Florence wird unter dem Schirm der *Little Cornish Kitchen* arbeiten und ihre ganz eigene Strandhausnote einbringen.«

Das ist völlig absurd. Ich beiße mir auf die Lippe, um nicht laut zu lachen. »Im Sommer wird es wohl eher ein Sonnenschirm und kein Regenschirm sein! Was ich schon mal verraten kann ... Es wird um Zuckerrausch und Pudding gehen!« Keine Ahnung, wo das nun wieder herkommt, aber ich habe stets eine große Packung Mr.-Kipling-Apfeltörtchen vorrätig. Es ist ein kaum bekanntes Geheimnis, dass die auch wunderbar mit Eiscreme schmecken.

Sophie hüstelt. »Und Floss will unbedingt ein paar Singles-Club-Veranstaltungen sponsern! Ihr könntet euch zusammentun!«

»Danke für diese Idee, Soph!« Ich dachte, ich hätte sie vorhin besänftigt, aber solche Spitzen zeigen, dass sie mir noch nicht ganz verziehen hat.

Aus dem Bündel auf Clemmies Armen kommt ein Schniefen, und ich stürze quer über die Veranda hin. »Tut mir ja wirklich leid, Kit, aber wir müssen das Baby nach Hause bringen. Für den ersten Ausflug ist er schon ziemlich lange unterwegs.«

Nell erhebt sich aus ihrem Armsessel. »Sehr richtig. Na los, Clemmie!«

Eine Sekunde später sind wir alle in den Dünen unterwegs zu den Autos.

Und die Moral von dieser Geschichte lautet: Wenn ein Nachmittag schon vermurkst ist, kann es trotzdem noch schlimmer werden.

Es wird viel aufwendiger als gedacht, wenn ich hier ein ruhiges Leben führen will!

4. Kapitel

The Hideaway, *St. Aidan*
Hauspartys und Schreiben im Sand
Mittwoch

St. Aidan ist vielleicht nicht so ruhig und problemlos, wie ich es mir ausgemalt habe, aber das wird sich hoffentlich bald alles finden. Ich werde jedenfalls auch nichts überstürzen. Als ich den Meerjungfrauen von den Dünen hinterherwinke, wird mir klar, dass es bessere Job-Optionen zur Tarnung geben muss, so nett Clemmies Angebot, ein Außenposten ihres Veranstaltungsortes und Teegartens zu werden, auch sein mag. Als ich mit Shadow an diesem Nachmittag zum Strandspaziergang aufbreche, nehme ich mir vor, über andere Lösungen nachzudenken.

Dummerweise reicht die Flut bis hoch auf den Strand, und Shadow, der sich noch nicht ganz heimisch fühlt am Meer, nimmt jede ankommende Welle als persönlichen Angriff. Als wir eine halbe Stunde später wieder zurück sind, klingeln mir die Ohren von seinem ununterbrochenen Bellen, und den Gedankenblitz, den ich brauche, hatte ich immer noch nicht. Dann, als wir die Dünen hinaufsteigen, beendet das, was ich vor *The Hideaway* entdecke, all meine Hoffnungen.

»Plum und Nell! Wir waren doch nur dreißig Minuten unterwegs! Ihr wart aber, äh, ziemlich fleißig!«

Sie winken uns von der Veranda zu, und die drei noch

nicht aufgeklappten Cafétische und der Stapel Stühle weisen darauf hin, dass die beiden mir sehr weit voraus sind.

Nell steht da, die Hände in die Hüften gestemmt. »Wir müssen uns knapp verpasst haben! Wie gefällt dir diese Überraschung?« Mit strahlender Miene deutet sie auf die vollgestellte Veranda, und ich tue so, als freute ich mich.

»Wunderbar! Ich hoffe, du übertreibst es nicht, Nell?«

Sie lacht. »Plum hat die ganze Arbeit gemacht. Ich habe strikte Anweisung erhalten, die Hände in den Taschen zu lassen.« Sie blickt auf ihren Babybauch. »Um ehrlich zu sein, ich bin ganz froh, vom ständigen Warten abgelenkt zu sein. Diese letzten paar Wochen dauern ewig.«

Ich gehe zu ihr und umarme sie. »Nicht mehr lange.« Es muss hart sein für Nell, dass Clemmie ihren Arnie schon bekommen hat, wo sie doch beide zur gleichen Zeit ihre Babys haben sollten.

Sie schaut herunter auf Shadow und krault seinen Kopf. »Wie läuft es mit seiner Eingewöhnung?«

Wenigstens in dem Punkt kann ich ehrlich sein. »Man sollte meinen, ein endloser leerer Strand müsste das reinste Vergnügen für ihn sein, aber er sieht hinter jedem Kiesel Gespenster. An manchen Tagen ist er so nervös, dass ich glaube, ihm ist die Stadt lieber.«

»Na, wir haben euch auf jeden Fall kommen gehört!« Plum schiebt die Stühle in die richtige Position und betrachtet prüfend ihr Werk. »Werden sechs Plätze für den Anfang reichen?«

»*So viele?*« Fast hätte ich einen erstickten Laut von mir gegeben. So hübsch die Stühle auch sind, kann ich mir einfach nicht vorstellen, wie Fremde darauf sitzen.

Plum legt mir die Hand auf die Schulter. »Ist das noch immer der Husten, den du Neujahr hattest?«

Nell prustet. »Mit dieser tiefen, rauen Stimme ist es kein Wunder, dass sie dich unbedingt als Vorleserin für diese Liebesgeschichten wollen.«

Nell hat ja keine Ahnung, und sie könnte nicht falscher liegen. Meine Mum ist die einzige Person, die genau über meine jüngsten Probleme Bescheid weiß, und da ich nicht will, dass Dillon davon erfährt, muss ich mit meinen Antworten vorsichtig sein.

Ich war sehr überrascht, als eine der Partnerinnen von Dillons Kollegen, die in einem Studio arbeitete, vorschlug, ich sollte es mit dem Lesen von Audiobooks versuchen. Da erholte ich mich gerade von einer der letzten Chemotherapien. Noch überraschter war ich, als ich merkte, dass ich das gut kann. Akzente sind mir immer leichtgefallen, und dank meiner teilweise absolvierten Schauspielausbildung konnte ich lesen, ohne ins Stocken zu geraten. Es zeigte sich, dass meine Stimme genug Resonanzkraft besaß, um auf Mitschnitten gut zu klingen. Am besten war jedoch, dass die Zuhörer mir gern lauschten, und deren positives Feedback führte dazu, dass ich für eine Anfängerin sehr gut gebucht war. Das einzige Problem ist, dass meine Stimme im Moment nicht mehr mitmacht. In der einen Minute krächze ich, in der nächsten kann ich nur noch flüstern, und zwischendurch quietsche ich. Die Stimme muss aber gleichmäßig funktionieren, weshalb ich im Augenblick nutzlos bin für den Job.

Ich habe mir eine offizielle Version zurechtgelegt. »Ich mache eine Pause von der Vorlesearbeit. Es wäre nicht fair, Shadow so viel allein zu lassen, ehe er sich hier nicht wohler fühlt.« Ich sehe die beiden lächelnd an. »Es verschafft mir die Gelegenheit, mich ebenfalls einzuleben und das Haus einzurichten.«

Das ist eine weitere Lüge. Alle sagen ständig, wie viel hier noch zu tun ist, aber wenn es um das Einrichten von Häusern geht, bin ich eher zurückhaltend; bei einem so perfekten Haus wie diesem gibt es wenig, was ich hinzufügen will.

Plums Grinsen wird noch breiter. »Da habe ich vielleicht eine weitere Überraschung parat.« Sie holt eine Klapptafel hinter einem der Tische hervor. »Ta-da!«

Die geschwungene Schrift in permanentem Weiß verkündet: *Willkommen in der LCK, FlorenceMay@The-Hideaway*, und besiegelt es damit auf eine so dauerhafte Weise, dass mir ganz übel wird. »Wow, mein eigenes Schild, und so schnell!«

Plum strahlt. »Ich habe es heute Morgen gemacht. Clemmie bestand darauf, dass wir gleich loslegen.«

Nell nickt. »Dein Wagen sieht jetzt auch nach Firmenwagen aus! Wir haben es vielleicht ein bisschen übertrieben, aber diese Magnetschilder mit individueller Aufschrift sind rasch und leicht zu verwenden. Clemmie hat noch genug davon.« Mein Magen sackt noch weiter mit jeder neuen Offenbarung.

Plum stellt die Tafel neben die Stufen. »Jetzt gibt es kein Verstecken mehr! *The Little Cornish Kitchen* ist offiziell in der Strandhütte angekommen.«

Nell rollt PVC auseinander. »Fehlt nur noch das aufgehängte Schild!«

Ich bekomme Panik. »Wird das nicht ungewollte Aufmerksamkeit erregen?«

Plum grinst. »Es ist wichtig, dass es echt rüberkommt. Clemmie hat es für ihren Stand auf dem Weihnachtsmarkt benutzt.« Sie nimmt das Ende der Schnur von Nell und steigt auf einen Stuhl. »Wir hängen es zwischen die Pfeiler, die das Verandadach tragen, das ist schön hoch. Wie findest du das, Floss?«

Ich starre zu dem Schild über uns. Wie es da im Wind vor dem blauen Himmel schwingt, könnte es nicht auffälliger sein. »Das ist fabelhaft. Absolut brillant! Danke für eure Hilfe!« Das stimmt auch alles. Ich wünschte nur, diese Bedenken, die ich habe, wögen nicht so schwer.

Nell reckt triumphierend die Faust. »Großartige Arbeit, Plum, echt klasse! Du wirst bekannt wie ein bunter Hund, Floss!«

Ich werfe Shadow einen Blick zu und setze mich auf einen der Stühle, denn meine Beine geben nach, als mir die ganze Tragweite dämmert.

Plum mustert mich. »Ist alles okay, Flora-Dora?« Erneut liegt ihre Hand auf meiner Schulter. »Mach dir wegen Sophie keine Sorgen, die spielt gern mal das grünäugige Monster von älterer Schwester, aber irgendwann kommt sie doch damit klar.«

In den dreiunddreißig Jahren, in denen ich im Schatten meiner draufgängerischen Schwester stehe, sah ich nie einen Grund, weshalb sie auf mich hätte eifersüchtig sein sollen. »Abgesehen von *The Hideaway,* was hatte ich je, worauf sie hätte neidisch sein sollen?«

»Überhaupt alles ...« Nell lacht.

»Ja, genau, so ziemlich alles.« Plum zählt es an den Fingern ab. »Deinen Namen, deine Strandparty-Polly-Pocket, die Art, wie dein dunkles Haar bis über deinen Rücken reichte und glänzte und ihres nicht, außerdem dein ganzes Leben in London, besonders diese letzte Wohnung, und dann noch deine langen Beine, die großen Brüste und die schmale Taille ...«

Ich seufze. Das war mir alles nicht bewusst. »Die Wohnung, die langen Haare und meine schmale Taille sind jetzt raus aus der Gleichung.« Ich gebe mir Mühe, nie etwas auf den Krebs zu schieben, aber in diesem Fall ist klar, dass ohne ihn vermutlich noch alle drei Punkte zutreffen würden.

Nell bläst die Wangen auf. »Du bist immer besser mit eurer Mum ausgekommen, also spielt das wohl auch eine Rolle.«

Dad hat unser Zuhause verlassen, als wir noch jung waren, aber Sophie war ein Papakind, daher hat sie es härter getroffen als mich. Ich stand unserer Mum näher, und dabei ist es auch geblieben, aber ich kann nicht glauben, wie sehr alles wieder aufgewühlt wird, weil ich dieses Haus gekauft habe. Dabei hatte ich tatsächlich angenommen, es wäre eine einfache Lösung, wenn ich hierherkomme. Und jetzt klingt es, als würde Sophie in den Krieg ziehen!

»Eigentlich ist es nicht Sophie, die mir Sorgen bereitet.« Wenn die Karten eh schon auf dem Tisch liegen, kann ich jetzt auch weiter ehrlich sein. »Ich bin euch wirklich dankbar für alles, was ihr getan habt, aber ich bin mir nicht sicher, ob das hier langfristig die Lösung ist. Selbst mit diesem Bühnenbild und meinem Hygienelehrgang bei *The Circus* werde ich ins Straucheln kommen, wenn die Gemeinde mich wirklich prüft.« Ich zögere, dann komme ich zur eigentlichen Wahrheit. »Da ich hier bin, um allem zu entfliehen, mit einem Nervenbündel von einem Hund, hätte ich lieber keine Fremden, die sich auf meiner Veranda tummeln.«

Ich sollte inzwischen wissen, dass Nell den sprichwörtlichen Stier gern bei den Hörnern packt.

»Was hast du dir stattdessen überlegt?«

Ich druckse herum, aber dann schaue ich auf die Tische

und fasse einen Entschluss. »Diese Mäuse aus zusammengeklebten Muscheln?«

Plum argumentiert sofort: »St. Aidan ist bereits überschwemmt von Muscheltieren, aber wenn du nähen kannst, könntest du Strandtaschen machen.«

Verdammt, die müssen vergessen haben, dass ich in der Schule berühmt dafür war, mir meinen Ofenhandschuh mit der Maschine an den Schulrock genäht zu haben. »Vergesst es, das kann ich nicht.« Ich schaue zu den größeren Strandhäusern in den Dünen und die Reihe der kleineren dahinter. »Was machen die Leute denn sonst noch hier?«

Plum runzelt die Stirn. »Es gibt jemanden, der digital Haustiere porträtiert, einer schreibt Worte auf Steine und verkauft sie bei Etsy, außerdem eine Stylistin und ein paar Leute, die Paddelboards nach Kundenwünschen anfertigen.«

Nell lehnt sich mit der Schulter gegen den Türrahmen. »Sophie hat das nicht aus Gemeinheit gesagt, dass an diesem Ende des Strandes nichts los ist. In der letzten Stunde ist zum Beispiel niemand vorbeigekommen. Für den unwahrscheinlichen Fall, dass ein Kunde seinen Weg auf deine Veranda findet, kann es da so schwer sein, ihm einen Brownie zum Mitnehmen zu verkaufen?«

Plum nickt. »Und wenn du mehr anbieten willst – deine Küche ist zwar nicht groß, aber sie hat alles, was du brauchst.« Sie bemerkt meine entsetzte Miene, redet aber trotzdem weiter. »Du hast immer tolle Gerichte serviert, wenn wir dich in London besucht haben.«

Wir befinden uns auf dünnem Eis, wenn wir über die Vergangenheit reden, und gelangen prompt an einen weiteren heiklen Punkt. »Servieren kann ich. Für das Essen war hauptsächlich Dillon verantwortlich.«

Nell bricht in schallendes Gelächter aus. »Na, das glaub ich jetzt nicht, ihr habt das beide geheim gehalten!«

Es ist bloß eines der Gesetze meines Lebens, und mit Dillon war es stets wie mit Sophie – wo ich auch bin und was ich auch tue, es gibt immer jemanden, der es besser kann. Außer ein Goth sein anscheinend. Und Leute dazu bringen, Runde um Runde riesige Cocktails zu schmeißen. Das waren *meine* Superkräfte. Ich wäre vielleicht auch gut beim Einlesen von Hörbüchern geworden, wenn diese letzte Operation meine Chancen nicht zerstört hätte. Was alles andere angeht, bin ich das Schlusslicht und muss anderen den Vortritt lassen.

Plum schaut zum Himmel, dann fährt sie fort: »Es ist ein großer Fehler, dass du dich von Sophies Erfolgen unterkriegen lässt, Floss. Du bist aufgeweckt und kreativ, du gibst dir Mühe, und wenn du wirklich einen neuen Little-Cornish-Kitchen-Stil willst, schaffst du das auch.«

Nell drückt meine Hand. »Wir wären alle hier, um dir zu helfen, das weißt du doch, oder?«

Ich schließe die Augen und flüstere: »Ruhiges Leben, ruhiges Leben, ruhiges Leben.«

Als ich die Augen wieder aufmache, nickt Plum. »Clemmie hat sogar angeboten, dir die Rezeptkarten ihrer Granny zu zeigen.«

Mum war nicht die Art von Mutter, die uns, ohne kochen zu können, in die Welt hinausschickt, und bei ihren selbst gemachten Puddings war sie besonders streng. Aber mein Sherry Trifle und Apple Crumble reichten nicht mehr, als Dillon die Karriereleiter hinaufkletterte und sein Geschmack exquisiter wurde.

Ich beiße mir auf die Lippe, während ich in ihre besorgten Gesichter sehe. »Ich weiß eure Aufrichtigkeit und

Unterstützung wirklich zu schätzen, es bedeutet mir viel.«
Ich habe nicht die Absicht, Quiches im Achtzigerjahre-Stil
auf meiner Veranda zu verkaufen, trotzdem tut es gut zu
wissen, dass sie hinter mir stehen.

»Da wir gerade von Dillon sprechen ...«

Ich richte meinen Blick scharf auf Plum, denn falls ich
ihn nicht selbst erwähne, ist er die letzte Person, über die
ich reden will.

»Du weißt, dass du ihm immer noch etwas bedeutest?«
Sie spielt wieder mit dem Träger ihrer Latzhose. »Viel sogar ...«

Ich habe keine Ahnung, warum sie jetzt davon anfängt,
aber ich habe meine Antwort parat. »Dillon und ich werden immer Freunde sein.«

Der Träger ist um ihren Finger geknotet. »Er ist noch
immer nicht darüber hinweg ... überhaupt nicht ...« Die
folgende Pause soll andeuten, was wir alle wissen – Dillon,
der seine Freiheit hat und nun mal der ist, der er ist, hätte
es längst sein sollen. Das war zumindest der Plan. »Ich
wollte nur, dass du es weißt.«

Dillon hätte mir sicher gesagt, wenn sich in seinem Leben etwas geändert hat, daher weiß ich mit dieser Information nicht viel anzufangen oder wie ich darauf reagieren
soll. Ich war dermaßen fertig, als er gegangen ist, dass ich
mir nicht sicher bin, ob wir beide es schon überwunden
haben.

Ich weiß nur, dass jede Entscheidung, die ich damals
getroffen habe, aus Liebe getroffen wurde – ich wollte
unbedingt das Richtige tun, für uns beide, besonders für
ihn. Letztlich muss man auf seine Instinkte hören und sich
dann danach verhalten. Man kann nur hoffen, dass man
der Person, die man mehr als jede andere auf dieser Welt

geliebt hat, Flügel verleiht und keinen Zünder mit Bombe, die ihr Leben für immer ruiniert.

»Soweit ich weiß, genießt Dillon seinen Aufenthalt in Dubai.« Ich nehme meine ganze Kraft zusammen, um zu unterstreichen, was Plum längst wissen sollte. »Jetzt gibt es nur noch Shadow und mich, und ich habe nicht die Absicht, daran etwas zu ändern. Trotzdem danke, dass du es mir gesagt hast.«

Ich kann nur hoffen, dass sie es auch so verstanden hat, wie ich es meinte, und nicht noch weiter ihren Senf dazugibt. Ich habe jedenfalls keine Pläne, wieder jemanden in mein Leben zu lassen. Aber das heißt nicht, dass ich ein Comeback in Betracht ziehe.

»Hey, Floss, da ist dein Nachbar. Er winkt schon wieder!«

Nell stupst mich so hart, dass ich fast vom Stuhl falle.

Ich weiß bereits, wie es aussieht, wenn Kit vor seiner Hütte steht und freundlich winkt, denn ich habe es bemerkt, als ich heute Morgen zum ersten Mal auf meine Veranda hinaustrat. Nur blöd, dass er nicht weiter weg ist, dann könnte er nicht mehr winken. So aber müssen wir uns jedes Mal grüßen, wenn wir uns sehen.

Ich hebe die Hand und bewege mein Handgelenk, um über die Dünen zurückzuwinken, aber dann sehe ich, dass er nicht allein ist.

Nell stößt ihre Hüfte erneut gegen meinen Ellbogen. »Es sind drei Leute, die anderen beiden halten Händchen.«

Was zur Hölle. »Der verliert ja keine Zeit. Erst zwei Tage hier, und schon hat er Kundschaft.« Ich lege die Hand an Shadows Halsband, da er anfängt zu knurren. »Du kannst denen nicht auch noch hinterherjagen.«

Plum beobachtet mit skeptischer Miene, wie das Pärchen den Naturpfad vor der Veranda entlang und zum

Strand läuft. »Kit hat seine Kamera dabei. Wenn die Flut kommt, gibt es da nicht mehr viel Strand, an dem man entlangrennen kann. Die machen's aber trotzdem.«

Ich kenne das nur zu gut. Nachdem Dillon und ich unsere Ringe ausgesucht hatten, ließ Kit uns überall in der Neal Street posieren, um unsere Geschichte mit romantischen Fotos des Covent Garden abzurunden. Wir wählten dann ein Foto, das er von uns vor einer Reihe roter Telefonhäuschen aufgenommen hatte, für die Einladungskarten, die zwar gedruckt, aber nie abgeschickt wurden.

Ich blicke auf mein Handy. »Wenn er auf Fotos beim Sonnenuntergang hofft, kann er lange warten.«

Nell sieht grinsend zu mir. »Mit David Bailey und seinen glücklichen Paaren, die hier unten herumtänzeln, wird es jedenfalls immer unterhaltsam sein.« Sie lacht schallend, und ihr nächster Stupser ist so hart, dass ich erneut fast auf dem Boden lande. »Spiel deine Karten richtig aus! Du könntest ihnen Nachmittagstee servieren!«

Ich lache. »Das *High Tides Hotel* oder meine Strandhütte? Ich glaube, ich bin hier sicher.« Aber Kit mit seiner Nikon zu sehen, ist nervig. »Warum habe ich nicht daran gedacht, auf der Veranda eine Fotokabine aufzustellen?«

Plum lacht. »Jetzt ist es zu spät! *The Little Cornish Kitchen* bleibt in *The Hideaway*!«

Es ist nicht so, als könnte man wegschauen, wenn es sich direkt vor der eigenen Haustür abspielt. Kit dirigiert das glückliche Paar von Pose zu Pose durch die Dünen. Rücken an Rücken, Seite an Seite, von Angesicht zu Angesicht. Während sie sich in den Sand werfen und zwischen den Riedbüscheln das Kinn auf den Ellbogen stützen, sind sie keine zehn Meter mehr von uns entfernt. Kit bleibt über ihren in der Horizontale befindlichen Körpern stehen und dreht sich zu uns um. Als unsere Blicke sich treffen, grinst er, schüttelt den Kopf und verdreht die Augen. Eine Sekunde später kniet er sich für die Nahaufnahmen hin.

Plum schaut zu mir. »Hast du gesehen, wie er mit den Augen gerollt hat? Was zur Hölle hatte das denn zu bedeuten?«

»Ich habe absolut keine Ahnung.« Allerdings könnte ich auf die Gänsehaut, die es ausgelöst hat, gern verzichten.

Sie stutzt. »Fröstelst du? Bei deinem Husten solltest du dir was überziehen.«

Der nächste Stupser von Nell holt mich zurück auf die Veranda. »Ich weiß, du willst keine Kunden, aber was muss eine durstige Frau tun, um hier irgendwo eine Tasse Tee zu bekommen?«

Ich gehe ins Haus und setze Wasser auf.

5. Kapitel

The Hideaway, *St. Aidan*
Dancing Queens und Frühstücksfernsehen
Donnerstag

»Falls du wieder das Meer anbellst, es ist noch zu früh.«

Es ist der nächste Morgen, und mein Rufen ist gedämpft von der Daunendecke über meinem Kopf, die das Morgenlicht fernhalten soll, das durch die Dachfenster hereinfällt. Ich bin verwirrt, denn normalerweise muss ich Shadow aus dem Bett locken; unsere gemeinsame Vorliebe für einen kuscheligen Start in den Tag ist ein weiterer Grund, weshalb wir uns so gut verstehen.

Als er nicht aufhört mit dem Lärm, taumele ich durch den Wohnzimmerbereich, reibe mir die Augen, um wach zu werden, und hoffe, dass seine Wellenjagd aufhört, bevor sie zur festen Gewohnheit wird. Erst als ich Shadow erreiche, der mit dem Schwanz wedelnd vor der Terrassentür steht, und ich den weißen Musselin-Vorhang zurückziehe, verstehe ich, was denn eigentlich los ist.

»Sorry.« Ich tätschele ihm den Kopf. »Braver Junge, du hast mir nur Bescheid gesagt, dass wir Besucher haben.«

Nur dass die Personen dort draußen aussehen, als wollten sie bleiben. Zwei Frauen in Daunenjacken sind auf der Veranda, die Knie unter einem der Tische, die Knöchel unter den Stühlen gekreuzt. Als sie mich bemerken, hebt die eine die Hand, während die andere aufsteht und auf mich zukommt.

Ich öffne die Tür einen Spaltbreit. »Kann ich Ihnen helfen?«

»Wir haben das Schild gesehen und wollten mal schauen, ob Sie schon geöffnet haben.« Sie sieht schrecklich erwartungsvoll aus. »Wir hatten sehr gehofft, Ihre ersten Kundinnen zu sein.«

Um halb acht ist mein Stöhnen durchaus gerechtfertigt. »Ich bin noch im Pyjama.«

Was die Kurzform von *Komplett geschlossen, bitte nicht stören* ist.

Dabei bin ich selbst schuld. Ein *Geschlossen*-Schild auf der Tafel, mehr wäre nicht nötig gewesen. Ich setze es in Gedanken ganz oben auf meine To-do-Liste, bei der ich nicht mehr so den Überblick habe wie zu der Zeit, als ich noch einen Job hatte.

Sie betrachtet die Palmen auf meiner Pyjamahose. »Sehr hübsch für Schlafzeug, da wären wir nie draufgekommen.«

Es ist nicht so, als trüge ich eines dieser edlen Seiden-Sets, die von Moderedakteurinnen im Sommer für bürotauglich erklärt werden. Ein mit Chrysanthemen bedrucktes Oberteil, um Mitternacht wegen der Kälte angezogen, würde es kaum in die *Cosmopolitan* schaffen, aber in Cornwall im Morgengrauen freue ich mich über das Kompliment. Was ich nicht sollte, da ich den Pyjama doch als Rechtfertigung nutzen wollte, die Tür sofort wieder zu schließen und zurück ins Bett zu springen.

»Was möchten Sie denn bestellen?«

Ihre Augen leuchten. »Was haben Sie denn?« Während ich noch zögere, kommt sie näher. »Wenn wir ein Foto für Social Media bekommen, sind wir schon glücklich.«

Ihre Freundin ruft vom Tisch: »Bevor Sie was sagen – alte Leute sind jetzt auch auf Insta.«

Sie erinnern mich sehr an meine Mum, mit ihrem frühmorgendlichen Lippenstift und ihren butterblonden Balayages. »Sie sehen beide topfit aus. Definitiv nicht alt.«

Die am Tisch fährt fort: »Das haben wir unserer Fünf-zu-zwei-Diät zu verdanken und dem vielen Gehen. Zu Puddings sagen wir allerdings nie Nein.«

Ich muss es ihnen sagen. »Sie wissen, dass es in unserer Filiale *Seaspray Cottage* eine sehr große Auswahl an Menüs gibt? Es ist nur einen kurzen Spaziergang den Strand hinunter.« Clemmies Laden ist von früh bis mittags geöffnet, unabhängig von den Veranstaltungen.

»Aber wir sind nun mal hier.« Tatsächlich klingen sie so entschlossen wie meine Mum. »Wir sind übrigens Jean und Shirley. Wie reizend, Sie kennenzulernen, Florence.« Genauso clever wie Mum sind sie auch noch, indem sie mich mit meinem Namen vom Schild ansprechen, damit ich mich verpflichtet fühle.

Ich versuche, ein paar Grundregeln zu formulieren, während ich überlege, was ich überhaupt dahabe. »*Meine* Filiale der *Little Cornish Kitchen* wird nur nach Vereinbarung geöffnet haben, außerdem wird es gelegentlich Kuchen zum Mitnehmen geben. Drinks serviere ich nie.« Es gibt nicht genug Milch für den Tee, kein Brot für Eier auf Toast, und Schinken habe ich auch keinen. Dann fällt mir ein, dass Clemmie anfangs Desserts angeboten hat, und da habe ich meine Lösung. »Für Schokolade ist es nie zu früh, also wie wäre es *ausnahmsweise* mit einem Lucky-Dip-Medley?« Ich denke da an Käsekuchen-Würfel und kleine Kugeln Vanilleeis mit Coco Pop garniert.

Ein breites Lächeln erscheint auf ihren Gesichtern. »Zweimal, bitte.«

»Das macht dann acht Pfund für jeden.« Der Preis, den ich einfach aus der Luft greife, soll sie abschrecken, damit sie nie wiederkommen. Dann fällt mir ein, dass der Großteil meines Geschirrs schmutzig ist. »Diese Köstlichkeit wird im Becher serviert.«

Ihre Augen leuchten. »Das klingt ja immer besser.«

Das ist so unglaublich, dass es surreal wird. Ich murmele Shadow etwas ins Ohr, während ich die Tür hinter mir schließe und in den Küchenbereich gehe. »Ich verspreche dir, das hier ist eine einmalige Sache.«

Selbst ich kann das. Ich lege los mit zwei Cocktailschirmchen von Ivy, die ich in einer Schublade finde, außerdem ein Stück Fertigkuchen, und im Nu bin ich wieder zurück. Mit dem Tablett in der Hand gelingt mir sogar ein schwungvoller Auftritt; Papier von der Küchenrolle liefere ich nach.

Als die Löffel über Ivys nicht zusammenpassenden Tassen schweben, halten die beiden inne und sehen mich an.

»Ja?« Ich hätte wissen sollen, dass es doch ein großer Fehler war, damit anzufangen. Ich hoffe nur, ich kann mich retten, bevor ich Clemmies Ruf komplett ruiniere.

Shirley hüstelt. »Haben Sie ein Kartenlesegerät?«

Jean fügt hinzu: »Wir haben nur Karten, und es wäre unschön, mit dem Essen zu beginnen, wenn wir gar nicht zahlen können.«

»Ist das alles?«, frage ich erleichtert. »Sie sind meine ersten Kunden überhaupt. Selbst wenn Sie Bargeld dabeihätten, habe ich gar kein Wechselgeld. Also geht alles aufs Haus!« Als würde ich wegen einer Handvoll Coco Pops diskutieren, wo ich die beiden doch bloß schnell wieder loswerden will.

Zwanzig Minuten später ist es mir gelungen, Shadow zur Hintertür hinauszulassen, damit er das Bein heben kann. Anschließend gesellt er sich zu uns auf die Veranda, um sich die Ohren kraulen zu lassen, und dann verabschieden wir uns alle.

Jean drückt meinen Arm, als sie auf dem Weg zu den Verandastufen ist. »Danke, dass Sie für uns aufgemacht haben. Die Desserts waren köstlich.«

Shirley schaut von der Düne zu mir. »Viel zu gut, um kostenlos zu sein. Wir bezahlen, wenn wir das nächste Mal vorbeikommen.«

Ich muss in dieser Angelegenheit entschiedener sein. »Das ist wirklich nicht nötig.«

Jean dreht sich um, als sie den Sand erreicht. »Keine Zeit mehr, um darüber zu diskutieren, da taucht schon der nächste Kunde auf. Wir mögen zwar auf der falschen Seite der siebzig sein, aber wir wissen Bauchmuskeln in einem Neoprenanzug frisch aus den Wellen immer noch zu schätzen.«

Ich blicke auf das, wovon sie sprechen, erleide beinah einen Herzstillstand und schaffe es dennoch zu erwidern: »Das ist mein Nachbar. Ich schaue lieber mal, was er will.«

Die zwei gehen den Strand entlang Richtung St. Aidan. Als ich wieder zur anderen Seite blicke, ist Kits Stoppelbart schon sehr nah. Wenn er lächelt, verspüre ich ein flaues Gefühl im Magen. Shadow kläfft und rennt von der Veranda, und während er sich erneut den Kopf kraulen lässt, reiße ich mich zusammen.

Mein Vorsatz, Single zu bleiben, dient nicht nur dazu, um über Dillon hinwegzukommen. Dating ist schon schlimm genug, wenn man gesund ist, aber gerade den

Krebs überwunden zu haben, bringt eine Million andere Komplikationen mit sich. Und warum sollte irgendwer sich für jemanden entscheiden, der krank war, wo es doch so viele gesunde Menschen gibt? Wenn man es schafft, einen Typen zu einem Date zu bewegen, geht das Dilemma erst los. Erwähnt man das K-Wort beim ersten Ausgehen und nimmt in Kauf, dass er die Flucht ergreift? Oder spart man sich das auf bis später und riskiert ein gebrochenes Herz, wenn er einen daraufhin ghostet? Wenn das Selbstwertgefühl ohnehin angekratzt ist, sind derartige Zurückweisungen schwerer zu ertragen. Hinzu kommt die Erklärung der Narben und der Unfruchtbarkeit, und dann kann man es eigentlich gleich sein lassen.

Ich weiß gar nicht, warum ich mir jetzt den Kopf darüber zerbreche, wo ich mir zu neunundneunzig Prozent sicher bin, dass der Typ neben mir trotz des fehlenden Eherings vergeben ist.

Ich werfe einen Blick auf meine Armbanduhr, es ist noch nicht mal acht. »Sind eigentlich alle in St. Aidan Frühaufsteher, oder geht ihr gar nicht erst ins Bett?«

Kit fährt sich durch die feuchten Haare, was sie noch mehr zerzaust. »Man schläft schlecht bei diesem Lärm, den das Meer macht. Findest du nicht auch?«

Halbwegs wünschte ich, es wäre so. »Mich stört das nicht.« Das ändert sich vielleicht, wenn es stürmischer wird, aber das beständige Rauschen des Meeres macht mich müde. »Schlecht geschlafen habe ich in Stoke Newington. Ständig haben mich die Sirenen in der High Street geweckt.«

»Dieser London-Flüchtling ist ein bisschen weiter außerhalb seiner Komfortzone als du«, sagt er und deutet auf Shadow.

Es kommt mir bereits vor wie aus einem anderen Leben. »Shadow ist aus Hackney und nimmt es schwer.«

Kit lächelt ihn an. »Sein Akzent kam mir gleich bekannt vor.«

»Du hast ihn bellen gehört?« Ich will hier auf keinen Fall wegen Lärmbelästigung anecken.

»Hin und wieder.« Kits Lippen zucken. »Er ist ein Hund, die bellen nun mal.« Dann erscheint ein richtiges Lächeln auf seinem Gesicht. »Du hast deine Beine heute bedeckt.«

Ich stutze. »Für jemanden im Neoprenanzug ist das eine seltsame Bemerkung. Aber im Ernst, das Wasser muss arktische Temperaturen haben, oder?«

»Wenn ich schon hier bin, muss ich das Beste daraus machen.« Er verzieht das Gesicht. »Angeblich wird es besser, sobald man sich daran gewöhnt hat.«

Ich lache. »Die erste Lektion, wenn man in St. Aidan lebt: Glaub nichts, was die Einheimischen sagen.«

Er zieht die Mundwinkel nach unten. »Das werde ich mir merken.« Dann grinst er wieder. »Bisher hast du immer Shorts getragen, wenn ich dich gesehen habe.«

»Falls du nur gekommen bist, um über meinen Pyjama zu lästern – ich wollte gerade wieder ins Bett.«

Seine Hand liegt auf dem Verandageländer. »Da ist noch etwas …« Er lässt eine so lange und unheilvolle Pause folgen, dass wir beide meinem pochenden Herzen lauschen können. »Ich habe dich gleich wiedererkannt, als ich dich am Straßenrand sah. Du und Dillon wart wegen der Eheringe bei mir.«

»Ja, stimmt.« Die Frage schwebt unausgesprochen zwischen uns. »Dillon ist nicht hier. Wir haben die Ringe dann doch nicht gebraucht.« Ich bin verblüfft von seinem guten

Gedächtnis, aber es funktioniert auf beiden Seiten. »Wir sind nicht die beste Werbung für dich, aber keine Sorge, ich hänge es nicht an die große Glocke.«

Er hebt die Brauen. »Sag nichts weiter. Dein Geheimnis ist sicher bei mir.«

Ich drehe den Saum meines mit Sternen bedruckten Oberteils um meine Taille und ziehe es fest. »Tipp Nummer eins für ein besseres Leben: Lass die Vergangenheit hinter dir und mach einen Neuanfang.«

Da er einen ähnlich extremen Schritt gemacht und die Stadt für ein Strandhaus verlassen hat, hätte ich mit einer Reaktion gerechnet. Nicht dass ich überhaupt irgendein Interesse an seinem Leben habe – was gut ist, da seine Aufmerksamkeit dem Geschirr auf dem Tisch gilt. »Servierst du etwa Frühstück?«

Ich zögere. »Ich hatte eine spezielle Anfrage.« Dann fällt mir ein, dass ich dafür so viel berechne, dass es sich glatt lohnt, meine Portion abzugeben. »Ich habe noch eins, falls du Interesse hast?«

»Ich erwarte Kunden, daher muss ich es mitnehmen. Außerdem gehe ich ohne Bargeld schwimmen.« Er klopft auf die nicht existente Tasche an seinem Hintern und grinst hoffnungsvoll. »Ich könnte bezahlen, wenn ich den Teller zurückbringe.« Meine Augen brennen, während ich genau verfolge, wie seine Hand auf der Stelle landet, an der eine Tasche sein sollte.

»Becher. Es wird im Becher serviert.« Dass ich hungrig bleibe, ist es wert, wenn ich ihn dadurch endlich loswerde und mich dem restlichen Tag widmen kann. »Und es kostet zehn Pfund.« Der hohe Preis liegt nicht nur darin begründet, dass dies der *High Tides*-Teil des Strandes ist. Es muss unbedingt eine einmalige Sache bleiben. »Ich hole es.«

Als ich ihm den orange braunen Becher in die Hand drücke und ihm hinterherschaue, wie er durch die Dünen geht, nehme ich mir fest vor, dass dies meine allerletzte Transaktion ist.

Dann piepst mein Smartphone, und die Nachricht von Nell lenkt mich auf ein komplett anderes Thema.

Singles-Club-Kneipenbummel mit Kuchen morgen Abend! 7:30 Uhr im Yellow Canary! Ich habe es Kit schon gesagt!

Was Veranstaltungen des Singles-Club angeht, akzeptiert Nell einfach kein Nein. Wie komme ich da nur wieder heraus?

Ein Fake-Unternehmen, Kunden im Morgengrauen, ein sexy Nachbar und der Singles-Club, dem ich irgendwie entkommen muss – ich hätte mehr Ruhe, wenn ich auf dem Trafalgar Square campieren würde.

6. Kapitel

»Kunden, so schnell?«

»Und die wollen wiederkommen!«

So viel zu geringer Kundenfrequenz an diesem Teil des Strandes. Mit Nell, Plum, Clemmie, Sophie *und* drei ihrer Kinder, die Shadow und mir beim frühmorgendlichen Strandspaziergang Gesellschaft leisten, ist es wie in der Hochsaison am Donut-Stand.

Es ist Samstagmorgen, und der Wind, der uns ins Gesicht bläst, weht die meisten Worte unserer Unterhaltung weg, was bedeutet, dass wir kommentarlos am Hotel vorbeigehen. Erst als wir die Burg am Comet Cove erreichen und umkehren, können wir vernünftig reden. Auf dem Rückweg nach St. Aidan platzt aus allen die Begeisterung darüber heraus, was sich auf meiner Veranda abgespielt hat, seit Nell und Plum zuletzt hier waren. Geheimnisse bleiben in St. Aidan nicht lange geheim. Durch Jeans #CocoPopsbei*FlorenceMay@TheHideaway*-Insta-Posts ist es mit meiner Unsichtbarkeit endgültig vorbei.

Und als Jean und Shirley versprachen, Bargeld vorbeizubringen, hätte ich keineswegs damit gerechnet, dass sie das heute tun würden. Schon gar nicht hätte ich erwartet, dass sie erneut um Desserts im Morgengrauen betteln. Shadow lag noch im Bett und rührte sich nicht, als die beiden heute an der Verandatür auftauchten, und wie ich umherhüpfend meine Shorts anzog, mit der Zahnbürste im Mund die Tür öffnete und mir die Haare mit den Fingern trocknete, um mich für die Ankunft der Gang vorzubereiten, bot ich sicher nicht den besten Anblick.

Ich muss protestieren, bevor es mit den anderen völlig durchgeht. »Sie sind keine richtigen Kunden, sondern Bekannte. Flüchtige noch dazu.«

Nell schnaubt. »Sag das mal auf Cornish.«

Ich lache. »Es sind einfach Freunde, die vorbeikommen und die *keine* Kundenkarte erhalten.« Wenn es nach mir geht, werden sie auch nicht mehr wiederkommen.

Wann ist mein Leben so kompliziert geworden? Hier sind Shadow und ich, stolpern über Stränge von Seetang und steigen über vom Salzwasser umspülte Kiesel, obwohl wir doch eigentlich noch unter der Bettdecke liegen sollten. Und all das, weil ich Nell gestern Abend nur von ihrem Singles-Club-Event ablenken konnte, indem ich ihr einen Morgenspaziergang mit mir und Clemmie versprochen habe, an dem alle anderen auch teilnehmen wollten.

Plum wirft mir einen Seitenblick zu. »Was genau ist eigentlich *Toffee Crackle*?«

Ich weiß gar nicht, was sie hier macht, da sie doch ihre Galerie öffnen sollte. Es ist schwer, wie eine Backwettbewerbteilnehmerin zu klingen, wenn ich den Mix heute noch schneller zusammengeworfen habe als gestern. »Winzige Stückchen Salted-Caramel-Eiscreme, garniert mit Crunchy Nut Cornflakes, verziert mit einem Plastikflamingo und ein paar Spritzern Vanillesoße – alles im Becher, weil ich nichts anderes hatte.« Obwohl ich mich beeilt habe bei der Zubereitung, vergaß ich nicht, mich vorher nach Allergien zu erkundigen.

»Wenn ich bei Clemmie nicht schon drei Schinkenbrötchen gegessen hätte, würde ich das jetzt auch wollen.« Nell leckt sich die Lippen, während sie am Wasser entlangschlendert. Hin und wieder bleibt sie stehen, um einen Stock für Clemmies Hund Diesel zu werfen, während Shadow mit einer Mischung aus Verachtung und Unglauben zusieht, außer wenn sich eine Welle nähert, denn dann bellt er das Meer an.

Clemmie grinst mich über Arnies Kopf hinweg an, der in einem Tuch an ihrem Bauch hängt. »Ich finde an den Schnörkeln nichts auszusetzen.«

Ich kann die Lorbeeren nicht allein einheimsen. »Ivys Schubladen sind voll von solchem Zeug. Und das Beste ist, sie sind wiederverwendbar.« Das werde ich kaum nutzen, denn es war definitiv meine letzte Bewirtung von Gästen.

Milla, Sophies Teenager-Tochter, bindet ihre seidigen blonden Haare noch einmal neu mit dem Haarband, dann nimmt sie die Hand ihrer jüngeren Schwester Tilly. Die beiden gehen neben mir. »Dürfen wir Shadow auf dem Rückweg halten?« Ihr breites Lächeln ist so überzeugend wie das ihrer Mum. »Tilly hat noch nie einen Hund an der Leine geführt, und ich glaube, sie würde es toll finden.«

Milla kann ich nur schwer etwas abschlagen, und warum sollte ich? Sie war stets ein umgängliches Kind, deren emotionale Intelligenz ihr Alter übersteigt. Außerdem ist sie unendlich geduldig und hilfsbereit bei ihren drei jüngeren Halbgeschwistern. Ich kann mich nicht daran erinnern, dass sie ihnen gegenüber je gemein gewesen wäre, und der Übergang in die Pubertät verlief traumhaft.

Ich lächele sie an. »Das Meer macht Shadow so schreckhaft, dass ich ihm eine lange Leine gekauft habe.« Bisher trage ich sie zusammengerollt in meiner Hand, denn mein Hund geht bei Fuß, um gleich Deckung zu haben, falls er auf etwas Beängstigendes stößt. Ich entrolle die Leine, behalte die Schlaufe in der Hand und gebe den Rest an Milla weiter. »Bitte, ihr könnt ihn beide führen. Aber haltet gut fest, denn möglicherweise zieht er plötzlich, wenn eine Welle den Strand heraufkommt.«

Sophie lacht. »Ich hätte nie gedacht, dass du eine Helikopter-Mum sein würdest, Flossie!«

Ich verziehe das Gesicht, denn sie hat recht. »Ich habe Shadow erst seit ein paar Monaten und bin eine sehr besorgte Mum. Der Umzug hat ihn mitgenommen; in London hat er nie gebellt!«

Nell wirft einen weiteren Stock für Diesel. »Keine Sorge, der wird sich schon ans Wasser gewöhnen.« Sie gibt einen pikierten Laut von sich. »Er ist nicht der einzige widerwillige neue Einwohner hier. Kit will auch nicht zum Singles-Abend mit Kuchen kommen.«

Das kann ich ihm nicht verdenken. Weil ich nicht hingehen will, sind wir hier alle versammelt.

Plum lacht. »Sei realistisch. Er wird sein Luxushotel nicht verlassen, um im *Yellow Canary* herumzuhängen, auch wenn deren Kuchen preisgekrönt sind.«

Sophie macht ein verträumtes Gesicht. »Deren Naschzeug ist fantastisch. Und der klebrige Karamellpudding ist ein Gedicht. Ich meine ja nur.«

Clemmie gibt ein tiefes Seufzen von sich. »Der Ingwer-Käsekuchen auch …«

Als sie die ganze Dessertkarte durchgegangen sind und vom überwältigenden Kirschkuchen sowie den überirdischen Zitronenbaisers geschwärmt haben, kommt das Hotel wieder in Sicht.

Hand aufs Herz, ich konzentriere mich mehr auf die Schilderungen von mit Zuckerguss glasiertem Blätterteiggebäck als auf Shadow, der glücklich neben Tilly und Milla hertrottet, ohne sein übliches Bellen, weil wir anderen ihm die Sicht auf das beängstigende Meer verstellen. Als eine hohe Welle auf den Strand trifft und wir alle zur Seite springen, werde ich daher vom plötzlichen Zerren an der Leine überrascht. Im nächsten Moment ist lautes Bellen zu hören, und Shadow ist weg. Er rennt in die Dünen und schleift die Leine hinter sich her.

Ich fluche leise, und als ich ihn zwischen den dünnen Zypressen am Rand des Hotelrasens verschwinden sehe, stöhne ich auf. »Das hat mir gerade noch gefehlt, dass er auf dem *High Tides*-Gelände herumläuft!«

Ich renne los, aber nur wenige Meter weiter fängt meine Brust an zu brennen und erinnert mich daran, wie unfit ich bin. Plum, Sophie, Milla, Tilly und Maisie beteiligen sich an der Verfolgung und laufen neben mir durch den Sand. Als wir an den breiten Gehweg kommen, von dem die Hotelpfade zum Strand führen, entdecke ich eine vertraute Gestalt am Gebäude, und ehe ich mich besinnen kann, rufe ich laut: »Kit! Shadow ist weggelaufen! Kannst du ihn bitte festhalten, wenn du ihn siehst?«

Er bleibt stehen, hält Ausschau, und dann, als er oben am Hang über dem Strand losrennt, kommt Shadow wieder in Sicht, denn er galoppiert quer über den Rasen. Kit rennt auf ihn zu und stürzt sich auf den Hund. Für einige Sekunden hält er Shadow in einer Rugby-Umklammerung, doch der entwindet sich seinem Griff und rennt im Zickzack durch die Buchsbaumhecken, die Leine immer noch hinter sich herschleifend. Kit springt auf, und als Shadow auf den gekiesten Parkplatz zurennt, taucht eine weitere Gestalt auf. Kit ruft: »Halt den Hund fest, Rye!«

Shadow rennt die Stufen hinunter und wirft dabei eingetopfte Buchsbäume um; gleichzeitig tritt der Mann, den Kit gerufen hat, zwischen zwei geparkten Wagen hervor, direkt in Shadows Weg. Eine Sekunde später hat er Shadow auf die Arme gehoben, hält ihn an sich gedrückt und blickt lachend zu Kit.

»Gut gemacht, er ist mir dummerweise entwischt.«

Als wir näher kommen, erkenne ich ein Jackett mit Schulterklappen und eine Hose mit scharfer Bügelfalte. Ich ärgere mich immer noch über mich selbst, weil ich Shadow losgelassen habe. »Was für ein Glück, dass ich neben einem Hotel mit einem aufmerksamen Hundewächter wohne!« Einem starken noch dazu, denn er hält die vierzig Kilo Hund wie nichts.

Plum verdreht die Augen. »Geht's noch, Floss? Eine solch flotte Uniform auf dem Parkplatz eines Luxushotels? Es ist doch offensichtlich, dass er die Parkplatzaufsicht ist.« Mit einem strahlenden Lächeln wendet sie sich an den Mann. »Habe ich recht?«

Sie setzt nicht nur ihr Lächeln ein, sondern wirft auch noch den Pferdeschwanz zurück und drückt die Brüste heraus, was ganz untypisch für sie ist.

Kit eilt auf uns zu, und ich rufe entsetzt: »Nun sieh dir das an! Dein Hemd ist ganz matschig! Es tut mir schrecklich leid!«

Er legt mir die Hand auf die Schulter und schüttelt den Kopf. »Keine Sorge, ich habe noch hundert weitere in meinem Strandhaus, alle sauber und gebügelt.« Ein Lächeln erscheint auf seinem Gesicht, und er lässt die Hand wieder sinken. »Nur ein Scherz.«

Der Typ, der Shadow hält, lacht. »Kein Scherz. Deshalb braucht er zwei Strandhütten.«

Kit winkt ab. »Hör auf, meine geheimen Laster zu verraten! Parkplatzaufsicht, das war auch nicht schlecht!« Er wendet sich an uns. »Das ist Rye Radley, ein weiterer London-Flüchtling, der mich lange genug kennt, um meine Hemden zu zählen und meine Garderobe zu beurteilen.«

Plum klingt ehrfürchtig. »Freut mich, dich kennenzulernen, Rye Radley. Hübsche Alliteration übrigens.«

Nell, Clemmie und Diesel kommen rechtzeitig bei uns an, um diese letzte Bemerkung mitzubekommen, und prompt meldet Nell sich zu Wort. »Pfeif auf die Alliteration, das ist die beste Neuigkeit ever für den Singles-Club! Zwei neue Männer im Ort verdoppeln doch gleich den Spaß! Noch dazu alte Freunde! Ihr könnt die Events zusammen besuchen.«

Ich warte gebannt. Falls es Partnerinnen hier oder in London gibt, wäre dies der Moment, um sie zu erwähnen.

Milla hebt den Zeigefinger. »Man muss auch gar kein Single sein, in St. Aidan macht jeder mit, unabhängig vom Status.«

Verdammt.

Kit verzieht das Gesicht. »Darauf werden wir noch zurückkommen.«

Rye Radley grinst. »Hey, Kit, du hast versprochen, kein Workaholic mehr zu sein und stattdessen geselliger, wenn du in Cornwall bist.« Er verdreht die Augen. »Und um das klarzustellen, ich bin kein Tiertrainer. Ich bin unterwegs zu meiner Einführung als Teilzeitfeuerwehrmann, deshalb auch die Uniform.«

Nells Augen glänzen. »Das wird ja immer besser! Für unsere Notfallhelfer in St. Aidan gibt es viel Liebe.«

Sophie murmelt in mein Ohr: »Besonders für diejenigen, die gut gebaut sind und als Matt Damons Body-Double einspringen könnten. Hast du Plum gesehen? Wir müssen weg von hier, bevor sie zu einer Pfütze vor seinen Füßen schmilzt oder anfängt, sein Gesicht abzulecken.«

Clemmie ergreift die Initiative. »Eins nach dem anderen. Rye, wolltest du nicht Shadow herunterlassen, damit Floss ihn wieder übernehmen kann?«

Egal, was Sophie über Plum sagt, ich will auch möglichst schnell und weit weg von Kit und seinem Bestie. Und schon gar nicht will ich in seiner Schuld stehen, während ich wie die verantwortungslose Hundehalterin rüberkomme. Also trete ich vor und ergreife Shadows Leine. »Vielen Dank für eure Hilfe, Gentlemen. Ab jetzt kommen wir allein zurecht.«

Dann trete ich zurück, und als Rye Shadow wieder auf den Boden stellt, stürzt er zu mir. Dabei bemerke ich die Sand- und Meerwasserflecken auf Ryes Hemd.

»Warte, lass mich das abwischen.« Plum geht mit ausgestreckten Händen auf ihn zu.

Doch ehe sie Kontakt herstellen kann, drängelt Sophie sich von der Seite dazwischen und schiebt Plums Hände weg. »Ich bin sicher, dass Rye das ganz gut selbst hinbekommt, Plum.«

Ich umarme gerade Shadow, aber selbst seine Pfoten auf meinen Schultern können mich nicht davon ablenken, wie peinlich mir das Chaos ist, das ich verursacht habe. »Selbstverständlich werde ich für die Reinigung aufkommen.«

Nell meldet sich zu Wort. »Geh zu *Iron Maidens* und frag nach Jenny; die wird das rasch für dich erledigen.«

Ich schiebe die anderen weg, damit sie endlich weitergehen. »Melde dich wegen der Rechnung. Wir lassen euch jetzt mal in Ruhe.« Ich wende mich an die Truppe und murmele die Worte, die sie garantiert in Bewegung setzen werden. »Wie wäre es mit einem zweiten Frühstück bei mir?« Im nächsten Moment sind wir wieder am Strand unterwegs, zurück zu *The Hideaway*.

Milla geht neben Shadow und mir an den Seetanghaufen vorbei. »Hast du da hinten Schwingungen gespürt, Tante Florence?«

Ich lächele. Sie ist so aufmerksam. »Plum ist sehr wählerisch, was Männer betrifft, aber diese Muskeln unter der Uniform haben definitiv *Schwingungen* ausgelöst.«

Milla lacht. »Nicht Plum. Ich meinte dich und Kit. Das hat ganz schön geknistert!«

»Geknistert? Im Ernst?«

Vergesst, was ich über Millas emotionale Reife gesagt habe. Sie hat die Situation völlig falsch interpretiert.

7. Kapitel

The Hideaway, *St. Aidan*
Hunde und Knochen
Samstag

»Mum, können wir einen Hund haben?«

Mit Ausnahme von Plum, die losmusste, um die Galerie zu öffnen, sitzen wir eine halbe Stunde später alle auf der vorderen Veranda meines Strandhauses *The Hideaway* und essen Eiscreme aus Bechern, was ein kleiner Preis dafür zu sein scheint, alle schnell vom Hotel wegbekommen zu haben. Doch als Sophie Millas Frage hört, hält sie mit dem Löffel kurz vor ihrem Mund inne.

Aber da Sophie nun mal so ist, fängt sie sich gleich wieder. »Das ist ein reizender Gedanke, Schätzchen. Aber wir haben keinen Platz dafür.«

Milla wirft den Kopf zurück. »Wir wissen alle, dass das Blödsinn ist! Ich kann das Schloss von hier aus sehen, es ist groß genug für ein Rudel Huskys.«

Milla wurde stets dazu ermutigt, offen ihre Meinung zu vertreten, doch jetzt ist da eine neue Schärfe in ihrer Stimme. Wenn ich mir überlege, wie rebellisch Sophie und ich als Teenager waren, musste das wohl so kommen.

Sophies Augen weiten sich vor Schreck. »Könntest du *bitte* auf deine Ausdrucksweise vor den Kindern achten! Wir haben *in unserem Leben* schlicht keinen Platz für einen Hund.«

Sophie hatte nie viel übrig für Haustiere. Als Kinder waren es meine Kaninchen, die in unserer Küche herumliefen, während sie sich über Hundedreck an ihren Ballettschuhen beschwerte. Ich sympathisiere daher mit Milla.

»Willst du Shadow nicht mit mir teilen, Mills? Wir haben immer gern Gesellschaft auf unseren Spaziergängen.«

»Danke, Floss.« Sophie verdreht erleichtert die Augen. »Da wir das geklärt haben – sind die beiden nebenan ein Paar oder nur Besties? Und ist noch jemandem, außer mir, Plums Verhalten aufgefallen?«

Die nebensächliche Tatsache der Existenz von Kits superattraktiver Verlobter – möglicherweise inzwischen Gattin –, Violetta, deren Namen mir morgens um drei plötzlich wieder einfiel, könnte hier die Entscheidung bringen. Allerdings werde ich das jetzt nicht in die Diskussion einfließen lassen.

Milla grinst mich an. »Ich würde dir gern bei Shadow helfen.« Ihr Grinsen wird breiter. »Kit mag ja ein bisschen spießig sein, was seine Hemden angeht, aber seine Reaktion vorhin lässt darauf schließen, dass er auf Frauen steht.«

Clemmie seufzt. »Hoffen wir mal für Plum, dass das auch für Rye gilt.«

Milla sieht mich noch immer an. »Dein Strandhaus ist toll, Tante Floss, aber mit den richtigen Accessoires könnte es noch viel besser aussehen.«

Diesmal halte ich mit dem Eiscremelöffel vor dem Mund inne, aber obwohl in Verlegenheit gebracht, reagiere ich ebenso prompt wie Sophie. »Umzüge sind teuer, ich werde daher erst dann mehr am Haus machen, wenn ich etwas gespart habe.«

Milla rollt mit den Augen. »Mum hat ein Vermögen dafür ausgegeben, unser Schloss aufzupeppen. Du musst ja keine neuen Sachen kaufen. In meinem Zimmer ist alles aus Charity-Shops oder von Freecycle.«

Sophie sieht pikiert aus. »Bevor du weiter von Wiederverwendung schwafelst, Milla, vergiss nicht, dass ich ein ganzes Haus recycle.«

Milla schüttelt den Kopf. »Kein Grund, gleich aus deiner Shapewear zu fahren, Mum. Ich meine bloß, dass ich mit meinen Freundinnen nächste Woche statt zu uns zu Tante Florence gehen könnte, um ihr praktische Tipps zu geben.«

Ich muss da kurz nachhaken. »Du trägst Shapewear, Soph?« Ausgerechnet sie, die von uns allen den schlankesten Körper hat. Sie gehört zu den seltenen Frauen, die nach der Geburt ihrer Kinder sofort wieder ihre alte Figur bekommt, kaum dass sie die Entbindungsstation verlassen hat.

Sophie winkt ab. »Glaub mir, nach vier Babys brauche ich die.« Dann wendet sie sich wieder an Milla. »Dein Verwöhntag war dazu gedacht, dass ihr *mein* neues Teenager-Sortiment *bei uns zu Hause* ausprobiert!«

Milla schnaubt genervt. »Aber es ist so hübsch hier. Und nebenan beim Hotel sind auch noch die Gartenjungs ...«

Sophie zuckt zusammen. »Du meinst *Gärtner*?«

Milla seufzt. »Die süßen Sechstklässler haben alle einen Samstagsjob und pflegen das Hotelgrundstück.« Bevor wir etwas sagen können, fährt sie fort. »Mach keine große Sache daraus, Mum. Tante Florence ist das neue Gesicht der *Little Cornish Kitchen*, und wir werden ihr dabei helfen, die Strandhütte bestmöglich aussehen zu lassen.«

Es kommt mir noch gar nicht so lange her vor, dass Milla so klein wie Arnie gewesen ist und Sophie in ihrem letzten Jahr an der Uni war, als sie sie bekam. Milla am Tag ihrer Geburt auf dem Arm zu halten, ist bis heute einer der wunderbarsten Augenblicke in meinem Leben. Ich blinzele die Tränen weg, als ich daran denke, wie winzig sie war. Wie ich sie an meiner Brust hielt, schnaufend in ihrem gestreiften Strampelanzug.

Milla spürt, dass Sophie schwach wird. »Ich habe es Tante Florence vorhin erzählt, und sie ist einverstanden.«

Ich mache den Mund auf und schließe ihn wieder, weil ich keinem von beiden in den Rücken fallen will.

Sophie hebt den Blick zum Himmel, dann gibt sie nach. »Solange du mir versprichst, nicht die Hotelmitarbeiter im Strandhaus zu bewirten – okay, wir können es hierher verlegen.«

Milla zuckt zusammen. »Du musst nicht *wirklich* hier sein, Mum.« Sie zögert. »Warst du nicht diejenige, die Tante Florence gesagt hat, sie solle *keine* Helikopter-Mutter sein?«

Sophie wirft mir einen ratlosen Blick zu, den ich von ihr nicht gewohnt bin. »Tante Floss ist vielleicht nicht fit genug, um mit sechs von euch fertigzuwerden. Sie war krank.«

Milla macht ein aufsässiges Gesicht. »Und jetzt ist sie vollständig genesen und krebsfrei! Sie will nicht für immer Invalidin sein!«

Ich werde nie mehr so robust wie vorher sein, aber andererseits hat sie auch recht – alles, was ich will, ist, wieder normal sein.

Sophie wirft mir einen resignierten Blick zu. »Ich werde Mum bitten, dir zu helfen.« Sie zögert. »Nein, besser, du fragst. Du hattest schon immer einen besseren Draht zu ihr.«

Wir wissen beide, dass unsere Mum kurzfristig wahrscheinlich keine Zeit haben wird, aber wenn Sophie dadurch das Gefühl hat, wieder ein bisschen mehr die Kontrolle zu bekommen, meinetwegen.

Clemmie lehnt sich zu mir herüber. »Wenn deine Mum es nicht schafft, springen wir anderen eben ein.« Sie wendet sich an Milla. »Wie viele kommen?«

Milla zählt an den Fingern auf. »Nach dem Upgrade des Treffpunktes wahrscheinlich zehn!«

Ich grinse in die Runde. »So viele Mädchen auf meiner Veranda? Was für eine prima Idee, den Samstag zu verbringen!«

Milla drückt meine Hand fest, wie sie es getan hat, als sie drei war. »Wir werden auch drinnen sein. Ist das okay?«

»Natürlich.« Das ist gesagt, bevor ich richtig darüber nachdenken kann, ob Shadow und ich wirklich unser Haus mit so vielen aufgeregten Heranwachsenden teilen wollen. Aber wir haben ja die ganze Woche Zeit, um uns an die Vorstellung zu gewöhnen.

Millas Kratzbürstigkeit ist verschwunden, als sie Sophie lächelnd ansieht. »Keine Sorge, zum Übernachten kommen wir nach Hause. Dann können wir nonstop *Emily in Paris*, *Sex Education* und *Happy Feet* schauen.«

Nichts davon hatte ich geplant, aber nachdem ich diese Liste gehört habe, nehme ich an, dass ich den leichteren Teil der Abmachung bekommen habe.

MAI

8. Kapitel

The Hideaway, *St. Aidan*
Holprige Straßen und steinige Morgen
Mittwoch

Zehn Mädchen in *The Hideaway* für einen ganzen Tag? Wo ich doch eigentlich Ruhe tanken und jede Aufregung vermeiden wollte! Nicht dass ich panisch bin, als ich nach Penzance aufbreche, um Vorräte zu kaufen. Ich will nur doch wenigstens ein bisschen vorausplanen. Früher hat Milla Papier gefaltet, und ich kann wohl kaum darauf hoffen, dass sie das immer noch macht. Aber wenn die Mädchen Lust haben zu basteln, könnte ich mir Origami-Möwen ganz gut an meinen Wänden vorstellen.

Als ich auf dem Heimweg gerade in meinem Mini am Hotel vorbeifahre und darüber nachdenke, ob Papiervögel schon alles sind, was ich mir als Hausschmuck überlegen kann, springt mir eine mit den Armen wedelnde Gestalt vor den Wagen.

Während ich das Fenster herunterlasse, murmele ich an Shadow gewandt: »Diese schneeweißen Ärmel würde ich überall erkennen.« Dann setze ich für den Mann ein angemessenes Lächeln auf. »Kit, wie kann ich helfen? Falls eine Frau in den Wehen liegt, ziehe ich gern mein T-Shirt aus.« *Warum habe ich das nun wieder gesagt?*

Er fährt sich durch die Haare, was sie noch mehr zerzaust, als sie ohnehin schon sind. »Ich fürchte, es ist schlimmer als eine ungeplante Geburt. Mein Zehn-Uhr-Termin ist noch nicht da!«

Ich schaue auf meine Armbanduhr und finde, er ist melodramatisch. »Da es schon fast elf ist, könnte es doch durchaus sein, dass sie gar nicht mehr auftauchen?«

»Leute, die im Voraus so viel bezahlen, tauchen immer auf. Diese beiden haben sich an der Rezeption angemeldet und sind *dann* erst verschwunden.« Das Stöhnen, das er von sich gibt, ist sehr untypisch für ihn. »Es ist sehr wichtig für mich, dass es gut läuft, denn die beiden sind Influencer mit vielen Followern …«

»Da steht ja einiges auf dem Spiel. Du kannst es dir nicht leisten, die zwei in den Dünen zu verlieren.«

Er sieht mich durch das Wagenfenster sorgenvoll an. »Kann ich dir meine Nummer geben, damit du mich anrufen kannst, falls du die beiden siehst?«

Ich halte ihm mein Handy hin. »Irgendwelche besonderen Kennzeichen?« Ich bin mir nicht sicher, ob die Schmetterlinge in meinem Bauch mit seinen markanten Wangenknochen zu tun haben oder weil mir jemand seine Nummer gibt, was seit einer Ewigkeit nicht mehr vorgekommen ist.

»Ein Mann und eine Frau in den Dreißigern, unfassbar cool, mehr weiß ich auch nicht.«

Es könnte schlimmer sein, obwohl das Kribbeln, das ich verspüre, schon schlimm genug ist. »Und zweifellos sehr verliebt.« Ich sehe ihn über den Rand meiner Sonnenbrille an und versuche, nicht allzu zynisch zu klingen. »Sobald ich sie sehe, melde ich mich.« Ich mache mir da jedoch wenig Hoffnung.

Als ich das Fenster wieder hochgekurbelt habe und er zurück zum Hotel läuft, steuere ich meinen Parkplatz an, der windgepeitscht wie immer ist, aber leer. Während ich meine Einkaufstüten durch die Sanddünen schleppe, läuft Shadow an der Leine voran, und ich bereue es, so viele schwere Backzutaten gekauft zu haben. Ich gebe zu, dass ich wegen Samstag nervöser bin, als ich mir anmerken lasse. Aber wenn alles andere nicht funktionieren sollte, sind M&M's-Cookies mein Notfallplan.

Was die Hilfe unserer Mum betrifft, hat sie genauso viel wie wir alle um die Ohren, mit Ausnahme von mir, die ich zu viel Freizeit habe. Zumindest glauben das anscheinend alle. Mum ist schon mein komplettes Leben Single, denn als mein Dad verschwand, war ich noch ganz klein, sodass ich mich kaum an ihn erinnere. In meinem Kopf habe ich ein Bild von Sophie, die auf seinem Knie sitzt, und er im Lehnsessel vor dem Feuer in der winzigen Fischerhütte oben auf der Klippe, wo wir damals wohnten. Sie waren beide blond, und Sophie drückte ihre Schläfe gern gegen seine, um ihr Haarfarbe zu vergleichen. Mum war auch blond, aber bei ihr hat Sophie das nie gemacht.

Es muss hart gewesen sein für Mum, ganz allein mit zwei kleinen Mädchen. Aber sie war ein sehr unabhängiger Mensch und arbeitete so viel, wie nötig war, damit es uns an nichts fehlte. Damit hat sie nie wieder aufgehört. Sie renovierte das Cottage und verkaufte es mit einem hübschen Gewinn. Dadurch fand sie eine Möglichkeit, ihre künstlerische Seite mit ihrem Geschäftssinn zu verbinden. Seit damals hat sie eine Handvoll Häuser entlang der Küste renoviert. Und weil sie so besessen ist von ihrer Arbeit, amüsiert sie sich nie, sondern wühlt stattdessen im Bauschutt.

Seit mein Vater verschwunden ist, hat sie Beziehungen für sich abgehakt. Sie kann sich toll zurechtmachen, wenn sie mal ihren Overall auszieht. Aber zu Nells Enttäuschung interessiert sie sich dann mehr für die perfekte Wandfarbe als für den Singles-Club und die Suche nach dem perfekten Mann. Sie hat vor dreißig Jahren entschieden, dass Männer Zeit- und Platzverschwendung sind, und seither hat ihr niemand einen Grund gegeben, ihre Meinung zu ändern. Wenn es ums Dating geht, behauptet sie, völlig unvoreingenommen zu sein –, aber wir wissen alle, dass das nicht stimmt. Obwohl sie keine Dates hat, kann ich mich glücklich schätzen, wenn sie mir für nächstes Wochenende zusagt.

An der kleinen Gartenpforte im Zaun jongliere ich mit den Tüten, bis Shadow und ich hindurch sind. »Jedes Mal, wenn wir zurückkommen, fühlt es sich ein bisschen mehr wie zu Hause an, findest du nicht?« Shadow zeigt wedelnd seine Zustimmung, obwohl ich fairerweise hinzufügen sollte, dass er bei fast allem, was ich sage, mit dem Schwanz wedelt. Er zieht mich zur hinteren Terrassentür, die zur Straße liegt. Bevor wir hineingehen, schaue ich noch einmal zu den Dünen und dem Schilf, das sich im Wind biegt. »Keine verirrten Paare am Horizont.«

Während die Tüten auf dem Küchenboden landen, überlege ich, ob ich Kit eine Textnachricht schicken soll, um ihm mitzuteilen, dass ich niemanden gesehen habe. Oder ist das ein unbewusster Trick, um meine Nummer in *sein* Handy zu bekommen? Shadows Bellen am vorderen Fenster beendet mein Kopfzerbrechen.

»Na komm schon, Shadow«, rufe ich durchs Haus. »So viel näher ist das Meer nicht heraufgekrochen, seit wir weg waren. Ich werde es dir zeigen, sobald ich die Sachen eingeräumt habe.« Sein Bellen wird wilder, daher lasse ich die Zucker- und Mehltüten stehen. Als ich bei ihm ankomme und hinausschaue, muss ich mich entschuldigen. »Sorry, Kumpel, du hast mal wieder recht! Ich frage mich, ob das Kits verschwundene Kunden sind.«

Schön genug, um es zu sein, sehen die beiden hinter meinem Verandageländer aus. Außerdem halten sie Händchen. Ich versuche, mich weder von dem einen noch von dem anderen aus der Fassung bringen zu lassen, denn ich kann auf das Kribbeln an meinem Nacken gut verzichten. Auch wenn sie im *High Tides* gebucht haben, sehen die beiden mit einem windigen Tag in St. Aidan ein wenig überfordert aus.

Der Typ trägt einen unbestreitbar fantastisch aussehenden Vintage-Burberry-Mantel, und als er mir die Hand zur Begrüßung hinhält, ist sein Lächeln freundlich (Häkchen eins), und er hat keinen Hipster-Bart (Häkchen zwei). »Wir sind Victor und Amery. Sie haben hier ein wirklich wundervolles Haus.« (Häkchen drei, und dieses unerwartete Kompliment bestätigt meine Bereitschaft, alles in meiner Macht Stehende zu tun, um den beiden zu helfen.)

Die Frau fasst ihre zerzausten blonden Haare zu einem Knoten auf ihrem Kopf zusammen, der sich jedoch im Wind gleich wieder auflöst, sodass sie ihr ins Gesicht wehen. »Wir dachten, es ist niemand zu Hause. Ich hoffe, Sie haben nichts dagegen, dass wir ein paar Selfies vor Ihrem Zaun gemacht haben.« Und ich hoffe, dass ihr hübsches Make-up und der perfekte pinkfarbene Lippenstift regenfest sind, denn Regen ist für später angesagt, wenn sie wahrscheinlich am Strand mit Kit herumlümmeln, der ihre glücklichen Momente fotografieren soll.

Der Typ sagt: »Die Holzverkleidung Ihrer Hütte ist so verwittert und authentisch, dass wir es uns aus der Nähe ansehen mussten.«

Ich zucke mit den Schultern und werfe einen Blick auf die abblätternde Farbe. »Echter als das geht nicht.« Für die Schäbigkeit des Strandhauses gelobt zu werden, ist neu für mich. »Wenn ich fragen darf – Sie haben nicht zufällig eine Verabredung am Hotel?«

Sie tauschen einen Blick, dann meint der Typ: »Doch, haben wir, aber das ist uns ein bisschen zu elegant. Wir sind direkt hierhergegangen, um frische Luft zu atmen und etwas Echtes zu sehen.«

Die Frau greift das Thema auf. »Sauber und akkurat ist nicht so unser Ding.« Sie holt tief Luft. »Wir machen die V&A Vintage & Awesome-Website, daher interessieren wir uns für alles Alte und Verwitterte.«

Ich kann mich nicht zurückhalten. »Ich liebe Ihre Cowboystiefel.« Genau solche habe ich mir letztens sehnsuchtsvoll bei eBay angesehen. Dieses Paar ist sehr schön abgetragen, und der Saum ihres geblümten Kleides umweht sie.

Sie zieht ihre verwaschene Jeansjacke fester um ihren Oberkörper. »Echte Russell & Bromley Rockafellas.« Als sie auf das abgenutzte Wildleder und die genieteten Bänder schaut, erschauert sie so sehr, dass ich mich besorgt erkundige.

»Ist Ihnen kalt?«

Sie verzieht das Gesicht. »Dieser stürmische Wind ist eine weitere unangenehme Überraschung.« Ihr Seufzen ist laut genug, dass ich es trotz der Brandung hören kann. »Als ich Vic zu diesem Ausflug überredet habe, wollte ich Fotos vom blauen Himmel und von dem ebenso blauen Meer machen. Angesichts der düsteren Wolken und des dunklen Meeres bereue ich das jetzt.«

»Aber nein!«, platzt es aus mir heraus. »Ganz sicher nicht! Selbst an bewölkten Tagen sind Kits Ringe fantastisch!« Ich merke, dass diese einflussreichen Influencer drauf und dran sind, die Flucht zu ergreifen, und obwohl es mir lieber wäre, er würde seine Turteltäubchen nicht vor meiner Nase aufmarschieren lassen, werde ich dennoch alles daransetzen, damit die beiden hierbleiben. »Wollen Sie nicht hereinkommen und sich am Ofen aufwärmen? Sie können eine heiße Schokolade trinken, während ich Kit ausfindig mache.« Das ist zwar das Letzte, was ich will, aber nachdem ich es ausgesprochen habe, gibt es kein Zurück.

Bei der Aussicht auf Wärme entspannt sich Amerys Gesicht. »Das wäre toll, wenn es Ihnen wirklich nichts ausmacht.«

Vic lächelt ebenfalls. »Könnte ich noch einige Nahaufnahmen vom Strandhaus machen?« Er zieht eine Grimasse. »Ich bin mir nicht sicher, ob das Hotel die Art von Fotos hergibt, die unsere Follower wollen.«

Amery stupst ihn an, als sie mir in mein Wohnzimmer folgt. »Ich weiß, heute sollte es um uns gehen, aber die Details unseres Lebens mit anderen zu teilen, ist eben das, was wir tun, und weil wir authentisch sind, sind wir populär.« Auf ihrem Gesicht erscheint ein breites Lächeln, als sie sich auf mein Ecksofa setzt und die Hände zum Holzofen ausstreckt. »Na, genau einen solchen Ort habe ich mir vorgestellt als Inspiration für unsere Ringe.«

Ich schicke Kit eine Textnachricht, während ich in der Küche die Milch erhitze.

Dein Zehn-Uhr-Termin ist bei mir.

Ich will Victor und Amery gegenüber nicht illoyal sein, aber es ist nur fair, ihn zu warnen, daher füge ich hinzu:

Die sind ein bisschen exzentrisch.

Prompt kommt seine Antwort:

Bin sofort da.

Ich will ihm nicht erklären, was er tun soll, aber den Tipp kann ich mir dann doch nicht verkneifen.

Sitzen auf meinem Sofa und warten auf heiße Getränke. Anscheinend stehen die zwei nicht auf High Tides – vielleicht solltest du deine Ausrüstung mitbringen?

Ein Ping meines Handys folgt.

Verstanden. Also bis gleich.

Hoffen wir mal, dass er auch wirklich *gleich* meint.

Ich bemerke Shadows entsetzten Blick, während er mich dabei beobachtet, wie ich unsere neu gekauften Lieblingskekse auf einen Teller lege und auf das Tablett neben einen Becher mit schaumiger heißer Schokolade und zwei nicht zusammenpassenden Tassen stelle. »Keine Sorge, wir kaufen heute Nachmittag noch mehr«, sage ich leise zu ihm.

Victors Augen leuchten wie Shadows, als er den Teller sieht, den ich vor Amery auf den Tisch stelle. »Teezeit bunt gemischt! Die perfekte Retrowahl für dieses Zuhause aus den Fünfzigern des vergangenen Jahrhunderts! Nichts anfassen, bevor ich alles fotografiert habe!«

Ich lache. »Beeilen Sie sich, sonst läuft Shadow noch

aus.« Ich sehe den Hund streng an, denn er kennt die Regeln. »Kein Betteln, wenn wir Besuch haben! Und schon gar kein Sabbern auf deren schöne Schuhe!«

Wenn ich es nicht besser wüsste, würde ich schwören, dass er finster dreinblickt. Dann registriere ich eine Bewegung auf der Terrasse. »Da kommt ein weiterer Besucher!« Ich lächele Vic beruhigend zu, der sich endlich zu Amery auf das Sofa gesetzt hat, und seufze selbst leise vor Erleichterung. »Kit ist jetzt hier. Ich wusste, er würde nicht lange brauchen.«

Als ich die Terrassentür öffne, kommt Kit herein und begrüßt das Paar. Er stellt Laptop und Kameratasche auf den Beistelltisch aus gebleichtem Holz und zieht den dunklen Mantel aus, den er nach unserer letzten Begegnung übergezogen haben muss. Kaschmir am Strand? Was denkt der Mann sich? Andererseits hat er vollkommen recht, denn für die Jahreszeit ist es sehr stürmisch draußen, und tatsächlich äußert er gleich sein Bedauern darüber wegen der Strandfotos.

Ich versuche, die Situation zu retten, damit Amery und Victor keinen Rückzieher machen. »Draußen herrscht Windstärke zehn, also warum nicht erst einmal das Design besprechen und erste Fotos hier drin machen?« Ich weiß ja schon, wie es abläuft. »Bis Sie in Kits Studio wechseln, hat der Wind mit Sicherheit nachgelassen.«

Ganz bestimmt nicht, aber das muss ja niemand wissen.

Amery springt sofort darauf an. »Wir hatten uns Ringe aus recyceltem, gehämmertem Gold vorgestellt. Ist das möglich?«

»Absolut.« Kit hat sich bereits neben Amery gesetzt und den Laptop aufgeklappt. Dank dem überragenden WLAN-Signal des Hotels hat er sofort eine Verbindung.

Er sieht mich an. »Guter Plan, Florence. Und danke, dass du uns dein reizendes Strandhaus heute Morgen zur Verfügung stellst.« Er lächelt und wendet sich wieder an Amery, der eine weitere Frage auf der Zunge zu liegen scheint.

»Können wir zum Nachmittagstee wiederkommen?«

Kits gequälte Miene sagt alles. »Was meinst du, Florence? Passt dir das?«

Ich schaue zu dem Wasserkessel in der Küche und überlege. »Was ich Ihnen hier anbieten kann, ist natürlich viel schlichter als alles, was Sie im Hotel bekommen. Oder Sie schauen einfach in der Hauptfiliale von *Little Cornish Kitchen* vorbei, die sehr Ihrem Stil entspricht und nur ein Stück den Strand entlang entfernt ist.«

Amery macht große Augen. »Ich weiß, ich bin voreingenommen, aber Ihr Haus ist *so* gemütlich, und Vics Fotos sind die besten! Sie würden in unserem Blog noch ausführlicher vorkommen, wenn wir hier Tee trinken!«

Es ist Jahre her, seit ich gebacken habe, aber der Begeisterung der beiden kann ich nicht standhalten. »Wären denn warme Scones mit Butter und Erdbeermarmelade in Ordnung für Sie? Dazu eine schöne Kanne Yorkshire Gold?« Selbst ich sollte das hinbekommen. »Ich werde hier meine Alchemie durchführen und du nebenan deine.«

Kits Brauen schießen in die Höhe. »Eheringe zu machen ist eine Wissenschaft, Florence, keine Alchemie. Das ist ein großer Unterschied.«

Ich habe den Eindruck, er sollte ein bisschen lockerer werden. Auf die Bügelfalten verzichten und seinen knackigen Hintern in eine zerschlissene, ausgewaschene Jeans zwängen.

Und falls irgendwer mein Erschauern bemerkt hat – es hatte mehr mit dem kalten Wind zu tun, der durch die

Ritzen des Strandhauses weht, als mit dem Bild, das ich unfreiwillig im Kopf habe. Ich erschrecke, als mein Handy wieder piept. Die Nachricht ist von Kit.

Dafür stehe ich in deiner Schuld, tief. Nenn mir deinen Preis.

Ich blende die Vision in meinem Kopf schnellstmöglich wieder aus, in der er in meinem Bett liegt. Meine Libido hat mich vor Jahren verlassen, als ich meine Ovarien verlor, weshalb das eine doppelt verrückte Fantasie ist. Ein weiterer Grund auf meiner sehr langen Liste, weshalb Dating für mich vom Tisch ist. Wenn man auf eine Weise operiert wurde wie ich, wird der praktische Aspekt problematisch, falls der unwahrscheinliche Fall eintritt, dass man doch den Drang verspürt. Würde ich in mein Tinder-Profil »Sex kann äußerst schmerzhaft sein, ich verzichte lieber drauf« schreiben, bekäme ich nur Swipes nach links.

Ich verschwinde in der Küche hinter dem übergroßen Doppelkühlschrank, damit niemand sieht, wie ich eine Antwort tippe.

Du hast die Scones ja noch nicht probiert.

Ein weiterer Benachrichtigungston.

Ich bin mir sicher, dass die köstlich sein werden.

Ich nicht unbedingt.

Verdammt, Mr. Ashton, hör auf, mir zu schreiben und kümmere dich um deine Kunden!

Das nächste Piepen, das ich gar nicht hören will.

Falls das gerade deine durchsetzungsstarke und professionelle Seite war, bin ich beeindruckt. Oder bist du St. Aidans heimliche Domina?

Darauf gibt es keine leichte Antwort, daher wechsele ich einfach das Thema.

Meine Preise sind astronomisch, vergiss das nicht.

Ein weiterer Benachrichtigungston.

Amery fragt, ob wir bitte Rosinen-Scones haben könnten. Ich bin dafür.

Ich verdrehe die Augen.

Du kommst auch zum Tee?

Wie soll ich denn sonst herausfinden, ob deine Backkünste die Wucherpreise rechtfertigen?

Wie bitte?

Melde dich morgen noch mal, wenn alles gut läuft. Shadow und ich sind los, um Sahne zu kaufen.

Danke! Der letzte Punkt wird mir durch den vermutlich stressigen Tag helfen. Und keine Sorge, Floss, du schaffst das schon x

Anscheinend bin ich nicht die einzige Person, die bei solchen Chats das letzte Wort haben muss.

Du auch x

Was sollen denn diese nervigen *x*? Und warum bin ich gleich darauf eingegangen?

Aber jetzt ist keine Zeit, um darüber nachzudenken! Ich muss rasch online Scones-Rezepte finden!

9. Kapitel

Trenowden Trenowden Trenowden, Hafen, St. Aidan
Heimische Wahrheiten und eine Naschkatze
Donnerstag

Am Morgen nach dem, wie ich es jetzt nenne, »V&A-Debakel« kam Kit gleich vorbei und drückte mir ein Bündel Zwanzig-Pfund-Noten in die Hand. Und später erhielt ich eine Karte mit einem Blumenstrauß von Amery und Vic. Ich habe diesen Tag also hinter mich gebracht und rieche noch den Duft der Rosen, in echt und sprichwörtlich.

Nachmittags schleppt Nell mich in das Büro ihrer besseren Hälfte im Hafen, weil sie nach einer Tasse Tee lechzt, wie sie sagt, und weil George mich sprechen will. Da George beim Verkauf des Strandhauses Ivy vertrat, hatte ich einen Anwalt von Stoke Newington High Street, daher vermute ich, dass George etwas von Ivy für mich hat, hoffentlich einen Schlüssel für das Vorhängeschloss an der kleinen Außentoilette hinter dem Haus, denn den habe ich noch nicht.

Zum Glück für uns ist die Kanzlei *Trenowden Trenowden Trenowden* hundefreundlich. In dem Moment als George sieht, dass wir Naschzeug dabeihaben, zerstreut er meine Sorge wegen Shadows sandiger Pfotenabdrücke auf dem tiefen Teppich und führt mich zu einem schicken Ledersessel, während Nell seinen riesigen Chefsessel kapert.

Sie reibt sich den Babybauch, dann schiebt sie eine Pappschachtel aus der Bäckerei über den gigantischen Schreibtisch aus Eiche. »Ist es übertrieben, dass ich mir ein Foto von unserem Baby auf Georges Schreibtisch wünsche?«

George umarmt sie und löst sich gleich wieder von ihr, als seine Assistentin Becher mit Tee hereinbringt. Er nickt mir zu. »Möchtest du den Kuchen verteilen, Floss?«

Als ich das Band löse, den Deckel der Schachtel anhebe und den Duft des frischen Erdbeerkuchens einatme, sabbere ich fast wie Shadow. »Ich habe ganz vergessen, wie wunderbar *Crusty Cobs'* Obsttörtchen sind. Ich weiß gar nicht, warum ich neulich krampfhaft versucht habe, Scones zu backen, wo ich sie doch von dort oder von Clemmie hätte kaufen können.«

Nell grinst. »Nachdem du nun zum ersten Mal selbst gebacken hast, gibt es kein Zurück mehr. Ich glaube, diese Kunden waren ziemlich wählerisch, und du hast dich für sie ins Zeug gelegt.« Sie betrachtet mich eingehend. »Die hätten dir sicher keine Blumen geschickt, wenn sie nicht glücklich gewesen wären.«

Ich verziehe das Gesicht bei der Erinnerung daran. Wenn ich bedenke, wie klein und kross diese Scones aussahen, fiel das Urteil von Vic und Amery bemerkenswert freundlich aus. »Nächstes Mal benutze ich eine größere Ausstechform, rolle den Teig dicker aus und mache mehr Scones.«

»Mehr?« George hebt die linke Braue. »Wenn du sie noch mal machst, sag uns Bescheid, dann kommen wir alle!«

Ich muss mich wohl klarer ausdrücken. »Das war hypothetisch gesprochen. Diese Scones waren eine einmalige

Sache, als Notlösung für jemanden. Eine Wiederholung wird es nicht geben.«

Nell kreischt. »Da, du tust es schon wieder! Gibst diesen vornehmen London-Blödsinn von dir, den niemand so richtig versteht.« Ihre Augen blitzen. »Wenn George nicht aufhört, für zwei zu essen, wird er bald nicht mehr hinter seinen Schreibtisch passen.«

Ich lache. »Ich werde nicht mehr für die Öffentlichkeit backen, daher braucht ihr euch um eure schlanke Linie keine Gedanken zu machen.«

Nell nimmt sich einen Windbeutel, George ein Cremehörnchen, und ich schlage meine Zähne in ein Törtchen. Dann komme ich aufs eigentliche Thema.

»Also, Nell hat angedeutet, dass du einen Schlüssel für mich hast, George?«

George wischt sich Gebäckkrümel vom Kinn und sieht mich durchdringend an. »Ich habe dich nicht hergebeten, um mit dir über Schlösser zu reden.«

»Verdammt.« Ich kann mich nicht zurückhalten. »Ich weiß nicht, warum ich enttäuscht bin. Ich benutze dieses Außenklo nicht einmal.«

George räuspert sich. »Falls du dir wegen der Toilettentür Sorgen machst, schicke ich dir morgen einen Schlüsseldienst vorbei. Aber hier geht es um etwas völlig anderes. Etwas sehr Unerwartetes, um genau zu sein.«

Nells Augen werden groß. »Na, spanne uns nicht auf die Folter, George! Los, sag uns, worum es geht!«

George legt die Fingerspitzen aneinander. »David Byron vom *High Tides Hotel* hat mich gebeten, dich darüber zu informieren, dass er am Kauf deines Strandhauses und des umliegenden Landes interessiert ist.«

Mein Staunen drückt nicht annähernd das Gefühl aus,

einen Schlag in die Magengrube erhalten zu haben. »Wie bitte?«

Georges Ton ist gemessen. »Er hätte schon früher versucht, es zu kaufen, aber es war nie auf dem Markt.«

Ich gebe einen pikierten Laut von mir. »Du meinst, Ivy wollte nicht an ihn verkaufen?«

Nells Augen funkeln. »Gut, dass Ivy an eine Einheimische verkauft hat.«

»Ich bin wohl kaum eine …«

Nell bringt mich zum Schweigen. »David Byron ist aus Australien, und wenn wir über deine feine Londoner Ausdrucksweise hinwegsehen, bist du Cornish durch und durch.«

George nickt kaum merklich. »Er behauptet, hier mal gelebt zu haben, obwohl ich noch keinen getroffen habe, der sich an ihn erinnert. Die Summe, die Mr. Byron für dein Strandhaus bietet, ist jedoch beträchtlich. Es ist mehr als genug, dass du dir ein viel größeres und komfortableres Cottage im Ort kaufen kannst.«

Nell klatscht die Hände vor ihrem Gesicht zusammen. Sie ist Buchhalterin und sieht gleich die vielen Pfundnoten vor sich. »Ich fasse es nicht! Du wirst dein Geld mindestens verdreifachen! Das ist besser als der Schlüssel zu einem Außenklo!«

Da bin ich mir nicht so sicher. »Ein Haus im Ort?« Ich sollte mich freuen. Tatsächlich verstehe ich gar nicht, warum ich mich nicht freue. Dann blicke ich auf Shadow herunter, der zu meinen Füßen liegt, und ich denke daran, wie wir an unserem Stück Strand zusammen entlangrennen. Wie herrlich menschenleer es dort ist. Wie sich das Dünengras im Wind biegt. Wie Shadow jeden Tag ein wenig mehr Selbstbewusstsein dazugewinnt. Eines aber kann ich zugeben. »Es stimmt schon, wenn der Wind direkt vom Meer bläst, dreht sich der Lampenschirm im Wohnzimmer. Trotzdem weiß ich nicht, ob ich lieber im Ort wohnen möchte.«

George nickt. »Es eilt nicht. Mr. Byron ist nur der Meinung, dass dein Grundstück für ihn wertvoller ist als für dich, und aus dem Grund ist er bereit, besonders großzügig zu sein. Wie es nun weitergeht, liegt ganz allein bei dir.«

Nell ergreift über dem Tisch hinweg meine Hand und drückt sie beruhigend. »Wir können uns ja mal umschauen. Deine Mum kann uns auch helfen. Vielleicht gefällt dir ja etwas.«

»Natürlich.« Das ist Unsinn. In meinem Kopf sehe ich nur eine endlose Weite tristen getrimmten Rasen neben den Dünen, denn falls ich mich auf das Geschäft einlasse, werden auch die anderen Strandhäuser verschwinden. Am ärgerlichsten aber ist, dass ich mich anhöre wie dieser verdammte Kit.

Nell lehnt sich über den Schreibtisch. »Ich habe aufgehört zu zählen, wie viele Jahre ich versucht habe, deine Mum zu einem Date mit dem Chefmakler von Hanson & Hanson zu bewegen. Dies könnte unsere große Chance sein.«

Wir sind hier in St. Aidan, da ist nichts einfach und schlicht, alles ist vielschichtig, und hinter jeder Ecke lauern Hintergedanken. Aber da ich hier geboren bin, sollte ich das wissen.

»Großartig!«, sage ich, obwohl es das natürlich keineswegs ist. »Wir kümmern uns nach dem Wochenende darum. Aber eines nach dem anderen, denn zuerst müssen wir Millas Verwöhntag organisieren.«

Angesichts der Komplikation, mit der ich gerade konfrontiert wurde, sollte eine Horde Teenager, die mein Strandhaus überfallen, meine geringste Sorge sein.

10. Kapitel

The Hideaway, *St. Aidan*
Farbproben und rasche Veränderungen
Samstag

Es ist schon komisch, wovor man sich fürchtet. Eine ganze Woche lang war ich nervös, aber jetzt, da Milla und ihre Freundinnen hier sind und ständig rein- und raushuschen, läuft bisher alles reibungslos. Sie sind heute Morgen angekommen, da kam die Sonne gerade hinter den bauschigen weißen Wolken hervor, wärmte den Strand und gab uns einen Vorgeschmack auf den endlos langen Sommer, der hoffentlich bald kommt.

Komisch ist auch, was man alles vergisst. Ich war völlig unvorbereitet darauf, dass die Mädchen in mein Wohnzimmer stürmen, ihre Sachen ausziehen und fünf Minuten später in ganz anderen Klamotten wiederauftauchen.

Ich blicke fragend zu Milla, als sie alle hinaus in die Sonne gehen und eins der Mädchen noch dabei ist, ihre Kleidung zuzuknöpfen. »Was hat das zu bedeuten?«

Milla schaut zum Himmel und seufzt. »Wir alle mögen die Sachen der anderen lieber als unsere eigenen, und wenn wir für einen Tag tauschen, müssen wir keine neuen Klamotten kaufen.«

Ich starre auf ihre Füße. »Sogar die Schuhe habt ihr getauscht?«

Milla grinst. »Das machen wir in der Schule auch. Du

hast das doch sicher auch gemacht, als du in unserem Alter warst, oder?«

Ich lache. »Ich war zu sehr Bohnenstange, um Jeans zu tauschen. Aber wenn ich jetzt darüber nachdenke, stand ich total auf Fiona Camerons Mantelrock aus Samt, und sie trug gern meine zerschlissene Bikerjacke.«

Sarah stupst Milla an. »Schon was von Tyler und der Crew nebenan zu sehen?«

Milla zieht ein Gesicht. »Tys jüngere Schwester meinte, dass sie an diesem Wochenende nachmittags arbeiten, das ist also noch Stunden hin. Konzentrieren wir uns bis dahin auf die Umgestaltung von Tante Florence' Strandhaus.«

Da die Gärtner erst um zwei am *High Tides* anfangen zu arbeiten, verbringen wir einen sehr entspannten und heimeligen Morgen, im Haus und auf der Veranda. Klar, sie fangen alle möglichen Sachen an und hören auf halber Strecke auf, doch selbst Sophie würde an der Konzentration und Produktivität der Mädchen nichts auszusetzen finden.

Als Clemmie eintrifft, mit Picknickkörben voller Sandwiches und Wurstbrötchen zum Lunch, hängen Papiervögel an vom Strand eingesammelten Treibholzzweigen, die in einem mit Steinen gefüllten alten Muschelkorb stecken. An der zentralen Wand hängen weitere bunte Papiervögel an Bändern. Mehrere Mädchen haben inzwischen beeindruckende neue Frisuren und in allen möglichen Farben lackierte Nägel. Außerdem wurden für das zweite Frühstück Brownies gebacken, von denen noch genug übrig sind, auf einem Tablett neben den Verandastufen, unter einer großen Glasglocke.

Eigentlich sind die für den Eigenbedarf gedacht, aber die kluge Frau überlässt nichts dem Zufall, daher gibt es auch ein Preisschild und Servietten unter einem Stein, außerdem ein leeres Glas Bonne-Maman-Marmelade für jede vorbeikommende Person, die mutig genug ist, ihr Bargeld gegen den klebrigsten Kuchen diesseits von Southampton zu tauschen.

Nachdem sämtliche leeren Sandwichtüten in der Recyclingtonne entsorgt wurden, wird Shadow shampooniert, geföhnt und gebürstet, was ihm, glaube ich, ganz gut gefällt, auch wenn er mir zwischendurch einen Blick zuwirft. Und dann fertigen sie Bewertungstabellen für sämtliche von Sophies Produkten an. Beschämt von all dem Treiben, verziehe ich mich in die Küche, wo ich M&M's-Cookies backe, extra viele, wobei mich zwei von Millas Freundinnen moralisch unterstützen und sich um den Abwasch kümmern. Es macht so viel Spaß, dass wir auch noch eine weitere Ladung Brownies backen.

Ich kann mich nicht mehr daran erinnern, wann ich aufgehört habe zu backen, aber es muss um die Zeit herum gewesen sein, als Dillon den Job wechselte und Schadensregulierer wurde. Er und seine Kollegen aßen so häufig auf Spesen in teuren Restaurants, dass etwas von einer normalen Person in einer schlichten Küche Zubereitetes keine Chance mehr hatte, eines Blickes gewürdigt oder gegessen zu werden. Als er diese Beförderung bekam, mussten die Gerichte mindestens so ausgefallen und exklusiv sein wie bei Heston Blumenthal. Was für eine Entwicklung; als wir uns kennenlernten, aßen wir unter einem Busch in St. Aidans Park Pommes mit Ketchup aus dem Styroporbehälter.

Ich erinnere mich, wie alle seine neuen Kollegen sich vor irgendeinem Sportevent, das sie sich in einer VIP-Lounge ansehen wollten, bei uns trafen. Ich bereitete rasch einen kleinen Snack zu, und weil ich nicht egoistisch sein wollte, bot ich auch meinen New York Cheesecake an. Das war ein Fehler! Sie hätten kaum angewiderter aussehen können, wenn ich ihnen einen Kuhfladen aufgetischt hätte.

Apropos Männer mit mehr Geld als Manieren – schon sind wir wieder bei dem netten Angebot für das Strandhaus. Obwohl es verlockend ist, geben wir es ruhig zu, für jemanden, der in einem Haus wohnt, dessen Dach aussieht, als würde es beim nächsten Sturm davonfliegen, bin ich weniger glücklich darüber, als man vielleicht meinen könnte.

Wenn überhaupt irgendwas, bin ich eher sauer, dass Ivy all diese Mühe auf sich genommen hat, damit das Strandhaus nicht in falsche Hände gerät, nur um dann festzustellen, dass der örtliche Magnat es mir abzukaufen versucht. Anscheinend glaubt Dave Byron, mit Geld jede Tür öffnen zu können. Meine aber nicht! Nicht, wenn ich es verhindern kann.

Die andere Sache, die damit einhergeht, ist mein Zorn, sobald ich Kit sehe. Ich weiß, dass er nicht direkt involviert ist, aber als Teil der ganzen Anlage nebenan ist er zumindest in gewisser Weise darin verwickelt. Ich betrachte ihn tatsächlich als einen weiteren Zugereisten, der hier Geld verdienen will. Bis er mich eines Besseren belehrt, ist es daher klüger, wenn ich ihn meide. Na schön, sein Freund hat Shadow eingefangen, als der Hund weggelaufen ist, aber da ich verhindert habe, dass seine Social-Media-Stars abtrünnig werden, sind wir so ziemlich quitt. Ich kann mein Leben weiterführen, ohne das Gefühl zu haben, in seiner Schuld zu stehen.

Um zwei rennen die Mädchen zum Strand hinunter und kreischen noch ein bisschen lauter als ohnehin schon die ganze Zeit. Da Ebbe ist, bauen sie ein Volleyballnetz auf und führen den festeren Sand als Vorwand an, um so weit wie möglich an das Grundstück des Hotels heranzurücken. Dann ziehen sie ihre Hoodies aus und vollführen Hechtsprünge nach dem Ball.

Leise sage ich zu Shadow, während wir ihnen beim Spiel zusehen: »Wenn die weiterhin so laut kreischen, werde ich bald wieder in Kits Schuld stehen, noch ehe wir ›bellender Hund‹ sagen können.« Nicht dass ich vorhatte, je wieder an ihn zu denken.

Wie zum Beweis dafür, wie falsch ich liegen kann, gibt mein Handy ein Piepen von sich, und es ist Kit.

Besteht die Chance auf diese Scones, die du neulich gebacken hast?

Ich verdrehe die Augen.

Die waren hart und verbrannt. Warum willst du noch mehr davon? Wir haben sehr leckere Brownies, zum Verkauf, neben den Verandastufen.

Ping.

Rye ist da und hat Hunger. Nur zur Info, wir haben uns bereits über deinen Brownie-Stapel hergemacht.

Ich drehe mich um. Er hat recht.

Warum arbeitest du nicht?

Ping.

Stornierung im letzten Moment wegen Krankheit.

Ping.

Pech. Warum esst ihr keine Scones vom Hotel?

Ping.

Hast du die Karte gesehen? Lavakuchen und Seetang-Pancakes können die Hungerattacken eines Teilzeit-feuerwehrmannes nicht stillen. Hilft es, wenn ich bettele?

Was zur Hölle?

Meine Nichte ist hier mit ihren Freundinnen.

Ping.

Das erklärt den Menschenauflauf. Wir dachten, es sei Netflix, die für ein neues Remake von Baywatch casten.

Auf keinen Fall werde ich mich darüber aufregen.
Ping.

Du kannst nicht allzu beschäftigt sein, wenn du am Strand mit deinem Handy herumspielst. Kein Stalking, ich sag's nur so. Bitte BITTE rette uns vor dem Hotelkuchen. Was für ein Mensch will denn zuckerfreien Biskuit?

Ich knicke gleich ein.

Das wird euch aber was kosten.

Ping.

Große Summen schrecken mich nicht ab. Ich handele mit Diamanten, nicht vergessen.

Manchmal kostet es mehr Kraft zu widerstehen, als nachzugeben.

Mit Rosinen?

Ping.

Ein eindeutiges Ja zu getrockneten Früchten, und wir nehmen so viele, wie du uns geben kannst. Rye ist ein Scones-Unhold. Können wir in einer halben Stunde vorbeikommen?

Das lässt mir keine Zeit, um Mist zu bauen.

Lieber eine Stunde.

Ping.

Bis dahin sind wir vielleicht schon verendet. Aber mach du nur, notfalls wird die Rechnung durch unsere Erbmasse beglichen.

Er ist so von sich selbst eingenommen. Ich werde mindestens drei M&M's-Cookies brauchen, um mich mental darauf einzustellen. Was für ein Glück, dass ich von neulich noch das Rezept in der Schublade habe, auf die Rückseite eines Briefumschlages gekritzelt, genau wie Mum es früher immer gemacht hat. Diesmal werde ich versuchen, die Scones leichter und dicker zu backen.

Ping.

Danke, Floss x

Es wird mehr als ein *x* nötig sein, um mich zu besänftigen, echt jetzt. Und ich will von ihm wirklich nicht Floss genannt werden. Nach den Ereignissen in dieser Woche ist er sehr weit davon entfernt, zu meinen Freunden zu gehören.

11. Kapitel

The Hideaway, *St. Aidan*
Chelsea Buns und andere enge Kurven
Samstag

Als Mum um vier eintrifft, lege ich gerade die letzten von Kits Scones auf ein Abkühlblech in der kleinen Küche.

Sie kommt hereingerauscht und schließt mich in die Arme. »Du backst? Ivy wird sich freuen, wenn sie hört, dass du die Küche benutzt.«

Sie ist zierlich und blond, wie Sophie auf Speed, nur mit mehr Falten, außerdem ist pastellfarbenes Türkis deutlich weniger in ihrer Garderobe vertreten. Ich nehme an, dass sie, genau wie Nell und Plum zuvor, nur kurz vorbeischaut, denn sie trägt ihren zweitbesten Maler-Overall.

Ich betrachte kritisch meine Scones. »Die sind immer noch nicht so dick, wie ich sie gern hätte, aber wenigstens sind sie diesmal goldbraun.« Und viel weniger steinhart.

»Sie duften köstlich.« Mum schließt die Augen und atmet tief ein, dann reißt sie die Augen gleich wieder auf. »Ich hoffe, du bist nicht aufgebracht über die Nachricht, die du neulich erhalten hast!«

»Welche meinst du?«

Sie streicht sich die Strähnen aus der Stirn. »Das Angebot vom Hotel natürlich! Es ist skandalös, dass er sich ganz St. Aidan unter den Nagel reißen will!«

Es hat keinen Zweck zu fragen, woher das alle wissen. Hier spricht sich einfach alles im Nu herum.

Meine Mum runzelt die Stirn. »Ivy hat sich klar ausgedrückt, du kannst das Haus verkaufen, wenn du das möchtest. Aber falls du das wirklich willst, treib den Preis in die Höhe.«

Ich bin keine knallharte Geschäftsfrau, trotzdem brauche ich eine klare Antwort, die sich im Ort herumsprechen wird. »Ich habe bereits Nein gesagt. Ich werde bleiben, wo ich bin, und das Hotel auf Abstand halten, samt allen, die sich darin befinden.«

Es hätte keinen Sinn, meiner Mum ein Scone anzubieten, da sie sich strikt an ihre Regel hält, zwischen den Mahlzeiten nichts zu essen. Als sie ins Wohnzimmer geht, meint sie anerkennend: »Hübsche Vogelgirlanden, Flossie! Immer nur weiße Wände sind langweilig, diese kleinen Farbtupfer passen viel besser zu dir.«

»Ich habe das Haus bisher kaum eingerichtet, also weiß ich noch gar nicht, was zu mir passt. Aber du hast recht, Mum.« Ich grinse. »Wie können ein paar Streifen buntes Papier eine Wohnung in ein Zuhause verwandeln?«

Sie reibt sich die Nase. »Ich hatte nie das Gefühl, dass die Wohnungen, in denen du mit Dillon gelebt hast, deine Persönlichkeit widerspiegelten.«

Ich lache. »Taten sie nicht. Dillon hätte nie und nimmer Papiervögel in seiner Wohnung erlaubt.«

Er hasste Haustiere und stand stattdessen auf Motorhauben alter Land Rover, beliebige Motorenteile und große Fossilien, außerdem auf das, was er seine »Sandfarben-Palette« nannte. Ich hatte eine White-Company-Daunendecke, aber die war ständig unter erdfarbenen Tagesdecken versteckt.

Rückblickend kommt es mir vor, als hätte ich die letzten zehn Jahre in einer Art Landschaft verbracht, in der die Rallye Dakar hätte stattfinden können. Das war übrigens eine weitere Macho-Veranstaltung auf ihrer Liste, obwohl dieses Gehabe bloß ein Bluff war. Ich bezweifle, dass diese Typen es auch nur einen Tag hier in den Dünen ausgehalten hätten, von einem zweiwöchigen Wüstenrennen, bei dem sie wie Nomaden hätten leben müssen, ganz zu schweigen.

Mum schaut hinaus aufs Meer. »Du warst damals aber schräg drauf.«

Ich überlege. »Wir kamen überhaupt nur zusammen, weil Dillon es gefiel, wie mager ich war.« Er hatte stets eine Schwäche für dünne Frauen, und dünn bin ich jetzt eindeutig nicht mehr. Mir entgeht der wehmütige Unterton meiner Mum nicht. »Vermisst du ihn?«

Sie denkt einen Moment darüber nach. »Die Familie ist kleiner, seit ihr euch getrennt habt.« Sie zögert und richtet den Blick auf den Horizont, als suchte sie nach den richtigen Worten. »Was ich am meisten vermisse, ist Heiligabend mit seinen Eltern und Plum bei uns und wir am ersten Weihnachtstag bei Dillons Eltern. Und die Familientreffen, wenn ihr uns besucht habt.« Sie sieht mich an. »Wie geht es dir?«

Mit der Frage habe ich nicht gerechnet, aber ich kann ebenso gut ehrlich sein. »Ich vermisse es, geliebt zu werden.«

Sie kommt zu mir und legt die Arme um mich. »Mein armes Baby. Wir müssen dir beibringen, dich selbst mehr zu lieben, und dann erst kannst du dich auf die Suche nach jemandem machen.« Das ist Mum durch und durch. Sie redet nicht endlos über Gefühle, sondern kommt direkt zum Kern des Problems.

Ich muss protestieren. »Ganz sicher nicht! Von jetzt an werde ich von dir lernen und Single bleiben!«

Sie verzieht die Lippen. »Nur war ich nie ganz allein, da ich immer dich und Sophie hatte.« Sie holt tief Luft. »Das ist etwas anderes.«

Das ist so aufwühlend, dass ich nichts darauf zu erwidern weiß. Dafür habe ich umso mehr Fragen. »Bitte sag, dass du nicht darauf aus bist, dass wir wieder zusammenkommen.«

Sie seufzt. »Ich weiß, dass alle Meerjungfrauen es gerne sehen würden, und das galt lange auch für mich. Aber seit du wieder hier bist, bin ich mir nicht mehr so sicher.« Sie drückt meine Hand. »Laut Plum klingt es, als sei diese Tür noch offen.«

Keiner von denen kennt den wahren Grund für unsere Trennung. Dillon und ich haben gelernt, ohne einander zu leben, allerdings mit dem Hintertürchen, auch wieder zusammenkommen zu können. Aber das wäre nicht richtig.

Ich zucke mit den Schultern. »Ich sehe mich nicht in Dubai.« Um fair zu sein, ich habe mich auch nie in St. Aidan gesehen, aber das Thema will ich jetzt nicht vertiefen.

Sie drückt ein weiteres Mal meine Hand. »Wenn man mit dem richtigen Menschen zusammen ist, spielt der Ort keine Rolle.«

Verdammt, wie weise meine Mum ist, wenn man bedenkt, wie lange sie schon allein ist. »Alles klar mit den Mädchen da draußen?«

Sie nickt. »Erwartest du jemanden, Floss? Denn anscheinend nähern sich die *Men in Black* deiner Veranda.«

Ich schüttele ungläubig den Kopf. Wie viele Leute braucht es, um ein Dutzend Scones zu tragen? Und warum nicht die weißen Hemden gegen Freizeitkleidung tauschen, wenn die Klienten nicht auftauchen? »Das sind die Typen von nebenan, die ihre Backwaren abholen.«

Mum blickt skeptisch. »Ich dachte, du hättest den Kontakt zu diesem Hotel abgebrochen.«

Ich verziehe das Gesicht. »Ich habe mich breitschlagen lassen. Nach dem heutigen Tag wird das nicht mehr vorkommen.«

Die beiden treten mit erwartungsvollem Blick durch die Terrassentür herein. Ich nehme die zusammengerollte Banknote, die Kit mir in die Hand drückt, dann mache ich alle miteinander bekannt.

»Kit und Rye, das ist meine Mum, Suze. Mum, Kit ist der Goldschmied von *High Tides*, und Rye ist ein neu eingetroffener Platzwart, nebenberuflich Feuerlöscher.«

Rye lacht. »Sie meint, dass ich bei der Feuerwehr aushelfe.«

Mum horcht sichtlich auf. »Falls du je kostenlose Rauchmelder verteilst, darfst du gerne an meine Tür klopfen. Ich wohne in *The Hermitage*.«

Ryes Lächeln ist breit und freundlich, während er ihren Overall mustert, der an der Taille so eng geschnürt ist, dass es aussieht, als könnte sie in der Mitte durchbrechen. »Noch eine Malerin? Ich hatte gehofft, die Malerin von letzter Woche hier anzutreffen.«

Ich grinse. »Mum ist eher die ewige Dekorateurin und keine Künstlerin. Ich fürchte, du hast Plum verpasst, denn sie und Nell waren vorhin da.«

»Wie schade.«

Ich fühle mit Rye, denn er ist wirklich enttäuscht. »Plum hat die *Deck Gallery*, direkt oberhalb der Bäckerei *Crusty Cobs*. Wenn du sie nett bittest und einige Tausend Pfund erübrigen kannst, wird sie dir bestimmt eine Seelandschaft malen, um dich aufzuheitern.«

Seine Miene hellt sich auf. »Vielleicht könnte sie eine für das Hotel anfertigen?«

Ich vermute, dass er ebenso auf sie steht wie sie auf ihn. »Das wirst du sie selbst fragen müssen, allerdings musst du das wohl vorher mit Mr. Byron besprechen. Offenbar besitzt er mehr Geld als Verstand, daher wirst du sicher keine Schwierigkeiten haben, ihn zu überzeugen.«

Rye sieht mich erstaunt an, während Kit in seinen Ärmel hustet, glücklicherweise kommt genau in diesem Moment Milla von draußen hereingestürmt.

»Ich dachte, wir waren uns einig, keine Hotelangestellten in *The Hideaway* zu bewirten, Tante Flo?«

Ich blicke grinsend zu meiner Mum. »Die wollten gerade gehen. Braucht ihr Mädchen noch irgendwas? Ich habe euch ja kaum zu Gesicht bekommen!«

Milla nickt. »Wir haben Fanta im Kühlschrank kalt gestellt.«

Ich gehe in die Küche und bringe Milla das Getränketablett, dann kehre ich in die Küche zurück und wickele die Scones in ein sauberes Küchentuch. Als ich wieder ins Wohnzimmer komme, ist Milla zu meiner Überraschung immer noch da.

Ich drücke Kit die Scones in die Hand, und Rye räuspert sich. »Zum Dank, dass Florence für uns gebacken hat, haben wir Geschenke mitgebracht.«

Kit tritt von einem Fuß auf den anderen. »Ein paar Gutscheine vom Hotel, nichts Besonderes.«

Milla schaut staunend auf die aufgefächerten Karten in Ryes Hand. »Gutscheine für das *High Tides*-Spa! Wie toll ist das denn? Danke, Leute!«

Rye erwidert: »Ich fürchte, die Termine liegen alle abends unter der Woche, nur für Erwachsene. Allerdings haben wir auch Einrichtungen für Babys und stillende Mums.«

Milla gibt ihr bestes Angewidert-von-St.-Aidan-Schnauben. »Dir ist hoffentlich klar, dass du gerade sehr diskriminierend bist, Rye?«

Kit lächelt sie an. »*High Tides* ist nun mal so etwas wie ein Zufluchtsort, die Gäste dort wollen nicht von rowdyhaften Teenagern gestört werden.«

Millas Nasenflügel beben. »Dass Teenager laut sind, ist ein Mythos, der von erwachsenen Spaßbremsen erfunden wurde, die es nicht ertragen, wenn junge Leute sich amüsieren.«

Wir anderen sind so perplex, dass wir mit offenem Mund dastehen. Doch dann wird die Stille von durchdringendem Geschrei vom Strand zerrissen.

Kit legt die Hand hinters Ohr. »Da dieser Lärm in der Ferne nicht von Pensionären zu kommen scheint, schließe ich mein Plädoyer.«

Ganz Diplomatin, nimmt meine Mum die Karten von Rye. »Danke, das ist sehr nett.« Sie kneift die Augen zusammen, wie jedes Mal, wenn sie etwas ohne ihre Brille zu lesen versucht. »Kostenlose Wellness-Anwendungen, einschließlich Hot-Stone-Massage, Gesichtsmasken, Schlammwickeln und Pediküren. Und ein Whirlpool für zwölf mit Champagner! Das hört sich klasse an!«

Kit nickt. »Jemand soll den Junggesellinnenabschied ausprobieren. Wenn du und deine Freundinnen also helfen wollt?«

Mum gurrt. »Immer her damit! Melde mich zum Dienst und bin bereit, mich verwöhnen zu lassen.«

Ich kann kaum glauben, was ich da höre und wie schnell sie ihren Ton ändert. Bevor das noch mehr außer Kontrolle gerät, nehme ich die Karten von Mum, schiebe sie zu einem ordentlichen Stapel zusammen und gebe sie Kit zurück. »Danke, dass ihr an uns gedacht habt, aber ich werde jeden Kontakt zum Hotel abbrechen. Ihr werdet bestimmt keine Schwierigkeiten haben, andere Freiwillige zu finden.« Ich hoffe, ich habe mich klar genug ausgedrückt. »Das schließt Bestellungen von Backwaren ein. Die werde ich auch nicht mehr annehmen.«

Kits Brauen ziehen sich zusammen, und besorgt fragt er: »Was ist denn passiert, Floss? Stimmt etwas nicht?«

Als seine Hand meinen Arm berührt, drehe ich mich weg. »Auch ich bin hier, weil ich einen Zufluchtsort brauchte. Und den will ich nicht in Gefahr bringen.«

Kit weicht zurück. »Absolut, ganz wie du möchtest. In dem Fall sagen wir Danke für die Scones und wünschen dir und deinen Gästen ...« Er zögert. »... einen ruhigen Nachmittag.«

Das Geschrei vom Strand übertönend, rufe ich: »Okay, dann auf Wiedersehen!«

Als die beiden über den Strand zurückgehen, schaut Mum ihnen hinterher, dann sieht sie mich an. »Na, die zwei waren aber nett!«

Ich gebe einen jammernden Ton von mir. »Nein, waren sie nicht! Sie sind der Feind, schon vergessen? Ich bin nicht paranoid, aber jemand, der so entschlossen wie Mr. Byron ist zu bekommen, was er will, greift sicherlich an mehreren Fronten an. Kit und Rye könnten sehr gut Spione sein, die sich mit den Gutscheinen an uns heranmachen.«

Mum zieht ein Gesicht. »Na gut, danke, dass du mich daran erinnerst. Aber falls der reizende Rye tatsächlich mit

Gratisrauchmeldern aufkreuzt, werde ich sie nehmen. Ist das in Ordnung?«

Ich kann nicht glauben, dass sie ihn gerade »reizend« genannt hat. »Solange er in seiner Funktion als Feuerwehrmann auftaucht …« Ich halte inne und muss grinsen, weil sie unverbesserlich ist. »Tu dir keinen Zwang an.«

Milla wirft ein: »Mum würde Kits Po gefallen, der könnte glatt ein Bruce-Springsteen-Doppelgänger sein.« Ein Grinsen erscheint auf ihrem Gesicht. »Ich habe ihn für dich ausgecheckt, Tante Flo. Hast du bemerkt, dass er dich angesehen hat, als wollte er dich verschlingen?«

Das kann ich so nicht stehen lassen. »Der Mann hatte Appetit auf Rosinen-Scones!« Ich muss uns schnellstmöglich von diesem Thema wegbringen. »Apropos Appetit. Wenn ihr bereit seid, gebe ich die Pizzabestellung auf. Wie klingt das?«

Milla nickt. »Wir bestellen doch bei dem Laden mit dem handgemachten Teig, dem Holzofen und den veganen Optionen, nicht von dem schäbigen unten am Hafen, oder?«

Man merkt, dass sie Sophies Tochter ist. »Absolut.«

Sie strahlt. »Na bitte. Kit hat das Wort auch benutzt! Eines der verräterischsten Anzeichen für gegenseitige Anziehung sind unbewusst gleiche Formulierungen.«

Ich stoße ein Quietschen aus. »Woher, um alles in der Welt, hast du das denn?« Wäre nicht schlecht, das zu wissen, damit ich ihr in Zukunft immer einen Schritt voraus bin.

Sie zuckt mit den Schultern. »Ich glaube, das haben wir in der *Grazia* gelesen. Tallulah kriegt die, sobald ihre ältere Schwester sie ausgelesen hat. Da stehen auch tolle Sextipps drin.«

»*Sextipps?*« Ich forme das Wort mit den Lippen, aber es kommt kein Laut heraus. Ich setze ein sehr breites Lächeln auf und danke im Stillen meinem Glücksstern, dass die Mädchen nur noch ein paar Stunden hier sind. »Ich dachte mir, wir könnten später noch Mocktails machen?«

Milla strahlt. »Die anderen werden begeistert sein. Aber du weißt schon, dass die jetzt alkoholfreie Manufakturgetränke heißen, oder?«

»Auf jeden Fall. Danke, dass du mich daran erinnert hast.« Ich ärgere mich über mich selbst, kaum habe ich das ausgesprochen. Aber viel schlimmer ist – wann habe ich den Anschluss an Trends verloren?

Sie lacht. »Wir haben gesagt, wenn wir das nächste Mal hier sind, machen wir ein Lagerfeuer und rösten Marshmallows im Mondschein.«

Ich mache den Mund auf und wieder zu. »Ihr wollt *wiederkommen*?«

Milla umarmt mich. »*Absolut!*« Sie stupst mich in die Rippen, ob ich den Scherz auch verstanden habe. »Alle lieben es hier, und du bist so eine tolle Gastgeberin! Ist nächsten Samstag okay für dich?«

Ich blicke Hilfe suchend zu meiner Mum.

Sie meldet sich energisch zu Wort. »Wir müssen erst einmal hören, was deine Mum dazu sagt, Milla.« Ich atme auf! Sophie wird die Vorstellung überhaupt nicht gefallen. »Aber es ist auch gut für Tante Flo – du bringst frischen Wind –, daher wird deine Mutter sicher nichts dagegen haben.«

Verdammt!

Von wegen, ruhiger Zufluchtsort. Hier geht es zu wie auf dem Bahnhof in London am Freitag zur Teezeit. Noch so ein verrückter Samstag, und ich ziehe mir die Decke über den Kopf. Das habe ich mir selbst versprochen.

12. Kapitel

Clemmies Little Cornish Kitchen, Seaspray Cottage,
St. Aidan
Slush Puppies, Pompoms und erbetene Zeitfenster
Mittwoch

»Klingt, als hättest du Milla und ihre Freundinnen am
Samstag ganz schön beeindruckt, wenn sie so schnell wiederkommen wollen!«

Sophie, Plum, Shadow und ich haben uns in Clemmies
Little Cornish Kitchen zum Lunch getroffen. Tatsächlich
haben wir einfach die Mums-and-Bumps-Gruppe ge-
sprengt, die sich regelmäßig in Clemmies Café trifft, das
direkt am Strand des Hafens von St. Aidan liegt.

Clemmie hat Arnie auf dem Arm und füttert Bud, die
zu ihren Füßen sitzt, gleichzeitig mit Wackelpudding.

Ich zucke mit den Schultern. »Ich mache mir nichts vor,
was Milla und ihre Meute angeht. Die Hotelgärtner sind
die Hauptattraktion, nicht ich.«

Da Nell und Clemmie ohnehin hier sein würden, haben wir anderen beschlossen, die Kleinkinder mit ihren
klebrigen Fingern zu ertragen und ebenfalls vorbeizu-
schauen. Heute sind die Möbel zur Seite gerückt, um Platz
für Spielzeug zu schaffen. An gewöhnlichen Tagen ist
das Café spektakulär, mit seinen Fenstern vom Boden bis
zur Decke auf drei Seiten, die einen Rundumblick auf die
Bucht ermöglichen.

Außerdem ist alles bunt eingerichtet, als Kontrast zum dunklen Blau des Meeres jenseits der Fenster. Heute bilden die Schaumkronen der hohen Wellen weiße Linien auf dem Wasser. Während ich die pink, blau, gelb und rot gestrichenen Stühle um den bunten Tisch betrachte, außerdem das purpurrote Samtsofa, wird mir klar, was Mum damit meinte, wenn sie behauptete, dass Minimalismus langweilig sei.

Sophie beugt sich herüber und tippt mir auf die Schulter, um meine Aufmerksamkeit zu bekommen. »Keine Sorge, Floss, Teenager sind launenhaft. Sobald etwas anderes Interessantes auftaucht, hast du deine Veranda ganz schnell wieder für dich.«

Mir ist durchaus klar, dass ich ihr mit Millas spontanen Einladungen möglicherweise auf die Zehen trete. »Solange es dir nichts ausmacht, dass sie bei mir sind?«

Sophie reagiert mit schriller Stimme. »Ausmachen? Warum sollte es mir etwas ausmachen? Was?« Das bedeutet, dass es sie nervt. Sehr sogar. Sie schnieft pikiert. »Wenn sie bei dir sind, weiß ich wenigstens, was sie treiben.«

Nell gluckst. »Ich habe übrigens vorhin Kit bei *Hardware Heaven* getroffen, Floss.«

Ich runzele die Stirn. »Ich halte mich von ihm fern.« Ich bin ihm bei seinem frühmorgendlichen Wellenreiten aus dem Weg gegangen, und wenn ich es vermisse, dass er jeden Morgen nach Jeans und Shirleys Besuch vorbeischaut, werde ich es jedenfalls nicht zugeben. Ich wollte ihn aus meiner Umlaufbahn entfernt haben, und der Wunsch wurde mir erfüllt. Ist ja nicht so, als hätten wir uns nahegestanden. Nach einem Monat hatte ich immer noch keine Gelegenheit gefunden, ihn nach seiner Verlobten zu fragen. Sie könnte sich ebenso gut in dem Strandhaus aufhalten, das ich nicht zu Gesicht bekomme. Allerdings kann ich mir nicht vorstellen, dass sie auf Sand zwischen den Zehen steht.

Nell ignoriert mich und fährt fort: »Er ist bereit für einen Singles-Abend. Ich habe ihm gesagt, dass du auch kommst.«

Ich stöhne. »Aber ich habe den Kontakt zu nebenan abgebrochen!«

Sophie mustert mich skeptisch. »Ich kann nach wie vor nicht glauben, dass du einen Gratisabend im Spa ausgeschlagen hast.«

Ich schnaube. »Ich will nichts mit Leuten zu tun haben, die unaufrichtig und hinterhältig sind, und für Shadow gilt das auch.« Ich kraule ihn hinter dem Ohr. Die Tür geht auf, und Mum kommt herein.

Sie setzt sich auf eine Stuhlkante. »Ich habe Rye vorhin im Ort gesehen. Hat er etwas für mich abgegeben?«

Plum setzt sich kerzengerade auf, als sie den Namen Rye hört. »Ein großes Paket oder ein kleines?« Sie räuspert sich. »Clemmie ist also vorbereitet.«

Ich schüttele den Kopf. »Ich rechne damit, dass es ein Karton voll Rauchmelder sein wird.«

Plum setzt sich noch gerader auf. »Davon könnte ich auch ein paar gebrauchen. Falls ich Rye in der Feuerwache erwische, bringe ich deine mit, Suze.«

Ich schaue in die Runde der begierigen Gesichter. Was ist aus der Solidarität unter Freunden und Familie geworden? »Wenn ihr dermaßen verzweifelt seid, werde ich zum B&Q-Baumarkt fahren und euch welche besorgen.«

Mum blickt skeptisch. »Entspann dich, Floss. Rauchmelder machen uns alle sicherer, darüber braucht sich niemand aufzuregen.« Damit bin wohl ich gemeint.

Ich bin realistisch genug, um zu wissen, dass es größere Feuer zu löschen gibt als dieses. »Gut, ich verstehe. Die sind kostenlos, ohne Verbindung zu *High Tides*, abgesehen von Rye. Warum sie also *nicht* nehmen?«

Meine Mum lächelt mich an. »Gutes Mädchen.« Sie tätschelt meine Hand. »Ich bin auf dem Weg zum Farbengeschäft, soll ich dir welche mitbringen?«

Ich muss darüber grinsen, dass ihre Art, Zuneigung Schrägstrich Wertschätzung zu zeigen, darin besteht, mir anzubieten, Dekomaterial für mich mitzubringen.

Sie dreht sich um und betrachtet die Wände. »Wenn du Inspiration brauchst, bist du hier bei Clemmie richtig, mit all den verschiedenen Farben. Eine optisch hervorstechende Wand hinter den Papierschwalben sieht bestimmt fantastisch aus.«

Daran hatte ich noch gar nicht gedacht, aber jetzt, wo sie das gesagt hat, weiß ich, dass sie recht hat. »Okay, Dunkelblau mit einer Spur Grün, wie das Meer, wenn es wütend ist und die Sonne herauskommt. Und ein tiefes Kirschrot, bitte.« Vielleicht wie Sophies Nägel, nur einen Tick heller, allerdings will ich auch nicht fordernd klingen.

Mum sieht mich geduldig an. »Bei einer Akzentwand geht es darum, *eine* Farbe darzustellen, nicht zwei, Floss.«

Clemmie lacht. »Aus meiner regenbogenbunten Einrichtung heraus würde ich sagen, dass sämtliche Regeln nur dazu da sind, um gebrochen zu werden. Pinkfarbene Topfpflanzen würden toll aussehen!«

Die Ermutigung spornt mich an. »Du besorgst mir lieber auch ein paar Pinsel, Mum! Und Anstreicher.«

Mum streicht sich die Haare zurück. »Lieber nicht zu viele Leute auf engem Raum, Schätzchen. Wir beide machen das selbst.«

Schon seltsam, aber diese Idee ist elektrisierend, und dieses Gefühl hatte ich vor Jahren zuletzt. Außer bei Kit natürlich. Wie bei unserer ersten Begegnung hier, als Kit über den Strand zu uns kam. Und seitdem jedes Mal, wenn ich ehrlich bin, nur dass es viel intensiver ist, nicht bloß wie Schmetterlinge im Bauch. Fast fühle ich mich ein bisschen elend, wie bei der Chemo. Und das weckt überhaupt keine angenehmen Assoziationen.

»Da haben wir ja einiges, worauf wir uns freuen können!« Ich schaue strahlend in die Runde.

Nell nickt. »Warte nicht zu lange mit einem Date für den Singles-Abend. Wenn es gut läuft, können wir noch mehr veranstalten!«

Vielleicht habe ich das mit der Vorfreude zu schnell gesagt – dass Plum Rye nachstellt, mag ja schön sein für sie, aber für mich gibt es eine Grenze im Umgang mit Kit.

Und dann meldet Sophie sich auch noch zu Wort. »Ich bringe dir für Samstag alte Handtücher. Tallulah und ein paar von den anderen wollen sich die Haare färben.«

Das klingt nach einem Geheimplan Sophies, meinen *Hideaway*-Tagen ein Ende zu bereiten. »An welche Farbe hatten sie denn gedacht? Dezentes Blond auf Blond?«

Sophie grinst. »Die sind nicht sechzig, Floss!« Meine Mum sieht betroffen aus bei diesen Worten. »Die wollen verschiedene Pinktöne!«

Clemmie grinst. »Dann passen sie zu den Topfpflanzen!«

Sophie nickt. »Falls sie sie bis dahin gestrichen hat.« Sie wendet sich mit einer Erklärung dieser Bemerkung an die anderen: »Floss neigt dazu, das Einrichten ihrer Behausungen aufzuschieben. Ist es nicht so, *Schätzchen*?«

Es wäre treffender zu sagen: »Floss richtet ihr Zuhause nicht ein, Punkt.« Aber ich werde nicht widersprechen.

Der letzte Teil dieser Bemerkung ist ihrem ewigen Genörgel geschuldet, weil ich Kosenamen bekomme und sie nicht. Allerdings ist sie daran selbst schuld, weil sie Kosenamen früher gehasst hat.

Mum wirft Sophie einen Blick zu. »Gib ihr doch bitte eine Chance, wenigstens ein Mal im Leben.«

»Na gut.« Sophie schiebt ihr Kinn vor. »Wenigstens ein Mal in deinem Leben wäre ›Schatz‹ nett.«

Clemmie eilt mir zu Hilfe, damit wir von diesem Thema wegkommen. »Mit *den* Farben und *der* weißen Leinwand wird Floss diesmal ganz bestimmt nichts aufschieben.« Sie tätschelt demonstrativ Sophies Knie. »Und das Haarefärben hört sich lustig an!«

Sophie schaut zu mir. »Solange Milla nicht mit pinkfarbenen Haaren nach Hause kommt, ist alles in Ordnung.«

Plum fragt: »Kriegst du das hin, Flo? Wenn nicht, kann ich vorbeikommen und helfen.«

Den Grund für dieses Angebot kennen wir alle.

Wie kommt es, dass ich mir zeitgleich wie die beliebteste und unbeliebteste Frau im Dorf vorkomme?

13. Kapitel

»Floss? Was machst du denn bei Mums and Bumps?«

In einen Typen im dunklen Kaschmirmantel hinein-zulaufen, als ich zehn Minuten später von der Toilette komme, sieht nicht wirklich gut aus. Schon gar nicht, wenn es sich um den Mann handelt, den ich von allen Leu-ten am wenigsten gern treffen würde, und ich noch dabei bin, mein Sweatshirt in meine zu große Jeans zu stopfen. Ich wünschte, der Boden würde sich unter mir auftun und mich verschlingen.

»Nicht Floss, sondern Florence, Kit.« Nachdem ich den anfänglichen Schock überwunden habe, kenne ich keine Gnade.

Er starrt perplex auf meinen Bauch. »Du bist doch nicht …?«

Natürlich weiß ich sofort, was er meint, auch wenn er es nicht ausspricht. Auf der anderen Seite des Raumes sehe ich Clemmie und Nell die Augen verdrehen.

»Schwanger? Ich?« Ich zögere nur kurz, ehe ich klar-stelle: »Um Himmels willen, nein! Und Sophie, Mum und Plum sind es auch nicht. Wir sind nur zum Lunch hier.« Na ja, Flapjack in meinem Fall, aber das muss er nicht wis-sen. Ich sehe ihn wieder an. »Und du?«

Er lächelt. »Ich bin hier, weil ich Kuchen erwarte.« Er deutet auf einen hohen Päckchenstapel auf dem Tresen. »Da deine Strandhausbäckerei geschlossen hat, haben Rye und ich uns an deine Empfehlung gehalten, deshalb bin ich hier, um unsere Gebäckboxen abzuholen.«

Clemmie zeigt auf den Stapel. »Der da ist deiner, Kit. Greif zu, bezahlen musst du nichts mehr.«

Während Kit die Kartons nimmt, wirft Nell mir einen skeptischen Blick zu. »Sieh dir die großen Bestellungen an, Floss. Ich kann nicht glauben, dass du diese Chance nicht genutzt hast!«

Kit nickt zustimmend. »Ich auch nicht, Nell!« Seine Brauen ziehen sich zusammen, und er zögert. »Du würdest mir doch sagen, wenn etwas nicht stimmt, Floss? Ich habe den Eindruck, dass du die Zugbrücke hochgezogen und uns grundlos ausgeschlossen hast.«

Ich schließe die Augen und zähle bis zehn, aber kaum habe ich sie wieder aufgemacht, platzt meine Empörung aus mir heraus. »Wie wäre es damit, dass das Hotel versucht, mich aus meinem Haus zu vertreiben, damit sie direkt am Strand expandieren können! Ist das Grund genug?«

Ich zische diese Worte, damit die Kinder nicht verstört sind, aber an der Art, wie die Mums auf ihren pinkfarbenen, mit Samt bezogenen Stühlen aufhorchen, erkenne ich, dass sie jedes Wort verstanden haben.

Kits Miene verdüstert sich. »Wenn es um Davids Angebot geht, hast du ihn falsch verstanden.«

»Ein reicher Typ, der Leute für den raschen Profit benutzt? Jemand, der die wilde Schönheit der Dünen gegen Buchsbaumhecken und Bentleys eintauschen will? Was könnte man daran missverstehen?«

Er holt so tief Luft, dass sich die Gebäckschachteln auf seinen Armen heben. »David ist aufrichtig und fair. Er ist der Letzte, der etwas umsonst will.«

So wie Kit redet, klingt es, als wäre Byron ein enger Freund und kein Geschäftspartner.

Kit gibt nicht auf. »Es hätte ja sein können, dass du unbedingt verkaufen willst, also musste David fragen. Und was seine Pläne für eine Expansion am Strand betrifft, so ist er seit seiner Ankunft wegen seines Traums von einem Salzwasserfreibad mit der Gemeinde im Gespräch.«

Alle im Raum halten den Atem an, und diesmal gebe ich tatsächlich einen kleinen Aufschrei von mir. »Warum will er denn einen weiteren Swimmingpool? Das Hotel hat schon mindestens zwei.«

Kit lächelt. »Dieser ist etwas Besonderes. Er würde CO_2-neutral sein und durch Sandfilter chemiefrei. Aber das Beste ist, dass er für die Einheimischen wäre, zu einem sehr niedrigen Eintrittspreis.«

Es folgt ein Augenblick des Schweigens, in dem die Anwesenden den letzten Teil dieser Aussage verarbeiten. Dann bricht im Raum Jubel los.

Ich habe ein Rauschen im Ohr, ähnlich dem des Meeres, und ich fühle mich einer Ohnmacht nahe. Als ich mich am Tresen abstütze, höre ich »Wow!«-Rufe und: »Das will ich!«, aber jemand fragt auch besorgt: »Wie gut sind wohl CO_2-neutrale Schwimmstunden für Kinder?«

Was immer ich von Kit erwartet habe, das war es jedenfalls nicht; tadellose Argumentation *und* Beteiligung der Gemeinde, dagegen lässt sich kaum etwas sagen. Wenn es auf eine Entscheidung hinausläuft zwischen einem tollen natürlichen Freibad, das jeder nutzen kann, und einer unbedeutenden, heruntergekommenen Strandhütte, die bei der nächsten starken Meeresbrise davongeweht wird, habe ich kaum etwas zu melden.

»Yay, Kit! Was kann einem daran nicht gefallen?« Außer dass ich mein Zuhause verliere, was alle Anwesenden dabei offenbar übersehen. Ich muss daran denken, wie unbeliebt ich in St. Aidan sein werde, wenn ich diejenige bin, die den Einwohnern dieses absolut einmalige Freibad vorenthält.

Clemmie wirft Kit einen eisigen Blick zu. »Dir ist schon klar, dass ein Pool anstelle von Floss' Strandhaus bedeutet, dass du deinen Brownie-Shop im Ort verlierst, oder?«

Ich murmele leise vor mich hin: »Den hat er ohnehin verloren.«

Plum springt Clemmie bei. »Wenn Floss weichen muss, wer wird dann deine entlaufenen Influencer einfangen oder deine zögernden Kunden mit Scones und Schokolade umstimmen?«

Nell meldet sich zu Wort. »Und wo bekommst du dein Frühstück? Niemand sonst in St. Aidan serviert Eiscreme und Kuchen mit pinkfarbenen Plastikflamingos um sieben Uhr morgens.«

Auch Sophie hält sich nicht zurück. »Floss hat mir versprochen, mich zuerst zu informieren, sollte sie je verkaufen wollen. Ich hoffe, David Byron ist bereit für einen Kampf!«

Sogar Mum muss etwas sagen. »Sophie besitzt ein Schloss *und* einen ausgezeichneten Ruf in St. Aidan. Byron hat keine Chance!«

Kit wirkt ein bisschen ratlos. »Noch ist ja gar nichts entschieden. Ich wollte Floss doch nur erklären, warum *High Tides* nicht so schlecht ist, wie sie glaubt.«

Clemmie wendet sich lächelnd an ihn. »Das haben wir nun wohl alle verstanden, Kit. Vielleicht wäre dies ein guter Zeitpunkt zu gehen, damit wir erst einmal verarbeiten können, was du uns gerade erzählt hast.«

Kit schaut sich um, als würde ihm jetzt erst bewusst, wie vielen Leuten er dieses Geheimnis anvertraut hat. Er räuspert sich. »Kann ich mich darauf verlassen, dass alle Anwesenden hier diskret sein werden?«

Niemand reagiert, weil alle mit ihren Smartphones beschäftigt sind und die Neuigkeit an jeden weitergeben, der ihnen einfällt.

Was mein Stichwort ist, um mich zu verabschieden und ihn daran zu erinnern, dass dies St. Aidan ist und nicht Hackney. »Viel Glück mit der Datenschutzerklärung, Kit! Genieß deinen Kuchen.«

Aus meiner Küche wird es nichts mehr für ihn geben, so viel ist mal sicher. Und jetzt ärgere ich mich, dass ich die Toilette so schnell verlassen habe. Hätte ich meinen Eyeliner zwei Minuten länger nachgezogen, wäre er weg gewesen und diese Begegnung hätte nie stattgefunden. Angesichts von etwas so Vorteilhaftem für das Dorf, wie es dieses Freibad sein wird, will ich am liebsten aufgeben.

Aber dann denke ich an die bunten Papiervögel an meiner Wand. Jetzt, da ich eine Ahnung davon bekommen habe, wie gemütlich ein Zuhause sein kann, will ich nicht mehr darauf verzichten. Vielleicht stehe ich ganz allein da, auf einem wackligen, von Dünengras bewachsenen Stück Land, aber wenigstens gehört es mir.

Wenn ich in diesem Kampf alles gebe, muss ich mich unter meiner Bettdecke hervorwagen! Ich muss aufhören, so zu tun, als wäre ich nicht hier. Idealerweise sollte ich zu jemandem werden, den alle vermissen würden, wenn er nicht mehr da wäre. Leider habe ich nicht die leiseste Ahnung, wie ich das anstellen soll.

14. Kapitel

The Hideaway, *St. Aidan*
Pferdeschwänze und dunkle Mähnen
Samstag

»Ist dieses Pink zu hell?«

Tallulahs frisch gefärbte Haare schwingen in einem ausladenden Bogen vor uns. Sie kommt direkt aus der Haarfärbezone, um im Wohnzimmer das Ergebnis zu präsentieren.

»Toll und bisher am intensivsten!«, rufe ich aus der Küche, den Mund voller Schoko-Brownie.

Tallulah nickt. »Ja, wir haben die Menge erhöht.«

Bei neun frisch gefärbten Köpfen fliegen ziemlich viele Haare in alle Richtungen, als wären wir im Wind in den Dünen. Jeder Farbton ist anders, von heller Naturfarbe bis zu leuchtendem Rot.

Milla lacht. »Bei Magenta gibt es kein *Zuviel*.«

Ich schaue lächelnd zu Milla. »Fühlst du dich nicht ausgeschlossen? Ich könnte deine Mum bestimmt überreden, dir wenigstens einen rötlich blonden Ton zu erlauben.«

Ich finde ja, Sophie sollte etwas flexibler sein, da Milla jetzt älter wird; wenn sie die Zügel zu straff in der Hand hält, könnte das nach hinten losgehen. Aber was weiß ich schon?

Milla dreht eine flachsfarbene Locke zwischen den Fingern. »Pink passt nicht wirklich zu mir.« Sie seufzt frustriert. »Wenn ich schon darum kämpfen muss, als Frau mit mayonnaisefarbenen Haaren ernst genommen zu werden, wird es bestimmt nicht besser, wenn ich aussehe, als wäre ich mit einem Himbeermilkshake kollidiert.«

Ich stutze. »Wow! Gut argumentiert.«

Sie verzieht das Gesicht. »Ich weiß, ich falle bei der Pink-Hair-Benefizaktion aus der Reihe, aber ich habe tatsächlich einen Plan, wie ich sie unterstützen kann, nur eben auf meine Weise.«

»Großartig!« Es ist gut, dass sie ehrlich zu sich selbst ist. »Ich habe die Welt immer nur als Dunkelbrünette gesehen – außer als mir die Haare ausgefallen sind.«

Das war traumatisierend. Seitdem bin ich froh, überhaupt Haare zu haben. Als ich krank war, versuchte ich, nicht zu klagen, aber meine erste Chemo-Runde erwischte mich wie ein Lastzug. Ich hätte wissen müssen, was kommt, schließlich war dieser Giftcocktail dazu gemacht, die schlimmsten Zellen in meinem Körper zu zerstören, daher würde er dem Rest auch nicht besonders gut bekommen.

Jeder reagiert anders auf die Behandlung; manche Leute verlieren ihre Haare, andere, glücklichere, nicht. Rückblickend wünschte ich, ich hätte den Mut besessen, mir die Haare gleich kurz schneiden zu lassen, dann hätte ich wenigstens etwas Gutes tun und meine Locken für *Wigs for Kids* spenden können, die Haarersatz für Kinder machen, die sie krankheitsbedingt verloren haben. Stattdessen klammerte ich mich an meinen Optimismus und an meine lange Mähne, einfach weil ich mich so sehr mit ihr identifizierte.

Milla nimmt meine Hand. »Du sahst superhübsch aus mit rasiertem Kopf. Aber es muss hart gewesen sein.«

Die Chemo haute mich dermaßen um, dass ich mir eine

Woche lang nicht die Haare bürstete. Und als ich es endlich tat, fielen sie büschelweise aus, sodass ich mich noch kranker fühlte. Meine Friseurin war sehr nett und kam gleich mit der Schere vorbei, obwohl es gar nicht mehr viel zu schneiden gab. Zumindest war ich auf diese Weise nicht diejenige, die meine Haare vom Boden aufheben musste.

Milla zögert. »Ich verspreche, dass, was immer ich mit meinen Haaren anstelle, es nicht so extrem sein wird.« Lächelnd fügt sie hinzu: »Mit den kürzeren Haaren siehst du toll aus, allerdings reichen sie ja schon fast wieder bis auf deine Schultern.«

Ich habe jetzt einen Stufenschnitt, denn meine Haare sind nach ihrer Rückkehr eher drahtig als seidig. Es ist schon ein echter Fortschritt, dass ich sie mir wieder mit einem Haarband zu einem Pferdeschwanz zusammenbinden kann. »Ich mag sie auch.«

Bei derart vielen Mädchen, die das Badezimmer frequentieren, sind sie heute Morgen extra früh eingetroffen und dann gleich zum Strand verschwunden. Wir alle wissen, dass das Sammeln von Treibholz für das Feuer am Abend nur ein Vorwand ist, um das Hotelgelände beobachten zu können, und der Holzstapel auf der vorderen Veranda ist groß genug, um ein Schwein zu rösten, nicht bloß ein paar Marshmallows.

Unter uns, ich bin kein Fan von knusprigem Schwein. Bei sämtlichen Feiern von Dillons Freunden, von Hochzeiten bis zu »Ich habe einen neuen BMW«-Partys, wurde ein Schwein gegrillt. Als jemand, der mit Tierrechten sympathisiert, hat mich der Anblick eines Schweins am Spieß stets veranlasst, nach Veggie-Burgern Ausschau zu halten, daher sage ich lieber nichts und hoffe, dass es bei Marshmallows bleibt.

Es war trocken, als die Mädchen ankamen, aber es ist einer dieser wechselhaften St.-Aidan-Tage, an denen in einem Moment die Sonne vom kornblumenblauen Himmel scheint, und im nächsten färbt sich der Himmel dunkel wie ein Verlies, und der Regen fällt so hart, dass die Tropfen kleine Löcher in den Sand bohren. Aber wir lassen uns davon nicht ins Haus treiben, und so ist der Tag verflogen.

Es gab einen Moment der Enttäuschung, als eine Textnachricht uns mitteilte, dass die Schicht der Platzwarte des Hotels wegen des schlechten Wetters ausfällt. Und ich hätte auf die anschauliche Beschreibung von Kit und seinem Liebespaar des Tages verzichten können, auch wenn es großartige Neuigkeiten sind, dass er seine bevorzugte Foto-Location ein Stück weiter den Strand hinunter verlegt hat. Ich sollte nicht in diese Richtung schauen, aber von seiner Verlobten, die das Paar über den Strand treibt, ist immer noch nichts zu sehen. Kurz darauf stürzen sich die Mädchen auf den Handtuchberg und beschließen, wer als Nächste duschen darf.

Da unser kleiner Plausch beendet ist, wendet Milla sich von mir ab und ihren Freundinnen zu. »Okay, ich bin als Letzte im Badezimmer dran. Tallulah und Scarlett helfen mir beim Styling, Tante Flo braucht Hilfe beim weiteren Backen. Und jemand muss Holz zerkleinern für das Lagerfeuer später.«

Es folgt eine chaotische Diskussion, dann verschwinden Shadow, ich, Sarah und Sadie in der Küche. In einem Strandhaus voller Teenager braucht es immer genügend M&M's-Cookies, um alle bei Laune zu halten. Wir lassen gerade die dritte Ladung auf das Abkühlblech gleiten, als ein Ruf aus dem Schlafalkoven ertönt.

»Alle mal aufgepasst, Milla führt uns ihre Haare vor!«

Die waren so lange beschäftigt, dass sie eine Tiefenkur gemacht *und* die Haare gestylt haben müssen. Ich schnappe mir die letzte Handvoll zerbrochener Kekse und trete aus der Küche, um besser sehen zu können.

»Überraschung!« Milla macht flatternde Bewegungen mit ihren Händen und betritt den Wohnbereich.

Nach der langen Zeit erwarte ich geflochtene Haare, und für einen Moment glaube ich, noch ihr Handtuch auf ihrem Kopf zu sehen. Aber dann stutze ich und erkenne die Wahrheit. Statt ihrer hellblonden gewellten Haare ergießt sich eine dunkle glänzende Mähne über ihre Schultern. Prompt verschlucke ich mich an meinem Keks.

»Was …« Zur Hölle? Ich verkneife mir den Spruch und versuche es erneut. »Was … für eine Veränderung!«

Wären da nicht die Flecken um die Haarlinie, würde ich es für einen Scherz halten, aber da sind auch verräterische Färbespuren auf ihrer Kopfhaut.

Milla wirft eine tiefschwarze Strähne über ihre Schulter. »Ich habe dich als Vorbild genommen, Tante Flo. Ich rocke kohlrabenschwarz.«

Ich hatte nie pechschwarze Haare. Meine sind mehr dunkles Karamell, trotzdem ist wohl ein Kompliment angebracht. »Das hast du wunderschön gleichmäßig hinbekommen.« Mit blonden Haaren ist das nicht leicht. Der Farbton ist so deckend, dass er Milla, die Nymphe, ausgelöscht und eine ganz andere Macht installiert hat. Wenn Sophie absolut gegen Pink war, wird das hier sie durchdrehen lassen.

Ich räuspere mich. »Ich will ja keine Spielverderberin sein, aber …« Es ist eine relevante Frage, die eine gescheite Brünette beantworten können sollte, also kein Problem. »Was wird deine Mum sagen, wenn sie dich sieht?«

Milla wirft den Kopf zurück. »Ich fühle mich zehnmal selbstbewusster als vorher.« Sie wendet sich den anderen Mädchen zu. »Los, rufen wir sie per FaceTime sofort an!«

Milla hat ihr Smartphone bereits in der Hand, und als Sophie sich nach dem zweiten Klingeln meldet, versammeln sich alle um Milla und rufen: »Ta-da!«

Es folgt ein Moment des Schweigens, dann Sophies Stimme. »Wer ist das? Was machst du an Millas Handy?«

Milla kichert. »Ich bin's, Mum. Ich zeige dir meine neue Frisur! Ebenholz steht mir so viel besser, als es bei Kirschrot der Fall gewesen wäre, findest du nicht?«

Sophies Stimme wird eine Oktave höher. »Du nimmst mich auf den Arm, oder? Milla? *Milla?*« Als Milla einen Vorhang aus schwarzen Haaren vor ihr Gesicht fallen lässt, wird Sophies schrille Stimme zu Gebrüll. »Das ist *nicht* witzig! Gib mir Tante Florence. Sofort!«

Milla hält mir ihr Handy hin. »Während du mit Mum redest, kümmern wir uns schon mal um das Lagerfeuer und die Lichterketten.«

»Ich rufe dich mit meinem Handy an, Soph.« Ich wedele mit dem Smartphone und lausche dem Getrampel auf der Veranda.

Shadow wirft mir einen Blick zu. »Das verschafft mir wenigstens Zeit, einen Helm und eine Splitterweste zu finden.«

Von früher weiß ich noch, dass es nie angenehm ist, mit Sophie auf dem Kriegspfad zu sein. Dies könnte das Stichwort sein, den Ort zu verlassen, und zwar schnell.

15. Kapitel

The Hideaway, *St. Aidan*
Schuldige und gute Eindrücke
Samstag

»Wie konntest du das zulassen, Floss?«

Wir hören uns nur, aber ich muss Sophies Gesicht auch nicht sehen, um zu wissen, dass sie vor Wut schäumt. Sie macht mich zu hundert Prozent für Millas Färbe-Malheur Schrägstrich Trotzreaktion verantwortlich.

Als wir Kinder waren, gab es nur eine Möglichkeit, wenn Sophie in Rage war: wegrennen. Leider war sie stets schneller als ich, und üblicherweise hielt sie mich am Pferdeschwanz fest. Ich erinnere mich noch gut an den brennenden Schmerz an meiner Kopfhaut, wenn sie mir ein Büschel Haare ausriss. Später wurden meine Beine länger, und sie holte mich nicht mehr ein.

Aber es hat keinen Sinn, jetzt mit ihr zu diskutieren. Milla und Co. sind keine Kleinkinder mehr, und dass ich sie jede Sekunde überwache, ist nicht nur unmöglich, sondern auch völlig daneben. Ich hoffe nur, dass Sophie ihnen nicht verbietet, mich im Strandhaus zu besuchen, denn die Vorstellung eines Samstags ohne die Mädchen ist irgendwie trostlos. Und das hat nichts damit zu tun, dass jede von ihnen darauf bestand, mir zehn Pfund für die mir entstandenen Kosten zu geben. Zusammen mit dem Geld der Insta-Ladys, die nach wie vor öfters auf ein

»Überraschungsfrühstück« vorbeischauen, komme ich ziemlich gut über die Runden.

Ich halte das Smartphone von meinem Ohr weg, bis Sophies Schreien schwächer wird, dann fange ich allmählich an, mich zu entschuldigen.

»Hätte ich geahnt, was da läuft, wäre ich aufmerksamer gewesen. Tut mir leid, dass ich es nicht war.« Ich schaue hinaus, wo die Mädchen am Strand umherrennen und Holz vom Stapel nehmen. »Du solltest sehen, wie hart sie für das Lagerfeuer arbeiten.«

Sophie gibt einen langen Seufzer von sich. »Es könnte schlimmer sein. Google sagt, einmal waschen mit *Head and Shoulders,* und es sollte raus sein.«

Ich hole tief Luft. »Ich fürchte, das Färbemittel, das Milla benutzt hat, ist permanent. Aber wenn die blonden Haare nachwachsen, wird es toll aussehen.« Ich muss lachen. »Dein Karma holt dich ein. Du hast damals deine Haare schwarz gefärbt, erinnerst du dich? Und Mum ist durchgedreht.« Ich schaue herunter auf Shadow, der die Nase hochhält. »Du könntest dich auch darüber freuen, dass Milla ihren eigenen Kopf hat.«

Ich sehe, wie der Nebel über die vordere Veranda wabert, und überlege, dass es alles nur schlimmer machen würde, wenn Sophie zu hart reagiert. Dann frage ich mich, warum der Nebel vom Hotel kommt und nicht vom Meer. Mir steigt ein Geruch in die Nase.

»Ist das Rauch?« Während ich nachschauen gehe, lamentiert Sophie darüber, welche von Millas Privilegien sie streichen könnte. »Typisch! *High Tides* muss ausgerechnet an dem Tag, an dem der Wind in diese Richtung weht, ein Lagerfeuer machen. Es muss riesig sein, wenn der Rauch so weit herüberweht.«

Ich gehe wütend zum Fenster, doch was ich draußen in den Dünen entdecke, lässt mich erstarren.

»So früh sollte das Feuer doch noch gar nicht brennen.« Das gebe ich in wimmerndem Ton von mir. »Und wer hat entschieden, das Feuerholz direkt neben dem Strandhaus aufzuschichten?« Zu Unrecht habe ich *High Tides* beschuldigt, während mein Zuhause sich in einen Brandbeschleuniger zu verwandeln droht.

»Was für ein Feuer denn?«

Ich wimmele Sophie ab. »Ich muss Schluss machen ...« Es gibt keine einfache Möglichkeit, ihr zu erklären, dass die Teenager dabei sind, das Haus niederzubrennen. »Ich rufe dich später wieder an.«

Als ich zur Tür renne und Shadow vor mir herscheuche, kann ich durch das Seitenfenster die Flammen lodern sehen.

Ich stürme von der Veranda und um das Haus, drücke Sarah Shadows Leine in die Hand und entdecke Milla und Tallulah, die mit weit aufgerissenen Augen und Hände wedelnd hinter dem knisternden Haufen Treibholz stehen.

»Wir haben versucht, einen Tampon zum Anzünden zu benutzen, wie dieser Abenteurer Bear Grylls es macht, Tante Floss ...«

»*Was?*«

»Wir haben eine ganze Packung genommen, und der Haufen fing gleich an zu brennen.« Es folgt benommenes Schweigen. »Was sollen wir jetzt tun?«

Einen schrecklichen Moment lang sehe ich nur, wie das Feuer sich ausbreitet, Richtung Holzwand der Strandhütte, um das ganze Haus zu erfassen.

Tallulahs Schrei reißt mich aus meiner Trance. »Ruf die Feuerwehr! Beeilung! Sadie!«

Egal, wie schnell die sind, wenn der Feuerwehrwagen aus St. Aidan hier ist, wird meine kostbare Hütte Asche sein.

Milla taucht auf. »Rye! Er ist Feuerwehrmann. Wir brauchen Rye!«

Sofort lege ich los. »Kit!« Ich renne stolpernd über den weichen Dünensand, mit den Armen winkend und so laut schreiend, dass ich das Gefühl habe, meine Lungen platzen. »Kit … Hilfe!« Er ist die letzte Person, an die ich mich wenden will, wegen der Art und Weise, wie wir auseinandergegangen sind. Aber noch ehe ich die nächste Düne erreiche, sehe ich eine Gestalt auf mich zurennen. Ein Blick auf das gebügelte weiße Hemd, und mein Herzschlag setzt aus, und die Welt steht still.

Für einige verrückte Sekunden laufen wir in meiner Fantasie aufeinander zu wie Liebende in einer kitschigen Werbung. Dann nehme ich seinen Duft wahr und atme gleichzeitig Rauch ein, was mich in die Wirklichkeit zurückholt. Fast stoßen wir zusammen, aber ich wirbele herum und renne neben ihm her, keuchend bei dem Versuch, mit ihm mitzuhalten.

»Was zur Hölle machen die denn, Floss?«

Natürlich hat Kit noch genug Luft, um zu reden, zu rennen *und* einen dicken Feuerlöscher zu tragen. Trotzdem dauert es eine Ewigkeit, die letzten fünfzig Meter hinter uns zu bringen. Als wir schlitternd stoppen, spüren wir die Hitze des Feuers auf unseren Wangen. Er balanciert den Feuerlöscher auf dem Knie, reißt einen Stift heraus, und eine Sekunde später sprüht er Schaum, als hätte er gerade einen Grand Prix gewonnen.

Dann sind die Flammen verschwunden. Er weicht zurück, und während wir auf die glimmenden Holzstücke schauen, fühlt es sich fast ein bisschen ernüchternd an.

»Dem Himmel sei Dank, dass du aufgetaucht bist, Kit. Viel hätte nicht gefehlt, und *The Hideaway* wäre in Flammen aufgegangen. Du hast mich schon wieder gerettet.«

Er zuckt mit den Schultern und hebt eine Braue. »Gehört alles zum Arbeitsalltag eines Superhelden.«

Ich betrachte seinen Adamsapfel und die Rußflecken auf seinem Hemdkragen. »Soll ich dein Hemd waschen?«

Warum stelle ich mir vor, mein Gesicht darin zu vergraben? Warum male ich mir aus, alle Türen zu verrammeln und es auf dem Sofa auszubreiten, um einen ganzen Tag seinen Duft einzufangen?

Er schüttelt den Kopf. »Das wird das Hotel erledigen. Wäre ja dumm, einen Wäscheservice zu haben und ihn nicht zu nutzen.«

Tief in seiner Schuld zu stehen, wo ich doch nicht einmal mit ihm reden sollte, fühlt sich unbehaglich an. Ich bin absurd. »Möchtest du Fanta?« Es kommt mir fast wie eine Beleidigung vor, ihm etwas so Unbedeutendes anzubieten, wenn er gerade mein Zuhause gerettet hat. »Oder eine Tasse Tee?« Jetzt höre ich mich an wie neunzig.

Erneut schüttelt er den Kopf. »Ich habe Kunden, deshalb lasse ich dich hier mal allein weitermachen.« Er zögert. »Nur damit ich es Rye erklären kann – was ist denn überhaupt hier passiert?«

Ich lasse mir schnell etwas einfallen. »Ungünstige Tipps zum Anfachen eines Feuers.«

Er sieht entsprechend unbeeindruckt aus, während er sich schon zum Gehen wendet. »Du solltest dir vielleicht einen Feuerlöscher anschaffen, wenn die Kids hier mit Streichhölzern herumspielen.«

Da hat er wohl recht, aber es klingt ein bisschen wertend, wie er das formuliert.

Ich richte den Blick auf die Mädchen. »Darum kümmern wir uns sofort.«

Im Fortgehen betrachtet er die Gesichter und hält noch einmal inne. »Irre ich mich, oder seid ihr alle in einen Topf mit roter Farbe gefallen?«

Milla räuspert sich. »Nicht alle, Kit. Ich habe meine Haare von Vanille zu Zartbitterschokolade gefärbt.«

Kit stutzt. »Tatsächlich! Für einen Moment habe ich dich für Floss gehalten!«

»Florence«, murmele ich.

Millas Grinsen ist so breit wie die Bucht. »Richtige Antwort, Kit! Genau so wollte ich auch aussehen.« Sie schaut lächelnd zu mir. »Wenn Scarletts Mum mir die Haare geschnitten hat, wirst du uns nicht mehr auseinanderhalten können.«

Ich dachte, der Nachmittag sei schon übel verlaufen, aber es kommt anscheinend noch schlimmer. Als Kit durch die Dünen davongeht, ärgere ich mich, nicht dankbarer gewesen zu sein. Prompt rufe ich ihm hinterher.

»Falls ich mich revanchieren kann, lass es mich wissen!« Aber keine Kekse. Ich schulde ihm bereits lebenslänglich Brownies. Ich meinte etwas weitaus Bedeutsameres.

Er dreht sich um und ruft über die Schulter: »Ich werde darauf zurückkommen.«

Und dann ist er weg, und ich stehe da, während mein Magen sich anfühlt wie der Schleudergang der Waschmaschine.

16. Kapitel

The Hideaway, *St. Aidan*
Helden und glückliche Montage
Montag

»Floss, du bist da!«

Als Kits Name zwei Tage später auf meinem Display aufleuchtet, weiß ich schon, dass es ein Problem gibt.

»Hast du Zeit, zum Studio zu kommen. Jetzt gleich?«

»Das klingt aber dringend!« Ich bin überrascht, dass er mich so rasch nach meinem Notfall braucht, aber ich will vorbereitet bei ihm eintreffen. »Soll ich einen Feuerlöscher mitbringen?«

Meine drei sind nicht nur gleich am nächsten Tag geliefert worden, sondern jedes Mal, wenn ich Dankeschön-Brownies vor seine Tür stellte, kaufte er mir im Gegenzug jede Menge Feuerlöschzeug.

Ich höre ihn seufzen. »Möglicherweise brauchst du einen. Die eine Hälfte des Paares an diesem Morgen hat einen Zusammenbruch. Ich hatte gehofft, dass du sie irgendwie beruhigen kannst.«

Ich war noch nie in seinem Studio, aber wenn es irgendwie seinen Hosen ähnelt, wird es schick und tadellos sein. Ich frage mal lieber nach. »Gibt es einen Dresscode?«

»Schick, aber schnell ist wichtiger. Sie ist ziemlich aufgebracht.«

Die meisten meiner Kleidungsstücke sind entweder abgelegt oder aus Secondhandläden. In *The Circus* konnten wir tragen, was wir wollten, solange es ausgefallen war und halbwegs zum Thema passte. Das kam mir sehr entgegen. Als ich die schwindelerregenden Höhen einer Teamleiterin erreichte, trug ich das Kostüm eines Zirkusdirektors und lief in einem taillierten roten Frack mit langen Schößen herum, einen Tambourmajorstab in der Hand, in Samtshorts oder Kniehosen aus Seide, je nach Stimmung. Es hat also gar keinen Zweck, meine Arbeitskleidung durchzusehen, und der Rest meiner Garderobe sieht aus wie vom Trödelmarkt.

Ich wähle von dem Stapel auf dem Sessel das am wenigsten gerüschte halblange Kleid, dazu Cowboystiefel. Dann trage ich einen Spritzer Miss Dior auf und mache mich auf den Weg. Als ich die Veranda vor Kits Studio betrete, gefolgt von Shadow, schnappe ich nach Luft ... aber nicht, weil ich außer Atem bin. Draußen im Sonnenlicht sehen meine Stiefel aus, als gehörten sie in den Wilden Westen, und mein Jeanskleid ist völlig zerknittert, außerdem hängt ein Stück cremefarbener Spitze vom Saum herunter. Obendrein habe ich mir heute noch gar nicht die Haare gebürstet!

Ich lehne mich an den Türrahmen und habe noch zwei Minuten, um mich auf das Niveau von *High Tides* zu bringen. Während ich versuche, mit den Fingern durch meine verknoteten Haare zu kämmen und den abtrünnigen Saum festzubinden, sehe ich mich plötzlich wieder an dem Tag, als Dillon und ich zu Kits Studio in der Stadt gefahren sind. Da wird mir klar, dass ich nicht ansatzweise in seiner Liga spiele und den Kampf längst verloren habe.

Seine Verlobte, Violetta, empfing uns, sie war makellos, statuenhaft und schlank, ihr Schlauchkleid so stilvoll, dass es sicher mehr gekostet hatte, als ich in einem Monat verdiente, einschließlich Trinkgeld. In letzter Zeit durchlebte ich diese Erinnerung öfter, während ich mich fragte, wo sie ist. Eine derart dynamische und präsente Person würde sich nicht einfach im Hintergrund halten. Die Haare hatte sie aufgetürmt, dezenter Bronzer akzentuierte ihre unglaublichen Wangenknochen. Ich versuche, mich gerade an die Farbe ihres Nagellacks zu erinnern, als ich den Halt verliere und ins Studio taumele. Dann kommt mir auch schon der Holzfußboden entgegen.

Erste Eindrücke können kaum schlimmer sein als der, den ich hier mache, auf dem Rücken am Boden liegend, meine Nase nur Zentimeter von Kits polierten schwarzen Schuhen entfernt, während mir meine Brüste aus dem Rundhalsausschnitt quellen und Shadow mir das Gesicht ableckt. Aber als Kit mir aufhilft und ich seine Hand schnell wieder loslasse, um mein Kleid zu richten, bemerke ich, dass niemand von mir Notiz nimmt.

Der Raum, in den ich blicke, besitzt die Eleganz eines Designers, der frisch aus London eingetroffen ist, aber es fehlt völlig die Wärme. Die Wände sind in Blöcken aus Grau gestrichen, es gibt hohe Glasschränke sowie kunstvoll arrangierte Stahlmöbel. Kit steht nach wie vor auf bedeutende Zitate in schwungvoller Schrift an den Wänden. Mein Besuch mit Dillon in dem Studio in Covent Garden ist Jahre her, und doch erschauere ich. Als wäre das noch nicht genug, gibt mir die junge Frau auf dem Wildledersofa, die Taschentücher vollweint, den Rest.

»*Wie geht es ihr?*« Ich schaue zu Kit und forme die Worte lautlos mit den Lippen, obwohl die Antwort klar ist.

Ihr Partner steht neben ihr, die Hände in den Taschen seiner Chinos vergraben und zur Decke starrend, als wollte er Löcher hineinbohren.

Kit zischt mir ins Ohr: »Bianca und Salvador kamen herein, sahen sich um, und dann ging es auch schon los.« Er zuckt mit den Schultern. »Kannst du ab hier übernehmen? Ich habe denen gesagt, dass du meine Partnerin bist …«

Mir dreht sich der Magen um, und ich frage mit schriller Stimme: »Wie bitte?«

»Geschäftlich, nicht sexuell …« Die Andeutung eines Lächelns erscheint, und er atmet geräuschvoll aus.

Okay, ich hebe die Hände hoch. Wochenlang die Gegend zu beobachten, ohne Violetta einmal zu Gesicht zu bekommen, hätte ein Hinweis sein können. Dennoch bin ich schockiert, sie hier nirgends vorzufinden.

Ich muss schnell herausfinden, was das Ziel meiner Mission ist. »Schwebt dir ein bestimmtes Ergebnis vor?«

»Keine Erwartungen, tu einfach, was du kannst. Ein Lächeln, wenn sie geht, wäre ein Bonus, aber ich akzeptiere, dass das unwahrscheinlich ist.«

Ich sehe mich im Studio um und flüstere Shadow zu: »Feuerbekämpfung wäre hundertmal leichter.«

Dann schaue ich auf meine Füße und denke an Violettas Manolo Blahniks. Mir kommt eine Idee. Vielleicht hilft es, wenn ich ein bisschen in die Rolle der Frau schlüpfe, in deren Fußstapfen ich hier trete. Ich schließe die Augen, stelle mir vor, *dieses* Kleid zu tragen, und bin von meiner eigenen Fantasie verblüfft, als mein Bein durch den bis zur Taille reichenden Schlitz gleitet. Ich hole tief Luft, um meinen Mut zu sammeln, und fühle mich gleich zehn Zentimeter größer. Mit vier großen Schritten durchquere ich den Raum, zwinge mich zu einem selbstbewussten Lächeln wie Violettas, und es braucht meine ganze innere Willenskraft, nicht auch noch ihren hinreißenden osteuropäischen Akzent hinzuzufügen. Was immer ich getan habe, es scheint zu funktionieren, denn als ich den Mund aufmache, fühle ich mich, als könnte ich die ganze Welt herumkommandieren.

»Kit!« In meinem Kopf stakse ich auf blöden Pfennigabsätzen. »Während Bianca und ich uns besser kennenlernen, zeig doch bitte Salvador deine alchemistische Ausrüstung.«

Er sieht mich überrascht an. »Das ist keine Alchem...« Meine strenge Miene bringt ihn zur Besinnung. »Gute Idee, danke, Floss.«

Ich schenke der Frau auf dem Sofa ein super weltgewandtes strahlendes Lächeln. »Typisch Mann, oder? Der hier erinnert sich nicht mal an den richtigen Namen seiner Partnerin.« Ich blicke zu Kit und rolle mit den Augen, dann drehe ich mich wieder zu der Frau um. »Freut mich sehr, Sie kennenzulernen, Bianca. Das da ist Shadow, und ich bin Florence.«

Kit führt Salvador bereits am Tisch vorbei. »Kommen Sie mit nach nebenan in die Werkstatt ...« Er wirft mir einen bedeutungsvollen Blick zu. »Auch bekannt als Atelier oder *Metallurgie*-Abteilung.«

Kurz darauf sind sie weg.

Ich betrachte Biancas blonden frechen Pixie-Haarschnitt und die blauen Augen, die zur Farbe ihrer verwaschenen Jeans passen. Als sie ihre abgeschnittene Bikerjacke enger um ihre Taille zieht und die Füße in den Doc-Martens-Sandaletten übereinanderschlägt, erkenne ich, wie jung sie noch ist.

Ich raffe mein Kleid, stütze das Kinn auf die Hand und sehe sie an. »Kein Druck, absolut nicht, aber wenn Sie uns erzählen wollen, was los ist, Shadow ist ein sehr guter Zuhörer.«

Das bringt sie zum Lächeln. Dann seufzt sie, lehnt sich zurück und sieht mich an. »Es ist komplett unsinnig. Wäre ich mir nicht sicher, wäre ich wohl kaum im Morgengrauen aufgestanden, um hierherzufahren.« Sie schnieft und tupft sich die Nase. »Aber dann komme ich herein, lese die Worte an der Wand, und zwei Sekunden später bin ich völlig aufgelöst.«

Ich lese die Blöcke aufgemalter Texte, auf der Suche nach einem Hinweis, aber mir ist schleierhaft, wie Albert Einsteins berühmtes Zitat über Anziehung jemanden in Tränen ausbrechen lassen könnte. »Welche Worte denn eigentlich genau?«

Sie zeigt auf die Wand über dem Tresen. »Es war Ihr Slogan – tOgether fOrever.«

Was für eine Ironie, dass sie mir die von mir meistgehasste Phrase zuschreibt, daher versuche ich, mich davon zu distanzieren. »Das ist einer von Kits Lieblingssprüchen, meiner eher nicht so.«

»Ich bin gern verlobt, und ich kann es kaum erwarten, verheiratet zu sein.« Sie betrachtet eingehend den kleinen Brillanten an ihrem Ringfinger. »Aber dann kam ich hierher, las das und …«

Ich helfe ihr. »Sie haben es sich ausgerechnet?«

Sie nickt. »Ich bin zweiundzwanzig. Und ich konnte nur noch daran denken, dass es eine sehr lange Zeit ist, die man mit einem Menschen verbringt.«

Ich muss ihr eine andere Perspektive zeigen. »Wir dürfen das nicht falsch interpretieren. Es soll einem keine Angst einjagen, sondern daran erinnern, dass für immer nicht lang genug ist.«

Shadows Seitenblick verrät mir, dass ihn meine Improvisation nicht überzeugt hat. Ich kann nur hoffen, dass es Bianca geholfen hat.

Sie schüttelt den Kopf. »So habe ich das bisher auch immer empfunden. Das Schlimmste ist jedoch, dass ich damit gleich herausgeplatzt bin. Ich habe Salvador gesagt, wie beängstigend sich das anhört. Der sah schockiert aus, und dann flossen auch schon meine Tränen.«

Ich lege meine Hand auf ihren Arm. »Die Zeit vor der Hochzeit ist sehr emotional.« Dann bemerke ich, wie blass ihre Wangen sind. »Sie erwähnten, dass Sie früh aufgestanden sind. Haben Sie überhaupt gefrühstückt?«

Sie verzieht das Gesicht. »Das war eine weitere Katastrophe. Wir waren spät dran, und als wir endlich im Hotel ankamen, war die Speisekarte so komisch, dass wir nichts gegessen haben.«

»Eines weiß ich mit Sicherheit – mit hungrigem Magen kann man keine Ringe machen.« Behutsam erinnere ich sie daran, warum sie hier sind, und wähle Nells Nummer. Hoffentlich ist sie im Dorf und kann bei *Crusty Cobs* etwas holen. »Wie wäre es, wenn wir uns mit Gebäck beruhigen?«

Biancas Miene hellt sich auf. »Können wir Kaffee dazuhaben?«

»Absolut.« Ich stehe auf und gehe auf die Reihe von drei Türen auf der anderen Seite des Raumes zu, um einen Wasserkocher zu finden. Es wäre zu schön gewesen, gleich die richtige Tür zu erwischen. Ich betrete den begehbaren Schrank und versuche, es so aussehen zu lassen, als wollte ich genau da hinein. Als ich fünf Minuten später aus der Düsternis herauskomme, weiß Nell über meine neue Rolle Bescheid und ist unterwegs. Außerdem hat Kit mir auf meine Nachricht geantwortet und erklärt, dass sich Kaffeemaschine und Kühlschrank eine Tür weiter befänden. Er und Salvador geben uns noch weitere zwanzig Minuten, ehe sie wieder zu uns stoßen.

Als ich zehn Minuten später mit einem Tablett, auf dem Becher und eine große Kanne Kaffee stehen, zurückkomme, stapft Nell gerade, schnaufend vor Anstrengung, zur Vordertür herein.

Sie schüttelt den Kopf. »*Breitengrad eins und zwei?* Was soll das denn bedeuten?« Natürlich springt sie gleich auf Kits neue Namensschilder an.

Ich stelle das Tablett auf den Couchtisch. »Das sind die offiziellen Adressen der Strandhäuser: *Latitude one and two.*« Bevor sie anfangen kann, über prätentiöse Londoner zu lamentieren, komme ich ihr zuvor. »Eine Anspielung auf die geografische Position und das Gefühl von Freiheit.«

Sie stellt eine große Gebäckschachtel neben das Tablett, dann beugt sie sich nach hinten und streckt sich. »Na, wer hätte das gedacht?« Sie wendet sich an Bianca. »Ich bin Nell und im achtzehnten Monat schwanger, weshalb ich den Umfang einer Fähre habe. Ich weiß nicht, wie es bei Ihnen ist, aber ich lechze nach einem Getränk!«

Ich lächele Bianca zu und ziehe für Nell einen Ledersessel heran. »Nell leitet den Singles-Club von St. Aidan, und sie hat versprochen, gegen Gebäck ihre Erkenntnisse über die Liebe mit uns zu teilen.«

Während ich den Deckel der Gebäckschachtel anhebe, schließt Nell die Augen und atmet den Duft von Vanille und Marmelade ein. Als ich die Getränke verteile und sich jede ein Mandelcroissant nimmt, fragt Nell Bianca: »Also, was hat er getan? Männer können manchmal ziemliche Idioten sein.«

Bianca antwortet sofort. »Wir streiten fast nie, aber heute Morgen hatten wir unseren ersten Konflikt.« Ihre Miene verdüstert sich. »Wir waren schon spät dran, und ich musste noch einmal zurück in die Wohnung, um meine Schuhe zu wechseln, *zum dritten Mal*, weil ich wollte, dass dieser Tag perfekt wird.«

Ich schaue herunter auf meine Schuhe und begreife das Problem. »Für Sie war das Wichtigste, dass sich Ihre Füße richtig anfühlen, aber für Salvador war es, pünktlich zu sein. Dass er Sie zur Eile antreibt, könnte auch ein Zeichen dafür sein, wie wichtig ihm das alles ist.«

Bianca nickt. »Das ist wahr.«

Nell gluckst. »Außerdem ist es normal, nervös zu sein, wenn es zum Beispiel um die Ringe geht, denn da begreift man erst, wie real das Ganze ist.«

Bianca nickt heftig. »Genauso ist es!«

Ich bin die letzte Person, die irgendwen davon überzeugen sollte zu heiraten, aber jetzt gibt es kein Zurück mehr. »Aber wenn es der Mensch ist, bei dem man sich wohlfühlt wie bei keinem anderen, ist das ein verdammt gutes Zeichen.«

Nell schiebt die Gebäckschachtel zu Bianca und nimmt sich selbst eine Zimtschnecke. Sie wischt sich die Krümel vom Bauch. »Und wenn man das Gefühl hat, mit der Person ein Baby zu wollen, ist das noch besser!«

Bianca bricht ein Stück von ihrem Schokobrötchen ab. »Er will zwei Kinder. Ich will vier, daher haben wir uns auf drei geeinigt.« Ein wenig erschrocken blickt sie auf Nells Bauch. »Aber nicht sofort.« Sie entspannt sich wieder. »Das Kinderzimmer wird babouchegelb, und die Farbe besorgen wir bei Farrow & Ball.«

»Sie haben sich offensichtlich schon einige Gedanken gemacht.« Ich seufze angesichts ihrer Überzeugung – dass die beiden so viel schon geplant haben, ohne jede Vorstellung dessen, was sich ihnen noch in den Weg stellen könnte. Ich schenke ihr ein breites Lächeln. »Sie brauchen trotzdem Mut.«

Nell schnaubt. »Man darf nur nicht zu viel grübeln. Hören Sie auf Ihr Herz und vertrauen Sie auf Ihr eigenes Urteilsvermögen.«

Ich füge hinzu: »Kit macht nicht nur Eheringe. Er stellt Erinnerungsringe und Verlobungsringe her, und Gruppen lassen sich Ringe anfertigen, um ihre Freundschaft zu feiern.« Unsere Zeit läuft ab, daher ziehe ich alle Register. »Ihre Ringe symbolisieren einfach das, was Sie in dem Moment empfinden, wenn Sie sie kreieren. Die Ringe können auch einfach eine schöne Art sein, einen Tag am Meer zu feiern.«

Biancas Augen leuchten. »Wir wollen die mit unseren Fingerabdrücken. In Gold, mit Inschrift auf der Innenseite.« Sie schiebt sich die Haare aus der Stirn und tippt sich gegen die Nase. »Zumindest hatten wir das vor, falls ich es mit meinem Geflenne nicht vermasselt habe.«

Ich wage es kaum zu hoffen, aber Bianca klingt, als könnte sie wieder in der Spur sein.

»Sie werden es schaffen.« Als ich ihr erneut das Gebäck herüberschiebe, sind Schritte auf der Veranda zu hören. Kit und Salvador kommen herein. Ich springe auf und empfange die beiden mit einem Lächeln. »Sobald Salvador ein Cremehörnchen hatte, wird er den Tag bestimmt gerne wie geplant fortsetzen.«

Salvador nickt. »Unbedingt.« Er gibt Bianca einen Kuss auf die Wange, nimmt ihre Hand und wendet sich an mich. »Ich habe Kit erklärt, dass es nirgends eine solche Strandatmosphäre gibt wie auf den Fotos. Ich nehme an, das hat Bianca so aufgewühlt.«

Möglicherweise ist die Sache doch noch nicht aus der Welt.

Ich liefere gleich eine Erklärung. »Wir sind auch ganz neu hier, deshalb ist alles noch ein bisschen kahl.«

Kit starrt mich an, als hätte ich den Verstand verloren.

Bianca beißt sich auf die Lippe. »Victors und Amerys Fotos auf der Vintage & Awesome-Seite waren der Grund, weswegen wir gebucht haben.«

Mein Mut sinkt; ich hätte nie gedacht, dass deren Publicity derart spektakulär Wirkung zeigt.

Kit tritt vor. »Victor und Amery hatten ein spezielles Arrangement und haben die Fotos an Florence' *Antik*-Strand nebenan gemacht.« Er hebt die Brauen. »Sie haben außerdem die Option *Nachmittagstee* gewählt.« Es folgt eine Pause, in der er seine Worte wirken lässt. »Sie hingegen haben sich für das sechsgängige vegetarische Dinner *Ocean Wonders* des Hotels entschieden, weshalb Ihre Kulisse ein wenig anders aussieht.«

Ein völlig anderer Ort, um genau zu sein.

Nell bemerkt die enttäuschten Gesichter und meldet sich zu Wort. »Das Seetang-Menü ist eine mutige Entscheidung! Aber ich bin mir sicher, dass Florence etwas einfällt, wie der Tag mehr euren Erwartungen entsprechen wird.« Sie und Kit sehen mich beide an.

Ein im Ort kursierender Joke besagt, dass man hungriger aus dem *High Tides* herauskommt, als man hineingegangen ist … Und das bringt mich auf eine Idee. »Falls Sie Lust auf Pudding haben, kann ich Ihnen nach Ihrem Essen eine Auswahl an Minidesserts auf meiner Veranda servieren. Dann haben Sie noch ein bisschen echte Abendam-Meer-Atmosphäre, bevor Sie ins Bett gehen.«

Sie werden ihren eigenen Champagner und Gläser mitbringen müssen, aber darum kann Kit sich bestimmt kümmern. Wichtiger ist jedoch, dass dies eine sehr gute

Gelegenheit ist, dem Strandhaus mehr Bedeutung zu verleihen, und die kann ich mir nicht entgehen lassen!

Bianca schaut zu Salvador, der daraufhin nickt. »Das würde alles ändern. Wenn es nicht zu viele Umstände macht?«

Nell sieht ihn strahlend an. »Keine Sorge! Florence hat eine Gang, wir machen alle mit.«

Es fühlt sich jetzt schon mehr wie eine Party an, und nicht wie eine Aufgabe. Mit der Hilfe der anderen schaffe ich das locker. Innerlich triumphiere ich, denn mit dieser Entscheidung stehe ich mehr als gut da!

Kit hebt die Hand. »Danke, Nell, aber Florence und ich bekommen das allein hin.« Er hebt eine Braue. »Stimmt doch, oder, Floss?«

Warum, verdammt, kriege ich Herzklopfen, statt entmutigt zu sein? Leider wird das Ganze jetzt kein Spaziergang mehr, wenn Kit dabei ist.

Nell lacht. »Auch wieder wahr, Kit! Gute Übung für euer gemeinsames Singles-Club-Event.«

Mist! Ich dachte, das hätte sich erledigt, weil ich doch auf Distanz gehen wollte – was zugegebenermaßen auch besser funktionieren könnte, wenn man bedenkt, dass ich mich auf dem Gelände von *High Tides* aufhalte.

So ist mein Leben in St. Aidan: zwei Schritte nach vorn und fünfundzwanzig zurück.

Was meine Befürchtungen betrifft, dass ich in St. Aidan mein altes Ich verlieren könnte, ist vollkommen berechtigt. Die Person, die hier angekommen ist, verschwindet zunehmend unter der ständigen Beeinflussung.

17. Kapitel

The Hideaway, *St. Aidan*
Ein Löffel voll Zucker
Montag

Sophie ist vielleicht noch sauer wegen Millas gefärbten Haaren, aber nachdem Nell von heute Abend erzählt hat, leiht sie mir prompt Laternen, von denen sie mehr als genug besitzt. Als Plum nachmittags vorbeikommt, müssen wir viermal laufen, um alle vom Parkplatz zum Haus zu schleppen. Die großen stellen wir auf die Stufen und an die Seiten der Veranda, die kleineren kommen auf die Beistelltische, einige bleiben für den großen Tisch, den wir in die Mitte der Veranda platzieren.

Sobald Bianca und Salvador mit Kit über das Design der Ringe grübeln, verbringe ich den restlichen Vormittag zu Hause mit der Zubereitung einiger meiner Favoriten aus meinem Repertoire, um sie klein zu schneiden und für die Desserts zu verwenden. Meine Mum hatte ebenfalls von unserem Plan gehört und tauchte mit einem Strauß Blumen für den Tisch auf. Dann rauschte sie wieder ab mit der vagen Ankündigung, morgen wiederzukommen und meine Wand blau zu streichen. Nell, Clemmie, Bud und Arnie kamen kurz nach Plum, und während Plum Lichterketten auf der Veranda befestigte, halfen Clemmie und Nell, indem sie meine Probemixturen kosteten und verfeinerten.

Als die anderen zum Tee nach Hause gingen, blieb Plum noch, um die Laternen anzuzünden und die Wirkung der im Wind und der Dämmerung schwingenden Lichterketten zu begutachten. Im Haus läuft eine Playlist mit ruhiger Musik, und ich bewege mich zu *Dance Away* von Roxy Music, während ich auf Bianca und Salvador warte, die sich im *High Tides* durch ihr Menü arbeiten.

Kit soll sie anschließend herbringen und schickt mir ständig Nachrichten darüber, wie es bei ihnen vorangeht. Als die Pet Shop Boys mit *Always on My Mind* laufen, gibt mein Handy wieder den vertrauten Signalton von sich.

Wir sind unterwegs und in fünf Minuten da, Floss.

Los geht's. Als ich hinausgehe, fühlt sich das ferne Rauschen der Brandung und das sanfte Flattern der weißen Tischdecke an wie die perfekte Kulisse für ein Liebespaar nach einem romantischen Tag am Strand. Ich höre ihre Stimmen in den Dünen, bevor ich sie sehen kann. Dann taucht der Strahl einer Taschenlampe auf, und sie kommen aus der Dunkelheit.

Hallo rufend steigen sie die Verandastufen hoch, und Bianca klatscht in die Hände.

»Das ist toll, Florence! Die Veranda ist noch schöner als auf Insta!«

Kit drückt meinen Ellbogen, stellt einen Eiskübel mit einer Flasche darin auf den Tisch und die Kameratasche auf den Boden. »Okay, Leute, lasst uns noch ein paar mehr für das Album machen, bevor ihr euch fürs Essen setzt.«

Ich gebe den Decken auf den Regiestühlen einen letzten Klaps und gehe zur Tür. »Und während ihr das macht, bereite ich die Desserts zu.«

Es könnte kein besserer Abend sein. Als ich später das Tablett hinaustrage, blinken am samtblauen Himmel die Sterne wie winzige Diamanten, die warme Brise streift den Dünensand, und das Meer schimmert vom Mondlicht.

Ich arrangiere die gefüllten Becher auf dem Tisch, Kit schießt noch mehr Fotos, entkorkt den Champagner, schenkt die Gläser voll, und dann rufen wir im Chor: »Zum Wohle!« Danach ziehen wir uns ins Haus zurück, wo ich Kit das Sofa anbiete.

»Und, womit verwöhnst du die zwei?« Selbst nach diesem langen Tag ist das einzige Anzeichen dafür, dass er sich ein wenig entspannt, die hochgekrempelten Ärmel seines Hemds.

»Ich habe eine Auswahl zubereitet …« Mehr bekomme ich nicht heraus, denn ich atme seinen vertrauten Duft ein und verliere den Faden. Ich war nicht darauf vorbereitet, dass seine Gegenwart in meinem Wohnzimmer mich derart aus dem Konzept bringen würde.

»Rede nur weiter.«

Ich konzentriere mich. »Karamellpudding mit Ingwer-Eiscreme, Zitronenkäsekuchen mit Sorbet und Knisterzucker, Schokoladenkuchen mit Chocolate-Chip-Eiscreme, Coco Pops und dunkler Schokosoße, außerdem Victoria-Sandwich mit Marmelade, frischen Himbeeren und Vanilleeiscreme. Alles mit meinen üblichen Verzierungen und Dekorationen.« Mit anderen Worten: Eiercreme, Cereal-Streusel und Flamingos.

Er lehnt sich so hellhörig nach vorn, dass ich Erbarmen habe. »Du bist nicht hungrig, oder?«

Er grinst. »Ich könnte ein Pferd vertilgen.«

Ich verkneife mir ein Lächeln. »Ein Becher Eiscreme reicht dann vermutlich nicht.« Ich bemerke seine enttäuschte

Miene und gebe nach. »Keine Sorge, im Kühlschrank wartet eine extragroße Portion auf dich und auf mich auch. Was deinen Lieblingsgeschmack angeht, habe ich geraten.«

Zwei Momente später, als ich ihm den Becher mit Brownie-Bröckchen und dunklem Schokoladeneis gebe, murmelt er: »Du kennst mich so gut.« Er nimmt den Löffel, aber statt sich gleich über das Eis herzumachen, zeigt er damit auf mich. »Dir ist schon klar, wie außergewöhnlich gut du in alldem bist, Floss?«

Ich schiebe mir ein Stück Biskuit mit Marmelade in den Mund und lache. »Worin denn? Den Leuten die Möglichkeit zur Entspannung bieten und zusehen, wie sie massenhaft Eis vertilgen?«

Er schüttelt den Kopf und deutet zur Veranda. »Die zwei dort wollten heute Morgen schon abbrechen und wieder verschwinden. Dir habe ich es zu verdanken, dass sie geblieben sind.« Er macht eine Pause, in der er einen Löffel voll Double-Chocolate-Chip Häagen-Dazs auf der Zunge schmelzen lässt. »Und was auch immer die beiden vorher für einzigartige und erinnerungswürdige Dinge mit ihren Ringen gemacht haben – das da draußen wird das Highlight ihres Tages sein.«

Ich zucke mit den Schultern. »Leuten Entspannung bieten und dafür sorgen, dass sie eine tolle Zeit haben, kann ich wirklich.« Schließlich habe ich das Abend für Abend im *The Circus* gemacht. »Bewirtung war mein Ding – vor einigen Jahren.«

Er hält inne. »Ich habe erst heute gemerkt, was für einen Unterschied es macht, eine Frau bei mir im Studio zu haben.«

Ich nicke und erinnere mich. »Als Dillon und ich als Paar bei dir waren, fühlte es sich superromantisch an, dass du mit deiner Verlobten zusammengearbeitet hast.« Es kommt mir so vor, als lüde er mich geradezu ein, ihn nach dem zu fragen, was ich schon die ganze Zeit wissen will. »Kümmert sich deine ›echte‹ Partnerin also um deinen Standort in London?«

Er bläst die Wangen auf. »Leider gibt es keinen Standort in London mehr. Nachdem Vee und ich getrennte Wege gegangen sind, habe ich das Studio einem Freund überlassen und bin mit allem hierher nach Cornwall gezogen.«

Irgendwie klänge es in meinen Ohren zu negativ, würde ich sagen, dass es mir leidtut. »Ein perfekter Ort für einen Neustart.«

Ich bin mir nicht sicher, warum mein Herz sich anfühlt, als hätte es meinen Körper verlassen und umkreise nun die Erde im Weltraum. Zu wissen, dass er und Vee kein Paar mehr sind, hat absolut keine Bedeutung für mich.

Er stößt ein Seufzen aus. »Vee war nie meine Verlobte. Wir waren zusammen, aber alles andere hat sie für die Kunden gespielt.« Er verzieht das Gesicht. »Sie meinte, solange sie einen Diamantring trägt, der auffällig genug ist, würde niemanden die Wahrheit interessieren.«

Damit ist es also offiziell, dass Vee sich wohl nie in St. Aidan erholen wird. Trotzdem war es bisher ganz nützlich zu glauben, er sei in festen Händen, denn es ist leichter, mit jemandem zu tun zu haben, der so attraktiv ist, wenn man ihn für vergeben hält. So aber wird es deutlich schwieriger, meine unbewussten – unangemessenen – Gedanken in Schach zu halten.

Diese neuen Informationen werfen allerdings weitere hypothetische Fragen auf. Es wäre schon schlimm genug, würde ich versuchen, irgendwen zu daten. Man stelle sich nur vor, es wäre jemand, den ich wirklich mag. Wie viel übler wäre es, von demjenigen zurückgewiesen zu werden. Deshalb darf ich das gar nicht erst versuchen.

Ich muss über die Anfertigung unserer Ringe sprechen. »Vee hat uns damals einen großartigen Tag bereitet. Ihr beide. Dass wir die Ringe nie benutzten, hatte jedenfalls nichts damit zu tun, dass Vee die Verlobung nur vorgetäuscht hat.«

Er lacht. »Gut zu wissen.«

Ich zögere einen Augenblick, denn ich merke, dass er mich nicht drängen wird. Aber da ich selbst davon angefangen habe, kann ich es ihm ruhig erklären. Das ist der Vorteil, kein Date mehr mit irgendwem haben zu wollen, denn ich kann einfach offen und ehrlich sein, statt nach und nach die Wahrheit gestehen zu müssen. »Ich war für eine Weile krank, und als ich den Krebs besiegt hatte, wollten wir unterschiedliche Dinge.«

Er nickt. »Das tut mir leid. Eine Krankheit kann alles verändern. Aber schön zu hören, dass es dir besser geht.«

Ich bin dankbar, dass er nicht weiter fragt. Aber ich fühle mich besser, jetzt, da er es weiß. Da er Freund Schrägstrich Kollege ist, bin ich froh, dass er nicht komisch reagiert hat, denn viele Leute tun das. Ich lächele reumütig. »Nach St. Aidan zu gehen, war nicht mein ursprünglicher Plan, aber hier bin ich.« Ich ziehe ein Gesicht. »Ob du es glaubst oder nicht, ich kam her in der Hoffnung auf Einsamkeit.« Mittlerweile kommt es mir seltsam vor, dass ich mir sehr sicher war, allein zu sein und nichts zu tun.

»Es scheint gut für dich zu laufen.« Er lacht und schaut zur Decke. »Ich habe ähnlich viel Erfolg. Ich hatte angenommen, es würde einfach sein, das Unternehmen in das Strandhaus zu verlegen. Aber bei zwei Paaren in ebenso vielen Wochen, die mir beinah weggelaufen wären, muss ich mir vielleicht etwas einfallen lassen.« Er blickt nachdenklich in seinen Becher, dann sieht er mich hoffnungsvoll an. »Hast du irgendwelche Ideen?«

Annähernd eine Million, aber ich bleibe bei den Basics. »Könnte es mit den Vorstellungen der Kunden zu tun haben?« Beim Cocktailjob ging es ständig darum. »Deine Großstadt-Coolness funktioniert hier möglicherweise nicht. Wenn Leute in ein verschlafenes Nest am Meer reisen, erwarten sie eine entspanntere Atmosphäre.«

»Okay.« Er nickt. »Was schlägst du vor?«

Ich schlucke. »Zum Beispiel solltest du dich passend für den Strand kleiden, nicht für die Stadt. Das wäre doch ein Anfang?«

Er wirft mir einen skeptischen Blick zu. »Ich werde nicht meinen Neoprenanzug tragen.«

»Natürlich nicht!« Ich verdrehe die Augen. »Shorts oder Surferhose, da fühlen die Leute sich vielleicht entspannter.« Ich bemerke seine zweifelnde Miene und versuche es erneut. »Dann eben Jeans und T-Shirt? Ein Leinenjackett statt einer Anzugjacke?«

»Jeans?«

»Du hast doch welche?«

»Selbstverständlich.« Er blickt zerknirscht drein. »Zumindest eine.«

Ich tausche einen Blick mit Shadow.

Kit atmet geräuschvoll aus. »Ich muss darüber nachdenken.« Er fährt mit den Fingern über die Bügelfalte seiner Chinos. »Zum Beispiel darüber, was ich mit zweihundert überschüssigen weißen Hemden anfange.«

Darauf habe ich auch keine Antwort.

Ich esse einen Löffel voll Kuchen und Eiscreme, schließe die Augen und lasse den süßen Geschmack auf meiner

Zunge schmelzen. Als ich meine Augen eine ganze Weile später wieder öffne, betrachtet er mein Gesicht.

Mein Magen schlägt Purzelbäume, ehe ich sprechen kann. »Stimmt etwas nicht?«

»Keineswegs.« Er schüttelt den Kopf und senkt den Blick.

Ich folge der Richtung mit meinen Augen. »Du schaust auf meinen Becher.« Ich brauche einen Moment, um zu begreifen, woran er denkt. Ich kann mich also wieder beruhigen. »Möchtest du das Victoria-Sandwich probieren?«

Er hält seinen Becher hoch. »Du könntest dafür etwas von mir bekommen, ja?«

Ich bemerke die kleinen Fältchen um seine Augen, wenn er lächelt, und versuche, nicht an Millas *Grazia*-Artikel zu denken. Dass sein Blick ein wenig glasig ist, liegt nur daran, dass er den Pudding genießt oder nach einem langen Tag erschöpft ist.

»Du hast mehr als ich. Wenn wir halbe-halbe machen, kriege ich eine größere Portion ab.« Ich versuche, das nicht zu genießen. Dann meldet sich mein praktischer Verstand. »Soll ich noch mehr Löffel holen?«

Er stutzt. »Warum?«

Ohne nachzudenken, platze ich heraus: »Jemand, der mehr Hemden besitzt, als ein Tag Minuten hat, fürchtet sich wahrscheinlich auch vor Bakterien.«

Sein tiefes Lachen geht mir durch und durch. »Ich habe keine Angst, mich anzustecken. Und Hemden besitze ich so viele, weil ich chaotisch bin und zum Kleckern neige.« Erneut lacht er. »Wenn wir noch länger reden, wird die Eiscreme geschmolzen sein.«

»Also ist es okay für dich, wenn wir teilen?«

»Absolut.« Er schiebt mir sein Schokoladeneis rüber, ich rutsche näher, und eine Sekunde später machen wir uns über das Dessert des anderen her.

Während ich ihn dabei beobachte, wie er eine der Himbeeren mit dem Löffel aufnimmt, und dann erschauere, als er sie sich in den Mund schiebt, frage ich mich, wie *Grazia* diese Situation einschätzen würde. Solange wir uns nicht gegenseitig füttern, ist wohl alles ganz harmlos. Doch aus dieser Nähe wird sein Duft noch von anderen Noten überlagert, während wir unsere Portionen vertilgen. Ich sehe die Stoppeln auf seinen Wangen deutlich und jede einzelne dunkle Wimper.

Wie erwartet, bin ich zuerst fertig, erst einige Momente später kratzt er seine Reste auf.

Ich seufze vor Erleichterung, dass es vorbei ist, aber sofort bereue ich es. »Lass die Glasur auf dem Porzellan, Kit.«

Als er zum letzten Mal den Löffel aus dem Becher hebt, ist der maximal voll. Und er hält ihn mir hin. »Der Letzte gehört dir.«

Prompt packt mich Nervosität. »Nimm du ihn.« Ich muss mir etwas einfallen lassen, weshalb er mich *nicht* füttern sollte. »Du vergisst, dass es in meiner Küche jede Menge Schokoladenkuchen gibt.« Und ich darf nicht vergessen, dass er mein Haus zwar vor dem Niederbrennen bewahrt hat, aber technisch gesehen immer noch auf der Seite des Feindes steht. Wir sind uns in dieser Situation viel zu nahe, dabei wollte ich doch auf Distanz bleiben.

»Na ja, du hast es gemacht, dann sollte das auch für dich sein ...«

Du liebe Zeit. Ich weiche zurück, entscheide aber, dass es wohl schneller vorbei ist, wenn ich es hinter mich bringe, statt weiter zu protestieren. Ich teile die Lippen, aber leider verliere ich kurz vor dem Ziel die Nerven und drehe den Kopf zur Seite. Meine Wange kollidiert mit seinem Handgelenk, sodass der Klumpen schmelzender Schokoladeneiscreme vom Löffel auf seinem Hemd landet.

»Shit, es tut mir so leid!« Wie kann das bisschen Eiscreme so etwas anrichten? »Du siehst aus, als hättest du Schlamm-Catchen veranstaltet! Ich hole schnell die Küchenrolle.«

Er ist schon aufgesprungen. »Ist nicht so schlimm.«

Eine Nanosekunde später zieht Kit sein Hemd über den Kopf, und ich starre seinen gebräunten Oberkörper an, der anders ist als Dillons fitnessgestählter Körper. Nicht dass ich vergleiche. Diese Schultern sind breit und haben natürliche Muskeln. Breit und stark genug, um mich darüberzuwerfen. Nicht dass ich das zulassen würde. *In tausend Jahren nicht.*

Ich mache den Mund auf und wieder zu, auf der Suche nach den richtigen Worten. »Kann ich dir ein T-Shirt leihen?«

Er zieht den Reißverschluss seiner Kameratasche auf und schüttelt weißen Stoff auseinander. »Genau deswegen habe ich immer welche zum Wechseln. Zum Glück ist da noch ein letztes sauberes Hemd.«

Ich seufze, weil er echt anstrengend ist. »Und die anderen einhundertneunundneunzig sind in der Wäsche?«

»Danke fürs Mitzählen.« Er sieht mich an. »Kein Grund, so zu gucken. Immerhin hat meine Hose keine Schokolade abbekommen, also behalte ich *die* an.«

Für diese kleinen Siege sollte ich dankbar sein. Aber aus meiner Sicht ist nichts davon gut.

18. Kapitel

The Hideaway, *St. Aidan*
Grundierung und Anstrich
Drunter und drüber
Dienstag

Als Shadow und ich von unserem Spaziergang nach dem Frühstück am nächsten Morgen zurückkommen, ist meine Mum wie versprochen da und bereit loszulegen.

»Sobald wir die Plane ausgelegt haben, fangen wir gleich mit dem Streichen an.«

Kit hat mir ein paar Fotos von gestern geschickt, und ich bin froh, dass ich sie an die Gang weitergeleitet und ihre Kommentare und blinkenden Herz-Emojis gesehen habe, denn ab jetzt wird keine Zeit mehr dafür sein. Mum trägt ihren Overall für Malerarbeiten, und die vielen Einkaufstüten von *Hardware Heaven* und Farbroller, die sie auf der Veranda abgestellt hat, tilgen jede Spur des gestrigen romantischen Abends.

Ich kann es auch vergessen, mich in dem Lob von Bianca und Salvador zu sonnen, denn meine Mum ist wie ein Tornado. Ich habe Mühe, bei ihrem Tempo mitzuhalten, und hoffe, das alles nicht zu überstürzen. »Sollen wir zuerst ein Probenquadrat streichen, um zu sehen, ob die Farbe funktioniert?«

Sie wischt meine Bedenken beiseite. »Eine Schicht

müsste genügen. Wenn es dir nicht gefällt, überstreichen wir alles.«

»Möchtest du Kaffee, bevor wir anfangen?« Während ich auf Zeit spiele, winke ich Jean und Shirley in ihren roten Daunenjacken unten am Strand zu. Jetzt, wo wir uns besser kennen, haben wir uns darauf geeinigt, dass sie jederzeit vorbeischauen können. Sie bekommen dann, was immer ich gerade im Kühlschrank habe, und sie bezahlen alle vierzehn Tage.

Mum zurrt ihren Gürtel noch fester um ihre Taille. »Wir können später etwas trinken.« Sie folgt meinem Blick zum Strand. »Wenn deine Freunde herkommen, bringe ich alles ins Haus, während du fragst, was sie wollen.«

Als Jean und Shirley die Stufen hinaufsteigen, rufe ich: »Sorry, wir dekorieren heute Morgen.« Ich komme Mum lieber nicht in die Quere, wenn sie streicht.

Shirley tätschelt meinen Arm. »Machen Sie sich deswegen keine Gedanken, wir kommen gerade vom Seaspray Cottage.« Sie betrachtet die im Wind schwingende Lichterkette. »Wir haben unfreiwillig mit angehört, wie Clemmie und Nell sich über die Fotos unterhielten, die Sie ihnen geschickt haben. Sie bewirten jetzt also auch abends Gäste?«

Jean blickt demonstrativ auf eine der Laternen. »Da das geheime Gerücht kursiert, sind wir gleich hergekommen.«

Es war immerhin für ein paar Stunden ein Geheimnis. Wer braucht in St. Aidan Werbung, wenn sich alles so schnell herumspricht? »Schwebt Ihnen etwas Bestimmtes vor?«

Shirley strahlt. »Sechs von uns, Donnerstagabend. Eine kleine Überraschung zum siebzigsten Geburtstag einer Freundin. Von sieben bis neun wäre perfekt.«

»Uns ist klar, dass das kurzfristig ist.« Jean runzelt die Stirn. »Aber wir wären zu gern die Ersten, die Ihnen dabei helfen, Ihren Horizont zu erweitern.«

Die zwei haben kein Problem damit, die Dinge beim Namen zu nennen. »Ich könnte Ihnen eine Auswahl an Desserts zu unseren üblichen Konditionen anbieten, wenn Sie für den Prosecco und die Gläser sorgen.«

»Ausgezeichnet. Dann lassen wir Sie mal weitermachen.« Sie gehen schon wieder die Stufen hinunter. »Dürfen wir unseren eigenen Geburtstagskuchen mitbringen?«

»Absolut.«

Meine Mum kommt heraus, um die letzte Tüte zu holen. »Eine weitere Buchung?«

Es ist nicht das, was ich beabsichtigt habe oder wollte, aber jetzt heißt es schwimmen oder untergehen. Ich sollte wohl tatsächlich mehr auf meine Instinkte hören.

Ich nicke. »Wenn es mir gelingt, das Strandhaus bei den Leuten beliebter zu machen, werden sie nicht wollen, dass es abgerissen wird.«

»So spricht eine wahre May! Lass dir von niemandem etwas gefallen! Kämpfe!« Sie gibt mir einen Farbpinsel. »Und jetzt lass uns hineingehen und die Wand streichen.«

19. Kapitel

The Hideaway, *St. Aidan*
Waffeleis, Glocken und kluge Ideen
Dienstag

»Es hat keinen Sinn, die Farbe zu begutachten, solange sie noch feucht ist. Sie verändert sich, wenn sie trocknet.«

Mum und ich sind eine Weile im Strandhaus umhergewandert, ehe wir uns darauf geeinigt haben, wie viel Wand zum Dekobereich gehören soll. Die Ecken haben wir mit kleinen Pinseln gestrichen, und die ersten dunkelblauen Linien der Farbe Midnight Ocean entfalten bereits ihre dramatische Wirkung. Und bis jetzt ist mehr Farbe an der Wand als auf meiner abgewetzten Shorts und meinem alten Hemd.

Mum teilt mir mit, was sie denkt, während wir arbeiten. »Das ist einer meiner Lieblingsfarbtöne. Der ist schnell aufgetragen, wenn wir erst einmal angefangen haben, weshalb wir das zu zweit gut schaffen.«

Ich schaue zu Shadow, um sicherzustellen, dass er Abstand hält. Er wedelt in weiten Bögen mit dem Schwanz. Als er freudig auf und ab springt und anfängt zu bellen, dreht Mum sich auch um.

»Was macht Sophie denn hier? Und Maisie!«

Das frage ich mich auch. »Vielleicht ist sie vorbeigekommen, um die Laternen abzuholen?«

Mum zieht die Nase kraus. »Wahrscheinlich will sie unsere Meinung wegen der Farbe hören. Man könnte meinen, sie ist die einzige Person in St. Aidan, die je ein Mood-board gemacht hat.«

»Mum!« Ich werfe ihr einen warnenden Blick zu. Wenn es um Inneneinrichtung geht, werden sie und Sophie schnell zu Konkurrentinnen.

Für mich bleibt Dekoration ein Rätsel, deshalb frage ich lieber noch mal nach. »Sind Sophies Häuser nicht alle weiß gewesen?«

Es klopft an der Terrassentür, und dann ist Sophie auch schon drin und beantwortet die Frage gleich selbst. »Cremefarben, genau genommen, aber ich kenne den Pretty-Green-Chart in- und auswendig.« Sie sieht lächelnd zu mir. »Hübsches Oberteil, Floss.«

Ich grinse. »Nicht mein üblicher Stil, aber St. Aidan drängt mich dazu, meine wilde türkise Seite zu erforschen.« Sie hat so viele Sachen in dieser Farbe, deshalb kann ich es ihr nicht verdenken, dass sie sich nicht erinnert, dieses Teil einst besessen zu haben.

Unsere Mum wedelt mit ihren Händen. »Das ist keine Malparty, Sophie. Hier ist kaum genug Platz für mich und Floss.«

Sophie verzieht das Gesicht. »Gewöhne dich lieber an Menschenmengen, denn es kommen gleich noch mehr.« Meine Mum sieht entsetzt aus, aber als Schritte auf den Verandastufen klappern, sagt Sophie: »Ach, es sind nur Nell, Clemmie und die Kinder. Wir sind auf dem Weg zu *Busy Bee Storytime*, aber zuerst müssen wir uns um eine wichtige geschäftliche Angelegenheit kümmern.«

Mum legt den Pinsel hin. »Wir haben nur noch eine halbe Stunde Streichen vor uns, und danach bin ich anderswo beschäftigt, also sollte es lieber wirklich wichtig sein.«

Clemmie führt Bud hinein, und als ich einen Stuhl für

sie und Nell von der Abdeckung befreit habe, wird erneut an die Tür geklopft.

»Plum auch noch! Schön, euch alle zu sehen.«

Clemmie setzt sich mit Arnie auf dem Arm, dann schaut sie Sophie und mich an. »Was ist mit den Zwillings-Vibes? Normalerweise seht ihr aus wie Tag und Nacht, aber heute könnte man euch glatt für Schwestern halten!«

Ich hätte kaum auf ein besseres Stichwort hoffen können. »Ich trage ein Oberteil von Sophie auf. Es ist von Ted Baker.«

Sophies Brauen schießen in die Höhe. »Warum habe ich *das* denn weggegeben? Es ist toll!«

Ich bekomme nicht oft die Chance, sie ein bisschen zu ärgern, daher lache ich. »Manchen Leuten stehen manche Sachen besser.« Über ihre empörte Miene muss ich noch mehr lachen. »Ich werde es dir zurückgeben, aber es wird dir zu weit sein. Es stammt aus der Zeit, als du Marcus und Tilly bekommen hast.« Nur Sophie konnte schwanger und schlanker sein als ich jetzt.

Sie fängt sich. »Na, dann ist ja alles okay.«

Ich blicke in die Runde. »Also, um was geht's denn eigentlich?« Shadow fängt schon wieder an zu winseln, und ich schaue auf der Veranda nach. Verblüfft drehe ich mich zu meiner Mum um. »Tut mir leid, ich habe keine Ahnung, was Kit hier will. Er wusste, dass wir streichen.« Noch erstaunter füge ich hinzu: »Und Rye ist auch da.«

Sophie öffnet die Tür und winkt die beiden herein. »Wir haben Kit hergebeten, um euch beiden die Neuigkeit mitzuteilen.«

Ein weiterer Nachteil der nahen Nachbarschaft. Und als mein Blick auf Kits Hintern in der dunkelblauen Jeans fällt, erkenne ich, dass gute Ratschläge an Nachbarn sich übel rächen können. Wer hätte gedacht, dass ein simpler Wechsel von Flanell zu Denim einen schrecklich hübschen Hintern in einen sexy Po verwandelt, den ich unbedingt anfassen will? Natürlich alles innerhalb eines politisch korrekten Rahmens.

Mum denkt anscheinend an ihre kostenlosen Rauchmelder und nimmt die Störung deshalb hin, denn sie begrüßt Rye wie einen Freund, den sie lange nicht gesehen hat. Außerdem gibt es Wangenküsse, bevor Mum für sie beide Platz auf dem mit einem Laken abgedeckten Sofa schafft.

Sobald alle sitzen, beginnt Clemmie. »Wisst ihr was? Man hat uns einen alten Eiswagen für die Veranstaltung am Sonntagabend angeboten!«

»Großartig!« Ich habe keine Ahnung, um was es eigentlich geht. »Und das interessiert mich, weil …?«

Nell schlägt sich mit der flachen Hand aufs Knie. »Na, für den Singles-Club-Abend, den du und Kit gemeinsam ausrichten wollt! Wofür denn wohl sonst?«

Kits und Ryes breitem und unüberraschtem Grinsen entnehme ich, dass die beiden das schon seit Stunden wissen, wenn nicht seit Tagen.

»Aber Sonntag ist wirklich ein bisschen früh, oder?« Ich hatte mich darauf verlassen, dass ich noch Monate Zeit habe, um mich vorzubereiten. Tatsächlich hatte ich gehofft, dass die ganze Idee in Vergessenheit gerät.

Nell blickt zweifelnd auf ihren Bauch. »Ich brauchte ein bisschen Ablenkung.« Dann schaut sie auf. »Es haben sich so viele Leute angemeldet, die können wir nicht alle auf der Veranda von *The Hideaway* unterbringen, daher haben wir einen Plan B ausgearbeitet.«

Je mehr ich davon höre, umso mehr klingt es, als liefe das schon eine ganze Weile.

Clemmies Augen leuchten. »Wir dachten an einen Zeltpavillon mit Bar neben Kits Haus, dann können sich die Leute mit einem Drink in seinem Studio umschauen. Wenn wir den Eiswagen in der Nähe parken und deine Strandhütten-Schilder aufstellen, hast du eine unabhängige Basis. Auf diese Weise kannst du machen, was dir am besten gefällt, und von dort servieren.«

Plum hat es irgendwie durch den Raum und auf das Sofa neben Rye geschafft, der dort wie ein Strandgott sitzt, in seiner Pluderhose und dem von der Sonne gebleichten T-Shirt. Sie schaut zu mir, während sie sich auf den Platz neben ihm quetscht. »Du musst nicht einmal vor Ort sein, Floss. Aber wenn du kleine Eistüten und Flyer verteilst, erfährt wenigstens jeder, dass dein Unternehmen da ist und läuft.«

Rye hüstelt. »Oder noch besser: Wie wäre es mit einem Kuchenstand?«

Plums verträumter Blick, mit dem sie Rye ansieht, könnte direkt aus *Grazia* stammen. Aber obwohl ihr Pferdeschwanz ihn bei jeder Bewegung am Kinn streift, deutet der wenn auch kleine Abstand zwischen ihnen an, dass sie noch keine Fortschritte bei ihm gemacht hat. Was meinen Blick unglücklicherweise weiter nach links schweifen lässt, zu Kits muskulösen Schenkeln in der engen Jeans. Für einen flüchtigen Moment bedaure ich meinen festen Vorsatz, Single zu bleiben, dann jedoch fällt mir wieder ein, wer ich bin, und ich verdopple meine Entschlossenheit. Allerdings dauert es ein paar Sekunden, bis ich mich von diesem Anblick losgerissen habe und mich wieder auf das Thema konzentrieren kann.

So gern ich mich auch vor dem Singles-Abend drücken möchte und lieber einen Abstand von hundert Meilen zwischen mir und *High Tides* hätte, wäre es dämlich, mir diese Gelegenheit entgehen zu lassen. Ich muss sie nutzen und das Beste daraus machen.

»Okay, über wie viele Leute reden wir?«

Kit hebt eine Braue. »Definitiv weniger als hundertneunundneunzig.«

»Danke, Kit.« Jeans *und* Coolness sind mir zu viel. Ich wende mich wieder an Nell.

Die schaut auf ihr Smartphone. »Vierzig bis fünfzig, höchstens sechzig.«

Mir wird ganz anders. Auf keinen Fall schaffe ich diese Menge. Andererseits kann ich es mir nicht leisten, es nicht hinzubekommen.

Nell fährt fort: »Je mehr du ihnen gibst, umso mehr nehmen wir ein und umso größer ist deine Wirkung.«

Ich blicke in die erwartungsvollen Gesichter und nehme meinen ganzen Mut zusammen.

»Ich werde Lucky-Dip-Pudding machen.« Ich befinde mich so weit außerhalb meiner Komfortzone, dass ich das Gefühl habe, irgendeine Unternehmerin aus dem Reality-TV hätte mein Ich gekapert. »In Minieisbechern, wegen des Mottos. Ein Becher pro Person oder zwei?«

Nell klopft mit der Faust auf ihr Knie. »Nehmen wir ruhig drei, dann machst du richtig Eindruck.«

»Also drei!« Es ist, als spräche jemand anderes aus mir. Ich überschlage es im Stillen, und als ich begreife, zu was ich mich da bereit erklärt habe, erstarre ich innerlich. Aber jetzt habe ich zugesagt und kann keinen Rückzieher mehr machen.

Als ich sehe, dass Ryes Lächeln schwindet, habe ich Mitleid. »Es wird auch Schoko-Brownies geben. Für die Puristen.«

Rye steht auf und reckt triumphierend die Faust. »Klasse! Da nun alle an Bord sind und loslegen wollen, überlassen wir euch weiter eurer Innendekoration.«

Kit rutscht nach vorn auf die Sofakante und hält einen Fächer aus Tickets hoch. »Eine letzte Sache noch ...«

Sophie benimmt sich wie ein Terrier, der Witterung aufgenommen hat. »Sind das ... Freikarten für den *High Tides*-Spa?«

Ich kann nicht glauben, dass er schon wieder damit angefangen hat. »Es ist eher ein Girls-Abend im Whirlpool, mit Seetang-Chips und blubberndem Salzwasser. Florence war sich nicht sicher, als ich es neulich angeboten habe.« Kit sieht mich fragend an.

Clemmie richtet den Blick ebenfalls auf mich, aber sorgenvoll. »Es lohnt sich immer, einen zweiten Versuch zu wagen, Kit. Kein Druck, Floss, aber wenn du bereit bist, werden wir anderen dich auf jeden Fall unterstützen.«

Mum stupst meinen Arm an, und Plum nickt so heftig, dass ihr Kopf abfallen könnte.

Sophie sieht mich auf ihre typische Weise durchdringend an. »Wir müssen doch zugeben, dass es wirklich gut wäre, den Laden mal unter die Lupe zu nehmen.« Da hat sie durchaus recht. Zu wissen, wie es bei *High Tides* läuft, könnte mir zukünftig einen Vorteil verschaffen. Tatsächlich könnte es ein weiteres Geschenk sein, das abzulehnen ziemlich töricht wäre.

Ich atme tief ein, dann gebe ich nach. »Absolut.« Ich sage das in sehr ironischem Ton. »Warum nicht?«

Ich kann es nicht fassen, dass ich mich zu zwei Albtraum-Abenden bereit erklärt habe, noch dazu innerhalb von fünf Minuten. Aber während alle über die Veranda verschwinden, beweist es mir nur, wie viel Angst ich habe.

So wenig ich meine Nachbarn leiden kann, will ich doch auch nicht unter dem Druck stehen, mein Zuhause zu verlieren.

Und bevor ich weiter darüber nachdenken kann, muss ich mich schon auf die nächste Party vorbereiten.

20. Kapitel

The Hideaway, *St. Aidan*
Offene Münder und leuchtende Funken
Donnerstag

Kit, der über die Dünen kommt und meine Veranda ein-
nimmt, ist selbst in den besten Momenten nicht gerade
ideal. Wenn nur noch eine halbe Stunde für die letzten
Vorbereitungen bleibt, ehe die Gäste für Jeans und Shirleys
kleine Geburtstagsparty eintreffen, ist es definitiv schlechtes Timing.

Wenigstens leuchten die Lichterketten schon, und die
Blumensträuße stehen in ihren Gläsern, die sie vorher vor-
beigebracht haben, auf den Tischen, der Kühlschrank ist
bis obenhin voll mit Prosecco, und der Eiskübel wartet im
Tiefkühler. Wenn ich einfach damit weitermache, die Decken über die Stuhllehnen zu drapieren, sollte er die Botschaft verstehen.

»Nettes Hemd, Kit.« Ich nehme an, er ist hergekommen, um es mir vorzuführen. Das dunkelblaue Karomus-
ter könnte ein wenig wilder sein, aber es ist wenigstens ein
Anfang, und die Farbe steht ihm viel zu gut. Es ist nicht
seine Schuld, dass der offene Knopf, dort, wo seine Krawatte normalerweise hängt, mir einen kleinen Blick auf die
Einbuchtung an seinem unteren Hals gewährt und ich deswegen gleich wieder Herzklopfen kriege. »Passt toll zu der
Jeans.« Ich lüge. Gemessen an meinem rasenden Puls ist

das ganze Outfit ein Desaster. »Ich bin sicher, deine Kunden werden deine Ausstrahlung zu schätzen wissen.«

Er grinst. »Ich hoffe, es ist nicht zu leger für heute Abend. Ich bin früher hier, um bei den Laternen zu helfen.«

»Früher? Wofür?« Ich habe keine Ahnung, wovon er spricht, aber nachdem ich seinem Outfit das Okay gegeben habe, wünschte ich, er würde schnell wieder verschwinden.

Er stutzt. »Die Geburtstagsparty – die ist doch heute, oder?«

Mein Verstand rast. Er kann unmöglich auch dabei sein. Einen weiteren Abend mit ihm in *The Hideaway* halte ich nicht aus. »Seit wann kennst du eigentlich Shirley und Jean und deren Freunde?«

Er zuckt mit den Schultern. »Wir haben uns vor deinem Haus kennengelernt und uns bei Coco Pops angefreundet. Sie haben mir viele Fragen über meinen Neoprenanzug gestellt, und dadurch kamen wir uns näher.«

Unglaublich. »Die beiden haben nur angedeutet, dass es ein Frauenabend ist, das ist alles.«

Er holt tief Luft. »Bis auf meine Anwesenheit trifft das auch zu. Ich mache mir nichts vor – ich wurde eingeladen, um hübsch auszusehen und Drinks einzuschenken.«

Er ist als sexy Toyboy hier! Ich starre ihn perplex an. »Macht dir das nichts aus?«

Ein breites Lächeln erscheint auf seinem Gesicht. »Es hat Vorteile. Wenn ich genug Pudding esse, muss ich mir kein Abendessen mehr zubereiten. Außerdem gibt es noch Geburtstagstorte …«

Das ist der Nachteil, wenn ich meine Veranda vermiete – ich kann mir die Gäste nicht aussuchen. Aber falls es noch weitere Partys geben wird, bezweifle ich, dass Kit sich auf denen blicken lassen wird, also werde ich mich auf die positiven Aspekte konzentrieren, wie zum Beispiel, dass es mich glücklich machen wird, wenn alle eine gute Zeit hier verbringen. Und dass die Rolle Banknoten in der Küche dicker wird. Jeden Tag, an dem mein Hals heiser bleibt, schaue ich mir diese Rolle an.

Aber zurück zum heutigen Abend, der stattfinden wird, also muss ich da durch. Ich danke meinem Glücksstern, dass es um neun vorbei sein wird, und fange an, mich wie eine Gastgeberin zu benehmen.

»In dem Fall, willkommen auf der Party, Kit! Ich sollte wohl besser weitermachen, wenn du also wirklich helfen willst ...« Ich halte ihm das Feuerzeug für die Kerzen hin.

»Hauptsache, ich darf die Reste essen.«

»Bis dahin bist du vielleicht schon zu Hause.«

»Wahrscheinlich nicht.« Er lacht. »Mal sehen.«

Wie so viele Dinge in St. Aidan ist die Realität meistens nicht so schlimm wie vorher befürchtet. Jean, Shirley und ihre drei Freundinnen kommen vom Hafen den Strand entlang. Jean und Shirley waren inzwischen so oft hier, dass sie sich gleich wie zu Hause fühlen. Sie zeigen auf bestimmte Punkte in der Bucht. Als ich den Eiskübel herausbringe, schenkt Kit gerade Drinks ein und verteilt sie.

Während sie dastehen, auf die Brandung schauen und Prosecco trinken, bin ich mit dem Portionieren der Eiscreme beschäftigt. Im Nu setzen sich alle und geben bewundernde Laute von sich, als ich das erste Tablett mit Desserts auf den Tisch stelle. Im Lauf des Abends trinken die Gäste noch mehr Wein und essen weitere Puddings.

Unterdessen sitzen Shadow und ich im Haus, lauschen den Stimmen und dem Lachen, und beobachten die im

Wind hin und her schwingende Lichterkette, während die Farbe des Himmels von Grau zu Schwarz wechselt.

Ich lege die Liste mit neuen Dessert-Ideen beiseite, um weiteren Prosecco hinauszubringen, dazu Servietten und Teller. Dann zünde ich die siebzig Kerzen an und verteile den Kuchen. Ich bleibe noch, um *Happy Birthday* mitzusingen, dann verschwinde ich wieder ins Haus.

Obwohl ich jeden Tag hier bin, staune ich immer wieder aufs Neue, wie fantastisch es ist. Und weil der Himmel und der Wind und das Meer sich von Sekunde zu Sekunde ändern, sieht es nie gleich aus. Es ist ein so besonderer Ort, dass jeder hier den heutigen Abend für immer in Erinnerung behalten wird. Es geht nicht nur darum, dass die Leute glauben sollen, *The Hideaway* sei wichtig. Es ist einzigartig hier und einfach wundervoll, es mit anderen Leuten teilen zu können, wenn auch nur für kurze Zeit.

Als draußen der Kuchen angeschnitten wird, geht die Tür auf, und Kit kommt mit einem Stück für jeden von uns herein.

»Wie läuft es? Noch heile?«

Er lacht. »Ich habe mein Uni-Praktikum bei einem Juwelier auf einem Luxuskreuzfahrtschiff gemacht, daher bin ich solches Publikum gewohnt. Und diese Generation ist angenehme Gesellschaft.«

Der Mann ist voller Überraschungen. Ich schaue auf mein Handy. »Es dauert noch eine halbe Stunde und ein paar weitere Flaschen. Wenn du jetzt aufgibst, werden die dich als Dünnbrettbohrer bezeichnen.«

»Das Risiko nehme ich in Kauf. Ich wollte mich ohnehin mit dir unterhalten … über Sonntag.«

Ich halte mir die Ohren zu. »Daran kann ich erst denken, wenn das hier vorbei ist!«

Seinem Lächeln nach zu urteilen hält er das für einen Scherz. »Es geht um den zeitlichen Ablauf.«

»Und?«

»Bei der Anzahl der Leute, die Nell mir genannt hat, wäre es toll, wenn du vorbeikommst und mir bei der Bewirtung helfen und Führungen durchs Studio machen könntest.«

»Ich?« Und das nach einem solch langen Tag. »Warum ich?«

Er bläst die Wangen auf. »Du hast dir bei mir Ringe anfertigen lassen und weißt daher genug, um etwas darüber erzählen zu können. Das kann sonst niemand hier.«

»Und der Eiswagen?« Ich kann mich nicht überwinden, die einhundertachtzig Puddings zu erwähnen.

»Das könntest du machen, nachdem alle das Studio gesehen haben.« Lächelnd fügt er hinzu: »Und danach helfe ich dir.«

Im Stillen winke ich ab. Der Eiswagen war dazu gedacht, dass ich mich von *High Tides* und den Leuten dort fernhalten kann. Sein Vorschlag würde aber bedeuten, dass ich ihnen ausgesetzt bin. Wenn Kit unbedingt meine Hilfe will, werde ich es machen. Aber dafür will ich keine Gegenleistung.

»Der Van wird voller Meerjungfrauen sein. Die werden alle mithelfen wollen, das machen sie immer.«

»Nell im Eiswagen? Ernsthaft?« Er klingt skeptisch.

Ich muss realistisch bleiben, Nell wird nicht den ganzen Abend auf den Beinen sein können. »Nell vielleicht nicht. Aber Clemmie.«

Er lässt nicht locker. »Wenn Rye die Bar macht, möchte Plum vielleicht bei ihm sein.«

Und viel Glück für jeden, der versucht, sie dort wegzulocken. Es sollte mich nicht wundern, dass er es bemerkt hat. Er müsste schon blind sein, um es nicht gesehen zu haben.

Bleibt noch Sophie, was auch fraglich ist. »Milla kommt vielleicht. Oder meine Mum.«

Ich bluffe nur. Der Singles-Club ist der letzte Ort, an dem sie sein wollen wird, und wenn Milla immer noch Hausarrest hat, werde ich auf mich allein gestellt sein.

Kit schaut auf die Buttercremestücke in seiner Hand. Dann sieht er mich grinsend an. »Ich hatte viel Übung bei der Arbeit auf beengtem Raum auf diesem Kreuzfahrtschiff. Ich verspreche, ich werde niemandem auf die Zehen treten.«

Das ist der beste Grund von allen, um Nein zu sagen. Ich in der Enge des Eiswagens, mit Kits Hintern in knackiger Jeans, ist eine sehr schlechte Idee. Dieser Po und ich müssen jederzeit auf Abstand bleiben. Zwei Meter reichen da ganz sicher nicht.

Ich stopfe mir eine Handvoll Kuchen in den Mund und versuche, gelassen zu klingen. »Darauf werde ich noch zurückkommen.«

Er nickt. »Du kannst mein Studio jederzeit benutzen, um dich vorzubereiten. Wir müssen die Besichtigung einmal üben, und dabei können wir deine Strategie besprechen. Du kannst mir dann Bescheid sagen.« Er isst eine Buttercremerosette.

»Fabelhaft, absolut.« Ist es keineswegs. Und was zur Hölle meint er mit »Strategie«? Alles, was ich bisher habe, sind Eisbecher in Pastellfarben, eine Packung mit zweihundert biologisch abbaubaren Minilöffeln und das Versprechen Clemmies, Tabletts und Behälter mitzubringen.

Er wischt sich einen Krümel vom Ärmel. »Ich kann dir auch Shirts zur Verfügung stellen.«

»Wird ja immer besser.« Als bliebe uns noch Zeit dafür! »Ist neun morgen okay?«

Das bin nicht ich! Ich bin weder Caterer noch Modeexpertin! Früher war ich jemand, der auf Partys geht, nicht diejenige, die sie organisiert. Ich bin außerdem jemand, der Sachen zusammenschustert und improvisiert. Jedenfalls habe ich etwas so Großes und Wichtiges noch nie gemacht, also muss ich wohl verrückt sein, es zu versuchen.

Ich gebe nur ungern zu, dass Kit recht hat, aber diese riesige Menge an Puddings wird sich nicht von selbst materialisieren. Wenn ich nicht vor Erschöpfung mit dem Gesicht in Puddingmasse landen will, muss ich nachbessern. Und mich dabei gleichzeitig beherrschen, um diesem Metallurgen nicht die Kleider vom Leib zu reißen.

Das ist eine enorme Herausforderung, der ich hoffentlich gewachsen bin.

21. Kapitel

Breitengrad eins, High Tides Hotel, *St. Aidan*
Müslipackungen und Vorausplanung
Freitag

Shadow und ich sind im Morgengrauen nach Jeans und
Shirleys Party schon wach, obwohl es nicht viel aufzuräu-
men gibt. Als die Freunde nach St. Aidan zurückgekehrt
sind, waren alle Krümel längst weggeweht, und dann
spülte ich Geschirr ab, brachte die Flaschen zum Altglas,
und der Job war erledigt. Was blieb, waren mein Stolz und
das Echo des überschwänglichen Danks der Gäste, den der
Wind über den Strand trug. Wäre da nicht die Kit-Kompli-
kation gewesen, hätte es leicht verdientes Geld sein können.

Wie verabredet sitzen Shadow und ich um neun auf Kits
Sofa und schauen uns eine Vorführung von Klamotten an,
die hauptsächlich von Rye geborgt sind. Wir entscheiden
uns für die letzte enge Jeans und ein blaues Hemd mit
dunkelblauen Blumen, über der Hose getragen, um den
Po maximal zu bedecken. Wie stets im Leben muss man
sich entscheiden. Wir verzichten auf Sneakers und wählen
Deckschuhe ohne Socken, weil alles besser ist als schwarze
Lederschuhe für die Stadt, und wir haben schließlich nicht
den ganzen Tag Zeit.

Als wir zu den wichtigen Dingen übergehen, lasse ich
mich von Kit herumführen und mir alles erklären. Ich

unterbreche ihn nur, um ihn daran zu erinnern, dass er die Single-Perspektive zusätzlich zu seiner üblichen im Blick haben sollte. Dabei merke ich, dass mir diese Paar-Sache überhaupt nicht mehr zusetzt, wie es bis vor Kurzem noch der Fall gewesen ist. Dass ich seit Wochen ständig von glücklichen Paaren umgeben bin, hat mich irgendwie immun gemacht. Jedenfalls wird mir bei ihrem Anblick nicht mehr übel. Es hilft ein bisschen, zu wissen, dass selbst die verliebtesten Menschen ihre schwierigen Momente haben. Versteht mich nicht falsch, ich hasse es immer noch, dass sich in der Welt alles um Paare dreht. Aber ich komme inzwischen ganz gut damit klar.

Ich biete an, Blumen zu besorgen. Wir lassen Kisten kommen, die wir kunstvoll übereinanderstapeln und mit Fischernetzen drapieren, außerdem zwei blaue Deckstühle, um sie vor jede Hütte zu stellen. Und als ich denke, dass wir so weit fertig sind, fragt Kit: »Und was ist mit deinen Plänen?«

Da ich die Wahl hatte zwischen widerwilligen Familienmitgliedern und Kit, blieb mir nicht viel Spielraum. Ich rief Sophie an und entschuldigte mich ein allerletztes Mal für das Haarfärbedesaster; dann verpflichtete ich mich, bis in alle Ewigkeit Babysitter zu spielen. Wenigstens konnte ich mir ihre Dienste sichern.

»Wir werden deine zweite Hütte nutzen, um dort die Eisbecher zu lagern, wie du vorgeschlagen hast.« Ich kann mich nicht überwinden, den Namen auszusprechen. »Dann werden Sophie, Milla, Mum und ich aus dem Eiswagen servieren. Du kannst draußen einen zweiten Stand eröffnen, mit den Brownies und den Zuckerstreuseln.«

Er sieht mich skeptisch an. »Ist das die beste Idee?«

Ich versuche, mir meine schlimmsten Befürchtungen nicht anmerken zu lassen. »Es ist nur ein Abend! Sophie und Milla müssen sich einfach damit abfinden!« Das gilt auch für Mum und Sophie und mich und Sophie. »Angesichts der Spannungen ist das natürlich nicht ideal, aber besser bekomme ich es nicht hin.«

Er schaut hinaus aufs Meer. »Ich meinte die Anzahl, nicht die Befindlichkeiten.«

Verdammt. »Grübeln wir nicht zu viel darüber, sondern improvisieren einfach, sobald es losgeht.«

Falls das nach einem Rezept für ein Desaster klingt, ist es das wahrscheinlich auch.

22. Kapitel

Breitengrad eins und zwei, High Tides Hotel, *St. Aidan*
Hüpfburgen und Linien im Sand
Sonntag

Besseres Wetter hätten wir uns für diesen Abend nicht
wünschen können. Der Wind hat nachgelassen, und als
die Sonne im Meer versinkt, treffen die Mitglieder des Singles-Club ein und versammeln sich an der Bar unter dem
Pavillon. Nell ist da und heißt alle von ihrem Liegestuhl
aus willkommen, während Rye für etliche Gäste Mojitos
einschenkt. Die Ladys von der Reinigung *Iron Maidens*
sind auch gekommen, außerdem ein paar junge Barkeeper,
die ich aus *Jaggers Bar* kenne, dann noch Leute in Sport-
kleidung, die aussehen, als kämen sie gerade vom Aerobic,
und natürlich Jean und Shirley, die lauter Bekannte von
ihren Spaziergängen mitgebracht haben.

Plum läuft herum und verteilt Karten für den Eisbrecher
des heutigen Abends, mit dem die meisten Singles-Club-
Events beginnen. Wenn man jemanden mit dem gleichen
Bild, das man selbst hat, entdeckt, muss man laut »together
forever« rufen, denjenigen auf beide Wangen küssen, und
dann müssen beide ihren Mojito austrinken und sich
gleich nachschenken lassen. Da es nur vier verschiedene
Karten gibt, überlagert der Lärm schon bald das Rauschen
der Wellen, und Rye mixt die Drinks, als hätte er das schon
ewig gemacht und nicht erst seit einer halben Stunde.

Ich habe den Moment gefürchtet, an dem Nell mich und Kit vorstellt, aber es ist nach wenigen Sekunden überstanden, und niemanden scheint es zu kümmern, dass ich mein albern gemustertes Kleid nicht richtig gebügelt habe. Ehe ich mich versehe, bin ich schon im Studio und beantworte Fragen über Schmuck, als hätte ich nie etwas anderes getan. Auf der anderen Seite des Raumes kümmert Kit sich um die Leute. Ich sehe höchstens mal seine dunklen Locken zwischen den Köpfen der anderen, und das ist die Art von Teamwork, mit der ich gut klarkomme. Im Nu ist Teil eins des Abends vorbei, und das Spotlight wird auf mich gerichtet.

Der Eiswagen war eine gute Idee, was mein Team betrifft, um uns von den *High Tides-Leuten* zu trennen. Allerdings war mir klar, dass es riskant sein würde, meine Mum, Sophie und Milla auf engem Raum zusammenzupferchen, damit sie die Desserts zubereiten. Es dauerte nur zehn Sekunden, bis Sophie und Mum sich darüber stritten, ob die Flamingos auf die Kuchenstücke oder die Eiscreme gesteckt werden sollen. Meine Mum flieht daraufhin die Stufen hinunter, um Kit bei den Flyern zu helfen.

»Zwei feste Termine für Hochzeitsring-Tage und ein definitives Vielleicht! Kein schlechtes Ergebnis für ein Singles-Event.«

Sophie macht einfach weiter, als wäre nichts geschehen. Sie und Milla bereiten die Sirup-Biskuits mit Eiscreme, Rice Krispies und Eiercreme zu, und ich verteile sie durch das Bestellfenster an die wartende Schlange, die an *Breitengrad eins* vorbei bis zum Strand reicht.

Als mir meine Vorräte ausgehen, wende ich mich ab, um das nächste Tablett zu holen. »Ein paar Leute haben auch sehr wehmütig geseufzt, weil sie auf ihre Bestellung warten müssen.«

Sophie nickt. »Man kann unternehmerisch nicht vorausschauend genug denken. Diese Leute hier sind alle potenzielle Kunden. Am Ende liebt es Nell, ihren Singles Ziele zu setzen.«

Es war eine gute Entscheidung, das Licht in *The Hideaway* einzuschalten; wenn die Leute sich erkundigen, wo mein Hauptsitz ist, kann ich dorthin zeigen. Außerdem sieht es magisch aus mit dem sanften Lichtschein hinter den Fenstern und den in der Brise schaukelnden Glühbirnen, die ihr Licht auf die Veranda werfen.

Als wir zum Ende der Schlange kommen und ich die letzten Desserts Nells Partner George gebe, der sie den Helfern bringen soll, seufze ich. »Sechzig haben wir, bleiben nur noch einhundertzwanzig!«

Milla platziert das Topping auf dem Becher mit Karamelleis. »Was kommt als Nächstes?«

Ich atme tief ein, um einen klaren Kopf zu bekommen. »Weiße-Schokolade-Käsekuchen, frische Mango und geraspelte Kokosflocken.«

Sophie nickt. »Wenn die Leute die nur halb so gern mögen wie die letzten, hast du gewonnen.«

Ich halte die gekreuzten Finger hoch und schiebe mich an den anderen vorbei. »Die sind in Kits Kühlschrank. Wenn ihr die Vanilleeiscreme herausholt, gehe ich eben nach nebenan und hole sie.«

Die Vorderseite des Vans ist dunkler, als ich mich auf die offene Schiebetür zubewege. Ich quetsche mich am Fahrersitz vorbei und bin so damit beschäftigt, in der Menge Ausschau zu halten, um Kit beim Tisch draußen aus dem Weg zu gehen, dass ich von der obersten Stufe steige, ohne nach unten zu sehen. Ich befinde mich bereits im freien Flug, als ich jemanden an die Stelle treten sehe, auf der ich landen müsste.

Ich kann nur noch einen Schrei ausstoßen. »Hey, Vorsicht!«

Es wird eine Mischung aus Kollision und dem Versuch, die Person am Boden zu zerdrücken, und es ist alles meine Schuld. Als ich von der Brust eines Fremden gestoppt werde, sterbe ich vor Verlegenheit und frage mich, wie ich das irgendwie entschuldigen kann. Aber dann nehme ich den vertrauten Duft wahr, und eine sehr tiefe Stimme hallt um mich herum. Prompt wird es noch peinlicher.

»Floss? Alles okay?«

»Mir geht's gut, Kit.« Geht es nicht. »Absolut.« Tatsächlich könnte es gar nicht schlimmer sein. Von allen Leuten hier ist er die letzte Person, mit der ich hätte zusammenstoßen wollen. Meine gesamte Vorderseite wird an ihn gedrückt, seine Arme halten mich aufrecht, und nach hinten gibt es kein Entkommen, weil mein Rücken gegen den verdammten Eiswagen gedrängt ist.

Das Grässlichste von allem? Mein Körper fühlt sich an, als wäre er aus einem hundertjährigen Schlaf erwacht, und sämtliche Nervenenden flirren. Mein empfindsamer Verstand befiehlt mir, sofort zu verschwinden, aber irgendein anderer Teil meines Hirns weigert sich und zwingt meine Beine zu bleiben, wo sie sind, damit ich das elektrisierende Pochen auskosten kann, das mich maximal durchströmt.

Ich schließe die Augen und lasse mich gegen ihn sinken. Dann meldet sich meine Vernunft wieder, und Kit weicht zurück, sodass ich jetzt in seine Augen blicke, in denen ein amüsierter Ausdruck liegt.

»Das nennt man wohl eine glückliche Landung.«

Wenn man bedenkt, dass er mein ganzes Gewicht hält, nimmt er es sehr leicht. »Ich habe doch nicht deine Beine gebrochen?«

Das bringt ihn noch mehr zum Lachen. »Das bezweifele ich.« Er lässt mich herunter, und ich weiche einen Schritt zur Seite. »Ich war auf dem Weg, um dir zu sagen, dass deine Mum unerwartet wegmusste.«

Ich hoffe, ihr fehlt nichts. »Wurde sie angerufen?«

Er zuckt mit den Schultern. »Sie hat jemanden in der Ferne entdeckt und mich gebeten, dir Bescheid zu sagen, dass sie nicht bleiben könne, und dann verschwand sie eilig.« Seine Hand liegt auf meinem Ellbogen. »Alle wollen deine Karte, aber ich werde allein klarkommen.«

So gern ich für immer einfach hier mit ihm stehen bleiben will, ich muss weg von ihm. »Großartig! Dann lasse ich dich mal wieder an die Arbeit gehen.«

Das sind insgesamt keine schlechten Neuigkeiten – wenigstens muss ich keinen Umweg mehr machen, um ihm auszuweichen, wenn ich zu seinem Kühlschrank will.

Zweimal gehe ich zu *Breitengrad zwei*, und als Sophie mir beim letzten Mal das Tablett an der Tür des Eiswagens abnimmt, sieht sie finster aus.

»Alles okay in unserem Eiscremeparadies?«, frage ich.

Sie schaut zur Decke des Van, als ich ihr hineinfolge. »Achtzigerjahremusik im Radio zu hören, ist *kein* Verbrechen, Milla. Ich mochte Madonna schon immer.«

Milla schüttelt den Kopf. »Es geht doch gar nicht um Musik. Du hast einen Anfall gekriegt, weil mein T-Shirt keine Ärmel hatte, und ich habe dich gefragt, warum du nie vernünftige Sachen trägst. Wenn du mir nicht den Stil kaufst, der mir gefällt, muss ich eben mit der Schere nachhelfen. Und was ist deine Entschuldigung?«

Sophie lehnt sich gegen den Tiefkühler und zeigt auf ihre Hose und ihr Top. »Ich trage Jeans und Sweatshirt, Schätzchen. Was gibt es daran auszusetzen?«

»Die Farbe!« Milla schnaubt. »Als ehemalige Blondine mit reichen Eltern ist es schwer genug, ernst genommen zu werden. Wenn meine Mutter dann auch noch darauf besteht, sich jeden Tag wie Pfefferminzmousse zu kleiden, kann ich es gleich aufgeben.«

Unser Leben lang besaß Sophie Kampfgeist, aber diesmal sieht sie besiegt aus. Sosehr ich Milla insgeheim auch zustimme, was die ewige Überdosis Türkis angeht, muss ich Sophie jetzt einfach beistehen.

Ich lächele zwar, denke aber auch daran, weshalb wir hier sind. »Können wir vielleicht darüber reden, *nachdem* wir die nächsten sechzig Desserts vorbereitet haben?«

Sophie zieht an ihren Schürzenbändern, und eine Sekunde später hängt sie die Schürze über die Lehne des Fahrersitzes. »Tut mir leid, dich im Stich zu lassen, Floss, aber ich gehe nach draußen.«

Ich erinnere mich an das, was jemand anderes gesagt hat, während ich losjammere. »Aber das bringt alles durcheinander.«

Milla hat den Deckel des Eisbehälters bereits abgenommen. »Wir kriegen das hin, Tante Flo. Du machst die Eisbecher fertig, und ich stelle mich ans Ausgabefenster.«

Nur dass wir das nicht schaffen werden! Die zwei hatten schon bei der ersten Runde Probleme mitzuhalten, und wenn die Leute zu lange warten müssen, amüsieren sie sich nicht mehr. Ich will mich gerade damit abfinden, dass der anfängliche Erfolg sich in eine Blamage verwandeln wird, als jemand an die Seitenwand des Vans klopft. Einen Moment später taucht ein Gesicht neben dem Seitenspiegel auf der Fahrerseite auf.

»Kit! Wenn du für Nachschlag hier bist, muss ich dich enttäuschen. Wir haben gerade ein bisschen viel zu tun.«

Er lächelt. »Ich hatte noch gar kein Eis. Ich habe meines David gegeben.« Er sieht mein ratloses Gesicht. »David … *Byron*.«

Ich stutze, denn das war keineswegs vorgesehen. »David Byron isst mein Dessert? Was zur Hölle macht der denn hier?«

Kit zuckt mit den Schultern. »Ich vermute, er will unsere Veranstaltung unterstützen, weil ihm das Hotel gehört.« Ein Grinsen erscheint auf seinem Gesicht. »Er ist auch Single. Wahrscheinlich hat er gehört, wie gut deine Desserts sind und wollte mal vorbeischauen.«

Ich schüttele den Kopf. »Wenn das alles ist …«

»Ist es nicht.« Er hält den Zeigefinger hoch. »Sophie meinte, du brauchst vielleicht Hilfe. Ich bin geschrubbt und bereit, zeig mir nur, wo ich gebraucht werde.«

Mir mit Sophie den beengten Platz zu teilen, wäre ja in Ordnung gewesen. Aber komme ich mit dieser Nähe zu Kit klar? Ich brauche nur eine Nanosekunde, um mir die Antwort zu geben.

»Ich bin schon auf dem Weg zu Plum.«

Er hebt eine Braue. »Die Reise kannst du dir sparen. Jemand anderes hat die Bar übernommen, und Plum und Rye wurden zuletzt gesehen, als sie zum Strand unterwegs waren.«

Milla stößt einen Jubelruf aus. »Ein weiterer Coup für Nell!«

Ich werfe Kit einen Blick zu. »Und zwei weitere Ringe für dich? Der Singles-Club könnte ein ganz neuer Markt werden!«

Milla lacht. »Keine Diskussion, Tante Flo. Wenn Plum in den Dünen herumknutscht, macht Kit eben die Eiercreme.«

Und nur dieses Mal habe ich dem nichts hinzuzufügen.

23. Kapitel

Breitengrad eins und zwei, High Tides Hotel, *St. Aidan*
Enthüllungen und Beschwörungen
Montag

Gestern Abend im Eiswagen ... Wie ist es gelaufen? *Wirklich?* Auf engstem Raum mit dem aufregendsten Körper in St. Aidan, und mich ständig um ihn herumschlängeln zu müssen, während ich gleichzeitig Schokoladeneis perfekt in Becher portionieren musste, war heikel und knifflig, wie Twister mit einem Oktopus zu spielen.

Dass ich zuvor praktisch auf ihm gelandet war und genau wusste, wie gut es sich anfühlt, wenn meine Brüste an seine Brust gedrückt werden und mein Becken sich an seinem reibt, machte die Sache nicht gerade besser. Man stelle sich den köstlichsten Schokoladenkuchen vor, übergossen mit Buttercreme, dicht vor der Nase, und zwei Stunden lang darf man ihn nicht anrühren.

Hinzu kamen unablässig Bemerkungen von Milla am Ausgabefenster, die anscheinend Augen im Hinterkopf hatte und daher genau verfolgte, was hinter ihr vorging oder wovon sie glaubte, dass es hinter ihr vor sich ging. Und deshalb bin ich froh, dass heute ein neuer Tag ist.

Als ich krank war und meine erste Operation hatte, habe ich mir verboten, mir im Voraus Sorgen zu machen. Ich hatte immer gedacht, ich würde diese Art von mutiger Frau sein, die ins Krankenhaus marschiert, während

Sias *Titanium* in ihren Ohrstöpseln dröhnt. Doch als es tatsächlich passierte, kroch ich um halb sieben morgens in totaler Stille in die chirurgische Abteilung, Dillon »Wir sehen uns auf der anderen Seite« zuflüsternd, und schlüpfte in mein Nachthemd. Als die Krankenschwester mir meine Stützstrümpfe brachte, hatte ich eine solche Angst, dass sie mir diese nicht anziehen konnte, weil meine Beine zu stark zitterten. Doch als der Pharmazeut kam und der Anästhesist und viel Betrieb herrschte, blieb mir keine Zeit mehr zur Sorge. Und als ich hinterher aufwachte, gab es für mich nichts weiter zu tun, als gesund zu werden.

Gelernt habe ich aus dieser ganzen Zeit, dass man seine Ängste am schnellsten überwindet, indem man sie durchsteht – und ich habe das Gefühl, dass ich genau das jetzt tun sollte. Allerdings habe ich das nicht gründlich durchdacht. Wenn ich das auf das kleine Problem nebenan anwende, würde ich einfach loslegen, mit ihm schlafen und die Angelegenheit damit aus der Welt schaffen. Mit zwanzig hätte ich wohl exakt so gehandelt, aber jetzt ist das absolut nicht mehr drin. Es hat nicht nur mit meinem Alter zu tun. Es liegt an meinem postoperativen Status, der wie eine Behinderung ist. Und weil das relativ neu ist für mich. Mit all diesen Problemen bin ich zum ersten Mal konfrontiert. Durchs Leben zu gehen ohne meine früheren Fähigkeiten, kommt mir vor wie ein Boxkampf mit auf dem Rücken gefesselten Händen. Alles in allem werde ich dieses Problem vorsichtig umschiffen müssen, statt mich ihm direkt zu stellen.

Nicht dass ich es als großes Problem betrachte, da es doch andere und viel größere gibt. Ich hoffe einfach, dass dieses zu denen gehört, die von selbst verschwinden, wenn ich sie vergesse. Während ich also auf dem Weg vor meiner

Veranda stehe und Ausschau halte, bis Kit seine Veranda verlässt und Richtung Hotel geht, ist das definitiv *kein* Stalking. Es hat nur keinen Sinn, die Dinge noch komplizierter zu machen, indem ich ihm begegne, wenn ich meine restlichen Sachen von gestern abhole.

Sobald ich sehe, wie er zum Parkplatz läuft, sprinten Shadow und ich über die Dünen und steuern auf *Breitengrad zwei* zu, wo Kit alles stehen lassen sollte, was ich gestern Abend nicht mehr mitnehmen konnte. Wir sind auf unserer zweiten Tour, und ich verstaue die letzten Schachteln in meiner Umhängetasche, als eine Stimme jenseits der Liegestühle mich zusammenzucken lässt.

»Floss! Ich hatte gehofft, dich zu treffen.«

»Kit!« Mein Mut sinkt, während ich mich aufrichte. »Wir dachten, du bist unterwegs.« Dass ich Shadow in diese Aussage mit einbeziehe, verschafft mir das Gefühl, eine gewisse Rückendeckung zu haben.

Kit krault Shadow hinter den Ohren. »Ich hatte etwas mit David zu besprechen. Er lässt dir seine Komplimente für die Desserts ausrichten.«

Als Sophie gestern Abend anrief, um mir für meine Unterstützung mit Milla zu danken, erwähnte sie das auch. Als wäre es noch nicht schlimm genug, dass David Byron meine Chocolate-Chips futtert, hat er anscheinend jede Gelegenheit genutzt, um sich unter die Leute zu mischen und für sein verdammtes Freibad zu werben.

Ich kann es nicht für mich behalten. »Der Mann hat vielleicht Nerven, unsere Veranstaltung für seine Interessen zu kapern.« Ich weiß, es ist sein Hotel, aber für mein Empfinden war sein Verhalten eindeutig unangemessen.

Er war außerdem verantwortlich für meine schlaflose Nacht, andererseits hat er mir unbeabsichtigt einen Gefallen getan; in der Morgendämmerung wusste ich, dass ich nicht länger tatenlos bleiben kann. Ich hatte nicht vor, so bald damit an die Öffentlichkeit zu gehen, aber schon wieder seinen Namen zu hören, ist wie ein weiterer Weckruf.

Kit scharrt mit den Füßen. »Er war sehr begeistert von meinen Vorschlägen, weshalb ich mit dir reden wollte.«

Ich hebe den Zeigefinger, weil das, was ich zu sagen habe, nicht warten kann. »Hör dir zuerst meine Neuigkeiten an. Da das Feedback des gestrigen Abends so positiv war, werde ich *definitiv* weiterhin Gäste in *The Hideaway* bewirten.«

»Das ist ausgezeichnet. Deine Puddings sind viel zu köstlich und originell, um sie nicht mit anderen zu teilen.« Seine Augen hellen sich auf, und er drückt meinen Arm. »Wird das auch auf Brownies hinauslaufen?«

Ich bin kurz davor, mit einem zaghaften »Vielleicht« zu antworten, aber Halbherziges bringt uns hier nicht weiter. »Wenn du Bestellungen aufgeben möchtest, nur her damit.« Ein florierendes Unternehmen in einem Strandhaus wird viel schwerer zu beseitigen sein als bloß eine Frau, die unsichtbar wie ein Sandwurm ist.

»Das passt sehr gut zu meinen Ideen.« Es entsteht eine Pause, in der er nach drei Dutzend fragen sollte, aber erneut scharrt er nur mit den Füßen. »Jeder liebt die Strandatmosphäre, die du in den *Breitengrad*-Hütten geschaffen hast, daher möchte ich das weiterführen.«

Mein Verstand arbeitet auf Hochtouren. »Willst du einen Shanty-Chor mit dazunehmen oder Flip-Flops?«

Um seine Augen erscheinen Lachfältchen. »Besser als das. Ich will zu meinem Ringangebot einen Besuch bei *The Hideaway* hinzufügen, als Option.«

Bei seinen letzten Worten ertappe ich mich dabei, wie ich den Blick auf seinen Schritt richte, deshalb schaue ich schnell wieder hoch. »Fabelhaft. Sobald du Interessenten hast, sag Bescheid, dann treffen wir uns mit meinem Terminkalender.« Ich bezweifle ernsthaft, dass er das tun wird, also kein Grund, gleich aufgeregt zu werden. »Hübsche Levi's übrigens, die du da anhast.«

Das erklärt hoffentlich, warum ich auf seine Hose geschaut habe. Falls er zufällig doch schon Buchungen hereinbekommt, werde ich dafür sorgen, dass er das Paar nach den romantischen Fotos mir überlässt. Ich will ihn wirklich nicht mehr auf meinem Sofa haben.

Meine Entscheidung über meine Dating-Zukunft fiel nicht über Nacht, sondern brauchte monatelanges Kopfzerbrechen und Abwägen der Pros und Kontras zu jedem Stadium einer Beziehung, das Verlangen nach Spaß gegen die Vermeidung eines Desasters abwägend. Es geht darum, mich zu schützen, wenn ich verletzlich bin. Aber nachdem ich mich entschieden habe, wie ich mein zukünftiges Leben führen will, hätte es wenig Sinn, es mir schwerer zu machen, als es sein muss. Falls da jemand ist, der meine langfristige Strategie über den Haufen werfen könnte, ist es vernünftig, dieser Person aus dem Weg zu gehen.

Kit schiebt einen Daumen durch die Gürtelschlaufe. »Ich musste erst klären, ob David nichts dagegen hat, wenn ich mein Geschäft zu dir hin ausweite statt ins Hotel.«

Dieser Gedanke befeuert mich von Neuem. »Wir könnten Vic und Amery fragen, ob du ihre Fotos von *The Hideaway* für deine Website verwenden darfst.« Es wäre dumm, die Sache halbherzig anzugehen. Wenn ich dabei bin, dann richtig! »Du hast auch romantische Fotos von Bianca und Salvador auf der Veranda geschossen.«

Er nickt. »Da bin ich dran. Der gestrige Abend hat mir noch etwas klargemacht.«

Mein Herz stockt. »Wie toll Schokoplättchen zerkrümelt sind statt hineingesteckt?«

Ein Grinsen erscheint auf seinem Gesicht. »Ich wollte sagen, wie gut es mit uns beiden im Studio funktioniert hat.«

Ich kann nicht glauben, dass ich mir Sorgen gemacht habe, er könnte die knisternde Spannung im Eiswagen ansprechen, da er die vermutlich nicht mal gespürt hat.

Er neigt den Kopf zur Seite. »Die Atmosphäre ist anders, wenn wir beide dort sind. Ich habe mich gefragt, ob du dir vorstellen kannst, mir bei der Ankunft der Kunden zur Seite zu stehen. Als Teilzeitjob würde es gut mit den Besuchen bei *The Hideaway* zusammenpassen.«

Ich beiße mir auf die Lippe. »Das ist ein großartiges Angebot.« Aber da ich mir schwor, mich vom Hotel fernzuhalten, kommt es nicht infrage. Außerdem wollte ich dringend versuchen, weniger Zeit mit ihm zu verbringen.

Er sieht mich erwartungsvoll an. »Und falls das ein entscheidendes Argument ist, darf Shadow herzlich gerne mitkommen.«

Im Stillen verfluche ich, dass er an jeden Aspekt denkt. »Kann ich erst mal schauen, ob es zu meinen übrigen Plänen passt, und dir dann Bescheid sagen?«

Ich weiß bereits, dass meine Antwort Nein lauten wird, aber das verschafft mir Zeit, um eine wasserdichte Ausrede zu konstruieren.

Er klatscht in die Hände und reibt sie aneinander. »Nimm dir so viel Zeit, wie du brauchst. Morgen ist der Wellness-Abend, also wenn ich dich vorher nicht sehe, werde ich vorbeischauen und mich erkundigen, wie es läuft.«

So viel zu meinem Vorsatz, das Hotel zu meiden. Wie die Dinge in dieser Woche liegen, könnte ich mir ebenso gut ein Zimmer im Hotel mieten!

24. Kapitel

Der Wellness-Abend, High Tides Hotel, *St. Aidan*
Falsche Nägel und schlaffer Salat
Dienstag

»Wie läuft es mit den Currys, Nell?«

Da ihr Geburtstermin längst verstrichen ist, haben wir es aufgegeben, uns behutsam zu erkundigen. Während wir auf der riesigen privaten Whirlpool-Terrasse des Hotels liegen und der Brandung am Strand lauschen, reden wir mal wieder über ihre Babys. Bis jetzt gehören zum Wellness-Abend ich, Plum, Sophie, Milla – die nachträglich freien Eintritt von Kit geschnorrt hat, für ihre Hilfe im Eiswagen –, Clemmie, die mit Arnie aufgrund des alkoholfreien Champagners da ist, aber nicht wegen des Whirlpools, außerdem Nell und Mum, die kurz auftauchte und wieder verschwand.

Nell schnaubt. »Drei Vindalhos und Rogan Josh letztes Wochenende, und ich bin immer noch hier. Mehr scharfes Essen geht nicht. Zieht selbst eure Schlüsse.«

High Tides hat uns alle mit flauschigen weißen Bademänteln ausgestattet, die wir über unseren eigenen Badeanzügen tragen können, außerdem einen Stapel Handtücher, hoch wie das Empire State Building. Zwei unserer Massagen und Pediküren haben wir schon hinter uns. Jetzt ruhen wir unsere frisch lackierten Zehennägel auf den polierten Kalksteinfliesen aus, bis wir uns aufraffen können, uns zu Sophie und Milla in dem Holzpool zu gesellen.

Jetzt, da wir hier sind, unseren Champagner schlürfen, die luxuriöse Umgebung genießen und frittierten Kohl essen, ist es ärgerlich, dass ich nichts zu bemängeln finde. Plum lehnt sich vom Liegestuhl neben mir herüber und zeigt auf die grüne Masse auf dem Teller, den Nell in der Hand hält. »Was ist das?«

Nell seufzt. »Notfall-Zimmerservice, um meinen Blutzucker oben zu halten. Seetang-Salat mit Balsamico-Dressing.«

Sophie schaut skeptisch. »War es das appetitlichste Gericht auf der Karte?«

»Mit Abstand.« Nell hält ihren Teller hoch. »Möchte jemand probieren?«

Sophie winkt angewidert ab.

Milla verdreht die Augen. »Man muss offen sein für neue Dinge, sonst verliert man den Anschluss, Mum.«

Ich werfe Milla einen warnenden Blick zu. »Du und deine Mum, ihr habt versprochen, dass es am Wellness-Abend keinen Streit gibt!«

Sophie hebt diskret den Daumen, und Plum meldet sich zu Wort. »Wenn du es schon anbietest, werde ich es mal kosten.« Sie nimmt sich einen kleinen Zweig und kreischt. »Wow, Nell, dieser Essig ist aber stark!«

Clemmie lacht. »Was mich an etwas erinnert – ist Rye heute Abend hier?«

Wir hatten es angenommen, aber bisher sieht es danach aus, als wäre Plums neuer Bikini, den sie unter dem Bademantel verbirgt, reine Verschwendung.

Nell kaut hart auf einer weiteren Gabel voll Kraut und schluckt. »Bis jetzt bist du immer ausgewichen, wenn wir gefragt haben, was neulich abends zwischen dir und Rye lief, Plum. Du musst es mal bestätigen, damit ich im Bilde bin.«

Milla gibt einen spöttischen Laut von sich, dem ihrer Mutter sehr ähnlich. »Hast du ihn gefragt, was er macht, wenn er nicht auf der Feuerwache ist?«

Plum zieht die Nase kraus. »Über solche Dinge haben wir nicht geredet.«

Nell reckt triumphierend die Faust. »Das beantwortet die Frage, was am Sonntag passiert ist. Wenn ihr nicht über Berufe gesprochen habt, hat er sich dann wenigstens in anderen Bereichen für ein zweites Date qualifiziert?«

Nell ist sehr systemorientiert, und sie verleiht ihren Singles-Events einen Amor, wenn ein Paar ein nächstes Date vereinbart, deshalb drängt sie auf Fakten.

Plum ist ziemlich geschickt im Ausweichen. »Ich habe eine Führung über das Hotelgelände bekommen, um das Potenzial für Aufträge für Außenskulpturen einzuschätzen.«

Clemmie lacht. »Ich wette, das funktionierte gut in der Dunkelheit.«

Plum ignoriert sie. »Bisher ist kein Date in Aussicht, also was soll's. Aber während wir darauf warten, dass es passiert, müssen wir über Floss' neue Initiative reden.« Sie wendet sich zu mir, die ich jetzt auf dem Fußteil der Liege sitze. »Es muss doch massenhaft Leute geben, die wir kennen und die gerne in *The Hideaway* feiern würden.«

Ich habe gestern mit Clemmie darüber gesprochen, ehe ich Kit traf, und als ich nach Hause kam, diskutierte unsere WhatsApp-Gruppe schon wild zu dem Thema.

Clemmie geht ohne Umschweife darauf ein. »Ich werde Leute von Mums and Bumps mitbringen. Da der Sommer vor der Tür steht, könntest du das regelmäßig veranstalten.« Hinter ihr ist ein Geräusch zu hören, und sie dreht sich um. Mum taucht aus dem Raum auf, in dem wir uns umgezogen haben. »Suze, endlich! Wo hast du gesteckt?«

Sophie wartet nicht auf die Antwort. »Dir ist klar, dass du deine Pediküre verpasst hast, Mum?«

Mum streift ihren Bademantel ab, steigt die Stufen zum Whirlpool hinauf und gleitet ins Wasser. »Nun, jetzt bin ich hier.« Sie schiebt sich ein breites Frotteestirnband auf den Kopf und steckt die Haare darunter, aber für jemanden, der in einem Whirlpool sitzt, wirkt sie wenig entspannt, sondern eher besorgt. »Ich habe mit David Byron geplaudert.«

Sophies Brauen schießen in die Höhe. »Anderthalb Stunden lang?«

Möglicherweise habe ich ihr Unbehagen richtig gedeutet. »Ich wusste gar nicht, dass du ihn kennst.«

Meine Mum verändert ihre Position. »Wenn man Ü-60-Veranstaltungen besucht, kennt man bald jeden vom Sehen.«

Wir alle wissen, dass sie niemals freiwillig zu derartigen Veranstaltungen gehen würde, aber Mum wischt unsere erstaunten Blicke beiseite. »Er bot mir an, mich herumzuführen, und es erschien mir unhöflich, einfach abzulehnen.«

Das sieht Mum überhaupt nicht ähnlich. Sie ist bekannt dafür, ihre Meinung zu sagen und zu tun, was ihr gefällt. Außerdem will sie von Männern nichts wissen; hier stimmt also etwas ganz und gar nicht. Es folgt eine ziemlich lange

Pause, und als sie weiterspricht, klingt ihre Stimme fast heiser. »Er hat mich gefragt, ob ich nächste Woche mit ihm zu Abend essen möchte.«

»Ja!« Nells Ruf durchdringt die geschockte Stille. »Das ist ein Date! Ihr wart beide bei der Veranstaltung des Singles-Club, also bekommt sie nun doch einen Amor!«

Sophie schüttelt den Kopf. »Aber sie waren dort doch gar nicht zusammen! Als David auftauchte, war Mum schon weg.«

Milla blickt skeptisch. »Sind wir uns da ganz sicher?«

»Ja, sind wir!«, fährt Sophie sie an. »Ist doch so, oder, Mum?«

Mum zuckt ein wenig zusammen, dann antwortet sie sehr bestimmt: »Es hat wohl keinen Sinn, mich das zu fragen, wenn ich gar nicht da war!«

Nell spricht mit dem Mund voller Algen. »Scheiß auf solche Details! Ein Date ist ein Date! Den Amor haben wir.«

Ich war anfangs zu entsetzt, um etwas zu sagen, aber ich kann Mum nicht damit durchkommen lassen. »Dieses Date mit Mr. Byron ... Wirst du dich darauf einlassen?« Ich kann die Dinge ebenso gut beim Namen nennen.

Mum holt so tief Luft, dass es ihre Brüste aus dem Wasser hebt. »Ich glaube schon.«

Ich kann tolerieren, dass Plum sich Rye an den Hals wirft, weil ihre Hormone verrücktspielen. Aber ich dachte, Mum sei da kontrollierter. »Was ist mit deinem Sinn für Loyalität?«, rufe ich. »Oder bleibt bei einem noblen Essen mit dem Milliardär des Ortes die Familiensolidarität einfach auf der Strecke?«

Meine Mum sieht gekränkt aus und erwidert mit leiser Stimme: »Ich hatte eigentlich gehofft, es würde dir helfen.«

Das ist ja unglaublich. Ich bin verwirrt. »Helfen? Wie denn?« Alles, was mit David Byron zu tun hat, ist schlecht. Eine Einladung zum Essen anzunehmen, kommt mir vor wie der größte Verrat.

Clemmie streichelt Arnies Kopf. »Insider-Kenntnisse sind immer nützlich, Flossie-Flapjack-Face.«

Plum nickt. »Es ist nur ein Schritt weiter von dem, was wir ohnehin hier tun.«

»Gegen das ich, nur zur Erinnerung, zu hundert Prozent war«, wende ich ein.

Meine Mum schürzt die Lippen und sieht mich an. »Deshalb ist es gerade für dich eine großartige Gelegenheit, mit Kit zusammenzuarbeiten.«

Als würde Clemmie in meinen Kopf schauen und meine geheimsten Gedanken hervorkramen. »Du wirst doch den *Breitengrad*-Job annehmen, Floss?«

Ich bin heute Abend mit dem festen Entschluss hierhergekommen, das zu verneinen. Aber wenn sie damit andeuten wollen, dass es besser ist, seine Feinde im Auge zu behalten, muss ich wohl noch einmal darüber nachdenken.

Clemmie zupft am Saum meines Bademantels. »Ich habe gehört, dass Kit im Eiswagen richtig handzahm war. Wenn du dich dagegen sperrst, mit ihm zusammenzuarbeiten, weil er dich wirklich mag, ist das natürlich verständlich.«

»Wie bitte?«

Milla ruft aus dem Whirlpool: »Das habe ich dir alles auch schon gesagt, Tante Flo.«

Clemmie grinst. »Sobald ihr zwei zusammen seid, kann man sehen, wie sehr er dich mag. Aber falls du es deswegen heikel findest zusammenzuarbeiten, wäre das ein guter Grund, das Angebot abzulehnen.«

Es wurmt mich total, dass sie wieder davon anfängt. Vielleicht muss ich den Job genau deshalb annehmen, um allen zu beweisen, dass es nicht stimmt.

Ich suche verzweifelt nach einer Formulierung, um alles abzustreiten, als Plum mich seltsam ansieht. »Du weißt schon, dass Dillon vorhat, später in diesem Sommer vorbeizukommen?«

Nein, das wusste ich nicht, aber wenn sie es erwähnt wegen dem, was Clemmie über Kit gesagt hat, sind das schlechte Nachrichten. »Wie schön für Dillon. Aber das dürfte kaum Auswirkungen auf meine Arbeit bei Kit haben, oder?«

Da ich nicht weiter auf ihre Ankündigung reagiere, wendet sie sich ab. »Kit kommt übrigens gerade vom Strand herauf, daher sollten wir vielleicht aufhören, über ihn zu reden.« Plum schaut zu den entfernten Lichtern auf dem äußerst gepflegten Rasen. Dann wird ihre Stimme eine Oktave höher. »Und Rye ist bei ihm.«

Wenn Kit und Rye hierher unterwegs sind, sollte ich vielleicht lieber schnell in den Whirlpool steigen, auch wenn ich unter dem Bademantel einen Badeanzug trage. Außerdem würde ich Plum gern davon abhalten, bei Rye ihre Verführungsmasche anzuwenden.

Clemmies Blick zu mir verrät, dass sie dasselbe denkt. »Warum steigt ihr nicht alle ins Wasser, und ich schieße ein paar Fotos, bevor es für Arnie zu spät wird.«

Ich stelle mich hinter Plum. »Nach dir!« Sie wirft ihren Bademantel weg, und ich folge ihr in den Whirlpool, froh, dass wir Rye diese kaum vorhandenen Hintern erspart haben.

Während wir unsere Plätze einnehmen, die Arme auf dem Beckenrand, tritt Sophie mich gegen meinen Fuß.

»Was ist nun mit dem Job bei Kit? Wirst du darüber nachdenken?«

»Absolut!« Das ist raus, ehe ich es aufhalten kann, und ich weiche Millas Blick aus. »Ihr habt alle recht. Es ist eine echte Gelegenheit, die ich einfach ergreifen *muss*!«

Und schon habe ich mich darauf eingelassen.

25. Kapitel

Der Wellness-Abend, High Tides Hotel, *St. Aidan*
Muscheln und fallende Pennys
Dienstag

»Okay, noch eine Aufnahme, auf der zu sehen ist, dass ihr eine tolle Planschzeit habt!«

Clemmie umkreist den Whirlpool mit Arnie, der immer noch in seinem Babytragetuch schläft. Dann hält sie inne, sieht die Bilder auf ihrem Handy durch und nickt. »Großartig, das hätten wir!«

Klappernd stellt Nell ihren Teller auf den Tisch und steht mühsam auf. »Entschuldigt mal, ich bin noch auf keinem zu sehen. Ich könnte meinen Zeh ins Wasser halten, da ich meinen Salat jetzt aufgegessen habe.«

Plum lacht. »Wer hätte gedacht, dass wir dich mal so von Salat sprechen hören werden, Nell.«

»Wenn die hier Sandwiches mit Krustenbraten hätten, kämen bestimmt auch mehr Gäste«, scherzt Nell.

Ich lächele. »Wenn die uns um Feedback bitten, kommt das wohl in die Vorschlagsbox.«

Clemmie beobachtet Nell, die eine Stufe nach der anderen vorsichtig hinaufgeht. »Brauchst du Hilfe?«

Nell schüttelt den Kopf. »Nein, aber bei meinem Körperumfang solltest du die Kamera vielleicht besser auf Panorama-Modus einstellen.«

Sophie schaut zu Nell hoch. »Setz dich auf die oberste

Stufe und lass deine Füße ins Wasser baumeln.« Sie stutzt, als Nell zögert. »Alles in Ordnung da oben?«

Nell steht mit leicht gespreizten Beinen da und beugt sich nach vorn. »Verdammt! Ich glaube, ich habe versehentlich losgepinkelt!« Sie starrt verblüfft auf ihre Beine herunter. »Da läuft definitiv etwas aus mir heraus, ich fühle es!«

Nell schüttelt den Kopf und lässt sich auf den Boden sinken. »Ich bin auf einer Farm aufgewachsen und daher einiges gewohnt. Aber auf dem Pooldeck vom *High Tides* pinkeln? Etwas davon ist auch noch ins Wasser gelaufen! Das wird mir ewig nachhängen!«

Clemmie hält nach wie vor ihr Smartphone in der Hand. »Ich mache noch schnell ein paar mehr Fotos, und dann kommt ihr am besten raus ins Trockene.«

Sophie steigt aus dem Whirlpool und legt Nell den Arm um die Schultern. »Keine Sorge, Nelly-Melone, ich glaube, es ist kein Pipi, sondern deine Fruchtblase, die geplatzt ist.«

Nell beschwert sich: »Warum bereitet man uns in den Geburtskursen nicht auf so was vor?«

Sophie erwidert lächelnd: »Die gute Nachricht ist, dass es mit dem Baby jetzt auch nicht mehr lange dauern wird.« Nell sieht sie mit großen Augen an. »Wenn du noch keine Schmerzen hattest, werden die Wehen vermutlich morgen einsetzen.«

Plum bleibt auf der obersten Stufe des Whirlpools stehen und zeigt zur Bucht. »Perfektes Timing! Kit und Rye kommen gerade.« Sie ruft so laut, dass die beiden uns hören müssen. »Leute! Kommt hierher, zu uns!«

Wieder an Land, verteile ich Handtücher und Bademäntel. Ich habe meinen gerade angezogen, als Kit und Rye den Hügel hinaufkommen, über die letzte Buchsbaumhecke springen und sich der Terrasse nähern.

Kit sieht mich grinsend an. »Du hast nichts dagegen, dass wir einfach aufkreuzen?«

Im Gegensatz zu Plum möchte ich lieber nicht dabei ertappt werden, wie meine Nippel sich in dem nassen Badeanzug abzeichnen und meine Haare strähnig herunterhängen, aber das werde ich nicht sagen. »Du darfst dich hier ebenso gut aufhalten wie wir.«

Rye zieht seine Surferhose hoch. »Wir sind schon früher hier gewesen, um euch zu treffen, aber dann wurde ich zur Feuerwehrstation gerufen.«

Sofort sehe ich wieder die Flammen am Strandhaus vor mir. »Nichts Ernstes, hoffe ich.«

Rye lacht. »Das Übliche in St. Aidan, eine Katze, die im Schlafzimmer festsaß, weil der Türgriff kaputt war, hinterher gab's den obligatorischen Tee und Kuchen.«

Plum springt die Stufen herunter und landet neben Rye. »Die Hotelangestellten vom Empfang haben sich sehr gut um uns gekümmert.« Ihre Hände liegen auf den Hüften, und sie hat es nicht eilig, ihre Gänsehaut zu bedecken.

Ich werfe Mum einen Blick zu. »David Byron war auch sehr aufmerksam, nicht wahr, Mum?« Ich kann mir gerade noch die Bemerkung verkneifen, er habe sie angebaggert, obwohl das technisch gesehen genau das ist, was er getan hat. Aber ich will diesen Abend nicht ruinieren.

Rye lächelt. »Ich freue mich, dass ihr alle so herzlich vom *Hotel High Tides* empfangen wurdet.«

Sophie tritt vor und legt Plum einen Bademantel um die Schultern. »Hier, zieh das mal über, bevor du erfrierst!«

Plum winkt ab. »Mir ist wirklich nicht kalt.« Aber sie

gibt nach, zieht den Gürtel fester um die Taille und legt Rye die Hand auf den Arm.

Sophie lächelt. »Die gute Nachricht lautet, dass dank dem Salat von eurem Chefkoch das Baby bald kommen wird.«

Clemmie informiert die beiden Männer mit gesenkter Stimme: »Ihre Fruchtblase ist geplatzt, und jetzt muss wohl eine Grundreinigung durchgeführt werden, fürchte ich.«

Rye nickt. »Keine Sorge, wir sind gut darin, uns unerwarteten Herausforderungen zu stellen.«

Clemmie flüstert mir ins Ohr: »Zum Beispiel Maulwurfshügeln auf dem Rasen.«

Plum erschauert. »Dieses Essig-Dressing war so stark, damit hätte man Farbe von den Wänden bekommen!«

Rye macht ein besorgtes Gesicht. »Bisher hat sich noch niemand beschwert.«

Milla lacht. »Warum auch bei dir, wo du doch draußen arbeitest?«

Nell meldet sich von ihrem Liegestuhl, auf dem sie sich ausruht. »Ich schwelge hier noch ein Weilchen, wenn das okay ist für euch?«

Rye hebt mahnend den Zeigefinger. »Bleib lieber nicht zu lange, damit dir nicht das Gleiche passiert wie Clemmie, als sie Arnie bekam.«

Plum stupst ihn an. »Diesmal ist die Feuerwehr ja schon hier.«

Kit lacht. »Ich sehe schon die Schlagzeilen vor mir! High Tides-*Manager holt Baby neben Whirlpool auf die Welt!* Das ist vielleicht nicht die Art von Publicity, die ihr gewollt habt.«

Plum runzelt die Stirn. »Der Manager ist ja gar nicht da. An der Rezeption hieß es, er habe weggemusst.«

Kit nickt. »Genau, zur Feuerwehrwache.«

Plum stutzt. »Der Manager ist auch Teilzeitfeuerwehrmann? Wie fabelhaft ist das denn?«

»Na ja ... aber nein.« Die Falten auf Kits Stirn werden tiefer. »Es sind nicht zwei Leute, nur Rye. Er ist der Manager hier. Warum wusstet ihr das nicht?«

Ich versuche, das zu verarbeiten. »Aber Rye ist doch der Hundeaufpasser ...«

Milla fügt hinzu: »Und der Gärtner ...«

Sophie fällt auch noch etwas ein. »Außerdem verteilt er die Parkscheine?«

Rye wirkt belustigt. »Stimmt, das alles mache ich, aber ich leite das Hotel auch.«

»Na so was, wer hätte das gedacht!«, ruft Nell.

Es folgen ein paar Sekunden Stille, in denen wir alle über das eben Gesagte nachdenken, dann meint Milla: »Dann hast du gar nicht mit einem Handwerker herumgeknutscht, Plum. Er ist der Manager!«

Sophie verzieht das Gesicht. »Bei solchen Muskeln hätte sich jeder täuschen können.«

Plum protestiert: »Zum letzten Mal, wir haben nicht herumgeknutscht!«

Kit räuspert sich. »Wenn ihr nicht mitbekommen habt, dass Rye der Manager ist, dann ist euch möglicherweise noch etwas anderes entgangen.«

Plum verdreht die Augen. »Sag nichts – er ist von Aliens entführt und wieder zurück auf die Erde gebracht worden?«

»Nicht ganz.« Kit lacht. »David Byron ist Ryes Dad.«

Wir anderen starren perplex angesichts dieser Information von gewaltiger Tragweite, aber Plum springt gleich darauf an. »Und wie geht das bitte, Rye *Radley*?«

Rye reibt sich das Kinn. »Radley ist der Name meines Stiefvaters, er hat mich großgezogen. Meinen leiblichen Dad lernte ich erst in meinen Zwanzigern kennen.«

Ich bin mir nicht sicher, warum das beunruhigend ist, aber während ich Mum und Plum ansehe, fühlt es sich an, als sei alles noch viel komplizierter geworden.

Rye ist kein beliebiger Angestellter – als Boss des Hotels, das seinem Vater gehört, könnte er nicht involvierter sein. Und als Ryes enger Freund steckt Kit bis zum Hals mit drin.

»Ist das alles?«, frage ich ihn. »Oder kommen da noch weitere Überraschungen?«

Kit zuckt mit den Schultern. »Nein, das war's – erst einmal.«

Stimmt auch nicht ganz, denn es ändert alles.

Lächelnd erklärt Rye: »Ich kann mich nur dafür entschuldigen. Hätte ich bei eurer Ankunft in meinem Arbeitsanzug am Empfang gestanden, hättet ihr es eher erkannt.« Er nimmt einen Eiskübel. »Ich hole noch mehr Champagner als Wiedergutmachung für dieses Missverständnis.«

Als er zurückkommt, haben wir es sacken lassen, und das Entkorken der Flaschen und Einschenken der Gläser wirkt bei ihm so natürlich, dass wir kaum nachvollziehen können, warum wir nicht schon früher darauf gekommen sind. Doch je gekonnter er sich bewegt, desto mehr Zweifel melden sich bei mir. Ich brauche Klarheit.

Ich trinke einen Schluck Champagner, um mich mutiger zu fühlen, dann frage ich Kit: »In diesem Fall nehme ich an, dass dein Umzug nach St. Aidan gar kein Zufall war, oder?«

Kit schaut auf die Bläschen in seinem Glas, ehe er aufsieht und antwortet. »Rye wollte, dass das Hotel seines

Dads erfolgreich wird. Der Deal, den sie mir mit den *Breitengrad*-Häusern anboten, war so großzügig, dass er alle anderen Möglichkeiten in den Schatten stellte.«

»Du hast einen Freundes- und Familienrabatt bekommen?«

Rye lacht. »Da es bedeutete, einen guten Freund wie Kit in der Nähe zu haben, waren die Konditionen günstig.«

Was auch immer ich zu der Gang gesagt haben mag, jetzt ist es ganz offensichtlich, dass Kit viel involvierter ist, als ich mir habe vorstellen können. Unter diesen Umständen kann ich unmöglich für ihn arbeiten.

»Bevor wir gehen, haben wir auch eine Überraschung für dich«, verkündet Nell.

Ich habe keine Ahnung, was sie sagen wird. Etwas über den Namen des Babys?

Sie lacht laut. »Floss hat eine Entscheidung getroffen, Kit. Sie wird deinen Job annehmen!«

Es folgen Jubel und Kreischen. Rye ruft: »Darauf trinken wir! Willkommen im *High Tides*-Team, Floss!« Erst da begreife ich voll und ganz, was gerade passiert ist.

Es fühlt sich an, als gäbe es kein Zurück. Jetzt hänge ich mit drin und schaue mir das Ganze nicht mehr von außen an. Die Karten wurden neu gemischt. Ich hoffe nur, ich werde mit dem fertig, was auf mich zukommt.

26. Kapitel

The Deck Gallery, *St. Aidan*
Gesperrte Straßen und Angreifer
Montag

George Alfred Harry Trelawney Trenowden wurde am nächsten Abend um halb elf im Truro Hospital geboren, mit einem Gewicht von neun Pfund und zehn Unzen. Zwei Tage später wurden er und Nell nach Hause entlassen, und als George senior verkündete, dass Besucher kommen dürften, gingen alle hin, um das Baby zu sehen.

Shadow und ich brachten ihm einen winzigen salbeigrünen Drachen mit, geeignet für Neugeborene, in den ich mich in Plums Galerie wegen der süßen Flügel verliebt habe. Eine kurze Zeit saßen wir alle zusammen und staunten, dass Nell und George jetzt Eltern sind und einen kleinen Menschen haben, der genau wie George aussieht, nur mit roterem Gesicht, und der sie zweifellos die nächsten zwanzig Jahre und länger beschäftigen wird.

Ich war besorgt, dass ich würde weinen müssen, aber das Chaos in der Küche durch die vielen Besucher aus St. Aidan, die alle Tee und Kuchen wollten, vertrieb meine Babyemotionen. Als ich den Geschirrspüler eingeräumt, die Blumen in Vasen gestellt und gerade noch verhindert hatte, dass Shadow sich über eine Dose schottisches Shortbread hermachte, brauchte ich keine Taschentücher mehr. Und dann kehrten wir alle wieder zu dem zurück, was wir vorher getan hatten, und das Leben ging weiter.

Da Plum und ich die einzigen noch babyfreien Menschen in der Gruppe waren, spürten wir eine flüchtige, aber bedeutende Verbindung, die zu einer verrückten späten Karaoke-Nacht im hundefreundlichen *Hungry Shark* führte sowie dem Vorschlag, mit meinen nächsten neuen Desserts zur Verkostung zu ihr zu kommen. Am Montag tauche ich daher in der hellen, weitläufigen und sehr weißen *Deck Gallery* auf, eine Tüte voll mit Ivys Pappbechern und einem Korb weiterer verschiedener Näschereien im Gepäck, und wir sitzen an Plums langem Tisch auf ihren kunstvollen Metallstühlen, um meine Rezepte zu verfeinern.

Als internationale Großunternehmerin kann Sophie glücklicherweise gut delegieren und sich von geschäftlichen Meetings freinehmen, um stattdessen an diesem teilzunehmen. Anscheinend wollten sie und Clemmie dabei sein, sobald sie erfuhren, dass Plum und ich mit Eiscreme hier sein würden.

Ich schaue in die Runde am Tisch und will ihnen gerade erläutern, was ich als Kostprobe mitgebracht habe, doch Sophie kommt mir zuvor.

»Ehe wir beginnen, hat irgendwer etwas von Mum gehört?«

Im Lauf der Jahre sind Sophie und ich oft mit den gleichen Leuten ausgegangen oder waren auf denselben Partys. Aber ich kann mich nicht daran erinnern, dass wir uns das jemals bewusst ausgesucht hätten. Mums bevorstehendes Date mit David Byron hat uns allerdings zusammengeschweißt.

Selbst das harmloseste Gerücht, das einer von uns zu Ohren kommt, schreiben wir uns gegenseitig. Als ich

Mum am Tag nach dem Wellness-Abend besuchte und ihre gesamte Garderobe überall im Schlafzimmer verstreut vorfand, erfuhr Sophie es als Erste. Als Fenella von *Fish Quay Fashions* Sophie anrief, um ihr mitzuteilen, dass Mum später am Tag dort gewesen sei, erhielt ich eine halbe Stunde später Fotos von den Outfits, die Mum anprobiert hatte.

Ich verziehe mein Gesicht. »Ihr Date ist heute Abend, aber jedes Mal, wenn ich ihr eine Textnachricht schreibe, um mich zu erkundigen, ob bei ihr alles in Ordnung ist, ruft sie nur zurück und macht es kurz.« Ich habe viel darüber nachgedacht. »Dass Mum mit dem umstrittensten Mann in St. Aidan ausgeht, hat uns irgendwie aus ihrem Leben verdrängt. Ich fühle mich von ihr ausgeschlossen.«

Sophie seufzt. »Dir gegenüber war sie schon immer offener, aber wenn sie dich ausschließt, ist es wirklich besorgniserregend.«

Ich nicke zustimmend, während ich die gefüllten Becher herumreiche. »Ich bin nur froh, dass wir uns haben in dieser Situation.« Ich kann mich nicht erinnern, jemals aufrichtig dankbar dafür gewesen zu sein, dass es Sophie gab. Aber jetzt ist das anders. »In der Zwischenzeit lasst uns herausfinden, welches Eis am besten zum Apfel-Crumble passt – Vanille oder Karamell?«

Plum späht schon zur nächsten Ladung Eisbecher, während sie mit dem Löffel in ihren hineintaucht. »Du wirst abenteuerlustig! Was hast du sonst noch mitgebracht?«

Ich lächele, weil ich solchen Spaß dabei hatte, diese zu machen. »Biskuitrolle, pinkfarbene Eiercreme und Regenbogenstreusel, dann noch Baisers mit Schlagsahne, Erdbeeren und Mandarinen, regenbogenfarbene Makronen mit Vanilleeis und Sprühsahne und zu guter Letzt ein Melasse-Törtchen spezial.«

Plum schiebt sich einen Törtchen-Würfel in den Mund und nickt kauend. »Wo hast du die gekauft? Der Teig ist toll.«

Ich versuche, mich wegen des Kompliments nicht allzu geschmeichelt zu fühlen. »Habe ich selbst gemacht.« Lachend füge ich hinzu: »Es ist sinnvoller, selbst zu backen, als zu kaufen. Außerdem macht es mir tatsächlich Spaß.« Es hat mich selbst ziemlich überrascht, dass ich plötzlich Rezepte-Blogs las und wirklich etwas Genießbares zustande brachte.

Clemmie sieht mich grinsend an. »Du hast dich echt gesteigert!«

»Das liegt alles an David Byron. Ich war so wütend über die Art, wie er uns auf der Veranstaltung die Show gestohlen hat. Aber über das Ergebnis kann ich nicht meckern.«

»Gut für dich!« Sophie hüstelt und schaut zu Plum. »Und da wir über David reden: Gibt es irgendwelche neuen Entwicklungen mit Rye?«

Seit sie den Bikini getragen hat, haben wir aufgehört, so zu tun, als hätten wir nicht gemerkt, wie sehr sie auf ihn steht.

Plum zieht an ihrem Pferdeschwanz. »Es knistert, aber das ist auch alles. Ich würde mehr Aufmerksamkeit bekommen, wenn ich ein Kätzchen wäre, das auf einem Baum festsitzt.« Sie seufzt. »Erzählt mir was, damit ich an etwas anderes denke.«

Meine nächste Neuigkeit dreht sich darum, warum ich mit so viel Begeisterung an die Sache herangehe. »Ich hatte eine Anfrage von einem Damenkränzchen, und ich machte ihnen ein paar Vorschläge. Sie haben mich fünf Wochen hintereinander gebucht!«

Clemmie und Plum rufen beide »Yay!« und geben mir High five, doch Sophie schaut betroffen drein. »Ich nehme an, Milla wird dir dabei helfen?«

In dieser Sache muss ich behutsam sein. »Ich habe ihr gesagt, dass ich das vorher mit dir besprechen muss.«

»Danke.« Sophie schließt für einen Moment die Augen. »Sie will sich die Haare immer noch so schneiden lassen, wie du sie trägst.«

Ich lächele bei dem Gedanken, wie anders die dunkelhaarige Milla ist. »Als Blondine war sie forsch, aber als Brünette ist sie anders.«

Sophie seufzt. »Ich hab's doch gewusst! Was Milla betrifft, siehst du alles immer rosarot!«

Clemmie lacht. »Ich kann mir schlechtere Vorbilder denken.«

Sophie schüttelt den Kopf. »Das ist so ärgerlich, denn ständig kritisiert sie mich.«

Da ich Milla und ihre Freundinnen jetzt häufiger um mich habe, las ich auch Artikel zum Thema Pubertät. »Um unabhängig zu werden, müssen sie sich von der Familie abkoppeln, und bei einer Tochter ist die Mutter die Hauptleidtragende.«

Sophies Mund zuckt. »Ich habe es bei anderen Kids erlebt, aber irgendwie angenommen, dass Milla anders sein würde. Da es nur uns beide gab, als sie noch klein war, waren wir eher wie beste Freundinnen.« Sie legt ihren Löffel hin und lehnt sich zurück. »Ich bin einfach traurig, dass ich sie verloren habe.« Sie gibt ein lautes Schniefen von sich und reibt sich die Augen mit ihren Fingerknöcheln.

»Sophie! Weinst du etwa?« Es besteht kein Grund für sie, darauf zu antworten, die nassen Spuren auf ihren Wangen sagen genug.

Ich kann mich nicht daran erinnern, wann ich sie zuletzt habe weinen sehen, wahrscheinlich als ich ihre Lieblingsbarbiepuppe mit Eddingstift angemalt habe. Da war sie zehn. Sie war stets taff und strebsam, es ist ein Schock zu erleben, wie sie jetzt zusammenbricht. Andererseits hat sie etwas sehr Verletzliches an sich, und im nächsten Moment bin ich schon aufgestanden und nehme sie in den Arm.

Sophie schluchzt. »Ich habe so hart für den Erfolg gearbeitet, aber auf Milla war ich immer am meisten stolz. Und nun fühle ich mich wie eine Versagerin, weil sie sich gegen mich wendet.«

Ich tätschele ihr den Rücken wie einem Kind. »Das zeigt doch nur, was für einen starken Charakter sie hat. Es ist ein Zeichen dafür, dass sie ganz nach dir kommt.«

Sophie lächelt wieder. »Das könnte es sein.« Sie tupft sich die Augen mit dem Taschentuch ab, das Plum ihr reicht, und betrachtet es prüfend. »Hundert Prozent tränenfeste Mascara. Wenigstens das habe ich richtig gemacht.«

Während ich zu meinem Platz zurückgehe, schiebt Plum die Eiscreme zu ihr. »Probier mal Vanille mit Makrone, das wird dich auch aufheitern.«

Sophie schnieft ein letztes Mal, während sie Eis auf ihre pastellfarbenen Biskuitreste häuft und das Ganze mit einer großen Portion Sprühsahne abrundet. »Es ist seltsam befriedigend, Dessert aus Bechern zu essen.«

Clemmie nickt. »Es ist eine kleine, aber sehr gehaltvolle Portion, und trotzdem kann man drei oder vier davon essen!«

Plum leckt ihren Löffel ab und dreht sich um, als die Tür der Galerie aufgeht. »Ich schaue mal nach, ob sich dieser Kunde nur umsehen will.«

Clemmie stupst mich an. »Es ist nicht irgendein Kunde, Florence Flapjack, es ist dein neuer Boss.« Sie ruft im gleichen Moment, als Shadow unter meinem Stuhl aufspringt und losrennt, um ihn zu begrüßen: »Da freut sich jemand, dich zu sehen, Kit.«

Sophie ruft ebenfalls. »Wenn du die neuesten Kreationen von Floss sehen willst, die sind hier drüben.«

Was immer Kit auch will, ich hoffe, es ist schnell erledigt. Während ich durch die Galerie sause, um Shadow einzufangen, sehe ich erleichtert, dass Plum mit Kit bereits an der Kasse ist und ihm eine Papiertüte reicht.

Endlich erwische ich Shadows Leine, die er hinterherschleift. »Wir führen nur eine kurze Verkostung durch.« Mir wäre es lieber, die anderen bekämen nicht die Gelegenheit, uns beide eingehend zu beobachten. »Wir sind fast fertig.«

Kit hält seine Tüte hoch. »Da ist die Geburtstagskarte für meine Schwester drin. Ich muss schnell zur Post.«

»Toll!« Innerlich jubele ich. »Lass dich von uns nicht aufhalten.«

Sophie ruft erneut. »Gibt's Neuigkeiten von Mums Date mit David heute Abend?«

»Habt ihr es noch nicht gehört?« Kits Stimme schwankt. »Sie haben es vorgezogen, es war schon gestern.«

»Was?« Ich starre ihn perplex an.

Sophie hat sich rascher von dieser Nachricht erholt. »Wir haben nicht mal Nachmittag, bestimmt werden wir nachher erfahren, wie es gelaufen ist.«

Kit blickt skeptisch. »Offenbar ist es gut genug gelaufen, um ein weiteres Date zu verabreden.«

Seine Worte hallen von den Wänden, während ich sie zu verarbeiten versuche. Was zum Himmel treibt Mum da?

Einmal darf man sich ja irren, aber gleich zweimal? Unglaublich. Mal ganz abgesehen davon, dass es demütigend für uns ist, es von jemand anderem zu erfahren. Mit trampelnden Schritten marschiere ich durch die Galerie, dass es von der Decke widerhallt.

»Wie schön für die beiden!«, sage ich sarkastisch über meine Schulter. Ich kann Kit schlecht gestehen, dass es die übelsten Neuigkeiten sind.

»Ich melde mich noch wegen morgen, Floss«, ruft er.

»Unbedingt.«

Meine erste Aufgabe im neuen Job ist gerade um einiges schwieriger geworden. Aber dafür ist meine Entschlossenheit, mich zu beweisen, viel stärker geworden.

Ich lehne mich zurück und esse eine Handvoll Makronenstücke. Dann blicke ich zu Clemmie. »Okay, wollen wir dann ein Datum vereinbaren für das Mums-and-Bumps-Treffen bei mir?«

27. Kapitel

The Hideaway, *St. Aidan*
Anrufbeantworter und Andeutungen
Montag

»Mum! Wie ist dein vorgezogenes Date gelaufen?«

Sophie und ich haben uns darauf geeinigt, dass ich Mum anrufe, sobald ich wieder zu Hause bin. Als sie sich beim dritten Klingeln meldet, komme ich gleich zur Sache.

»Du weißt es also?«

Ich versuche, nicht zu viel zu verraten und dennoch offen zu sein. »Kit erwähnte es.«

Es folgt Schweigen, dann sagt sie: »Ich wusste, es würde dir guttun, für ihn zu arbeiten.«

Damit habe ich nicht gerechnet. Ich ignoriere ihre Worte und forsche lieber weiter. »Das Date lief so gut, dass ihr es wiederholen wollt?«

Erneute kurze Pause. »David hat in Australien gelebt. Das ist ein ganzer Kontinent, da gab's viel zu erzählen.«

»Das glaube ich gern.« Vorher hat sie dieses Land nie interessiert. Als wir uns *Neighbours* ansahen, als ich ein Kind war, schlich sie sich in die Küche und lauschte lieber den Nachrichten auf Radio 4.

»Du weißt ja, wie erste Dates sind. Wir haben kaum an der Oberfläche gekratzt.« Sie atmet tief ein. »Wenn ein Job es wert ist, getan zu werden, tut man ihn eben. Was soll's?«

»Nur solange der Vorrat reicht.« Wenn sie jetzt auch noch sagt, sie tut es für mich, fange ich an zu schreien.

Sie springt gleich darauf an. »Was soll das nun wieder heißen?«

Ich lächele. »Nichts, nur eine weitere dieser Floskeln, die nichts zu bedeuten haben.«

Ich kann spüren, dass sie die Brauen hebt. »Ganz im Gegenteil, das sagen sie in diesen noblen Bäckereien, damit sich ihre überteuerten Backwaren schneller verkaufen.«

»In dem Fall habe ich es wohl unbewusst in der Stoke Newington Church Street aufgeschnappt. Oder in Islington.« Jetzt fällt mir ein, dass es bei *Hot Cakes* in Notting Hill war, als ich einmal ziellos durch London ging, um mir die Zeit zu vertreiben, nachdem Dillon fort war. Ich stand vierzig Minuten draußen in der Schlange vor einem winzigen Laden in einer Nebenstraße, für einen Feta-Puffer mit Zuckerguss, der nach drei Bissen verschwunden war und sechs Pfund kostete. Ich war so unerwartet froh, etwas Köstliches gefunden zu haben, da ich doch das Gefühl hatte, nie wieder etwas genießen zu können, dass ich drei Sonntage hintereinander wieder hingegangen bin.

Sie redet weiter. »Über diese Bäckereien haben Sie bei *Force 10 Hair* gesprochen, als ich mir letztes Mal die Haare schneiden ließ. Warum machst du nicht bei Facebook Werbung für deine Desserts?«

Das ist typisch für Mum. Sie schnappt nicht nur mühelos auf, was gerade angesagt ist, sondern kommt auch stets direkt auf das Entscheidende zu sprechen.

»Genial, Mum, danke. Vielleicht mache ich das.« Da wäre nur das kleine Problem, dass die Eiscreme schmelzen würde. Trotzdem ist es nett, dass es sie genug interessiert, um Vorschläge zu machen.

»Dein Dank ist nicht nötig, du hast schließlich mit dem Thema angefangen.« Sie zögert. »Ich muss Schluss machen, Michael ist hier wegen der Maße für die Fensterläden.«

Mir ist es ein bisschen peinlich, dass die Sachen, die meine Mum macht, viel cooler sind als meine. Außerdem hat sie eine ganze Armee von absolut fähigen Handwerkern, die auch noch jede Menge Charme und gutes Aussehen besitzen.

»Wer ist Michael?«

»Der wie Robert Redford aussieht, nur sexyer und erreichbarer.«

Nachdem das Telefonat beendet ist, bleibe ich mit der brennenden Frage zurück: Wenn sie einen Freund sucht und Michael so toll ist, warum hat sie dann kein Date mit *ihm*?

28. Kapitel

The Hideaway, St. Aidan
Massenansturm und ein Zuckerrausch
Dienstag

Wer hätte gedacht, dass Backen gegen Nervosität hilft? Nach dem Dreißigsekundentelefonat mit Mum, bei dem ich nichts erfuhr, das mich aber dennoch genug beunruhigte, dass ich nicht still sitzen konnte, ging ich in die Küche, wo ich zwei Bleche M&M's-Cookies buk, außerdem ein Blech Brownies, und hinterher fühlte ich mich viel ruhiger.

Danach verbringe ich einen entspannten Abend und schaue mir sabbernd Backfotos auf Insta an, und gegen neun bin ich wieder in der Küche. Diesmal probiere ich ein Rezept für Blondies aus und dann noch einen Karottenkuchen mit Frischkäse-Topping. Erst danach bin ich müde genug, um mich mit Shadow schlafen zu legen.

Erst nach unserem Spaziergang zur Comet Cove am nächsten Morgen erkenne ich, während ich Stücke schneide, das Ausmaß meiner Überproduktion. Die Cookies und Brownies sind für nebenan bestimmt, aber da ich bald zu Kit muss, für meinen ersten Vormittagsjob, ist da noch eine Menge übrig, die jetzt liegen bleibt. Während ich mein Handy hervorhole, um ein paar Fotos der Backwaren auf Ivys karierten Leinenservietten zu schießen, denke ich an mein Gespräch mit Mum. Clemmie und Nell schwärmen dauernd von der St.-Aidan-Facebook-Seite *Verkauf und Gesuch.* Im Grunde habe ich wenig zu verlieren. Es dauert nur Sekunden, bis ich meinen Post geschrieben und die Fotos hochgeladen habe. Einen Moment später ist alles online.

> *Unternehmen Sie einen Spaziergang zur*
> Little Cornish Kitchen Beach Hut
> *und bedienen Sie sich selbst.*
> *Die heutigen Leckereien:*
> *Bakewell-Blondies und*
> *Pecan- und Karottenkuchen*
> *FlorenceMay@TheHideaway*
> *SOLANGE DER VORRAT REICHT!*
> *VIEL VERGNÜGEN!*

Jetzt muss ich nur noch die Teller unter Glasglocken auf die Verandastufen stellen, zusammen mit Servietten, Preisschildern und einer Geldbüchse. Dann bin ich bereit, zu Kit zu gehen.

Als Shadow und ich zehn Minuten später bei *Breitengrad eins* eintreffen, öffnen sich die Türen für uns, während wir die Veranda überqueren. Ich gehe an Rye vorbei und ins Studio, stelle meine Tüten auf den Tisch und lächele Kit an, der in einem Faltstuhl aus Leder lümmelt und einen Stift auf dem Zeigefinger balanciert.

»Wie geht's euch heute Morgen, Leute?«

Rye ist mir gefolgt und schaut mir über die Schulter. »Wenn das Brownies sind, geht's mir bestens.« Er wackelt mit den Brauen, als ich ihm die Behälter hinschiebe. »Könnte ich dasselbe in zwei Tagen noch mal haben, falls es nicht zu viele Umstände macht?«

Anfangs, nach dem Lagerfeuer-Vorfall, gab es die Kuchen gratis, aber seit sie darauf bestehen, dafür zu bezahlen, gehen die Bestellungen in die Höhe.

Ich kann mir einen Kommentar nicht verkneifen. »Wenn man bedenkt, was für Berge an Kuchen ihr verschlingt, seid ihr beide ziemlich schlank. Möchtet ihr mir nicht euer Geheimnis verraten?« Ich habe immer gern gegessen, aber in letzter Zeit scheint meine Jeans zwei Nummern kleiner zu werden, wenn ich Gebäck nur ansehe.

»Unser Geheimnis?« Rye bläst die Wangen auf. »Verdammt, ich wusste, es würde nicht lange geheim bleiben. Da du uns durchschaut hast, werde ich gestehen. Tatsächlich habe ich Brownies bei Mitarbeiter-Meetings angeboten, aber nur, weil alle davon bessere Laune bekommen. Möglicherweise haben Gäste auch hin und wieder einen probiert, wenn sie in meinem Büro waren.«

»Das war doch nur ein Scherz!« Ich schüttele ungläubig den Kopf. »Warum lagert ein Tophotel die Produktion von Schokoladenkuchen aus?«

Er zuckt schuldbewusst mit den Schultern. »Der Koch ist ein Purist, der sich weigert, Brownies zu machen, und deine sind ein außergewöhnlich köstliches Beispiel.« Er deutet mit einer Kopfbewegung auf Kit. »Und ignorier den Kerl, der macht ein Gesicht, lang wie ein verregnetes Wochenende. Aber jetzt, da ihr beide da seid, wird er bessere Laune bekommen.«

Ich schaue hin und fluche im Stillen, weil Kit mit düsterer Miene noch attraktiver wirkt. »War es eine lange Donnerstagnacht?«

Rye verzieht das Gesicht. »Schön wär's.«

Kit bemerkt meinen fragenden Blick. »Rye opfert seine

gesamte Zeit für den Erfolg des Hotels. Späte Abende und unter Leute gehen ist da nicht drin.«

Ich bin schockiert. »Du gehst *gar nicht* aus?«

Rye zuckt mit den Schultern. »Es sei denn, es hat mit dem Hotel zu tun oder mit der Feuerwache.«

»Dann kommt eine Beziehung nicht infrage?« Ich erkundige mich natürlich nur für eine Freundin.

Er nickt. »Das ist ein kleiner Preis, den ich dafür zahle.« Offenbar sehe ich ihn entsetzt an. »Ist ja nicht für immer. Sobald die Buchungen besser laufen, wird der Druck nachlassen.«

Ich beiße mir auf die Lippe und fühle mit Plum. »Und wie läuft es aktuell?«

Rye holt tief Luft. »Ehrlich? Der Start war schleppender, als wir gehofft hatten, aber wir arbeiten daran.«

Pech für Plum, aber ein stummes Daumen-hoch für mich und noch eins für Mum, deren Rat sich bereits als wertvoll erweist. Wenn ich zu Hause gewesen wäre anstatt hier bei der Arbeit, hätte ich diese Unterhaltung verpasst. Ich bin keine Expertin in Sachen Industriespionage, aber was ich gerade aufgeschnappt habe, kommt mir für St.-Aidan-Verhältnisse wie pures Gold vor.

Kit nimmt einen Umschlag aus seiner Gesäßtasche und knallt ihn auf den Tisch. »Meine nicht ganz so gute Laune geht auf diese unselige Post zurück.«

Ich nehme ein Glas mit Keksen. »Vielleicht helfen ja ein paar Kekse? Ich hatte gehofft, die halten die Kunden bei Laune.«

Kit lacht bitter. »Nur wenn sie groß genug sind, um eine lange und schmerzliche Trennung zu versüßen.«

Ich drehe den Deckel vom Glas und schiebe es zu ihm. »Nimm dir lieber zwei.«

Rye winkt, als er sich mit den Brownie-Schachteln auf den Weg zum Studio macht. »Ich sehe euch zwei später.«

Während wir ihm nachschauen, wie er auf die Veranda zugeht, beißt Kit in einen Keks und gibt ein langes Seufzen von sich. »An manchen Tagen kommt es mir vor, als sei mit dem Ende der Beziehung jedes Maß verloren gegangen. Wenn ich an die Zeit vor Vee zurückdenke und mit dem vergleiche, was mich in der Zukunft erwartet, sieht's düster aus.«

Ich schiebe meine Überraschung beiseite und zeige Mitgefühl. »Tut mir leid, ich dachte, ihr seid im Guten auseinandergegangen.«

Er fährt sich mit den Fingern durch die Haare. »Ich wollte fair sein, aber jetzt wird um jeden Penny gekämpft. Ich weiß, wenn ich verbittert bin, wird es nur schlimmer, aber manchmal ist es echt hart.« Er schüttelt den Kopf. »Sorry, das muss jemandem mit gesundheitlichen Problemen wie Gejammer vorkommen.«

Ich spreche nur selten über das Thema, aber da er schon davon angefangen hat, kann ich es auch getrost sagen. »Wenn man krank ist, besteht der Trick darin, nur an den Augenblick zu denken und ihn so intensiv wie möglich zu leben.«

Kit nickt. »Das stimmt wohl.«

Es war eine harte Zeit, zugleich aber auch außergewöhnlich und unverfälscht, weil plötzlich alles Unwichtige im Leben wegfiel. »Jemand schickte mir dieses Gedicht, darin hieß es, man solle nicht zu weit die Straße entlangschauen. Man müsse nicht wissen, was hinter der nächsten Kurve liege, ehe man dorthin gelange.« Ich sehe Kit an und hoffe, er versteht, was ich meine. »Das könntest du doch versuchen, oder?«

»Ja, könnte ich.«

»Also vergiss den Mist, mit dem dieser Brief dich konfrontiert, und stürz dich aufs heutige Ringemachen. Dann hast du möglicherweise sogar Spaß, den du gar nicht erwartet hättest.«

Ich spüre, wie sich ein Lächeln auf meinem Gesicht ausbreitet, während ich mich erinnere. »Krank zu sein, lehrte mich, jeden Tag zu genießen. Es zeigte sich, dass die kleinen Dinge wichtiger sind als die großen. Ein Sandwich aus frischem Brot, ein Rotkehlchen, das Krümel im Park aufpickt, saubere Wäsche, eine eiskalte Dose Coke – das mag klischeehaft klingen, aber diese kleinen Dinge halfen mir durchzuhalten, und für solche Dinge lebe ich jetzt. Sobald man weiß, dass es funktioniert, ist es erstaunlich, wie viele von diesen Momenten in einen Tag passen.«

»Deshalb bist du immer gut drauf, Florence Flapjack-Face?«

Ich lache. »Flapjacks gehören auch dazu.«

Er tippt mit seinem Stift gegen das Glas. »Der Klang des Glases. Besser noch, wenn es voller Kekse ist.«

Ich lächele ihn an. »Es ist ein Spiel. Je besser man es spielt, desto besser wird die Laune.« Ich fasse in meine Tasche und ziehe einen Strauß Hahnenfuß vom Floristen hervor, den ich für den Empfangstresen und den Couchtisch gekauft habe. »Ranunculus sind eine weitere Sache für mich, besonders wenn sie bunt sind wie diese.« Das Pink und Gelb und Pfirsichorange der Blüten harmonisieren mit dem Strahl Sonnenlicht, der durch das vertikale Fenster hereinfällt.

Er lächelt. »Mit dir und deinen Blumen ist es bereits ein besserer Tag.« Er hält inne, um mich eingehender zu betrachten. »Das ist übrigens auch ein tolles Kleid.«

Ich arbeite daran, in Shorts zu passen, aber für diese

Woche habe ich ein paar geblümte Minikleider herausgekramt. Als ich den Saum in Schwung versetze, ist ein beachtliches Stück Schenkel oberhalb der Wildlederstiefel zu sehen, die ich gewählt habe, weil es schicker wirkt. »Ist es nicht zu kurz?«

»Um Himmels willen, nein!« Kit räuspert sich. »Ich meine, was immer du gern trägst, ist mir recht.« Er bläst die Wangen auf. »Ich komme mir ein bisschen wie ein Heuchler vor, wenn ich bei einem solchen Brief in meiner Tasche vorgebe, noch an die Liebe zu glauben.« Er schiebt ihn zurück in die Gesäßtasche und klopft sich auf den Po.

Ich grinse. »Wenn das eine neue Jeans ist, siehst du immerhin gut darin aus.« Dunkles Denim mit Rissen drin mögen ja günstig fürs Geschäft sein, aber weniger gut für meinen Purzelbäume schlagenden Magen.

Er steht auf und ballt die Faust, um sie gegen meine zu stoßen. »Okay, auf einen tollen Vormittag!«

Kurz bevor unsere Fäuste sich treffen, klopft es an der Tür, und wir halten inne.

Ein Gesicht erscheint auf der Veranda, und das ist mein Einsatz. Mit drei Sätzen habe ich das Studio durchquert und strecke meine Hand aus.

»Hallo, ich bin Florence Flapjack, Sie müssen das Zehn-Uhr-Paar für Kit, den Metallurgen von *tOgether fOrever Love2Love,* sein?« Das ist nicht gerade perfekt, aber es muss genügen.

Das sommersprossige Gesicht, in das ich schaue, zeigt keinerlei Anzeichen des Verständnisses, daher probiere ich es erneut. »Sind Sie wegen Ihrer Ringe hier?«

Die Person sieht auf einmal hoffnungsvoll aus. »Wir haben im Hotel nur die Getränke mitgebucht und suchen nach Kuchen.«

Die Begleitung sieht genauso blass aus und senkt die Stimme. »Wir haben im Gästebuch einen Eintrag gefunden, in dem es hieß, wir sollten es bei der Strandhütte versuchen, falls wir hungrig sind.«

Ich zeige zu *The Hideaway*. »Gleich nebenan, dort finden Sie einen Karottenkuchen und Blondies auf den Verandastufen. Sie können sich selbst bedienen und das Geld ins Glas tun.«

Die beiden seufzen erleichtert. »Danke, Sie sind eine Lebensretterin!«

Erst als sie schon loslaufen, bemerke ich, dass Shadow zusammengerollt unter dem Tresen liegt und nicht einmal ein Auge aufgemacht hat.

»Sagtest du Blondies?« Kit nähert sich mir.

»Ja, sagte ich. Bakewell-Mürbeteigkuchen.«

Mit verträumtem Blick schaut er auf sein Handy. »Bis die Kunden eintreffen, müssten wir noch ein paar Minuten haben. Ich gehe rüber und hole uns welche.«

Jetzt, da ich hier bin und bereit, mit der Arbeit loszulegen, denke ich an gestern und all die unerwarteten Einsichten, die ich gewonnen habe. Plötzlich fällt mir etwas ein, das mir Sorge bereitet, deshalb muss ich es einfach erwähnen. »Du hast mich nicht nur deshalb gefragt, ob ich mit dir zusammenarbeiten will, um David Byrons Bestrebungen bei der Übernahme Cornwalls zu unterstützen, oder?«

Kit sieht mich perplex an. »Warum solltest du das denken?«

Ich zucke mit den Schultern. »Es steht viel auf dem Spiel. Wenn David Byron ein Auge auf mein Haus und Grundstück geworfen hat, fühle ich mich sehr verwundbar.« Nach Kits Offenheit bezüglich seiner Probleme fällt es mir leichter, ihm meine Sorgen anzuvertrauen.

Er legt mir den Arm um die Schultern und drückt mich. »Es hat mit niemandem etwas zu tun. Ich habe dich gefragt, weil du großartig in dem bist, was du tust, und ich gerne mit dir zusammen bin.« Er lässt den Arm sinken und fügt in ernsterem Ton hinzu: »Außerdem ist es wohl eine vernünftige unternehmerische Entscheidung.« Ein Grinsen breitet sich auf seinem Gesicht aus. »Und dann ist da noch das Backen.«

»Danke, beruhigend, das zu wissen.« Ich kann nicht bestreiten, dass er sich aufrichtig anhört.

Sein Lächeln verschwindet. »Niemand versucht, hinterlistig zu sein, Floss. Wie wäre es, wenn ich dir verspreche, relevante Infos, von denen ich erfahre, sofort mit dir zu teilen?«

»Wunderbar. Mum lässt sich normalerweise nicht auf Dates ein, das ist alles.« Mehr kann ich von ihm nicht erwarten. »Wenn noch Blondies da sind, gehen die auf mich.«

Er hebt die Brauen. »Gibt es einen Engpass?«

Ich lache. »Es waren nur zwölf, die ersten meiner neuen Solange-der-Vorrat-reicht-Auswahl.«

»Mist. Diese Leute klangen verzweifelt. Ich beeile mich lieber.« Und schon ist er unterwegs.

JUNI

29. Kapitel

The Hideaway, *St. Aidan*
Sandburgen und leere Betten
Montag

Ich muss mich immer noch daran gewöhnen, wie schnell die Dinge sich in St. Aidan entwickeln. Nach einem kurzen Blick auf die Wettervorhersage, um zu sehen, ob es Montag sonnig wird, brauchte es lediglich eine WhatsApp-Nachricht der Mums and Bumps, und der Nachmittag war verplant. Wir halten die Gruppe klein, daher waren sechs Mums und ihre Kinder dabei, als Clemmie und Sophie über die Dünen auf den Gartenzaun zukamen. Seitdem sitzen sie auf Decken und Liegestühlen unten vor den Verandastufen, während die Kleinen mit Eimern und Schaufeln im Sand spielen.

Clemmie ist bei mir auf der Veranda, und bei einer zweiten Portion Trifle unterhalten wir uns über meine erste Arbeitswoche.

»Das ist schon lustig, dass deine Backwaren sich derart gut verkaufen, dass nichts mehr für Kit übrig war.«

Clemmie lacht und wiegt Arnie, der in seinem Tragetuch schläft. Sophie wollte unbedingt mitkommen, obwohl Maisie, ihre Jüngste, schon in der Schule ist. Der Sekt ist zwar überwiegend alkoholfrei, wird aber dennoch zügig geleert, und ich bin unterwegs, um noch mehr aus dem Kühlschrank zu holen.

Auf dem Weg in die Küche rufe ich Clemmie zu: »Kit war außer sich, als er mit leeren Händen zum Studio zurückkehrte! Später fanden wir heraus, dass Jean und Shirley mit ihrer Gruppe vorbeikam. Den Rest haben die hungrigen Hotelgäste verputzt.«

Vielleicht war es Anfängerglück, aber Sonntag backte ich noch mal das Gleiche, dazu Karamell-Rice-Krispies und Zitronenstreuselkuchen, und als ich mittags von Kit zurückkam, war alles weg.

Was den Job bei Kit betraf, so war das Paar am Samstag in den Fünfzigern, plante gerade seine zweite Ehe und wollte auf moderne Weise durchbrennen. Das Paar am Sonntag war jünger und brachte seine Kinder mit. Dank Kits Werbung für *The Hideaway* schauten alle hinterher noch spontan bei mir vorbei, für ein Pudding-auf-der-Veranda-Foto zum Abschluss des Nachmittags.

Als ich wieder hinausgehe, beobachtet Clemmie die Kleinen, die zu Sophie und ihrem Tablett mit Eiscreme rennen. »Wie bist du damit klargekommen, die vielen Kids um dich zu haben?«

Ich überlege einen Moment. »Bei meiner Ankunft fand ich es noch schwer, die Familien zu sehen, aber jetzt liegt mir die Zukunft von *The Hideaway* am Herzen, daher ist es großartig, dass die Mums gern hier sind.« Ihre kritische Miene verrät mir, dass sie noch nicht ganz überzeugt ist. »Es war durchaus ein Risiko, hierherzuziehen, aber ich habe es bisher keine Sekunde bereut. Ich habe nicht das Gefühl, irgendetwas zu verpassen.«

Zum ersten Mal habe ich ein Zuhause, das mir gehört, und ich verdiene Geld auf eine Weise, die Leute glücklich macht. Um ehrlich zu sein, war es ziemlich ernüchternd, Clemmie und Nell mit ihren Neugeborenen zu erleben.

Die ganze Nacht lang stillen! Ich kann mir nicht vorstellen, mir das zuzumuten. Ich finde sie alle toll, aber es tut gut, es sich nach einem friedlichen Abendessen auf dem Sofa gemütlich zu machen und nur noch Shadow ein letztes Mal vor die Tür zu lassen, ehe ich mir acht Stunden ununterbrochenen Schlaf gönne. Da ich es gerade mal schaffe, mich um Shadow und mich selbst zu kümmern, bleibe ich lieber die angesagte Tante.

Clemmies Miene hellt sich auf. »Bist du bereit für einen weiteren spontanen Nachmittag, falls die Sonne herauskommt?«

»Definitiv.« Da Kit anscheinend auch kurzfristig Buchungen annimmt, habe ich kein Problem mit last minute. Und weil ich Clemmie gerade für mich allein habe, muss ich fragen: »Wie hat Plum die Neuigkeit aufgenommen, dass Rye nicht zu haben ist? War sie sehr geknickt?«

Clemmie verzieht das Gesicht. »Sie war froh, eine Erklärung für seinen mangelnden Enthusiasmus zu haben, allerdings schreckt es sie nicht sonderlich ab.«

Ich lache. »Wenn Plum auch nur annähernd so ist wie Dillon, wird sie nicht aufgeben und stattdessen noch entschlossener sein.«

»Da wir gerade von ihm sprechen …« Clemmie wackelt wie wild mit den Brauen. »Wenn er schon bald einen Besuch plant, bedeutet das, er hat dich auch noch nicht aufgegeben?« Sie nimmt meine Hand und drückt sie. »Wir Meerjungfrauen hoffen alle, dass ihr jetzt, nachdem ihr getrennt wart, erkennt, wie sehr ihr zusammengehört.«

Als Mum genau das vor einer Weile ebenfalls erwähnte, beließ ich es einfach dabei. Aber jetzt muss ich es vor Clemmie klarstellen, bevor die Gerüchte sich verselbstständigen. »Ich enttäusche euch alle nur ungern, aber es wird kein Comeback zwischen mir und Dillon geben, denn wir haben uns nicht bloß auseinandergelebt, sondern getrennt, und zwar endgültig.«

Clemmies Augen weiten sich. »Das tut mir leid, wir hatten ja keine Ahnung.«

Wie hätten sie das auch ahnen können? Ich habe es ganz für mich behalten, aber wenn sie die Details kennen, werden sie es wenigstens verstehen. Doch selbst jetzt ist es noch schwer, die Worte auszusprechen. »Es war wirklich nicht Dillons Schuld, nur dass er eben mit einer anderen geschlafen hat.«

Sämtliche Farbe weicht aus Clemmies Wangen. »Flossie, das ist ja schrecklich.«

Ich muss das in den richtigen Kontext stellen. »Zwar schrecklich, aber auch verständlich. Nach meinen Operationen war ich ein Wrack, und wir hatten ewig keinen Sex. Du weißt, wie Dillon sich immer mit ganzer Energie auf etwas stürzt?«

Clemmie nickt. »Wild und ungestüm, etwas anderes kennt er nicht.«

Ich lächele bei der Erinnerung daran. »Seine Energie hat mich von Beginn an fasziniert, aber sanft und behutsam im Schlafzimmer war nie sein Ding. Anfangs dachte ich, wir würden unser Sexleben halbwegs hinbekommen, bis es mir besser geht. Aber dann erkannte ich, dass er nur dann wieder wirklich interessiert sein würde, wenn es wie vorher wäre, was nicht möglich war. Als der Sex aufhörte, begriff ich, wie sehr es das gewesen war, was uns zusammengeschweißt hatte. Ohne drifteten wir einfach auseinander.« Obwohl es schlimm ist, mich das sagen zu hören, erscheint mir das, was dann geschah, erneut unausweichlich gewesen zu sein. »Wir haben versucht, einen Weg zu finden, das gemeinsam durchzustehen, aber dann war Dillon bei dieser Betriebsfeier, irgendeine Frau machte sich an ihn heran, und bumm. Er war betrunken genug, um nachzugeben, aber noch nüchtern genug für den Vollzug. Und weil Dillon nun mal ein ehrlicher Typ ist, kam er gleich nach Hause und beichtete mir alles.«

Diese Nacht ist mir bis heute klar und deutlich in Erinnerung geblieben. Dabei hatte ich so viele Gelegenheiten, sie abzuwenden, und habe sie alle verpasst. Hätte ich mir doch die Mühe gemacht und wäre mit ihm gegangen, statt mich von ihm aufs Sofa setzen zu lassen, mit einem alkoholfreien Gin Tonic und einer Packung Mini-Cheddars, um endlos Wiederholungen der *Gilmore Girls* zu schauen. Und hätte ich doch bloß daran gedacht, dass ein sexy Handjob unter der Dusche das Highlight seines Samstags sein könnte, besonders wenn ich ihm hinterher ein Schinkensandwich zubereitete. Ich kann es nicht einmal auf die Krankheit schieben, denn zu dem Zeitpunkt war die Chemo bereits ein ferner Albtraum und ich seit Monaten krebsfrei. Aber wenn ich zurückblicke, muss ich das Spiel wohl komplett aus den Augen verloren haben.

Clemmie schüttelt den Kopf. »Es tut mir so leid.«

»Ich gebe ihm nicht die Schuld, denn es war nur ein dummer Fehler. Ich dachte, wenn ich ihm verzeihe, könnten wir unsere Beziehung fortsetzen und wieder zu dem Paar werden, das wir früher waren.« Ich hole tief Luft. »Das Problem bestand vor allem darin, dass er es sich selbst nicht verzeihen konnte. Er wurde seine Schuldgefühle nicht los.«

Dillon saß im Schneidersitz am Fußende des Bettes im Dämmerlicht und wartete darauf, dass ich aufwachte, damit er mir gestehen konnte, was er getan hatte. Er fand, es zeuge nicht von Respekt, wenn er zu mir unter die Decke kröche, bevor ich es weiß. Er war derjenige, der weinte, während ich zu begreifen versuchte, ob das wirklich passierte oder ob ich noch schlief. So absurd fühlte sich das Ganze an. Noch wochenlang danach glaubte ich, jederzeit aufwachen und feststellen zu können, dass alles nur ein schlechter Traum war. Und Dillon hörte nach seinem Geständnis nicht mehr auf, sich selbst zu kasteien.

Clemmie seufzt. »Ihr zwei wart ein perfektes Paar.«

Ich atme geräuschvoll aus. »Dass er das wusste, machte alles nur noch schlimmer. Wir haben uns noch eine Weile zusammengerauft, aber es gab kein Zurück mehr. Egal, wie lange wir ein Paar sein würden, er würde stets an seine Untreue denken müssen. Und sosehr ich es mir auch einzureden versuchte, der Sex nach der Operation würde nie mehr so sein, wie er früher gewesen war.« Ich zucke mit den Schultern. »Am Ende war ich diejenige, die entschied, dass wir am besten getrennte Wege gehen.«

Wenn ich nicht krank gewesen wäre, wäre das alles nicht passiert, daher fühlte ich mich verantwortlich, stark genug zu sein, damit wir beide wieder nach vorn schauen konnten. Dillon war kein schlechter Kerl, aber solange er mit mir zusammen war, würde er sich als einen solchen betrachten. Und das war ihm gegenüber nicht fair. So schwer es auch war, ich liebte ihn genug, um ihn freizugeben.

Gequält schaue ich Clemmie an. »Ich will nicht, dass irgendwer schlecht von Dillon denkt, daher sei sparsam mit dem, was du den anderen erzählst. Aber ich wollte, dass du alles weißt, damit du entscheiden kannst, wie viel die anderen erfahren sollen. Dillon und ich haben immer gesagt, wir könnten ja jederzeit wieder zusammenkommen, falls wir das wollen. Aber wir wissen beide, dass es nicht funktionieren würde.«

Clemmie umarmt mich. »Keine Sorge, ich habe das im Griff, und wenn Dillon tatsächlich auftaucht, sorge ich dafür, dass sie auf Verkupplungsversuche verzichten.« Sie lässt mich los und sieht mich durchdringend an. »Dillon amüsiert sich in Dubai, aber was ist mit dir?«

Da Clemmie und ich unter vier Augen sind, werde ich ihr noch etwas anderes anvertrauen. »Der wahre Grund, weshalb ich nach St. Aidan gekommen bin, liegt darin, dass ich Halsprobleme habe und nicht mehr vorlesen konnte. Ich habe bisher nichts gesagt, weil Dillon und Sophie mir würden helfen wollen. Aber ich möchte es lieber allein schaffen.«

Erneut schüttelt Clemmie den Kopf. »Verdammt, Flossie, du hast nicht gerade ein kleines Päckchen zu tragen. Ich wünschte, es wäre nicht passiert, andererseits ist es schön, dich hierzuhaben.« Ihre Augen glänzen. »Und du kommst zurecht, ja?«

Ich grinse. »Hauptsächlich dank Rye und Kit und ihrem unersättlichen Appetit auf Schokolade.«

Sie stupst mich an. »Es ist viel mehr als das. Deine Leckereien sind unglaublich, absolut einzigartig.«

Ich ziehe die Nase kraus. »Das geht alles auf dich zurück, weil du mich zu deinem Außenposten gemacht hast! Seitdem habe ich einfach Glück. Das Komische ist, ich liebe, was ich tue, so sehr, dass es schon zwanghaft geworden ist. Ich habe mich noch nie für irgendetwas so begeistert.«

Clemmie beißt sich auf die Lippe. »Und was ist mit deinem Glück in der Liebe?«

Ich schrumpfe unter ihrem prüfenden Blick zusammen. »Shadow und ich werden unserer behaglichen Zweisamkeit so schnell niemanden hinzufügen.«

»Wirklich?«

»Dates sind bestenfalls ein Minenfeld.« Bis dahin kommt es meistens gar nicht erst, trotzdem überlege ich ausnahmsweise mal, was passieren würde, wenn es jemanden gäbe, den ich mag und der mich auch mag. Natürlich habe ich absolut niemand Bestimmten im Sinn. Klar, oder? Ich spiele das nur in Gedanken durch, dann antworte ich mit gedämpfter Stimme: »Auch wenn ich behaupte, dass es mir besser geht, kann der Krebs bei Leuten wie mir wieder auftauchen.« Bei der Vorstellung erschauere ich. »Das will man jemandem langfristig nicht aufbürden, schon gar nicht jemandem, den man sehr mag. Tatsächlich würde es umso schlimmer, je mehr man die Person mag.«

Clemmie zieht die Mundwinkel nach unten. »Ein ziemliches Dilemma, oder?«

»Genau deshalb funktioniert das Single-Dasein am besten!«

Sie blickt skeptisch. »Dass du keine Beziehung willst, heißt nicht automatisch Verzicht auf Spaß. Nicht alle Bindungen müssen von Dauer sein.« Sie bemerkt meine entsetzte Miene. »Wie Nell es ausdrücken würde: Mit jemandem zu schlafen, ist möglicherweise das, was du brauchst, damit es dir besser geht.« Sie grinst. »Falls sich ein Quickie in den Dünen anbietet, versprich mir, dass du dir das nicht entgehen lässt.«

Ich winke ab, denn wir wissen beide, dass das nicht passieren wird. Wenn es mir nicht gelungen ist, mit meinem langjährigen Partner Sex zu haben, werde ich wohl eher zum Mond fliegen, als es mit einem Fremden zu tun. Dennoch ist es gar nicht verkehrt, wenn Clemmie mich wenigstens dazu bringt, mir das vorzustellen.

Sie sieht mich tadelnd an. »Mach nicht so ein Gesicht. St. Aidan im Sommer … der Strand voller heißer Surfer …

Du findest bestimmt jemanden, der mit dir auf einer Wellenlänge ist!«

Auf den Stufen sind Schritte zu hören, und Sophies blonder Kopf taucht auf. »Habt ihr von Nell gehört?« Sie hält Bud auf der Hüfte, und ich hoffe, sie hat nichts von unserem Gespräch aufgeschnappt.

Ich schaue auf mein Smartphone. »Sie meinte, dass sie noch vorbeikommen wollte, aber das ist zwei Stunden her!«

Clemmie blickt auf Arnie. »Wenn sie zum ersten Mal seit der Geburt ausgehen will, schafft sie es vielleicht nicht.«

Sophie lacht. »Als Milla ein Baby war, habe ich mich ganze vier Monate nicht mehr zum Ausgehen angezogen.«

Ich bin mir sicher, dass das nicht stimmt, denn ich erinnere mich daran, wie ich mir vor *The Slug and Lettuce* Bier und Chips mit Salz und Essig mit ihr teilte, als Milla noch ganz klein war. Aber es ist die ideale Gelegenheit, sie etwas zu dem Thema zu fragen. »Und hast du schon nicht türkisfarbene Kleidung gekauft, Sophie?«

Sie zeigt mit großen Augen auf sich. »Wie konntest du denn meine neue Farbkombination *nicht* bemerken? Meine Chino ist blaugrau, und mein T-Shirt ist alpinweiß.« Sie macht ein gequältes Gesicht. »Ich befinde mich so was von weit außerhalb meiner Komfortzone, dass ich keinen guten Tag habe.«

Clemmie versteift sich, als mein Handy einen Signalton von sich gibt. »Ist das Nell?«

Als ich die Nachricht lese, wünschte ich, sie wäre es. »Es ist Kit.« Ich wende mich an Sophie. Wenn sie glaubt, ihr Tag sei schlecht, dann wird er gerade noch schlimmer. »Er hat gerade erfahren, dass Mum ein *weiteres* Date mit Byron haben wird.«

Sophie kreischt plötzlich los. »Steh nicht einfach nur da, Flossie! Tu etwas!«

Ich sehe sie ratlos an. »Was denn?« Es folgt ein weiteres Piepsen. »Es ist wieder Kit.«

Florence Flapjack, wenn du an unauffälliger Elternbeobachtung in der High Tides-*Bar interessiert bist, komme ich gern als deine Tarnung mit. Morgen Abend um acht ginge. x*

Ich versuche zu verbergen, dass mein Herz laut genug pocht, um in St. Aidan gehört zu werden. »Er schlägt vor, dass wir im Hotel etwas trinken und heimliche Beobachtungen anstellen.«

Sophie reckt triumphierend die Faust. »Ein Spionage-Date! Brillant!«

Ich zucke bei diesen Worten zusammen. »Nur dass wir nicht wirklich spionieren …«

Clemmie meldet sich zu Wort. »Und es wird definitiv kein Date sein!« Sie lacht. »Wenn du und James Bond jede Gelegenheit mit beiden Händen ergreift, wird bestimmt etwas Großartiges dabei herauskommen.«

Statt etwas darauf zu kontern, wie ich es tun sollte, bin ich schon am Strand und schenke Champagner aus.

30. Kapitel

The Reef Bar, High Tides Hotel, *St. Aidan*
Spiegeleier und erzwungene Fehler
Dienstag

»Kann ich dir etwas zu trinken anbieten?«

Dass ich am nächsten Abend früh in der *Reef Bar* eintreffe, war eigentlich dazu gedacht, in Ruhe das Territorium zu erkunden. Rye hinter der Bar anzutreffen, in seinem schicken Anzug, während er die Kühlschränke mit den Glastüren befüllt, ist daher eine Überraschung.

Ich schaue die Rattanhocker unter der polierten Holztheke entlang, während ich überlege, was ich bestellen soll. Die cremefarbenen Kalkputzwände sind durchbrochen von nacktem Mauerwerk, und die Sitzgruppen um die flachen Tische vor den schmalen vertikalen Fenstern bieten einen Blick über die Bucht und unterstreichen die Atmosphäre luxuriöser Stille. »Ich hätte gern ein Glas Prosecco.«

Rye räumt die letzte Flasche Mineralwasser ein und dreht sich zu mir um. »Wir haben Rosé oder weißen. Mit oder ohne Alkohol?«

Findet den Fehler. Es ist vier Jahre her, seit ich zuletzt etwas getrunken habe, trotzdem bin ich zu nervös, um bewusst ein alkoholfreies Getränk zu bestellen. Angesichts des Zitterns meiner Hand, als ich die Bankkarte aus meiner Tasche hole, wäre richtiger Prosecco wohl genau das, was ich brauche, um entspannter zu werden. »Weißen, bitte, mit Alkohol.«

Der Platz, an dem ich stehe, während ich meine ersten Schlucke Sekt trinke, gewährt einen 360-Grad-Blick auf die Bar sowie auf einen Teil des dahinterliegenden großen Empfangsbereiches – genug, um ankommende Personen zu sehen. Ich nehme mir einen Hocker, steige hinauf und richte mein Kleid. Es ist aus dunkelblauer Seide mit Leopardenmuster, mittellang und das diskreteste, das ich finden konnte. Dies ist also nicht der ideale Zeitpunkt, um festzustellen, dass es einen bis zum Oberschenkel reichenden Schlitz auf der einen Seite hat.

»Bitte sehr, Floss. Und Kit ist auch schon da, daher setze ich es auf seine Rechnung.«

So viel zu meiner Beobachtungsgabe. Da Kit nur noch wenige Schritte von mir entfernt ist, ohne dass ich ihn vorher bemerkt habe, sollte ich daran vielleicht noch arbeiten.

Er küsst mich auf beide Wangen und flüstert mir ins Ohr: »Nur damit wir authentisch wirken.« Dann zieht er sich ebenfalls einen Hocker heran. »Ein weiteres hübsches Kleid, Florence Flapjack-Face.«

Ich schaue herunter und stelle fest, dass mein Kleid bereits verrutscht ist. »Derart viel Bein zu zeigen, war nicht meine Absicht.«

Er lacht. »Sobald ich sitze, wird es niemand mehr bemerken.« Er blickt zu dem einzigen weiteren Paar auf der anderen Seite des Raumes. »Da sich die meisten Leute gerade im Restaurant aufhalten, haben wir die Bar fast für uns allein.«

Rye bringt Kit eine Flasche Peroni, die er nicht bestellt hat, und als er wieder verschwindet, sage ich leise zu Kit: »Sind *sie* dort?«

Rye lacht und dreht sich erneut zu uns um. »Ist schon okay, ich bin eingeweiht.«

Kit bestätigt das. »Rye ist ebenso neugierig wie du zu erfahren, was da eigentlich vor sich geht. Mit ein Grund, dir vorzuschlagen, dass du vorbeikommst.«

Das verblüfft mich. »Willst du damit sagen, dein Vater macht sich nicht gewohnheitsmäßig an Gäste heran?«

Rye schaut mich entsetzt an. »Absolut! Deshalb ist es ja so seltsam, dass deine Mum ihn sich angeln konnte, während andere keine Chance hatten.«

»Moment mal!« Das muss ich jetzt klarstellen. »Meine Mum hatte es ganz sicher nicht auf deinen Dad abgesehen. Es muss genau umgekehrt gewesen sein.« Wenn es wirklich nur darum gegangen war, dass sie meinetwegen an Insiderwissen gelangen wollte, muss ich mir möglichst schnell eine Ausrede einfallen lassen. Was Kit und Rye betrifft, scheinen die beiden sich so nahezustehen, dass der eine die Sätze des anderen beendet.

Rye bläst die Wangen auf. »Das verstehe ich nicht. David war seiner Frau ergeben, er interessierte sich bis zu ihrem Tod nicht einmal für mich. In den zehn Jahren seither hat er keine andere Frau angesehen.«

Ich schaue zur Lobby. »Sind sie beim Essen?«

Rye schüttelt den Kopf. »Noch nicht.«

Mein Verstand rast und kommt kreischend zum Stehen in Byrons Hotelsuite. »Die beiden sind doch wohl nicht in seinem Zimmer?«

Rye verzieht das Gesicht. »Nein, so arg ist es auch nicht. Sie haben vor dem Essen einen Strandspaziergang unternommen.«

Kit trinkt einen Schluck aus seiner Flasche und nimmt sich die Karte der Bar. »Hat jemand Lust auf einen Snack, während wir darauf warten, dass die beiden wiederauftauchen?«

Rye grinst. »Vielleicht diesmal nicht der Seetang-Salat.«

Ich habe schon gegessen, allerdings bin ich ständig hungrig. »Ein paar Pommes wären nicht schlecht.« Ich frage mich, ob es die in dieser noblen Bar überhaupt gibt. Vielleicht in einer Wellhornmuschelschale? Oder in einer aus handbearbeitetem Treibholz?

Rye liefert die Antwort. »Ich fürchte, Pommes bereitet der Koch nicht zu.«

Ich seufze enttäuscht. »Wenn das Restaurant voll ist, kann ich das verstehen.«

Kit runzelt die Stirn. »Nur ist es das nicht. Angesichts der aktuellen Entwicklung der Hotelbelegung wird Rye Pensionär sein, ehe er mal Ausgang hat.«

Rye verdreht die Augen. »Traurig, aber wahr. Seit dem ersten Rummel durch Werbegeschenke ist kaum noch etwas los. Wir profitieren nicht mal von den örtlichen Unternehmen.«

Ich bin die letzte Person, die *High Tides* helfen sollte, aber dies sind schlechte Neuigkeiten für Plum, deshalb hake ich nach. »Könntest du denn etwas dagegen tun, Rye?«

Er schürzt die Lippen. »Es liegt ganz in meiner Verantwortung, aber da ich so viel Arbeit investiert habe, um das Hotel aufzubauen, fällt es mir schwer zu erkennen, was genau das Problem ist. Ganz zu schweigen davon, wie es zu lösen wäre.«

Ich schaue mich um und spreche, während ich das Problem erkenne. »Das Ambiente ist toll, die Mitarbeiter und der Service sind wunderbar, die Whirlpools sind klasse, das Preis-Leistungs-Verhältnis stimmt.« Ich zögere und überlege, wie ich es am besten formulieren sollte. »Alle negativen Kommentare, die mir zu Ohren gekommen sind, bezogen sich auf das Essen.«

Kit nickt Rye zu. »Das stimmt. Es ist fabelhaft, eine Spitzenküche zu haben, aber auf der Karte findet sich wenig, was wir selbst gern essen würden.«

Rye seufzt. »Davids Vision war sehr puristisch, nur ist Cornwall anscheinend nicht so bereit zum Detox, wie wir uns das vorgestellt haben.« Er hält inne, da sein Handy piept, dann schüttelt er den Kopf, während er die Nachricht liest. »Das war David. Er und deine Mum essen in *The Harbourside* und nehmen sich später ein Taxi zurück. Wenn der Besitzer nicht einmal in seinem eigenen Hotel essen will, sagt das schon eine Menge.«

Ich fühle mit Rye, denn er sieht geknickt aus. »Du hast genau das Richtige für Leute, deren Fokus auf gesunder Ernährung und Abstinenz liegt. Aber wer sich etwas gönnen möchte und die Website sieht, wird nach den Fotos von Seetang-Fladenbrot anderswo buchen.«

In den vergangenen Wochen habe ich mir die Website oft genug angesehen, und ich weiß, dass schon ein einziges Foto genügen kann, um über Erfolg oder Misserfolg eines Unternehmens zu entscheiden.

Rye sieht skeptisch aus. »David hat es vielleicht nicht auf die Hedonisten abgesehen, aber es könnte unserem Umsatz guttun.«

»Es müsste ja auch nur so lange sein, bis das Geschäft läuft.« Ich überlege, wie man es besser machen könnte, ohne ihr bisheriges Konzept ganz zu ruinieren. »Wenn du ein abseits vom Rest gelegenes Gebäude hättest, könntest du dort heimlich Köstlichkeiten anbieten, ohne dein ursprüngliches Konzept zu kompromittieren. Wenn du nur ein einziges Foto auf deiner Website hinzufügst, bei dem einem das Wasser im Mund zusammenläuft, könnte das zu deutlich mehr Buchungen führen.«

Kit lacht. »Ein abseits gelegenes Gebäude, das klingt sehr nach *The Hideaway*, Floss.«

Ich versuche gar nicht, Werbung für mich zu machen. »Hoffentlich bekommst du mehr Gäste, als bei mir hineinpassen.«

Rye kneift die Augen zusammen, während er Kit ansieht. »Wir könnten das *Shingle Studio* als unseren ›Verwöhnbereich‹ nutzen. Das war eigentlich für Yoga gedacht, aber bisher findet das am Strand oder in der Pilates-Lounge statt.«

Kit nickt bestätigend. »Das würde gehen. Es wäre auch sinnvoll, die Idee zu testen, bevor größere Veränderungen im Haus vorgenommen werden. Du könntest deine Scones von ...« Er macht eine Pause, um zu zwinkern. »... deiner üblichen Lieferantin beziehen.«

Rye wendet sich an mich. »Wärst du interessiert?«

Ich bin vollkommen sprachlos darüber, wo wir jetzt gelandet sind. Es ist vielleicht das Letzte, was ich geplant hätte, aber es bleibt keine Zeit zum Zögern, ich muss diese Chance ergreifen, ehe er seine Meinung ändert. »Clemmie ist die Spezialistin für Nachmittagstee, aber ich bin mir sicher, wir bekommen das schnell hin.«

Auf Kits Lippen liegt ein Lächeln. »Kuchenstapel würden auch gut ankommen. Außerdem könntest du dir spezielle Puddings ausdenken, die wir in *High Tides*-Bechern servieren.«

Jetzt bin ich in Fahrt. »Warum da aufhören? Wir könnten auch Cocktails anbieten!«

Rye grinst mich an. »Das klingt sehr nach meinem Bereich.«

Da hat er wohl recht. »Du hast einen großartigen Geschmack. Wenn es dir gefällt, stehen die Chancen gut, dass die Gäste es auch mögen.«

Kit wirkt begeistert. »Wir werden es umbenennen müssen in *Pleasure Dome*.« Er sieht Rye an. »Siehst du, ich habe dir doch gesagt, sie ist gut.«

Ich hebe den Zeigefinger. »Und Fritten! Ist mir egal, wo die angereicht werden, aber du musst die anbieten. Triple-cooked-Chips in winzigen Portionen, serviert in Muschelschalen.«

Rye nimmt zwei weitere Gläser und füllt sie aus der Prosecco-Flasche. Ehe ich mich versehe, hat er auch mir nachgeschenkt.

Er sieht, dass ich zögere. »Sorry, wenn du lieber auf alkoholfreien umsteigen willst, den habe ich gleich hier.«

Das unbeschwerte erste Glas steigt mir bereits zu Kopf. »Ach, eins noch kann nicht schaden.«

Rye hebt sein Glas und schiebt das andere zu Kit. »In dem Fall lasst uns auf gute Ideen und gebuchte Zimmer trinken.«

Kit nickt. »Und auf Undercoveragenten.«

Ich füge hinzu: »Und auf Eltern, die nicht zu spät nach Hause kommen.«

Während ich das sage, ist es einfach wundervoll, nah bei Kit zu sein und seine Körperwärme zu spüren, und es würde mich gar nicht stören, wenn wir die ganze Nacht hier sitzen.

31. Kapitel

The Reef Bar, High Tides Hotel, *St. Aidan*
Freistil, Line Dance und Archimedes
Dienstag

Wir bleiben in der Bar, bis wir unsere Drinks getrunken haben und dann noch ein paar mehr, schließlich rutscht Kit von seinem Hocker.

»Da du schon mal hier bist, zeige ich dir den Raum, von dem wir sprechen.«

Rye nickt. »Wenn du dir einen Eindruck verschaffst, Floss, fallen dir vielleicht noch weitere Vorschläge ein.«

Während Kit und ich nebeneinander durch einen breiten Flur gehen, der aus dem Foyer an vertikalen Fenstern vorbeiführt, erhasche ich einen Blick auf das Meer in der Dämmerung und auf die funkelnden Lichter in der Bucht. Meine etwas wackligen Beine führe ich auf das Sitzen auf dem hohen Hocker zurück.

Kit sagt lächelnd: »Wenn wir wie echte Gäste bei einem romantischen Treffen wirken wollen, sollte ich wohl besser den Arm um dich legen.«

Wenn er das drei Drinks früher gesagt hätte, hätte ich ihn ausgelacht. Jetzt aber bin ich in wohliger Prosecco-Stimmung und schiebe ihm prompt meine Schulter unter die Achsel und lege ihm meinen Arm um die Taille. Während ich nicht ohnmächtig zu werden versuche, stelle ich fest, dass ich auch keine Kontrolle mehr über meine

Stimme habe. »Deine Trennung war nicht so schlimm, dass du kein falsches Inkognito-Pärchen spielen kannst?« Warum zur Hölle habe ich das gesagt? Offenbar macht es ihm nichts aus, denn er lacht, und ich spüre die Vibrationen in meinem Körper.

»Ich habe dir möglicherweise einen falschen Eindruck vermittelt, als ich wegen des Briefes neulich geknickt wirkte. Es hat frustrierend lange gedauert, die Finanzen zu klären, aber wenn man emotional nicht mehr zu hundert Prozent dabei ist, kommt man leichter drüber hinweg, wenn es vorbei ist.« Er nimmt das viel ernster, als ich mit dieser unbedachten Frage beabsichtigt habe. »Sicher, ich habe aus meinen Fehlern gelernt und werde es nicht wiederholen, aber ich bin nicht zu traumatisiert, um so zu tun, als ob.« Er sieht mich an. »Wie steht's mit dir?«

Ich ziehe kurz an Shadows Leine. »Mir ist eine Beziehung viel zu kompliziert, um es noch einmal zu versuchen. Aber wenn es uns die gewünschten Informationen verschafft, dann lohnt es sich, so zu tun, als ob.«

Da ich ohnehin verschiedene Szenarien in meinem Kopf durchgespielt habe, ist es beruhigend zu wissen, dass meine Dating-Strategie bisher funktioniert hat. Darüber hinaus bedeutet es, dass ich mit Überzeugung darüber sprechen kann, wann immer das Thema auftaucht. Früher war ich nur halbherzig Single, heute bin ich da selbstbewusster.

Jemanden kennenzulernen, der sich in einer ähnlichen Situation befindet, ist nützlich, denn er wird die gleichen Erfahrungen machen wie ich.

Ich schaue hoch zu Kit, dessen Adamsapfel hüpft, als er schluckt.

»Falls du dich fragst, ich habe den Meilenstein, mit jemand anderem zu schlafen, noch nicht erreicht.« Er räuspert sich. »Nicht, weil ich nicht bereit dazu wäre; es hat sich einfach noch nicht ergeben.«

Mein Hals ist plötzlich so trocken, dass ich krächze. »Geht mir genauso.« Ich sollte ruhig zu meinen Plänen stehen. »Tatsächlich habe ich vor, für immer mit Shadow zusammen zu sein, und er hat mir versprochen, bei mir zu bleiben, bis der Kuchen alle ist.«

»Na, dann wäre das ja geklärt.« Kit marschiert auf eine breite Holztür zu und drückt sie auf. Wir betreten einen großen runden Raum, und die Lampen auf dem Boden, deren Licht von der kreideweißen Decke reflektiert wird, gehen automatisch an. »Willkommen im neuen Kuchen-und-Entspannungs-Bereich. Was hältst du davon?«

Es ist der gleiche cremefarbene Steinfußboden wie auf der Whirlpool-Terrasse, und die Fenster ähneln denen in der Bar. Der Gesamteindruck ist atemberaubend. »Das ist fantastisch. Wenn hier Tische und Stühle stehen, wird es wie ein moderner Wintergarten aussehen.« Über mir entdecke ich eine weitere Überraschung. »Ein rundes Oberlicht! Das ist auch toll!«

Kit nickt. »Damit man die Sterne sehen kann.« Er sieht mich an, als müsste ich Bescheid wissen. »So verbringen die Leute in Cornwall doch die klaren Abende – sie liegen auf dem Rücken und betrachten die Sterne, oder?«

Ich verkneife mir ein Grinsen. »Tut mir leid, einem Stadtjungen die Illusion rauben zu müssen, aber ich bin weggezogen, als ich achtzehn war, also habe ich meine Abende meistens auf den Beinen und Partys feiernd verbracht. Gelegen habe ich nur, wenn ich das Bewusstsein verlor.«

Er sieht mich an. »Wenn ich das nächste Mal in St. Aidan Party machen will, weiß ich, an wen ich mich wenden muss. Und wenn wir noch mehr Zeit undercover zusammen verbringen müssen, können wir bestimmt gemeinsam die Sterne entdecken.«

Ich bin verwirrt. »Das war noch nicht alles?«

Kit blickt zur Decke. »Rye sitzt vorläufig hier im Hotel fest, aber wir dachten, du willst ein Auge auf alles haben, bis das mit Suze und David seinen Lauf nimmt.«

»Stimmt.« Mir gefällt nicht, dass es sich schon anhört, als wären die beiden ein Paar.

»Die *Hideaway*-Events haben Priorität. Aber bis dahin – wenn du ins Wasser springen möchtest, der nächste Halt auf unserer Tour ist das Thermalbad nebenan.«

Ich starre ihn perplex an. »Niemand hat mich gewarnt, dass Geheimagenten schwimmen müssen!«

Um seine Augen bilden sich Lachfältchen vor Belustigung. »Es besteht keine Pflicht. Aber wenn du siehst, wie einladend das Wasser aussieht, änderst du möglicherweise deine Meinung.«

Zwei Türen weiter stehen wir vor einem hellblauen, von Mosaiksteinen eingefassten Pool, umgeben von Holzliegen, mit halbrunden Stufen auf der einen Seite und einer gedämpften Beleuchtung, als würde sich das Sonnenlicht auf dem Wasser spiegeln.

Ich bin ein Weichei, wenn es ums Schwimmen in kalten Gewässern geht, deshalb befreie ich mich von seinem Arm und beuge mich herunter, um die Wassertemperatur zu fühlen. »Es ist sehr warm.«

Kit fährt sich mit den Fingern durch seine Locken. »Ich wusste, du würdest in Versuchung geraten. Die anderen Hotelpools sind kälter, aber dieser hier hat dreißig Grad.«

Ich zögere. »Was ist mit Gästen?«

Er schaut auf seine Armbanduhr. »Die schwimmen normalerweise vor dem Abendessen, daher dürfte der Pool

exklusiv uns gehören, wenn wir ihn jetzt nutzen wollen.«
Er deutet auf einen Korb. »Dort gibt es jede Menge Ho-
telhandtücher.«

Mein Herz pocht. »Äh ... nackt baden?«

Wieder lacht er. »Ich behalte meine Boxershorts an, aber
du darfst dich gerne ganz ausziehen, wenn du willst.«

Mein Slip und mein BH passen nicht zusammen, aber
wenigstens ist beides schwarz. »Unterwäsche ist mir ganz
recht, danke.« Mir fallen meine Narben oberhalb des Slips
ein. »Ich habe Narben am Bauch.«

»Die sind einfach ein Zeichen dafür, dass du ein interessantes Leben geführt hast.« Er kickt bereits seine Deckschuhe fort, nimmt seine Uhr ab und wirft sein Hemd auf
eine Liege. »Der Trick besteht darin, so schnell ins Wasser
zu kommen, dass es niemandem auffällt.« Eine Sekunde
später hat er auch seine Jeans ausgezogen und vollführt
einen perfekten Wettschwimmersprung ins Wasser. Als
er kurz darauf wieder auftaucht, ist er schon am anderen
Ende des Pools. Seine dunklen Locken tropfen, als er sich
das Wasser aus den Augen wischt. »Ich werde eine weitere
Bahn tauchen, damit du die Chance bekommst, ins Wasser
zu steigen.«

Wann ist die Draufgängerin in mir derart ängstlich und
zögernd geworden? Ich bringe Shadow zu einer Liege,
schüttele ein Handtuch aus und lege es an den Rand des
Pools, ziehe meine Schuhe aus und lasse mein Kleid fallen.
Ich gleite ins Wasser, das sich herrlich an meiner Haut anfühlt, und stoße mich vom Beckenrand ab, um loszukrau-
len. Shadow beobachtet mich und hat dabei den Kopf auf
die Pfoten gelegt. Nach drei Bahnen stoppe ich am tiefen
Ende, mit dem Rücken am Rand lehnend, um zu Atem zu
kommen.

Kit gleitet durch das Wasser und taucht neben mir auf. »Die Wassertemperatur ist zu hoch für sportliches Schwimmen. Dieser Pool ist zum Entspannen gedacht.«

Ich bin am entspanntesten, luxuriösesten Ort in St. Aidan. Es sollte mir leichtfallen, mich auf dem Rücken treiben zu lassen, die Augen zu schließen und mein persönliches Nirwana zu erreichen. Aber den heißesten Typen des Ortes in Reichweite zu haben, nackt bis auf seine Boxershorts, die nassen muskulösen Schultern glänzend, lässt meine Coolness zersplittern. Ich bin dermaßen hin und weg, dass meine im Schwimmclub mit zwölf Jahren erlernte Atemtechnik futsch ist.

Ich habe vier lange Jahre mit der Libido unterhalb der eines Pandas hinter mir – die sind fast ausgestorben, nicht aufgrund eines Mangels an Bambussprossen, sondern weil sie so selten Sex haben, dass sie kaum wissen, wie es geht. Daher ist der Hotelpool jetzt und hier weder der richtige Ort noch der Zeitpunkt für meine neu erwachte Lust. Am schlimmsten ist jedoch, dass dieses sinnliche Kribbeln stärker denn je ist.

Ich hatte angenommen, bereits in die Menopause gekommen zu sein und nie wieder Sex zu wollen. Aber auf einmal sehne ich mich heftig danach; da ist ein Verlangen, stark wie ein Bulldozer in meinem Körper. Ich sehe nur eine Möglichkeit, nämlich es durch Schwimmen zu kompensieren.

Ich stoße mich vom Beckenrand ab und rufe Kit zu: »Ich schwimme noch ein paar Bahnen.«

»Großartig, ich warte hier und schaue zu.«

Ich stürme wie ein Zug durch das Wasser. Bei der sechsten Bahn wird mir plötzlich klar, dass die Ursache vermutlich woanders liegt. Meine außer Kontrolle geratenen

Hormone könnten auf vier Gläser Prosecco auf leeren Magen zurückzuführen sein. Kein Grund zur Panik, denn anscheinend hat es ja gar nichts mit dem Mann zu tun. Verdammt, warum habe ich das nicht schon fünf Bahnen früher bedacht?

Als ich das tiefe Ende erreiche, habe ich mich beruhigt und gleite wie ein Schwan durchs Wasser. Ich halte mich am Beckenrand fest, werfe die Haare zurück und schaue auf, um meine Theorie zu testen.

Kits Grinsen hat etwas Ironisches. »Das begeistert mich an dir, Floss. Wer sonst wäre hierhergekommen, um ein olympisches Training zu absolvieren?«

Diesmal ist es noch viel schlimmer. Mein Magen zieht sich schon wieder zusammen, aber dann beißt Kit sich auf die Unterlippe, und es ist um mich geschehen.

Meine Hand berührt seinen Kiefer, und die Stoppeln an seinem Kinn fühlen sich rau an. Ich spreize die Finger und lasse sie wandern, vorbei an seinem Ohr und durch die feuchten Locken bis zu seinem Hinterkopf. Ich hole so tief Luft, dass meine Lungen sich anfühlen, als würden sie gleich platzen. Eine Weile bewegt er sich nicht, und es fühlt sich an, als hätte die Erde aufgehört, sich zu drehen. Sie scheint eine Ewigkeit stillzustehen, und ich bin schon überzeugt, dass er gleich zurückweichen wird. Doch als ich gerade die Hoffnung aufgegeben habe, beugt er sich herunter und presst seine Lippen zärtlich auf meine. Dann wird der Kuss intensiver, süß und voller Glut und nach Wein schmeckend, und ich schlinge ihm die Arme um den Nacken. Ich höre nur noch das Rauschen in meinen Ohren, das wie das Rauschen des Meeres ist, während meine nasse Haut an seiner entlanggleitet. Da ist Musik, da sind Sterne, da sind Regenbogenfarben in meinem Kopf, und mein pochendes Herz scheint mir aus der Brust springen zu wollen. Als ich mich endlich von ihm löse, reibe ich mir keuchend die Lippen. Und dann schäme ich mich zutiefst für das, was ich getan habe.

»Es tut mir leid, das war eine dumme Idee.« Ich löse mich von ihm, bleibe aber dennoch irgendwie an seine Brust gepresst.

Er gibt ein tiefes Lachen von sich. »Ich fand die Idee überhaupt nicht schlecht.«

Ich zähle die Gründe im Stillen auf und versuche, meine beste Ausrede für dieses unerhörte Verhalten zu finden. Ich bin bei Nummer fünfhundertzweiundsechzig, als hinter mir ein Platschen zu hören ist.

Kit schaut über meine Schulter, und ich spüre die Anspannung in seinem Körper. »Verdammt, das war Shadow. Ich kümmere mich …«

Während er losschwimmt, ziehe ich mich auf den Beckenrand und rufe: »Versuch, ihn zu den Stufen zu bringen. Ich hole Handtücher und übernehme ihn, sobald er aus dem Wasser heraus ist.«

Shadow, der in *High Tides* besten Pool springt? Das ist irre und entsetzlich zugleich, witzig und schockierend, je nachdem, wer man ist. Was kann ich mehr sagen als: »Gut gemacht, Shadow«? Hätte ich wählen können, wie dieses Fake-Date endet, wäre mir kaum etwas Besseres eingefallen.

Jetzt muss ich mir nur überlegen, wie ich mit dem Rest meines Lebens weitermache.

32. Kapitel

Mein erster Versuch spontanen, unaufgeforderten Knutschens, und es endet damit, dass ich in meiner klitschnassen Unterwäsche am Beckenrand eines Pools stehe, während der unglückliche Held meinen zugegebenermaßen süßen, aber auch sehr nassen Hund durchs Wasser in Sicherheit bringt.

Aus dieser Erfahrung habe ich gelernt – ich werde es nie wieder versuchen.

Okay, ich gebe zu, ich habe ein Video von den beiden gemacht, es sah einfach zu komisch aus. Shadow, der mit seiner schwarzen Schnauze über dem Wasser hundeartig paddelt, als liefe er durch Sirup, den Schwanz gestreckt wie ein Ruder und dazu aus den Lefzen prustend. Kit, auch sehr süß, der in seiner Unterhose vom flachen Ende des Pools startet, um Shadow zu den Stufen zu locken, von wo ich rufe.

Ich habe allen aus der Gang das Video gezeigt, und sie fanden es ebenfalls lustig. Dass ich es schon tausendmal gesehen habe, liegt nur am komödiantischen Aspekt und nicht an Kits nass glänzendem muskulösem Körper.

Das war aber noch nicht das Ende dieses dramatischen Abends. Auf dem Rückweg durch die Dünen entdeckten wir Mum und David unten am Wasser, die offenbar auf einen Schlummertrunk zum *High Tides* wollten, bevor Mum sich auf den Heimweg machen würde. Eine kleine Planänderung also. Wenigstens war Rye dort, um später zu bestätigen, dass sie gegangen war.

Es war also nicht vollkommene Zeitverschwendung, und wir wissen mehr als vorher. Erstens erfährt man aus der Ferne nicht viel über einen Menschen, so genau man auch hinzuschauen versucht. Zweitens, dass menschliches Verhalten unvorhersehbar ist – nur selten tun sie das, was man erwartet, und noch seltener bleiben sie bei ihren Plänen. (Ich versuche, das nicht auf die neuen Liebespaare überall im Hotel zu schieben.) Und drittens: Wenn wir das regelmäßig machen wollen, müssen wir in ein Fernglas oder gar Nachtsichtgeräte investieren.

Was die Details betrifft, wurden meine unmittelbaren Qualen infolge des Geschehens im Pool durch das Abtrocknen des tropfenden Hundes beseitigt. Als er wieder gepflegt genug aussah, um zurück zur Rezeption zu gehen, machten wir uns alle auf den Weg. Seitdem habe ich drei Morgen im Studio verbracht und ebenso viele Nachmittagstees auf der Veranda mit Kits Kunden. Und da keiner von uns beiden den Vorfall je wieder erwähnt hat, nehme ich an, dass es auch dabei bleiben wird.

Clemmie und ich sind am darauffolgenden Montagnachmittag in Nells Haus, wo ich ihnen von den neuesten Entwicklungen berichte, mit Ausnahme meines groben Fehlers.

Nell sitzt auf dem Sofa, wo sie das dritte Wurstsandwich verdrückt, aus der Tüte, die Clemmie mitgebracht hat, während Klein-George auf ihrem Knie döst. Sie gibt Shadow das letzte winzige Stückchen und krault ihn hinter den

Ohren. »Gut gemacht, mein Junge! Jetzt haben wir beide für ordentliche Wellen im *High Tides* gesorgt.« Ihr Lächeln wird noch breiter. »Spuckst du den Rest noch aus, Flossie?«

Ich erstarre, denn ich muss standhaft bleiben. »Welchen Rest denn?«

Aber wir sind in St. Aidan, wo jeder über jeden Bescheid weiß, meistens schon, ehe es überhaupt passiert ist. Schön blöd von mir, zu glauben, es könnte diesmal anders sein. Dass ich mich praktisch auf Kit gestürzt habe, wird sich überall im Land verbreiten, wenn nicht gar in der ganzen Welt. Und nun, da es heraus ist, werde ich mir einiges anhören müssen.

Nell starrt mich an. »Wir haben alle das Video gesehen, aber *was für Unterwäsche hatte er denn an*?«

Clemmie lacht. »Die Unterhose kann sehr viel über einen Mann verraten. Ist Kit ein Bio-Bambussprossen-Typ? Kauft er in Billigklamottenläden? Oder trug er etwa Markenunterwäsche?«

Nell prustet. »Mit Tesco-Label bedeutet, er weiß, was ein richtiger Supermarkt ist.«

Mein Herzschlag beruhigt sich etwas. Offensichtlich ist das alles, wonach sie fragen, und ich kann kaum glauben, dass ich damit durchkomme. »Möglicherweise habe ich die Worte *Calvin Klein* auf dem Bund gesehen ...«

Nell nickt. »Stilvoll, aber nicht so eingebildet wie ein Ralph-Lauren-Poloshirt-Träger.«

Clemmie grinst. »Charlie mag auch Boxershorts von Calvin Klein.«

Nell verdreht die Augen. »Bevor George und ich zusammenkamen, kaufte seine Mum ihm zu Weihnachten welche, und sein Geschmack hat sich bis heute nicht geändert. M&S-Baumwoll-Boxershorts, kariert, nicht gestreift, und rote mag er nicht.« Sie sieht mich wieder an. »Welche trägt Nate?«

Ich kreische empört. »Das weiß ich doch nicht! Er ist mein Schwager, nicht mein Ehemann!«

Clemmie lacht. »Früher trug er Paul Smith, aber in letzter Zeit hat er Hamilton and Hare getragen. Erstaunlich, was man bei Mums and Bumps alles erfährt!«

Nell nimmt eine Handvoll Erdnussflips aus der großen Tüte neben Georges kleinem Kopf. »Durch das Stillen könnte ich einen Elefanten verspeisen, also erzähl von deinen Plänen für *High Tides*, während ich mich zu meinem letzten Sandwich vorarbeite.«

Rye und ich haben einen Nachmittag bei Clemmie verbracht, wo wir uns ihr Teezeit-Fotoalbum ansahen, um zu entscheiden, wie wir am besten anfangen.

Ich räuspere mich. »Ich habe bereits begonnen, das Hotel mit frisch gebackenen Scones, Kuchen und Puddings in winzigen Tassen zu beliefern, die die Gäste unabhängig von anderen Gerichten bestellen können. Für den Nachmittagstee bietet das Hotel Sandwichhäppchen an, erstaunlich üppig belegt, dazu kunstvoll zubereitete kleine herzhafte Pastetchen. Die machen sie gerade.«

Clemmie nickt. »Und die werden auf entsprechend beeindruckenden mehrschichtigen Glastellern serviert, sobald sie welche angeschafft haben. Bis dahin borgen sie sich welche von mir.«

Wegen des nächsten Punktes bin ich wirklich aufgeregt. »Auf ihrer Website zeigen die bereits ein Foto von meinen Scones mit einem Klecks Sahne und Marmelade. Anscheinend wollen sie einen ernsthaften Versuch unternehmen.«

Nell fährt sich durch die Haare. »Ich könnte jetzt auch gut einen von deinen Puddings vertragen, Flossie.

Allerdings keinen winzigen, sondern am besten eine ganze Schüssel.«

Es kommt mir fies vor, jemanden zu ärgern, der hundemüde ist, aber ich kann nicht widerstehen. »Wenn du versprichst, zur nächsten Zusammenkunft in *The Hideaway* zu erscheinen, werde ich extra einen für dich machen.« Ich bemerke ihre plötzlich heruntergezogenen Mundwinkel und rudere zurück. »Bis dahin musst du mit einem Zitronen-Baiser-Kuchen vorliebnehmen, der allerdings so groß ist, dass er kaum durch deine Küchentür passte.«

Nell strahlt. »Genau das, was ich brauche, Floss!« Dann fügt sie kleinlaut hinzu: »So wie die Dinge laufen, werde ich vielleicht nie wieder das Haus verlassen. Sobald Baby George und ich bereit sind, um aufzubrechen, ist einer von uns beiden zu hungrig, um rauszugehen.« Sie bläst die Wangen auf. »Ich kann mir nicht vorstellen, wie das mal aufhören soll.«

Clemmie schaukelt Arnies Babysitz mit dem Fuß und reibt Nells Knie. »Ist es leichter, wenn der erwachsene George zu Hause ist?«

Nell schaut zur Decke. »Er war noch nicht wieder im Büro, sondern arbeitet zu Hause!« Sie verzieht das Gesicht. »Ich bin wenigstens angezogen. Er bleibt im Pyjama und trägt manchmal obenrum ein Hemd, falls Zoom-Konferenzen anstehen.«

Jemand klopft an die Wohnzimmertür, und dann taucht ein Kopf auf.

Ich bin erstaunt. »Milla! Was machst du denn hier? Und Tallulah ist auch dabei!«

Milla nimmt schwungvoll den Rucksack ab, und beide nehmen sich einen gepolsterten Hocker. »Wir schauen meistens nach der Schule nach Nell.« Sie stellt eine lange

Schachtel auf den Couchtisch. »Wir waren vorhin noch beim Donut-Stand. Sechs Stück mit Guss, sechs mit Puderzucker, sechs mit Marmelade. Ich hoffe, das sind nicht zu viele?«

Nell lacht. »Ich esse für zwei, und George isst für drei, also werden wir die schnell verputzt haben.«

Milla schürzt die Lippen. »Ich habe unfreiwillig gehört, was du gesagt hast, als wir hereinkamen.« Sie beugt sich zu Nell herüber und drückt ihre Hand. »Die ersten Wochen mit einem Neugeborenen sind sehr ausgefüllt. Aber es wird besser.«

Mir entgeht nicht, wie mitfühlend Milla allen gegenüber ist, auch wenn sie bei Sophie noch so rebelliert.

Clemmie meint dazu: »Keine Sorge, Nell, es wird leichter, je größer sie werden.«

Milla streicht sich eine dunkle Strähne aus der Stirn. »Selbst meine Superwoman-Mutter ist mit ihren Babys daheim geblieben! Als sie Marcus und Tilly *und* Maisie bekam, fuhr Nate mich immer, wenn ich irgendwohin wollte.«

Nell klammert sich immer noch an ihre Finger. »Danke, dass du mich daran erinnerst, Milla. Irgendwie dachte ich, ich würde gleich wieder draußen sein.«

Millas Augen funkeln. »Ich hoffe ernsthaft, dass Mum dir das nicht erzählt hat! Die hat manchmal einen solchen Mist im Kopf, das ist schon unverantwortlich!«

Ich muss sie schimpfen. »Milla! Versuchen wir doch, nett zu sein.«

Sie verdreht die Augen. »Du hast sie gebeten, mir entgegenzukommen, Tante Flo, und sie kleidet sich immer noch wie ein Mint Mousse.« Millas Stimme wird schrill. »Sie gibt vor, sich ändern zu wollen, aber dann tut sie es doch nicht. Und das ist dermaßen frustrierend!« Dann spricht sie leise weiter: »Sorry, George und Arnie, ich wollte euch nicht wecken.«

Ich habe in letzter Zeit viel darüber nachgedacht. »Wir werden einspringen müssen!« Ich bin ziemlich froh über das, was mir dazu eingefallen ist. Wie Sophie das findet, steht allerdings noch auf einem ganz anderen Blatt. »*Ich* werde ihre Garderobe neu stylen!«

Milla klatscht in die Hände. »Brillant!«

Clemmie lächelt. »Genial! Jetzt müssen wir sie bloß noch davon überzeugen mitzumachen!«

Dazu muss ich mir noch etwas überlegen. »Dann wäre das geklärt. Wir sind uns alle einig, dass wir es versuchen?«

»Absolut!« Millas Miene wird ernst. »Ich habe noch eine andere Frage …«

Ich hoffe, dass die weniger gezielt ist, wie es üblicherweise bei ihr der Fall ist, denn ich habe mir die Einzelheiten noch nicht genau überlegt. Trotzdem setze ich ein begeistertes Lächeln auf. »Ja?«

Milla räuspert sich. »Wenn die Gerüchte stimmen, dass du und Kit nachts im *High Tides* in Unterwäsche schwimmen wart – wie hast du es dann geschafft, die Finger von ihm zu lassen, Tante Flo?«

Die einzige angemessene Reaktion darauf ist, dass ich hinausgehe und den Zitronen-Baiser-Kuchen hole.

33. Kapitel

Sandpiper Books, St. Aidan
Seiten umblättern
Montag

Ich war nie gut im Recherchieren oder Überprüfen. Wenn ich einen Buchladen betrete, dann wegen des Kuchens oder der Geschichten, und Sandpiper Books hat von beidem reichlich. Während ich später an diesem Nachmittag auf Zehenspitzen die knarrende Wendeltreppe zur Sachbuch-Abteilung im ersten Stock hinaufsteige, sind die Räume voller Bücher für mich wie eine neue Welt.

Die Bücher, nach denen ich suche, finde ich exakt dort, wo die Assistentin unten es mir erklärt hat – im dritten Raum links neben der Tür.

»Na bitte, Shadow, große Auswahl.« Hundefreundlichkeit ist ein weiterer Grund, weshalb wir hier sind. Und die Tatsache, dass der Laden versteckt in einer schmalen Gasse oberhalb des Ortes liegt, weshalb es unwahrscheinlicher ist, dass ich hier jemandem begegne, den ich kenne. Zwar geht es nicht um etwas, wofür man sich schämen müsste, trotzdem wäre es mir lieber, ich würde nicht gerade dabei gesehen, wie ich Bücher über den Nachthimmel studiere, weil Kit davon gesprochen hat. Ich bin schließlich nicht hier, um Eindruck auf Kit zu machen. Idealerweise würde ich mir mit niemandem den Nacht-himmel ansehen, aber falls ich es doch mal nicht vermeiden kann, wäre es mir lieber, nicht völlig im Dunkeln zu tappen.

Das erste kleine Taschenbuch, das ich in die Hand nehme, enthält Fotos und Tabellen und behandelt sämtliche Grundlagen. Fünf Pfund und neunundneunzig Pence, dagegen kann man nichts sagen, oder? Als wir die Treppe hinunterpoltern, jubiliere ich innerlich, dass wir nur fünf Minuten gebraucht haben und schon wieder gehen können. Aber unten angekommen, bleibe ich erschrocken stehen. Es gibt in St. Aidan nur eine Person mit blond gefärbten Haaren, die Overalls trägt. Neben den Geburtstagskarten, mit ihrem Chelsea-Stiefel klopfend, während sie an der Kasse wartet ... steht meine Mum.

Ich richte meine Hoffnung auf einen stillen Rückzug dorthin, woher wir gekommen sind, aber Shadow fällt von der Stufe hinter mir und kracht in den Postkartendrehständer. Um die Situation einigermaßen zu retten, kann ich nur noch die Arme verschränken und das Buch unter meinen Brüsten verstecken.

Meine Mum braucht nur eine Nanosekunde, um uns zu entdecken. »Floss! Was machst du denn hier? Ich wusste gar nicht, dass du Bücher liest!«

Ich seufze. »Damit verdiene ich meinen Lebensunterhalt, wenn ich nicht gerade Eiscreme an glücklich verlobte Leute ausgebe, schon vergessen?« Jetzt, da ich das ausspreche, kommt es mir wie ein anderes Leben vor. »Du hingegen hast normalerweise gar keine Zeit für irgendetwas anderes als fürs Streichen, wenn du mitten in einem Projekt steckst!«

Sie scheint sich unbehaglich zu fühlen. »Ich kaufe ein Fachbuch.« Sie zeigt es mir, und ich komme aus dem Staunen nicht heraus.

»*50 Dinge am Nachthimmel*. Die Hardcover-Ausgabe mit dem Leuchten auf dem dunklen Umschlag!« Ich habe mich für das weniger aufwendig gestaltete entschieden, um einen Zehner zu sparen. »Ich wusste nicht, dass du dich für die Sterne interessierst.«

»Tue ich auch nicht.« Sie scharrt mit den Stiefeln. »Könnte ich aber. Ich probiere es aus und sage dir Bescheid.«

Ich setze ein strahlendes Lächeln auf. »Ist doch toll, wenn du neue Gebiete erforschst.«

»Da bin ich wohl nicht die Einzige, was?« Sie krault Shadow hinter den Ohren. »Wer springt denn spätnachts in den Hotelpool?«

Ich starre sie mit offenem Mund an. »Woher weißt du das?«

Sie zuckt mit den Schultern. »Ich vermute, es ist auf den Überwachungskameras zu sehen.« Sie lächelt. »Ich freue mich, dass du mit neuen Freunden ausgehst. Kit und Rye sind sehr nett.«

Ich räuspere mich, um zu verbergen, wie entsetzt ich bin. »Tatsächlich hatten wir ein arbeitsbedingtes Brainstorming.«

Sie lächelt immer noch. »Auch das lief wohl ganz gut. Ich habe einen deiner neuen Nachmittagstees probiert. Deine Scones waren köstlich, und David ist entzückt. Die könnten genau das sein, was das Hotel braucht, um mehr Gäste anzulocken.«

Meine Stimme klingt hoch vor Erstaunen. »Aber du isst nie zu Mittag!« Und wenn, dann nur Salat.

Sie lacht. »Sag niemals nie! Das könnte mein neues Motto sein.«

Bei genauerem Hinschauen stelle ich fest, dass sie gar keinen Overall trägt. »Du siehst heute schicker aus als sonst.«

Sie blickt an sich herunter und zupft am Gürtel. »Du findest nicht, dass ein French-Connection-Jumpsuit zu jugendlich für mich ist? Irgendwie ist es mir wichtig, ganz ich selbst zu sein.«

»Du siehst gut aus, toll sogar.« Es handelt sich um eine Version aus Seide ihres üblichen langärmeligen Overalls, aber zusammen mit ihren Plattitüden *und* neuer Lippenstiftfarbe ist die Wirkung so beunruhigend, dass ich sie darauf ansprechen muss. »Was ist los mit dir, Mum?«

Ich werde David Byron in diesem Zusammenhang nicht namentlich erwähnen, aber ich bin mir ziemlich sicher, dass er im Zentrum dieses Durcheinanders steht.

Sie schüttelt halbherzig den Kopf. »Etwas und nichts, ein paar ungeklärte Dinge, die geklärt werden müssen. Ich verspreche dir, du bist die Erste, die es erfährt, falls sich mehr ergibt.« Dann klingelt die Kasse, und meine Mum tritt vor. »Ich bin an der Reihe! Ich gehe lieber.«

Als ich ihr ein paar Minuten später hinterherschaue, wie sie den Laden verlässt, bin ich genauso schlau wie vorher.

Die Verkäuferin ist eifrig wie zuvor, als sie meine Bezahlung abwickelt. »Möchten Sie noch Postkarten vom historischen St. Aidan? Der Erlös geht als Spende an die örtliche Pflegeeinrichtung, und wir werden schließlich alle eines Tages alt sein!«

Ich kreuze die Finger fest dafür.

»Warum nicht?« Die kosten sogar etwas mehr als mein Buch, aber Milla hilft in der Pflegeeinrichtung, daher weiß ich, dass es ein schöner Ort ist und die Unterstützung verdient. Was die Zukunft betrifft, so habe ich gelernt, mich auf die Gegenwart zu konzentrieren. Aber ich habe mir selbst versprochen, alles andere optimistisch zu sehen, falls nicht irgendein Grund dagegen spricht. Wenn ich es bis ins hohe Alter schaffe, werde ich jubeln.

Die Assistentin tippt alles ein und legt die Karten ins Buch. »Es ist immer schön zu sehen, wenn Mutter und Tochter das gleiche Hobby teilen. Falls Sie einen Astronomie-Club gründen, könnte ich ein Poster für Sie aufhängen.«

Ich nehme mein Taschenbuch. »Danke, ich werde darauf zurückkommen.«

Mir ist nicht entgangen, dass Mum und ich im selben Laden praktisch das gleiche Buch gekauft haben, während wir ebenso gut in Paralleluniversen hätten sein können.

Shadow und ich treten hinaus auf die Straße, wo ich die salzige Meerluft tief einatme, um einen klaren Kopf zu bekommen. Prompt laufe ich der anderen Overallträgerin in St. Aidan über den Weg. Wenigstens ist der von Plum beruhigenderweise mit Farbe bekleckert.

Sie deutet auf mein Buch. »Ooh, du beschäftigst dich mit Astronomie?«

»Es ist nur eine Vorsichtsmaßnahme. Ich hoffe nicht.«

Ihre Brauen schießen in die Höhe. »Ich bin froh, dich getroffen zu haben, denn ich muss dich unter vier Augen sprechen.«

»Falls es um Dillon geht ...«

»Nein!« Sie hebt die Hand. »Tatsächlich geht es um etwas ganz anderes. Ich kann dir nicht sagen, von wem ich das habe, aber David hat bei den Planern mal formlos nachgefragt, ob sie ein Freibad auf deinem Grundstück gutheißen würden.«

Ich bin völlig benommen. Über Dillon zu reden, hätte ich ja noch irgendwie hinbekommen, aber dies hier ist, als hätte sich die Büchse der Pandora geöffnet. »Dürfen die das, ohne mich zu informieren?«

Dass Plum zur Handelskammer gehört, bedeutet nicht nur, dass sie stets als Erste an Informationen gelangt, sondern diese auch versteht. Sie holt tief Luft. »Mit einer formlosen Anfrage an den Gemeinderat kann man in Erfahrung bringen, welche Bauvorhaben dieser erlauben würde, ohne dass man gleich einen Antrag stellen muss. Die beteiligten Grundbesitzer würden nämlich nur dann informiert werden, wenn ein offizieller Antrag gestellt wurde.« Sie beißt sich auf die Lippe. »Wenn der Interessent vorher weiß, was er für seinen Antrag benötigt, geht es dann letztlich schneller.«

Ich stoße einen Seufzer aus. »Auf diese Weise kann jemand mit einem Bauvorhaben seine Waffen in Stellung bringen und kleine Leute wie mich überrumpeln.«

Plum guckt unbehaglich. »Jetzt wissen wir zumindest, was hinter den Kulissen läuft, und können uns eine Strategie überlegen.«

Ich frage mich, worauf sie hinauswill. »Eine Strategie wofür?«

Sie nimmt mich in die Arme. »Ich weiß, wir Meerjungfrauen sind etwas limitiert, weil Nell und Clemmie im Mutterschutz sind, aber das dürfen wir nicht hinnehmen. Wir müssen kämpfen!«

»Absolut!« Ich recke die Faust so unvermittelt, dass das Sternenbuch auf dem Gehsteig landet.

Wenn ich mir überlege, dass meine größte Sorge bis vor fünf Minuten noch darin bestand, wie ich es vermeiden kann, mir mit Kit den Sternenhimmel ansehen zu müssen und wie ich Sophie zu einer Typveränderung überrede ...

34. Kapitel

Der Strand beim High Tides Hotel, *St. Aidan*
Postkarten von einem anderen Planeten
Dienstag

»Lass uns das klarstellen – wir sind keine Sterngucker, und dies ist definitiv eine Überwachung. Alles andere, was wir tun, ist lediglich ein Zeitvertreib.«

Während Kit und ich am nächsten Abend durch den weichen Sand die Düne hinaufstapfen, auf der anderen Seite des Hotels und beladen mit Zeug, scheint mir ein guter Zeitpunkt gekommen zu sein, einige Grundregeln zu etablieren. Wenn ein Mann beteiligt ist, besteht immer die Gefahr, dass aus einem Ausflug eine Expedition wird. Aber wer hätte gedacht, dass wir so viel Ausrüstung brauchen? Wir hätten Sherpas zum Tragen mitnehmen sollen, angesichts der Decken zum Liegen und Decken zur Tarnung, Thermoskannen mit heißer Schokolade, Becher und Marshmallows, dem Eiskübel, Gläsern und einer Flasche Champagner, dem Hundebett, Hundewasser und Notfallhundekuchen plus Snacks für uns.

»Warum sind wir noch mal hier?«

Kit wirft seinen Rucksack hin und breitet eine Reisedecke aus. »Suze und David sind am Strand entlang zur Comet Cove gegangen, zu einer Ginverkostung in der Burgdestillerie. Unser Job besteht darin, uns hier hinzulegen und so zu tun, als sähen wir uns die Sterne an, während wir stattdessen die beiden auf dem Rückweg beobachten.«

»Angesichts Davids Freibadplänen könnte ich versucht sein, loszurennen und ihn ins Wasser zu stoßen.« Darüber habe ich mich schon vorher bei Kit aufgeregt, aber ich bin immer noch wütend.

Kit bläst die Wangen auf. »Ich bewundere dein Temperament, aber ich hoffe, uns fällt noch etwas Besseres ein, als ihn ins Meer zu schubsen.«

Ich brauche einen Augenblick, um zu begreifen, was er mir damit zu verstehen gibt. »Moment mal. Soll das heißen, du bist auf meiner Seite?«

»Selbstverständlich.« Er zuckt mit den Schultern. »Ich würde es nur ungern sehen, wenn dein Strandhaus verschwindet.«

Im Stillen jubiliere ich, dass mein Instinkt, *The Hideaway* unersetzlich zu machen, sich nun auszahlt. »Es hilft ganz sicher deinem Unternehmen.«

Er wirft mir einen seltsamen Seitenblick zu. »Im Leben zählt mehr als nur der Profit, Floss.«

Ich habe keine Ahnung, was er damit meint, aber es ist schon komisch, wie die Dinge sich manchmal entwickeln. »Früher wollte ich, dass du mich Florence nennst, aber Floss ist jetzt auch okay.« Ich mache eine kurze Pause, damit wir beide das eben Gesagte verarbeiten können. »Also, was befindet sich in deinem Rucksack?«

»Unser neues Fernglas.« Die Sonne ist orange am Horizont untergegangen, aber es ist noch hell genug, um genau zu erkennen, wie Kit die Nase rümpft. »Möglicherweise habe ich auch noch ein Sternenbuch gekauft. Die Frau im Buchladen meinte, im Ort bilde sich wohl ein Astronomie-Club.«

»Ganz bestimmt nicht.« Genau auf diese Weise geraten Gerüchte in St. Aidan außer Kontrolle; man muss sie sofort im Keim ersticken.

»Falls doch, könnten wir zusammen hingehen.« Er klingt hoffnungsvoll.

»Wir werden wahrscheinlich zu beschäftigt damit sein, für Rye Beobachtungen anzustellen.«

Kit setzt sich hin und klopft auf den Sand zu seiner Linken. Prompt legt Shadow sich neben ihn. »Du musst Ryes Macken wegen David entschuldigen. Da sie sich erst spät im Leben gefunden haben, ist da viel aufzuarbeiten. Sie sind einerseits überbehütend, was den anderen angeht, und wollen sich andererseits beweisen.« Er schüttelt den Kopf. »David hat das Hotel nur für Rye gebaut.«

»Das ist ganz schön viel Druck.«

Kit seufzt. »Deshalb muss Rye unbedingt Erfolg haben. David ging fort, als Rye noch ein Baby war, und sie sahen sich erst fünfundzwanzig Jahre später wieder. Die beiden haben so einiges nachzuholen.« Er klopft rechts neben sich auf die Decke. »Shadow hat sich auf deinen Platz gesetzt, daher musst du hierherkommen. Wenn wir Planeten und Sterne beobachten, müssen wir schon nah beieinandersitzen, damit wir wissen, dass wir nach derselben Sache Ausschau halten.«

Manchmal ist es zu mühsam, gegen den Verstand anzukämpfen, doch als ich mich neben ihm hinknie, meldet sich ein Echo in meinem Hirn. »Wir wuchsen ohne unseren Dad auf.« Ich bin mir nicht sicher, warum ich das jetzt erzähle. »Sophie erinnert sich besser an ihn als ich. Mum gab sich viel Mühe mit uns, deshalb wären wir auf eine Wiedervereinigung nicht sonderlich erpicht.«

Kit blickt auf die Gischtkämme der an den Strand brandenden Wellen. »Anscheinend ist die Beziehung von Ryes Eltern zerbrochen, als David krank war.«

Ein weiteres Echo klopft an. »Damit kenne ich mich aus.« Ich betrachte den nassen glänzenden Sand an der Wasserlinie, als mir ein Gedanke kommt. »Sophie, Mum und ich waren zufrieden mit uns als Familie, daher haben wir nicht einmal als Teenager gefragt, was schiefgelaufen ist.«

Erst jetzt, während ich hier sitze, wird mir klar, wie wenig ich darüber weiß, was wirklich geschehen ist. Dad war längst fort, und wir kamen ohne ihn zurecht. Es gab keinen Grund, Fragen nach dem Warum zu stellen.

Kit stützt die Ellbogen auf die Knie. »Jede Familie ist anders. Ich habe noch beide Eltern und zwei ältere Schwestern, und die machen mir ständig Stress, aber nur, weil ich ihnen wichtig bin.« Er schüttelt den Eiskübel. »Sollen wir Prosecco trinken, während wir darauf warten, dass es dunkel wird? Ich habe Gläser mitgebracht.«

Ich lache. »Oder wir trinken St.-Aidan-Style-mäßig aus der Flasche.«

Er entkorkt die Flasche und reicht sie mir. »Vielleicht mache ich Rye verantwortlicher, als er ist. Ich bin an dieser Sache ebenso dran wie er, weil ich gern mit dir zusammen bin.« Er holt eine Schachtel aus seinem Rucksack, öffnet den Deckel und schiebt sie zu mir.

»Wenn das Donuts sind, bin ich auch sehr froh, hier zu sein.« Ich lege den Kopf zurück und trinke einen großen Schluck, der mir direkt zu Kopf steigt. Außerdem atme ich Kits Duft ein. »Wenn das auch noch Donuts mit Cremefüllung sind, muss ich dir womöglich einen Kuss geben.« Ich reiche ihm die Flasche zurück und ärgere mich darüber, dass ich das gesagt habe. Allerdings bin ich sicher, denn der einzige Laden, der die verkauft, ist meilenweit entfernt, hinter dem Bahnhof.

Er gibt ein tiefes Lachen von sich und trinkt einen Schluck. »Dann hat es sich ja gelohnt, fünf Geschäfte abzuklappern, bis ich die gefunden habe.«

Mein Magen schlägt einen Purzelbaum. »Du nimmst mich auf den Arm, oder?«

Er schüttelt den Kopf. »Nein, mit Eiercreme magst du sie am liebsten. Und Shadow auch. Vielleicht habe ich ja eine Glückssträhne, aber das könnte ein Stern …« Er legt den Arm um meine Schulter, und meine Haare verfangen sich an seiner Wange, während ich in die Richtung blicke, in die er mit dem Finger zeigt, dorthin, wo ein Punkt am dunkler werdenden Himmel leuchtet.

»Das könnte die Venus sein.« Fragt mich nicht, woher das nun wieder gekommen ist, denn ich kann bloß noch an mein pochendes Herz denken und an seine Körperwärme, die sich in mir ausbreitet. Aber ich muss ehrlich sein. »Ich habe mir das Buch auch gekauft.«

Er gibt mir erneut den Prosecco. »Nach allem, was ich gelesen habe, könntest du recht haben mit der Venus.« Er fährt mit dem Finger über meinen Oberschenkel und hält kurz vor dem Saum meiner Shorts inne. »Ist dir kalt?«

»Nein.« Ich überspiele ein sinnliches Erschauern, das meine Wirbelsäule hinauf- und wieder hinunterläuft, indem ich noch einen Schluck trinke, und denke an die Worte meiner Mum, dass es wichtig ist, man selbst zu sein. »Die Fotos der Milchstraße waren beeindruckend, aber am besten klang es, nach Sternschnuppen Ausschau zu halten.«

»Möchtest du das im Sitzen tun oder lieber im Liegen?«

Er streckt die Beine aus, und ich schlängele ein Bein um seines. »Da wir so viele Decken mitgebracht haben, wäre es doch eine Schande, sie nicht zu benutzen.« Ein richtiger Kuss würde mir helfen, nicht mehr ständig daran zu denken. Aber was auch immer ich gesagt haben mag, ich werde nicht über ihn herfallen. Ich lege mich auf den Rücken, und als ich zum Himmel hinaufschaue, bemerke ich, dass er auf mich herunterschaut.

»Wie ist der Blick von dort unten?«

Ich will ihm sagen, dass es schon zu viele Sterne sind, um sie noch zählen zu können, doch da nähert sich sein Gesicht bereits meinem. Ich halte den Atem an, aber er kommt so langsam näher, dass mir schwindelig wird vor freudiger Erwartung. Dann berühren seine Lippen meine, und ich schmecke die Süße seines Mundes erneut. Ich höre nur noch das Rauschen der Brandung am Strand, schlinge die Arme um ihn und spüre seine Rückenmuskeln unter meinen Fingern, während ich ihn an mich drücke. Alles um mich herum scheint zu verschwimmen.

Eine ganze Weile später erst lassen wir vom anderen ab, und auch nur deshalb, weil Kits Handy direkt neben meinem Ohr einen Signalton von sich gibt.

Er löst sich in der Dunkelheit von mir und tastet brummend nach dem Smartphone. »Das ist Rye, der meint, David und Suze seien zurück im Hotel.«

»Wir haben sie verpasst!«

Er lacht. »Kann mir gar nicht denken, wie. Die müssen die Abkürzung über den Pfad hinter dem Hotel genommen haben.« Er fährt sich durch die Locken. »Wenn der Abend so gut läuft, wäre es schade, ihn abzubrechen. Bei mir im Haus habe ich noch mehr Prosecco …«

Für den Fall, dass er noch etwas anderes meint, kann ich es ebenso gut aussprechen. »Sex ist für mich ein Minenfeld – seit meiner Operation.«

»Kann ich mir vorstellen.« Er beugt sich über mich und streicht mir die Haare aus dem Gesicht, dann küsst er mich auf den Kopf. »Es gibt keinen Druck und keine Erwartung. Ich genieße einfach nur, was wir tun.«

»Wir haben noch nicht einmal mit den Donuts angefangen.«

Sein Lächeln wird vom Mond beschienen. »Wir könnten damit beginnen und sehen, wohin es uns führt.«

Und nur Sekunden später sind wir auf den Beinen und eilen hinunter zum Studio.

35. Kapitel

Der Strand vor The Hideaway *im ersten Tageslicht*
Abendkurse und gute Schwingungen
Dienstag

Kit und ich sind beim ersten Tageslicht am nächsten Morgen auf, damit Shadow und ich zu mir nach Hause gehen können, bevor St. Aidans Gerüchteküche erwacht.

Kits Bettzeug? Weiße ägyptische Baumwolle, graue Tagesdecke mit Waffelmuster. Wie haben wir geschlafen? Tief und fest, allerdings nur eine halbe Stunde, ehe der Wecker uns rauswarf.

Ich habe die Arme voller Zeug, und als ich kurz auf Kits Veranda innehalte, um die Decke, die ich trage, zurechtzurücken, steht er an der Tür.

»Ich wünschte, du würdest mir erlauben, dich nach Hause zu begleiten.«

»Ich komme zurecht.« Wenn er mit zu mir käme, wäre ich mir nicht sicher, ob ich ihn wieder gehen ließe. Mir fällt noch etwas ein. »Was tun wir hier? Nur damit ich Bescheid weiß.«

Kit kneift die Augen zusammen. »Welchen Teil meinst du? Den, als du kopfüber aus dem Bett gehangen bist? Oder den, als es so gut war, dass ich dachte, ich würde sterben?«

Ich zucke mit den Schultern. »Alle?«

»Willst du der Sache einen Namen geben?«

»Das meinte ich nicht. Aber wir haben beide gesagt, dass wir keine Verwicklungen wollen.«

»Sollten wir vielleicht einfach nur den Moment genießen und tun, was wir wollen?«

»Einen Tag nach dem anderen angehen?«

Ein Lächeln breitet sich auf seinem Gesicht aus. »Oder eine Minute nach der anderen, falls das leichter ist. Und sobald es aufhört, Spaß zu machen, überlegen wir neu.«

»Keine Verpflichtungen, keine Haken, nur: Nutze den Tag.«

»Klingt nach einem Plan, der zu St. Aidan passt.«

Ich bin froh, dass wir das geklärt haben. »Großartig. Dann sehen wir uns später im Studio.«

Er schaut auf seine Uhr. »Wenn du zehn Minuten früher kommst, mache ich dir ein Schinkensandwich.«

36. Kapitel

The Hideaway *zur Mittagszeit*
Full English
Mittwoch

»Ich habe uns Mini-Käse-Scones und Salat gemacht, außerdem Baiser, Erdbeeren und Becher mit Vanillecreme für Pudding.«

Als ich letzte Nacht bei Kit gelandet bin, habe ich nicht mehr an das Backen fürs Hotel am nächsten Morgen gedacht, die Arbeit im Studio und an die Verabredung zum Lunch mit den Meerjungfrauen in *The Hideaway.* Wie sich herausstellt, komme ich mit einer halben Stunde Schlaf ganz gut aus, denn mein Körper und mein Verstand vibrieren noch vom Adrenalin nach acht Stunden im Bett mit Kit.

Clemmie kommt mit Arnie auf dem Arm auf die Veranda hinaus; in der anderen Hand hat sie einen Eiskübel mit einer Flasche darin. »Ich dachte, wir könnten diesen alkoholfreien Prosecco probieren. Es ist *Huntley and Handsomes* Wein der Woche.« Sie bleibt stehen und mustert mich genauer. »Du siehst gut aus heute. Hast du neues Rouge?«

Ich versuche, nicht rot anzulaufen. »Das liegt an der Sonne in St. Aidan, die bringt meine Sommersprossen zum Vorschein.«

Sie stupst mich an. »Was immer es ist, bestell etwas davon für mich!«

Plum taucht mit einem Tablett mit Tellern und Gläsern auf. »Nell hat es nicht geschafft?«

Sophie folgt ihr mit Bud auf der Hüfte. »Gib ihr noch einen Monat.« Sie setzt sich, platziert Bud auf ihrem Knie und öffnet ihre Picknickbox. »Ich dachte, wir sind hier wegen eines Updates über alles, was in *High Tides* läuft?«

Sind wir nicht. Wir sind hier, damit ich sie zu einer Typveränderung überreden kann, und Clemmie und Plum sollen mir dabei helfen. Zunächst werde ich es allein versuchen. »Die beste Neuigkeit ist, dass mehr Gäste das Hotel buchen, seit sich herumgesprochen hat, dass es dort nun auch Kuchen gibt.« Die Scones- und Kuchenbestellungen des Hotels haben sich in dieser Woche von Tag zu Tag verdoppelt. Rye fertigt dazu Grafiken an und hat mir schon Prognosen erläutert. »Wenn es mit den Bestellungen weiterhin so schnell geht, werde ich mir einen gewerblichen Ofen anschaffen müssen.«

Clemmie zwinkert Plum zu. »Vielleicht musst du nur fünfzig Jahre warten statt hundert, bis Rye Zeit für dich hat.«

Ich schaue grinsend zu Plum. »Ich schätze, du bekommst deine Chance, ehe der Sommer vorbei ist.« Ich seufze innerlich. »Wenn nur alle Nachrichten gut wären. Kit und ich haben David und Mum gleich zweimal hintereinander verpasst, daher wissen wir immer noch nicht genau, was da läuft.«

Sophie mustert mich kritisch. »Wenn sie wissen, dass ihr sie beobachtet, führen sie euch möglicherweise an der Nase herum.«

Es ist ein guter Vorwand, um mit Kit zusammen gesehen zu werden, deshalb lasse ich das Thema noch nicht ruhen. »Wir haben Rye versprochen, dass wir nicht eher aufhören, bis wir herausgefunden haben, was da los ist.«

Plum bestreicht ihr Scone mit Butter und belegt es mit geriebenem Käse. »Irgendwelche Ideen, wie wir David davon abhalten können, die Dünen und die ganze Welt zu übernehmen?«

Ich fächere den Stapel Spenden-Postkarten auf, die ich im Buchladen gekauft habe. »Seht euch mal an, was ich gefunden habe, während die Scones im Ofen waren.«

Sophie wirft einen Blick darauf. »Das sind Ansichtskarten der Pflegeeinrichtung Kittiwake Court vom historischen St. Aidan.«

Ich wähle die wichtigste aus. »Diese hier stammt aus den Dreißigerjahren, und da steht, es ist ein Foto von einem Meerwasserbecken. Sieht das nicht toll aus?«

Plum betrachtet das Foto. »Ich habe bei Strandspaziergängen oft die Überreste gesehen. Das Becken war auf der Felsnase Richtung Oyster Pint.«

Plum verblüfft mich immer wieder. »Ich hatte keine Ahnung, dass es existiert, aber ich habe gegoogelt. Es wurde in den Siebzigerjahren aufgegeben, als ein Teil der Wand einstürzte, aber der Gemeinderat hat sein Geld in das Freizeitzentrum gesteckt und dieses Schwimmband nie repariert.«

Plum zieht ein Gesicht. »Das war die Ära, als die Leute Wäschetrockner gekauft und ihre Wäscheleinen weggeworfen haben. Heute schwer vorstellbar, warum Leute einen von der Sonne gewärmten Meerwasserpool verschmähen, um in einer Halle mit gechlortem Wasser zu schwimmen.«

»Das würde es inzwischen nicht mehr geben, die Leute lieben es, in natürlichen Gewässern zu schwimmen.« Sophie richtet sich auf, während sie zuhört. »Man kann vom *Siren House* sehen, wie die Flut hineinläuft. Das Wasser fließt aber gleich wieder heraus wegen des Lochs in der Mauer.«

Ich denke laut. »Ich bin durch Zufall auf diese Postkarte gestoßen, aber jetzt, da ich sie gesehen habe – es wäre doch sicher für die Gemeinde in jeder Hinsicht besser, ein solches Meerwasserbad zu haben als das Freibad, das David Byron unbedingt will. Und mir geht es nicht nur darum, *The Hideaway* zu retten, sondern ich glaube das wirklich.«

»Ich stimme dir absolut zu!« Clemmie hat den Mund voll, wedelt jedoch mit ihrem Scone, um ihren Worten Nachdruck zu verleihen. »Es ist für alle näher am Ort und wäre komplett kostenlos. Außerdem wäre es viel umweltfreundlicher als noch mehr Beton am angeblich umweltfreundlichen *High Tides*.«

Plum schlägt mit den Handflächen auf den Tisch. »Das ist eine fabelhafte Idee, Floss. Jeder in St. Aidan wäre begeistert von dem Vorschlag, den Meerwasserpool wieder nutzbar zu machen. Die würden das Vorhaben schon allein deshalb unterstützen, weil es romantisch und historisch inspiriert ist.«

»Es gibt Sonderzuschüsse und Geldmittel für Gemeindeprojekte.« Auch das habe ich gegoogelt.

Clemmies Miene ist ernst. »Wenn die Gemeinde einen eigenen Außenpool anstrebt, haben sich David Byrons schreckliche Pläne erledigt, und er wäre der Einzige, der dabei schlecht wegkommt.«

Mein Herz klopft vor Aufregung. »Also sind alle dafür! Wir müssen uns eingehender damit beschäftigen!«

Clemmie strahlt. »Gut gemacht, Flossie May. Ich werde herausfinden, ob Charlie uns irgendwie helfen kann.«

Plum meldet sich wieder zu Wort. »Ich höre mich mal bei meinen Kontakten in der Handelskammer um.«

Sophie lacht. »*Sophie May Beauty* wird definitiv die Eröffnungsparty sponsern, und bis dahin werde ich die Friends-of-St.-Aidan-Seawater-Pool-Gruppe auf die Beine stellen.«

»Das wär's dann erst mal.« Ich blicke in die erwartungsvollen Gesichter und beschließe zu fragen, was mich schon die ganze Zeit beschäftigt, weil ich sie alle mein ganzes Leben lang kenne. »Eine Frage, während ihr alle hier seid – mir ist neulich abends klar geworden, dass ich überhaupt nicht weiß, was passiert ist, als Mum und Dad sich getrennt haben.«

Sophie sieht mich mit ausdrucksloser Miene an. »Er hat uns verlassen. Mehr steckt nicht dahinter.«

Plum meint: »Jeder in St. Aidan kennt die Geschichte. Dein Dad war ein Busfahrer für Überlandfahrten.«

Clemmie ergänzt: »Eines Tages brachte er eine Busladung Urlauber nach Chester-le-Street und kam nicht mehr zurück.«

Plum nickt bestätigend. »Wir waren sechs, denn als deine Mum die Schule darüber informierte, ließ Mrs. Banks, unsere Lehrerin in der ersten Klasse, Sophie die Geschichte wählen.«

Es ist schrecklich, dass die Leute im Ort meine Familiengeschichte besser kennen als ich. Ich nehme an, Clemmie wohnte in einem der Fischer-Cottages wie wir, deshalb muss sie es wohl wissen.

Ich wende mich an Sophie. »Aber das kann doch nicht alles gewesen sein. Haben sie gestritten? Gab es jemand anderen?«

Sophie schüttelt den Kopf. »Er war wegen seines Jobs oft unterwegs, deshalb merkten wir anfangs gar nicht, dass er weg war.« Sie sieht mich an. »Mum hat es heruntergespielt. Du warst jünger, und er schenkte mir stets mehr Beachtung, weil ich seine Aufmerksamkeit suchte.«

Ich grinse über ihr Geständnis. »Als wir dann alt genug waren, um zu fragen, war es längst Geschichte.«

Sophie nickt. »So ähnlich lief es für Milla. Ihr Dad wollte keine Beziehung, und vor ihrer Geburt war das ein großes Thema. Heute denken wir gar nicht mehr an ihn.«

Das ist der perfekte Übergang. Ich werfe Clemmie einen Blick zu, die den Faden gleich aufnimmt.

»Hast du es aufgegeben, dein Farbschema zu verändern?«

Sophie schaut auf ihren nagelneuen türkisfarbenen Hoodie. »Ist doch egal, was ich auswähle, Milla wird es ohnehin kritisieren.«

Ich sehe Sophie an. »Wir haben uns eine lustige Methode überlegt, wie wir Milla dazu bringen können, ihre ständige kritische Haltung zu überdenken.«

Sophie lehnt sich zurück. »Nur raus damit! Ich bin für alles offen!«

Plum beugt sich vor. »Uns allen ist aufgefallen, dass Tante Florence in Millas Augen nichts falsch machen kann.«

Clemmie nickt. »Sie vergöttert dich, Floss.«

Ich hole tief Luft und wende mich an Sophie. »Wie wäre es, wenn wir dich verändern? Indem wir dich in mich verwandeln?«

Clemmie lacht. »Wenn du Floss' Kleidung tragen würdest, würde Milla nichts dagegen einwenden.«

Plum pflichtet ihr bei. »Mit einer ganz neuen Persönlichkeit würde es dir auch leichter fallen, deine Türkis-Gewohnheit abzulegen.«

Sophie hebt die Stimme. »Muss es denn gleich so radikal sein?«

Ich merke, dass sie sich herauswinden will. »Bei zwei

starken Charakteren wie dir und Milla würde weniger nicht funktionieren.«

Sie stößt den Atem aus. »Okay, das verstehe ich. Aber was ist mit meinen Haaren? Beim Haarefärben ziehe ich die Grenze, so gern ich mitmachen will.«

Ich wackele mit den Brauen. »Es besteht kein Grund dafür, deine Farbe zu wechseln. Zum Glück für dich besitze ich noch meine Chemo-Perücke.« Die wird das Ganze zu etwas Besonderem machen.

Sophie murmelt: »Endlich bekomme ich die glänzenden braunen Haare, die ich immer wollte.«

Ich lache. »Um mehr ein Event daraus zu machen, dachte ich daran, dass wir alle zum Friseur gehen könnten und zusehen, wie die Perücke deinem Typ entsprechend gestylt wird.« Ich muss lächeln. »Wir machen einen Deal mit Milla. Du musst zwei Wochen als ich durchhalten. Wenn du das schaffst, kannst du wieder du selbst sein, und Milla muss sich in Zukunft zurückhalten.«

Clemmie lacht. »Je mehr ich darüber höre, umso besser gefällt es mir.«

Ich rede weiter. »Nachdem du vierzehn Tage in meinen bunten Kleidern und Playsuits herumgelaufen bist, siehst du möglicherweise ein, dass es mehr gibt als das Sophie-May-Türkis.«

Sophie stöhnt. »Playsuits? Echt jetzt?«

»Das ist der Teil, auf den ich mich am meisten freue. Besonders auf meine in Neonorange.« Sie tut mir ein bisschen leid. »Keine Sorge, die werden bei dir länger sein als bei mir, und meine Minikleider machen wir mit Gürteln ein bisschen enger.«

Clemmies Augen leuchten. »Was meinst du, Soph? Bist du dabei?«

Sophie seufzt. »Habe ich eine Wahl?«

Plum lacht. »Ich glaube, eher nicht. Es ist längst entschieden!«

Ich stehe auf und quetsche mich an Shadow vorbei, der sehr aufmerksam dasitzt und auf Reste wartet. »Ich hole noch eine Flasche aus dem Kühlschrank und bringe mal ein oder zwei Kleider mit, als Kostprobe für dich.«

Ich gehe ins Schlafzimmer und nehme zwei Kleider von dem Stapel, den ich bereitgelegt habe, dann hole ich den Wein. Als ich mich bücke, um die Flasche aus dem Kühlschrank zu nehmen, höre ich Schritte im Wohnzimmer, daher bin ich bei meiner Rückkehr nicht überrascht, Kit an der Wand lehnen zu sehen und Shadow neben seinem Knie.

»Hey du! Nette Überraschung.« Ich zwinge mich stehen zu bleiben, bevor ich bei ihm bin.

»Gute Abstandswahrung, Florence Flapjack-Face.« Er grinst mich an. »Tut mir leid, deinen Lunch zu stören, aber Monica und Ellie, die du schon gesehen hast, würden gern deine Veranda besuchen, falls es später für dich passt.«

»Ich werde dafür sorgen, dass die Meerjungfrauen Baiser für sie übrig lassen. Noch etwas?«

Er senkt die Stimme. »Möchtest du zum Abendessen vorbeikommen? Oder zum Mitternachtsschwimmen? Oder wir könnten nach dem Großen Wagen Ausschau halten?«

Oder wir gehen einfach ins Bett? Ich versuche, nicht zu strahlend zu lächeln. »Abendessen klingt gut. Schreib mir, wenn du bereit bist für den Verandabesuch.«

Kit hat die Daumen in seine Gürtelschlaufen gehakt. »Sehr gut. Ich gehe dann lieber wieder zurück zu Monica und Ellie. Ich hätte dir schreiben können, aber ich wollte dich wenigstens kurz sehen.« Er will sich umdrehen, aber stattdessen macht er einen Schritt auf mich zu und küsst mich auf den Mund. Eine Sekunde später ist er verschwunden.

Ich nehme mir einen Moment Zeit, um meinen rasenden Puls zu beruhigen, dann setze ich ein Lächeln auf, rufe Shadow zu mir und gehe wieder hinaus auf die Veranda.

»Das heutige Paar will später noch vorbeikommen. Das eben war Kit, der nur sicherstellen wollte, dass ich genug Eiscreme dahabe.«

Plum lacht. »Als würde dir die jemals ausgehen.«

Sophie sieht mich durchdringend an. »Bilde ich mir das nur ein, oder hat er dich da drin gerade geküsst?«

Plums Augen weiten sich, aber sie sagt nichts. Es herrscht bedeutungsvolle Stille.

»Ich? Kit?« Ich mache den Mund auf und zu, aber mir fällt nichts mehr ein. »Wie kommst du denn darauf?«

Clemmie reibt sich die Nase. »Es muss am Blickwinkel gelegen haben. Von hier aus konnte ich keinerlei Berührung beobachten.«

Ich lache und halte die Kleider hoch. »Netter Versuch, Soph. Da braucht es schon mehr, um mich von deiner Transformation abzulenken.« Ich werfe die Kleider über ihre Stuhllehne. »Hier, nimm die. Ich hole Nachschub.«

37. Kapitel

Force 10 Hair, *St. Aidan*
Schnipp, schnapp, wow!
Samstag

Wir haben den letzten Termin am Samstagnachmittag bei Nikki im *Force 10 Hair*, daher haben wir den Laden, abgesehen von zwei Kundinnen, die noch zu Ende geföhnt werden, für uns. Während Clemmie und ich Sophie im Haarwaschbereich bereit machen, setzt Plum Milla, Tallulah und fünf weitere ihrer Freundinnen auf die burntapricotfarbenen Samtsofas am anderen Ende des Salons, von wo aus man Nikkis Friseurstuhl nicht sehen kann, und dann verteilt sie den alkoholfreien Sekt in hellen pinkfarbenen Gläsern. Ich spähe zum Neonschild über dem Sitzbereich und stupse Sophie an. »Ich hoffe, du bist bereit, deine wilde Seite zu entdecken.«

Sophie sieht mich durch einen Vorhang dunkler Haare an. »Ist Nell schon hier?«

Ich schüttele den Kopf. »Es ist schade, dass sie den ganzen Spaß verpassen wird.« Mit dieser Info habe ich so lange wie möglich gewartet. »Mum ist auch nicht da.« Ich habe auf Details verzichtet, als ich Mum einlud, damit es nicht in die Gerüchteküche St. Aidans gerät. Aber ich habe genug gesagt, um damit rechnen zu können, dass sie hier sein wird.

Sophie seufzt. »Das ist kaum überraschend! Ich kann nur sagen, dass sie gekommen wäre, wenn es um dich ginge.« So seltsam es scheint, ich glaube, Sophie hat recht. All die Jahre habe ich es nicht gemerkt, doch jetzt, da ich auf die Zeichen achte, muss ich zugeben, dass Mum eher bereit ist, etwas für mich zu tun als für Soph.

Was meine Perücke angeht, hätte Nikki die auch leicht auf einem Ständer frisieren können, aber das wäre weniger spannend gewesen, daher hat Clemmie kurzfristig einen Termin vereinbart.

»Eine blonde Strähne muss noch verschwinden.« Clemmie schaut auf Sophie herunter, die eine lange dunkelbraune Locke durch ihre Finger gleiten lässt. »Durch diese zwei Umhänge kann man nicht sehen, was du darunter trägst, daher sind wir bereit für die erste Präsentation!«

Milla und ihre Freundinnen wissen nur, dass Sophie sich für ihren neuen Look ein bisschen die Haare machen lässt. Ich hoffe, ich fordere nicht das Schicksal heraus, indem ich ihr die Perücke leihe, die ich getragen habe, als ich wegen der Chemo meine Haare verlor. Aber es ist doch sinnvoller, sie zu benutzen, als sie nur hinten in meiner Sockenschublade liegen zu haben. Der Gang habe ich erklärt, dass ich, falls ich die Perücke doch noch einmal brauchen sollte, sie mit Sophies Frisur tragen würde. Während ich beobachte, wie Sophie die langen glänzenden Haare zurückwirft, erinnert sie mich an einen Teil meiner Vergangenheit und wie ich vor der Krankheit war; mit meinen Haaren, wie sie heute sind, hat diese Perücke nichts zu tun.

Sophie bleibt vor dem Spiegel gegenüber den Waschbecken stehen und betrachtet sich. »Ich sehe so anders aus, dass ich mich kaum wiedererkenne!« Als wir sie vorhin in der Garderobe drängten, meine frisch gewaschenen Sachen anzuziehen, hat sie das Gleiche gesagt. Aber bevor sie einen Rückzieher machen konnte, haben wir die Umhänge über die Klamotten gezogen.

Clemmie zwinkert mir zu. »Genau das wollen wir doch!« Sie schaut zu Plum und hebt den Daumen, um ihr zu signalisieren, dass wir auf dem richtigen Weg sind.

Wir gehen durch den Salon zu den anderen, und als wir »Überraschung!« rufen, erinnert mich das an den Tag in *The Hideaway*, als Milla mit ihren neuen schwarzen Haaren in mein Wohnzimmer getänzelt kam.

Milla ruft als Erste: »Was zur Hölle!« Sie steht auf, um besser sehen zu können. »Bist du das, Mum?«

Ich muss lachen, weil die Situation jetzt umgekehrt ist. »Sie kommt zu uns auf die dunkle Seite, Milla. Was hältst du davon?«

Milla führt den Chor aus Rufen und Lachen an.

»Krass!«

»Hammer!«

»Gut gemacht, Mrs. May!«

Nikki wartet mit ihren Kämmen und Scheren in den Taschen. Sie führt Sophie zum Frisierstuhl, stellt sich hinter sie und fährt mit den Fingern durch die Haare, während sie Sophies Spiegelbild in dem großen Wandspiegel betrachtet, in den sie beide schauen. »Wir werden heute einen Trockenschnitt machen. Wie wäre es, wenn ich zunächst stufig schneide und am Ende so, dass die Haare dein Gesicht einrahmen?«

»Großartig!« Sophie mag vielleicht aussehen wie jemand anderes, aber sie gibt immer noch den Ton an. »Und während Nikki das macht, können wir uns über den Meerwasserpool unterhalten.«

Clemmie rollt Arnies Buggy vor und zurück, während sie spricht, damit er einschläft. »Charlie hat herausgefunden, dass der Gemeinderat einen Entwurf und eine Kostenaufstellung für die Restaurierung des Pools hatte, aber das Projekt wurde zurückgestellt wegen der Budgetkürzungen nach der Pandemie.«

Plum sitzt auf einem Hocker und beobachtet, wie Nikki Sophies falsche Haare unterteilt, sie hochnimmt und mit Klammern befestigt. »Wenn es schon einen Plan gibt, der umgesetzt werden kann, haben wir einen Vorsprung. Und wenn wir schnell eine Spendensammlung organisieren, werden wir die Leute in St. Aidan davon überzeugen können, hinter unserem Pool zu stehen, nicht hinter David Byrons. Sobald wir das in die Wege geleitet haben, können wir anfangen, das im Budget fehlende Geld zu sammeln.«

Die Klingel über der Ladentür bimmelt, und wir drehen uns alle in die Richtung, um zu sehen, ob es Nell oder Mum ist.

Ein sehr zerzauster George betritt den Salon. »Sorry, dass ich euch störe, Ladys, aber ich habe eine Nachricht von Nell für euch.« Seine normalerweise ordentlich gekämmten Haare stehen in sämtliche Richtungen vom Kopf ab, sodass er aussieht, als sollte er der nächste Kunde auf Nikkis Frisierstuhl sein. »Ich soll euch ausrichten, dass sie die Social-Media-Seiten für das Meerwasserbecken eingerichtet und eine Spendenaktion vorbereitet hat. Die ist so toll geworden, dass sie es nicht für sich behalten kann. Sie schlägt nämlich ein Barbie-und-Ken-Fancy-Dress-Roller-Skate auf der Promenade vor.«

Vom Sofa ist Begeisterung zu hören. »Nicht schlecht, George.«

Ich wickele ein paar Kuchenstücke vom Tablett ein und drücke sie ihm in die Hand. »Möchtest du ein Glas alkoholfreien Prosecco, wo du schon mal hier bist?«

Er weicht bereits zur Tür zurück. »Nell ist zum ersten Mal allein mit dem kleinen George, daher mache ich mich lieber wieder auf den Weg.«

»Liebe Grüße an Nell.« Sophie klatscht in die Hände, während sie das George hinterherruft. »Dann lasst uns mal Ideen für Spendenaktionen sammeln, Ladys!«

Plum fängt an. »Wie wäre es mit einem Kunstwettbewerb zum Thema Meerwasserbad?«

Milla hebt die Hand. »Wir hoffen, dass Kit einen Tag spendet, an dem silberne Freundschaftsringe hergestellt werden, und da gehen wir dann alle hin!« Sie sieht mich an. »Du überredest ihn für uns dazu, nicht wahr, Tante Floss?«

»Mal sehen, was ich tun kann.« Schon wieder bringt Milla mich wegen Kit in Verlegenheit, der doch öffentlich zu David stehen müsste. Aber ich habe selbst schon angefangen, in der Richtung tätig zu werden. »Ich habe bereits Solange-der-Vorrat-reicht-Meerwasserpool-Marsriegel-Brownies gemacht.« Das klingt so kümmerlich im Vergleich zu den Ideen der anderen, und ehe ich groß nachdenken kann, rede ich weiter. »Und wie wäre es mit einem gesponserten Sprung ins Hafenbecken?«

Plums Augen leuchten. »Brillant! Das ist genau die Art von Veranstaltung, die uns Aufmerksamkeit bringt. Wir könnten Stände aufbauen und es zu einem Mini-Hafenfest machen!« Sie hat ihr Notizbuch hervorgeholt und schreibt sich zu meinem Entsetzen Stichpunkte auf. »Ich trage dich dafür ein, Flossie.«

Und schon hänge ich wieder voll mit drin! Aber wenn ich David Byron dadurch loswerde, soll es mir recht sein.

Nikki hat unterdessen geschnitten und gekämmt, und als die Haare aus den Klammern gelöst werden, findet sich eine überraschende Menge dunkler Haare auf dem Boden um Sophies Frisierstuhl. Nikki beugt sich herunter, um Sophies Haare zu beiden Seiten des Kinns zu schneiden. Dann kämmt sie die Mähne ein letztes Mal mit den Fingern durch und tritt mit einem Spiegel in der Hand zurück, um Sophie den Hinterkopf zu zeigen.

»Ist das okay für dich?«

Die Haare sind glänzend, aber vorn viel kürzer als vorher. Der Stufenschnitt macht das Haar voller, und es fällt auf ihre Schultern, wobei es am Rücken ein klein wenig länger ist.

Sophie betrachtet strahlend ihr Spiegelbild, und Clemmie schiebt mich vorwärts. »Da diese ganze Typveränderung Floss' Idee war, darf sie die Umhänge abnehmen und die Sophie präsentieren, die wir für die nächsten Wochen sehen werden.«

Ich räuspere mich. »Noch mal zu den Regeln – Sophie darf alles tragen, was ich auch anziehen würde.« Ich habe meine Kleidung schon angepasst, damit meine abgeschnittene Jeans und das blau gepunktete Shirt nicht mit ihrem Outfit konkurrieren.

»Wenn alle bereit sind, dann sage ich Ta-da!« Ich ziehe die Umhänge weg. »Und, was meinst du, Milla?«

Milla stößt einen Jubelruf aus. »Ein Playsuit in hellem Pink mit limonengrünen Blumen? Tolle Wahl!« Sie stutzt. »Tatsächlich siehst du aus wie eine Miniversion von Tante Flo, was schräg ist, aber irgendwie auch okay!«

Nur Sophie, mit ihrer zierlichen Statur, sieht auch in Sachen, die ihr viel zu groß sind, gut aus. Als ich ihr Gesicht betrachte, umrahmt von den dunklen Haaren, wird mir zum ersten Mal klar, wie ähnlich wir uns sehen.

Ich trete zu ihr. »Keine Sorge, da sind noch jede Menge weniger dramatische Kleider im Stapel, den ich für dich bereitgelegt habe.« Ich lache. »Ich könnte dir sogar dein *Leeds 2010*-T-Shirt zurückleihen.«

Sie lässt sich in den Frisiersessel fallen und dreht sich damit zu den anderen herum. Dann leert sie das Glas Sekt, das Plum ihr reicht, und die Türklingel bimmelt erneut.

Mum kommt herein und geht direkt auf Sophie im Sessel zu. »Es tut mir so leid, dass ich das verpasst habe, Floss. Ich sage seit Jahren, dass dir ein Stufenschnitt stehen würde. Nächste Woche nehme ich dich zum Shopping mit nach Falmouth, als Wiedergutmachung für meine Verspätung. Und du kannst mich beraten, was ich in dem French-Connection-Shop kaufen soll.«

Milla räuspert sich. »Du solltest vielleicht deine Brille aufsetzen, Granny Suze.«

Mum sieht sie perplex an. »Warum denn, Muffin?«

Sophie schüttelt den Kopf. »Weil ich Sophie bin, nicht Floss.«

Milla lacht. »Keine Sorge, du bist nur verwirrt, weil in deinem Hirn die Frischverliebtheitshormone schwirren.«

»Na, ich weiß nicht.« Mum wedelt mit den Händen.

Milla beugt sich vor und schaut mich grinsend an. »Die Gärtner vom *High Tides* meinten, dass du auch einen neuen Angebeteten hast.«

Plums Brauen schießen in die Höhe, aber es ist Clemmie, die sich zuerst zu Wort meldet. »Glaub nicht alles, was du hörst, Milla. Tante Floss ist die letzte Person in St. Aidan, die einen Freund will.«

Sophie verdreht die Augen. »Überleg mal, Milla! Tante Floss kann doch gar keine Dates haben, wenn ich ihre ganze Kleidung besitze.« Sie blickt zu den auf dem Sofa gedrängt sitzenden Mädchen. »Ich bezahle noch schnell bei Nikki, dann laden Plum und ich euch ins *Surf Shack* auf ein Eis ein. Was haltet ihr davon?«

Milla stößt einen Klagelaut aus. »Aber wir haben versprochen, dein Make-up zu machen!«

Sophie scheucht die Mädchen bereits vom Sofa. »Das bekommen wir nach dem Eisessen noch irgendwie zu Hause hin, Milla.«

Mum bricht ebenfalls auf. »Ich mache mich auch lieber auf den Weg. Ich will noch ins Farbengeschäft, bevor es schließt.« Verliebtheitsfehler Nummer zwei. Selbst ich weiß, dass das Farbengeschäft am Samstagnachmittag gar nicht geöffnet hat.

Über das Getrampel der Schuhe auf dem Holzfußboden hinweg rufe ich Sophie zu: »Ich nehme deine alten Sachen aus dem Ankleideraum mit.« Obwohl sie die nicht mehr brauchen wird.

Sie ruft zurück: »Du musst zu mir kommen, um dir den Meerwasserpool von oben anzuschauen. Vom *Siren House* kann man ihn am besten sehen.«

Während Clemmie und ich Sophies Sachen zusammenfalten, sage ich leise zu ihr: »Danke, dass du mich da drin vorhin gerettet hast.« Ich nehme meinen Mut zusammen, um ihr zu gestehen, was sie vermutlich längst weiß. »Du hast neulich morgens gesehen, wie Kit mich in *The Hideaway* geküsst hat, nicht wahr?«

Sie nickt. »Ich werde es niemandem erzählen.«

»Es ist für uns beide völlig bedeutungslos. Wir haben nicht einmal … du weißt schon … noch nicht. Nur … andere Dinge getan.«

Ihre Mundwinkel zeigen nach oben. »Wie ist es?«

Ich spreche noch leiser. »Niemand hat mich jemals derart zum Schreien gebracht.«

Sie grinst. »Ich *wusste* doch, du siehst glücklich aus!«

»Es ist gut für mich, auch in dieser Hinsicht wieder ins Leben hineinzufinden, das ist alles.« Mehr ist es nicht. Es wird rasch verpufft sein. Ich überlege mir, wie ich es noch besser formulieren könnte. »Was Kit und ich haben, ist wie eine Sternschnuppe. Ganz hübsch, während sie vorüberzieht, aber schwupps, schon vorbei.«

Sie nickt. »Wenn man blinzelt, verpasst man sie?«

»Ganz genau. Alle Sterne sterben letztlich, weißt du?«

Sie hebt die Brauen. »Einige werden erst zu einer Supernova, und das ist ziemlich spektakulär.«

Ich hebe den Zeigefinger. »Bevor wir uns darüber unterhalten, muss ich noch weiter in dem Sternenbuch lesen.«

»Und während du deine Recherchen anstellst, kannst du auch gleich Hafenfestivals googeln. Wie riesig klingt das?« Sie lacht. »Keine Sorge, Flossie. Wir Meerjungfrauen unterstützen dich.«

Das hoffe ich wirklich.

38. Kapitel

In Sophies Schlafzimmer im Siren House, *St. Aidan*
Tigermuster und vorausschauend denken
Dienstag

Für gewöhnlich versuche ich, Besuche im *Siren House* zu
vermeiden, und das hat nichts mit Eifersucht zu tun. Jedes
Mal, wenn ich Sophies original georgianische Türklingel
läute und durch die prunkvolle Eingangstür trete, erinnert
mich das an die Kluft zwischen uns. Sobald ich jedoch im
Haus bin, kommen mir die weißen Wände und die sauberen Holzfußböden bescheidener und gemütlicher vor, als
das Haus von außen betrachtet erahnen lässt.

Heute bin ich um halb fünf herbestellt, für einen Blick
von oben auf den Meerwasserpool. Sophie winkt mich und
Shadow herein, lässt die monumentale Tür hinter uns zu-
fallen und wendet sich zur Treppe um.

»Nate ist mit den Kids im Garten, deshalb werden wir
gleich nach oben gehen, dann sehen wir nämlich den Pool
bei Hochwasser, ehe es wieder abläuft. Und die beste Aussicht haben wir vom Schlafzimmer.«

Es ist Sophies Stimme, aber mit ihren dunklen Haaren
und dem New-Look-Kleid mit Leopardenmuster und einem breiten Ledergürtel um die Taille sieht sie ein bisschen freaky aus. Als wir das Schlafzimmer betreten, werde
ich daran erinnert, dass allein dieses Zimmer größer ist als
mein ganzes Haus, einschließlich der Veranden. Aber an

ihrer weißen Baumwollbettwäsche, den weichen Tagesdecken aus Kaschmir und den Teppichläufern ist nichts
auszusetzen.

Ich lächele, als wir an meinen wie eine Farbexplosion
wirkenden Kleidern vorbeigehen, die an einer geschwun-
genen Garderobe aus Eichenholz hängen.

»Wie ist es so, ich zu sein?«

Sie steckt sich eine dunkle Strähne hinter das Ohr.
»Milla hilft mir jeden Morgen, Kleider auszuwählen, und
das hat uns einander nähergebracht.« Sie runzelt kurz die
Stirn. »Natürlich hat sie nicht aufgehört, mich in jedem
anderen Bereich zu kritisieren, aber es ist schon ein Segen,
dass sie nicht mehr ständig über meine Outfits herzieht.«

Ich lache. »Sie ist ein Teenager, und das dauert eben
noch ein paar Jahre, nicht bloß Tage.«

»Du hast recht, Flossie.« Sophie vollführt eine Drehung,
während sie den Raum durchquert. »Es ist ein überraschend befreiendes Gefühl, jemand anderes zu sein.«

Ich fasse ein Kleid an, das ich nicht kenne. »Ist das eins
von meinen?«

Sie macht ein schuldbewusstes Gesicht. »Wir haben ein
paar in einer kleineren Größe gekauft, aber da es kurz und
orange ist, nehme ich an, du bist einverstanden?«

»Klar. Auch einen zusätzlichen Playsuit?«

Ein Grinsen erscheint auf ihrem Gesicht. »Die sind eine
echte Offenbarung! Wer hätte gedacht, dass sie derart bequem und vielseitig einsetzbar sind.«

»Und du benutzt den dicken schwarzen Eyeliner.«

Sie schüttelt den Kopf, als könnte sie es auch nicht glauben. »Das erinnert mich an meine Zeit als Goth-Teenager,
aber wenn ich das zwei Wochen lang mache, gefällt es mir
am Ende womöglich.« Ihr Lachen hallt durch den Raum.

»Der arme Nate wusste gar nicht, wie ihm geschah, und Maisie ist ein bisschen verwirrt. Milla und mir tut es jedoch sehr gut, also danke, dass du mich dazu gedrängt hast.«

Sie geht zu dem enormen Erkerfenster mit Schieberahmen. »Komm und sieh dir das Meerwasserbad an.«

Siren House ist auf einer Klippe erbaut, und der Garten reicht bis zur Klippenkante, von wo Stufen hinunter an den Strand führen. Vom ersten Stock kann man bei Hochwasser bis zum Horizont auf das blau schimmernde Meer blicken. Links liegt der Hafen mit den bunten Cottages auf einem Hügel dahinter. Zur Rechten erstreckt sich die Klippe noch hundert Meter in einem Bogen bis zu einer ins Meer ragenden Felszunge, die mit einer von Menschen gemauerten Wand verbunden ist, die wiederum einen großen Bereich einfasst. Die Flut steigt den Strand hinauf und ergießt sich durch eine Lücke in den Pool.

Sophie zeigt nach unten. »Man kann sehen, wo früher die Begrenzungsmauer war und wie groß der Pool ist. Und man sieht vorne den Teil, an dem die Mauer eingestürzt ist.«

Ich nicke. »Als die Mauer noch vorhanden war, floss das Wasser über sie hinweg und blieb im Becken, wenn die Flut zurückging.«

Sophie bestätigt meine Worte. »Das ist eine geniale Verbindung aus künstlich erschaffener und natürlicher Begrenzung, nur einen kleinen Spaziergang den Strand entlang vom Ort entfernt. Noch besser dadurch, dass die von der Sonne beschienenen Felsen das Wasser erwärmen.«

Ich lache. »Du klingst wie eine Broschüre für Touristen – aber genau deshalb sollte dieser Pool wiederbelebt werden.« Ich habe auch gute Neuigkeiten, was die Spendensammlung angeht. »Kit ist einverstanden, einen Tag für

Milla und ihre Truppe zu veranstalten. Wenn die Mädchen Zeit haben, könnte er nächsten Samstag anbieten.«

Sophie nickt. »Großartig. Ich sage ihnen Bescheid! Hauptsache, du lässt dich von ihnen nicht zu Dingen drängen, die du nicht machen willst.«

Während ich das zur Kenntnis nehme, blicke ich blinzelnd auf das in der Sonne funkelnde Wasser. Die Aussicht ist ähnlich wie von *The Hideaway*, man sieht von dort auch die Weite des Meeres, aber durch die Höhe und die Fenster hier wirkt es noch imposanter. »Wie süß mein Strandhaus am anderen Ende der Bucht von hier aussieht. Der Blick ist wirklich phänomenal!«

Sophie schaut in die Ferne. »Wegen dieser Aussicht wollte ich das Haus unbedingt haben und musste dafür einiges auf mich nehmen, weil wir es uns gar nicht leisten konnten.« Sie seufzt. »Unser Dad ist an alldem schuld.«

Ich bin verblüfft, diese Worte zu hören, die wir nur selten aussprechen. »Was hat er denn damit zu tun?«

»Tief im Innern hatte ich immer das Gefühl, dass er gegangen ist, weil ich nicht gut genug war, und dass er vielleicht geblieben wäre, wenn ich besser gewesen wäre.« Sie schlingt die Arme um sich. »Deshalb musste ich mich als Erwachsene ständig ins Zeug legen – als könnten das beste Unternehmen und das beeindruckendste Haus mich dagegen absichern, die Menschen zu verlieren, die ich liebe.«

Ich fühle mit der sechsjährigen Sophie und welchen Verlust sie empfunden haben muss. Und dass ihr nach außen hin selbstbewusstes Auftreten in Wahrheit auf vielen Unsicherheiten basiert. »Es ist bemerkenswert, wie zwei Kinder derselben Familie so unterschiedliche Erfahrungen machen können. Es klingt schrecklich, aber ich kann mich kaum an ihn erinnern.«

Sophie seufzt erneut. »Du und Mum kamt so gut zurecht, während ich mich wie eine Außenseiterin fühlte, nachdem er weg war.«

Ich schüttele den Kopf. »Es ist kaum zu glauben, dass mir auch das völlig entgangen ist.« Ein paar Monate bin ich erst wieder zurück in St. Aidan, und diese Erkenntnis trifft mich hart. »Ich kann verstehen, warum du auf unsere Nähe eifersüchtig warst.«

»Es ging nie um materielle Dinge.« Sophie zuckt mit den Schultern. »Sosehr ich Milla stets geliebt habe, gab es Zeiten, in denen ich dich um dein Leben in der Großstadt beneidet habe.«

Ich muss lachen. »Na, ich hätte nicht tauschen wollen, aber vielleicht hattest du die ganze Zeit schon recht. Es gibt vieles, was man an St. Aidan lieben kann.«

Ihre Brauen schießen in die Höhe. »Tatsächlich?«

Sophie ist so aufrichtig und offen, dass ich mich schuldig fühle, als hätte ich sie um etwas betrogen, und ich spüre, dass sie wartet. »Du hattest auch recht mit neulich. Kit hat mich wirklich geküsst.«

Ihr Lächeln wird breiter. »Hab ich's doch gewusst! Gut gemacht, Flossie! Von allen Leuten, die ich kenne, verdienst du das Glück am meisten.«

»Es kann nie etwas Ernstes daraus werden.« Es verschlägt mir die Sprache bei dieser Aussicht. »Wir gehen einen Schritt nach dem anderen.«

»Hauptsache, du lässt nicht zu, dass er dir das Herz bricht«, murmelt sie.

Ich lache gezwungen. »Herzen sind nicht im Spiel. Falls du es vergessen hast, für mehr als ein bisschen Spaß bin ich nicht zu haben.«

Ihr Lächeln erstirbt. »Wenn deine Aussichten so gut

sind, kannst du doch nicht ernsthaft auf ein Liebesleben verzichten, nur weil die Krankheit unter Umständen zurückkommen könnte.«

Ich ziehe ein Gesicht. »Dating ist schon für gesunde Frauen ein Albtraum. Aber für eine, die den Krebs überlebt hat und keine Kinder bekommen kann ...« Es gibt noch einen wichtigeren Grund. »Kit will auch nichts Festes, daher ist das Thema Liebe vom Tisch.«

Sophie kneift die Augen zusammen. »Ich war eine alleinerziehende Mutter mit einem sehr starrsinnigen kleinen Kind, die irgendwo im Nirgendwo lebte, und trotzdem habe ich Nate gefunden. Ich weigere mich, dich so leicht aufgeben zu lassen!« Sie lacht. »Und was die Menopause angeht, hält Mum das auch nicht von irgendwas ab!«

»Arme Mum. Ich kann nicht glauben, was passiert ist, als sie bei der Friseurin auftauchte.«

Sophie macht ein gequältes Gesicht. »Das war unglücklich, aber erhellend. Mich hat sie nie gefragt, ob ich mit ihr shoppen gehen will.«

Ich muss Stellung beziehen. »Dass Mum mich stets bevorzugt, ist nicht fair. Wir müssen sie darauf ansprechen.« Ich bemerke, wie Sophie mit dem Ärmel ihres Kleides herumspielt. »Wenn du dich ändern kannst, kann sie es auch. Es ist nie zu spät!«

Sophie nickt. »Das Problem ist nur, dass sie sich in letzter Zeit so sehr geändert hat, dass wir sie kaum wiedererkennen.«

Ich denke an den Grund dafür und stöhne. »Mum und Mr. Byron haben heute Abend schon wieder etwas vor an der *Comet Cove*, und die Geheimagenten sind bereit, also mache ich mich lieber auf den Weg.« Tatsächlich verliere ich allmählich den Überblick über das, was hier vor sich geht. Liefert Rye Kit und mir einen Grund, um auszugehen? Will Kit zeigen, dass er Rye unterstützt? Oder wollen wir alle immer noch herausfinden, was da läuft? »Bei all den Ereignissen ist es vielleicht am einfachsten, Mum direkt zu fragen, was los ist.«

Sophie umarmt mich. »Meine kleine Schwester, die früher zögerlich war, ist auf einmal ganz entschlossen. Du veränderst dich auch, und es steht dir!«

Ich winke ab. »Zum ersten Mal überhaupt sind da Dinge, die mir etwas bedeuten. *The Hideaway* zu bewahren ist mir wichtig, außerdem will ich das Meerwasserbad verwirklichen, ich liebe es, zu backen und Puddings zu kreieren, und endlich habe ich eine Schwester, die meine Hilfe braucht statt andersherum, wie es sonst immer war.«

Sophie drückt mich ein letztes Mal an sich. »Du *wirst* deinen Meerwasserpool bekommen.«

»Es ist nicht *mein* Pool.«

Lachend lässt sie mich los. »Du bist diejenige, die ihn wiederentdeckt hat. Ich glaube, wir wissen alle, dass es dein Ding ist.«

Ich lache auf dem Weg zur Treppe. »Danke, dass du ihn mir von oben gezeigt hast. Ich halte dich heute Abend auf dem Laufenden.«

Eine Sekunde später laufen Shadow und ich die Treppe hinunter. Als ich diesmal mit meinem neuen Insiderwissen und Verständnis zur Haustür gehe, sieht sie schon viel weniger prunkvoll und protzig aus als auf meinem Weg hinein.

39. Kapitel

Am Strand bei Cockle Shell Castle, Comet Cove
Kuschelige Ecken und Schlafmützen
Dienstag

Kit kreuzt die Beine an den Knöcheln und lehnt sich im Sitzen an die Düne. »Ein Streichquartett im Schlossgarten, Gin-Cocktails und Kanapees auf dem Rasen – vielleicht sollten wir lieber direkt dort sein, als es uns nur von der Seitenlinie aus anzusehen.«

Das Cockle Shell Castle bei Comet Cove ist Mums und Davids Ziel dieses Abends, und da wir oft in dieser Richtung spazieren gehen, sind wir mit Shadow am Strand entlanggelaufen. Jetzt sitzen wir im trockenen Sand oberhalb der Flutlinie. Das Cockle Shell Castle behauptet, die gemütlichste Festung der Welt zu sein, außerdem wird hier der berühmte Gin destilliert. Es hat also einige Vorzüge.

»Es sieht aber alles ziemlich steif und vornehm aus. Ich bin mir nicht sicher, wie Mum und David es finden würden, wenn wir auf der Gästeliste stünden.« Ebenso wenig sicher bin ich mir, ob ich ihnen im Augenblick von Angesicht zu Angesicht begegnen möchte.

Zur Burg gehört eine monumentale, mit Nieten versehene Tür in der Mitte der Fassade, Türme an jeder Ecke sowie Rasenflächen, die bis zum Kies hinter uns reichen. Von unserem Platz können wir die Gäste hinter den Büschen sehen und wie sie an ihren Drinks nippen. Überall im Garten stehen weiß gestrichene Stühle.

Kit zuckt mit den Schultern. »Ich weiß ja nicht, was Rye erwartet, aber es sieht nicht nach einer Veranstaltung aus, auf der wild herumgeknutscht wird.« Er blickt kritisch dorthin, wo die Damen in ihren makellosen Kleidern und auf ihren hohen Absätzen umherschweben. Dann sieht er mich wieder an. »Würde dir ein solcher Abend gefallen? Du trägst ja auch hübsche Kleider.«

Es ist komisch, dass er fragen muss. »Cocktails wären schon cool, vorausgesetzt, sie sind mit alkoholfreiem Gin zubereitet.« Ich hoffe, ich höre mich nicht zu pingelig an. »Und wenn sie das Streichquartett gegen Tanzmusik austauschen, wäre ich dabei!«

Er lacht. »Ich persönlich finde, dass klassische Streichmusik am besten ist, wenn sie von der Brise herübergeweht wird.«

Da bin ich ganz seiner Meinung. »Idealerweise aus einer Entfernung von knapp hundert Metern, was bedeutet, dass wir hier einen sehr guten Platz haben.« Ich stütze mein Kinn auf die Hand und schaue hinaus aufs Meer. »Das Komische ist, dass ich, wenn du mich gefragt hättest, Mum genauso eingeschätzt hätte. Aber trotzdem ist sie dort und lauscht mit geneigtem Kopf der Geigenmusik, als würde sie jede einzelne Note genießen.« Ich kann sie tatsächlich gar nicht sehen, aber ich weiß einfach, dass es genau das ist, was sie gerade tut. Außerdem ist sie eine Frau, die zur Musik von Adele Holzarbeiten schmirgelt oder zu den *Greatest Hits* von Queen ihre Wände streicht.

Kit grinst. »Du tanzt also gern?«

Ich nicke. »Tanzt nicht jeder gern?« Das war eine dumme Antwort. Nicht dass ich je vergleiche, aber Dillon überließ das Tanzen stets den Frauen, während er mit seinen Kumpeln an der Bar hing.

Kits Mundwinkel zucken. »Ich habe gerade überlegt, wie toll ein Tanzabend im Hafen nach dem gesponserten Springen wäre.« Seine Augen leuchten. »Ich will dir das nicht aufladen, aber wir könnten Rye bitten, uns die Soundanlage des Hotels zu borgen. Mit Lichterketten und Girlanden dazu, einer Bar und Burgern könnten wir einen Tanzabend veranstalten und viel Geld sammeln.«

Das klingt perfekt. »Gesponsert vom Atelier *Love-2Love*. Abgemacht!«

»Dann haben wir ein Date!«

Da es noch Wochen bis dahin sein können, muss ich etwas klarstellen. »Das ist weit vorausgeplant für Leute, die einen Schritt nach dem anderen gehen wollten.«

Er grinst. »Wie gut, dass du mich bereits davon überzeugt hast, die Dinge optimistisch zu sehen.«

Ich denke an Sophie, die mich ermahnt hat, dass ich mich nicht verletzen lassen soll. »Der Sommer ist die beste Zeit für unbeschwerten Spaß, ohne an die Zukunft zu denken.« Mir entgeht sein skeptischer Blick nicht, und das weckt auch Zweifel in mir. »Das gefällt dir doch noch immer, oder?«

Er lächelt. »Verdammt, ja!«

»Obwohl wir es bisher noch nicht getan haben … Ist das immer noch okay für dich?«

Er winkt ab. »Keine Klagen von meiner Seite.«

Da wir ohnehin schon beim Thema sind, ist es möglicherweise der richtige Zeitpunkt, mal nachzuhaken. »Wenn wir nun beschließen sollten, die Nächte nicht mehr miteinander zu verbringen, wäre es dann immer noch möglich, weiterhin zusammenzuarbeiten und uns über die Düne hinweg zu grüßen?«

Er hebt die Brauen. »Darum geht's doch beim Spaß ohne Verpflichtungen. Mit allen anderen Bereichen unseres Lebens hat es nichts zu tun.«

Ich nicke. »Die Gefühlsbox bleibt geschlossen, also kein Drama, keine große Sache, was immer auch kommen mag.« Sophie wäre stolz, dass wir jeden Aspekt berücksichtigen. »Sorry, dass ich es nach mehr klingen lasse, als es ist. Wir können zurück zu dem Job, den wir jetzt machen.«

»Alles gut, Flossie Flapjack-Face.« Er lacht und zieht mich an sich für einen süßen, sexy Kuss. »Ich nehme an, Rye hofft darauf, dass wir das Paar beobachten können, wenn die beiden die Veranstaltung verlassen. Die Frage ist nur, was machen wir bis dahin?«

Ich lege den Kopf an seine Schulter. »Wir könnten im Sand liegen und darauf warten, dass die Sterne hervorkommen, und wenn es dunkler ist, halten wir nach Sternschnuppen Ausschau.«

»Wie viele haben wir bis jetzt gesehen?«

Ich unterdrücke ein Gähnen. »Deshalb wäre es ja magisch, wenn wir wirklich mal eine entdecken. Das ist meine Mission in diesem Sommer, eine Sternschnuppe zu sehen.«

»Bist du müde?«

»Es ist eher so gemütlich an deiner Schulter.« Die Wahrheit ist, dass wir seit unserer ersten Sternenbeobachtung in den Dünen jede Nacht zusammen verbracht haben, und weil es ständig spät wird, ich aber früh rausmuss, bin ich jetzt erledigt.

»Wenn du ein bisschen schlummern möchtest, können Shadow und ich plaudern.«

Ich bewege den Kopf zurück und spüre den weichen verwaschenen Jeansstoff an meiner Wange. »Fünf Minuten? Weck mich, falls ich schnarche.«

Das Letzte, was ich höre, ist seine tiefe Stimme an meinem Ohr, als er erwidert: »Mach ich.«

Als ich die Augen wieder aufmache, weiß ich gleich, dass es viel später sein muss, denn der Himmel ist dunkel. Ich spreche das Erste aus, was mir in den Sinn kommt. »Wo sind die Sterne?«

Kit bewegt sich neben mir. »Willkommen zurück! Die Sterne sind nur in den Lücken zwischen den ziemlich großen Wolken zu sehen, und der Mond ist auch verschwunden.«

Ich reibe mir die Augen, und das einzige Geräusch, das ich hören kann, ist das Rauschen der Brandung am Strand. »Wie lange habe ich geschlafen? Was ist mit der Musik passiert?«

Er schaut auf seine Uhr. »Ich fürchte, du hast die Vorstellung verpasst. Die meisten Leute sind schon vor einer Weile gegangen.«

Ich ärgere mich wieder einmal über mich selbst. »Hast du Mum und David gesehen?«

»Die waren bei einer Gruppe von Leuten, die am Strand entlang zurückgegangen sind. Da schien der Mond noch heller, deshalb konnte ich jeden gut sehen. Sie plauderten und sammelten Muscheln. Also nichts Eindeutiges, was wir Rye berichten könnten.«

Ich stoße ein langes Seufzen aus. »Wir vermuten alle nur das Schlimmste und geraten in Panik, aber vielleicht läuft da gar nichts. Soweit ich informiert bin, geht Mum nach den Dates zu sich nach Hause.« Würde sie sich mit jemand anderem als David Byron treffen, würden wir keinen Gedanken daran verschwenden, ganz zu schweigen davon, sie durch St. Aidan zu verfolgen.

Kit lacht. »Die würde Davids extrem gesundes Frühstück nicht mögen. Bei ihm gibt es nur Proteinshakes und Chiasamen.« Er kratzt sich am Kopf. »Rückblickend betrachtet könnte deine Mum den Singles-Abend auch deshalb so schnell verlassen haben, um David aus dem Weg zu gehen.«

»In dem Fall waren wir, Verzeihung, Shadow, die ganze Zeit auf der falschen Fährte. Ryes Verdacht, meine Mum könnte es darauf angelegt haben, seinen Dad zu verführen, wäre demnach totaler Blödsinn.«

Kit steht auf. »Soll ich uns ein Taxi für den Heimweg rufen?«

Ich lächele. »Danke, aber es ist nicht weit zu laufen, und der Wind vom Meer sollte mich wach machen.«

Kit bietet mir seine Hand an und zieht mich hoch. »Heute Nacht sollten wir wirklich Schlaf nachholen.«

Ich spüre ein wenig Enttäuschung, als er mir Shadows Leine gibt. »Getrennt?«

Im Dämmerlicht erscheint ein Lächeln auf seinem Gesicht. »Zusammen wäre mir natürlich lieber – wenn du willst?«

Erleichterung durchflutet mich. »Ein rascher Spaziergang zurück zu mir also und Schokolade vor dem Schlafengehen?« Shadow sieht zu mir auf, als er das Wort »Schokolade« hört. »Es gibt auch Kuchen mit Puddingfüllung, Shadow.«

Unsere Augen haben sich an die Dunkelheit gewöhnt, und dank dem Licht aus Kits Handy ist das Schlimmste, über das wir stolpern, ein paar Klumpen Seetang. Schon bald sehen wir die Lichter des *High Tides*, die auch den Strand erhellen.

Kurz bevor die Dünengrasbüschel an den super gepflegten Rasen grenzen, führt Kit mich nach rechts. »Wir nehmen Ryes Abkürzung. Die führt an der Rückseite des Hotels vorbei und endet bei den Breitengrad-Hütten.«

Ich folge Kit zusammen mit Shadow vom Strand weg und auf einen sauberen Kiespfad nah an den Gebäuden. Wir kommen an der Rückseite einiger Hotelzimmer vorbei, dann erkenne ich die vertraute runde Form des nächsten Hauses mit den vertikalen Fenstern, aus denen ein blasser Schimmer dringt.

»Ist das der *Pleasure Dome*?«

Kit nickt. »Und dahinter liegt dein Lieblingspool, Shadow. Wir können für ein kurzes Bad haltmachen, wenn du möchtest?«

Ich schaue hinunter zu Shadow. »Als hätten wir Zeit zu schwimmen, wenn zu Hause eine ganze Ladung Kuchen wartet!«

»Eine weitere Abkürzung.« Kit führt uns zu einer anderen Veranda und vorbei an den hohen Glastüren, hinter denen das blaue Wasser des Pools sanft leuchtet.

Ich nehme eine Bewegung wahr, bleibe stehen und flüstere: »Da ist jemand drin.«

Kit bleibt neben mir stehen und flüstert ebenfalls. »Bist du dir sicher? Der Pool ist nach dem Abendessen für Gäste geschlossen.« Er blickt erneut hin und gibt einen erstaunten Laut von sich. »Verdammt, es sind David und deine Mum.«

Ich sehe die beiden am Beckenrand entlang zum tiefen Ende laufend, dann springend und im Wasser landend, mit einem Platschen, das den halben Pool leeren könnte. Es ist eine dieser Situationen, in denen mir unangenehm ist, was ich sehe, ich aber trotzdem nicht wegschauen kann.

»Meine Güte!« Ich unterdrücke einen Aufschrei und renne los, Kit hinter mir herziehend. Ich bleibe erst wieder keuchend stehen, als wir weg von der Veranda und im

Schatten sind. »Damit habe ich nun überhaupt nicht gerechnet.«

Kit lacht leise. »Nacktbaden um Mitternacht! Gut für dich, Florence Flapjack-Face' Mum!«

Ich stöhne. »Dieses Bild werde ich ja nie wieder los!« Ich blinzele und reibe mir die Augen, während ich mich immer noch frage, ob es real war. »Bitte sag mir, dass es nur Nell war, die ein textilfreies Moonlightschwimmen für über Sechzigjährige organisiert.«

Kit schüttelt den Kopf. »Ich fürchte, das ist eine Party für zwei, die nach einem Abend mit Gin und Vivaldi beschwingt sind.«

Ich atme schwer aus. »Wenn die nackt in den Hotelpool springen, hat ihre Beziehung definitiv das nächste Level erreicht.« Nicht dass ich Vergleiche anstelle, aber dagegen kommt mir der Abend, an dem ich Kit in Unterwäsche angesprungen habe, wie Kindergarten vor. »Da war pure Freude und Hemmungslosigkeit!«

Kit räuspert sich. »Ohne einen Gedanken an das Sicherheitssystem.«

Mein Herz bleibt stehen. »Es gibt Kameras?«

Kit drückt meine Schulter. »Deswegen hat jeder von unserem Poolbesuch mit Shadow erfahren. Allerdings hatten wir deutlich mehr an als diese beiden.«

Mir gefriert das Blut in den Adern. »Soll das heißen, es gab einen Film davon, wie ich dich abknutsche?«

Er lacht. »Möglicherweise.«

Ich hüpfe auf der Stelle. »Spar dir das! Hast du es gelöscht?«

Er klingt jetzt wieder ernster. »Ich habe es aus dem System entfernt, aber es war doch zu süß, um es nicht aufzubewahren. Ich meine, was, wenn doch eine längere Sache draus wird und wir eines Tages Enkelkinder haben? Du würdest doch sicher wollen, dass ich es aufhebe, um ihnen den Abend zu zeigen, an dem alles begann, oder?«

Genau das meinte ich, als ich Sophie sagte, echtes Dating sei viel zu kompliziert. Zwei Minuten lockere Unterhaltung, und schon gerate ich ins Schleudern und weiß nicht mehr weiter. Manchmal muss man direkt sagen, wie die Dinge stehen.

»Wir werden niemals Enkelkinder haben, Kit.«

Ein Lächeln umspielt seine Lippen. »Okay. Noch etwas, was ich wissen muss?«

»Wir sollten weiter einen Schritt nach dem anderen gehen. Auch wenn du nur scherzt, setzt du zu viel voraus.«

Er beißt sich auf die Lippen. »Ich gebe den ganzen Tag vor, dass ich an die Liebe glaube. Manchmal bricht meine romantische Seite durch. Tut mir leid, es wird nicht wieder vorkommen.«

»Und du wirst mir den Film zeigen, wenn wir zurück sind?«

Er nickt. »Solange du versprichst, dass ich ihn behalten darf.«

Ich stöhne. »Was ist daraus geworden, den Moment zu leben? Wir sollten ganz im Hier und Jetzt sein, nicht für alle Zeiten auf deiner iCloud gespeichert.«

Er nickt. »Ich weiß und stimme dir zu. Manche Dinge sind einfach zu gut, um sie aufzugeben – aus rein beruflicher Sicht betrachtet.«

Ich habe stets daran geglaubt, dass man sich genau überlegen soll, um was man kämpft. Wenn es ein Uhr morgens ist und man die Wahl hat zwischen dem hier und heißer Schokolade, verzichte ich lieber auf die Diskussion und wähle den Kakao.

»Was werden wir Rye erzählen?«

Kit seufzt. »Ich rufe ihn an, wenn wir zurück sind, dann kann er die Aufnahmen vom Pool gleich löschen.«

Ich hoffe nur für Mum, dass niemand die Aufnahmen zu süß und faszinierend findet, sonst landen sie auch noch auf der iCloud von jemandem. Aber sie ist schließlich erwachsen. Ich hoffe einfach, dass sie auf sich selbst aufpassen kann.

40. Kapitel

Millas Ring-Making-Tag in Breitengrad eins, High Tides
Hotel, *St. Aidan*
Mehr Kleckse als Jackson Pollock
Samstag

Regel Nummer eins bei Milla der Brünetten ist, stets ein
kleines Extra zu erwarten. Als sie und ihre Ring-Making-
Truppe um neun am Samstagmorgen meine Stufen hi-
naufpoltern statt wie verabredet um zehn bei Kit, tauschen
Shadow und ich daher nur lächelnd einen Blick. Wir sind
seit gut drei Stunden wach und hatten daher schon Zeit für
einen ausgiebigen Spaziergang sowie für das Backen an-
lässlich des geschäftigen Wochenendes im *Pleasure Dome*.
Shadow hält wieder ein Nickerchen, und ich erledige meine
Arbeiten in der Küche, bevor ich zu Kit hinübergehe.

Milla führt ihre Freundinnen ins Wohnzimmer, wo sie
ihre Taschen auf einen Haufen fallen lassen und sich anschließend auf jede verfügbare Fläche setzen. »Wir dachten, wir schauen in *The Hideaway* vorbei, um unseren
Outfits und Make-ups den letzten Schliff zu geben, Tante
Flo.« Mit anderen Worten: den üblichen massenhaften
Klamottentausch einzuleiten. »Und dann wären wir bereit
für Crunchy Nut Cornflakes, Kuchen und Eiscreme auf
der Veranda, wo wir schon da sind.«

Ich bin bereits in der Küche und belade ein Tablett mit
Bechern und Cornflakes-Packungen. »Könnt ihr euch

selbst bedienen, während ich meine letzte Ladung Scones von den Abkühltabletts nehme?«

Milla wackelt mit den Brauen. »Natürlich.«

Ich sichere mich gegen jede Eventualität ab. »Und falls Jean und Shirley mit ihrer Spaziergänger-Gruppe vorbeikommen, könntet ihr sie auf den Solange-der-Vorrat-reicht-Ingwerkuchen und die Schokoladenmuffins unten an den Verandastufen aufmerksam machen?«

Sie nickt. »Klar doch, M... Tante F.« Sie lacht. »Fast hätte ich dich Mum genannt. Wenn wir alle unsere blonden Perücken tragen für das Barbie-und-Ken-Fancy-Dress-Roller-Fest, wird es ziemlich verwirrend werden.«

Schon seltsam, wenn ich daran zurückdenke, wie sie zum ersten Mal hier auftauchten und es komisch war, Besuch zu haben. Jetzt passiert es häufig, dass ich im Strandhaus Leute willkommen heiße, wer auch immer es ist. Während ich mich zu Anfang noch vereinnahmt und überwältigt fühlte, bin ich jetzt glücklich und zufrieden. Es ist, als würde ich durch die Wiederentdeckung meiner Gastgeberinrolle mein Ich neu definieren.

Milla strahlt. »Wir kommen später am Nachmittag alle wieder, um Blumentöpfe anzumalen. Wie Mum schon sagt, jemand muss die pinke Farbe aufbrauchen, die Granny Suze dir gekauft hat. Alles andere wäre Verschwendung. Wie gut, dass wir alle in unserer ironischen Barbie-Pink-Phase sind.«

Das ist ein weiterer von Millas Geistesblitzen, den sie gestern auf mich abfeuerte, ehe ich Nein sagen konnte. Eine Stunde später, als wir bei Kit auflaufen, bin ich froh, dass ich mich nicht zu noch irgendetwas habe überreden lassen. Die Verandatüren des Studios stehen weit offen, und ein langer Holztisch ist in der Strandhütte aufgestellt.

Kit sieht sehr entspannt aus und zeigt den Mädchen ihre Plätze. »Sechs von euch auf jeder Seite, und es gibt eine Tafel sowie Werkzeuge für jede von euch. Floss wird euch Ring-Rohlinge zum Üben geben.«

Ich trete neben ihn. »Hübsche Cut-offs.« Ich sehe ihn zum ersten Mal in Shorts arbeiten, und dazu trägt er mein Lieblings-T-Shirt von Paul Smith.

»Quiksilver-Flip-Flops auch noch.« Er sieht stolz auf sich selbst aus.

Ich stupse ihn diskret an. »Du passt dich den Teenagern an, gut gemacht.«

Milla hebt den Zeigefinger. »Ich nehme an, es ist okay, wenn wir unsere Playlist bei der Arbeit anhören, Kit?« Sie holt einen Speaker aus ihrer Tasche und stellt ihn auf den Tisch. »Nichts für ungut, aber wir werden viel kreativer sein, wenn wir *Wet Leg* und Olivia Rodrigo hören statt die Beach Boys.«

Ich sage leise zu Kit: »Nimm es nicht persönlich, du hast schon Fortschritte gemacht bei deiner Musik.«

Kit hat ihnen bereits im Lauf der Woche mehrere Methoden der Anfertigung eines Rings gezeigt, und die Mädchen haben sich für eine entschieden, bei der sie Rohlinge aus Hartwachs herstellen und Kit später aus den dreidimensionalen Vorlagen Ringe aus Silber gießt.

Während Kit demonstriert, was jedes der Schneidwerkzeuge kann, gehe ich mit der Box Rohlinge herum, damit sich jede einen nehmen kann, um damit zu experimentieren. Dann drehe ich noch eine Runde, damit sie sich einen zweiten nehmen können für die richtige Anprobe an dem Finger ihrer Wahl. Sobald jede hat, was sie braucht, versichert Kit ihnen, dass sie ein andermal wiederkommen können, um weitere Methoden der Ringanfertigung auszuprobieren. Unterdessen mache ich mich rasch auf den Weg, um die letzten Kartons mit Scones zum Hotel zu bringen.

Als ich zurück bin, ist Sophie eingetroffen, in dem Kleid, das ich zu Hause gute zehn Minuten gesucht habe. Sie hat sich ebenfalls einen Rohling genommen und murmelt: »Nach der Geschichte mit Mum und dem Pool wollte ich die Gelegenheit nutzen, vor Ort zu sein.«

Ich senke ebenfalls meine Stimme. »Hast du schon jemanden darüber reden hören?«

Sophie schüttelt den Kopf. »Kein Wort! Allerdings ist es unmöglich, in St. Aidan etwas geheim zu halten.«

Hinter uns sind die Mädchen in ihre Schnitzereien vertieft. Als sich die Diskussion um Eheringe dreht, beantwortet Kit ihre Fragen und zeigt ihnen Fotos auf seinem Handy.

Dann hebt Milla erneut den Zeigefinger. »Du bist der Experte, Kit, also können wir ebenso gut fragen – woran merken wir, dass wir dem Richtigen begegnet sind?«

Kit zuckt unbekümmert mit den Schultern. »Manchmal weiß man es einfach, weil es sich anders anfühlt als alles je zuvor.« Er sieht mich an und grinst. »Es kann innerhalb eines Augenblicks passieren, nicht wahr, Floss?«

Ich antworte, ohne nachzudenken. »Absolut.« Aber dann protestiere ich: »Warum hast du ausgerechnet mich gefragt? Ich bin der überzeugteste Single in St. Aidan!«

Er lacht. »Ich wollte nur sehen, wie du rot wirst.«

Ich bleibe beim Thema, bevor ich noch dunkelrot anlaufe. »Jeder von uns könnte jederzeit nur einen Herzschlag davon entfernt sein, diese besondere Person zu finden. Das Studio scheint ein Ort zu sein, der Leute in die Stimmung versetzt, sich zu verlieben.« Ich ärgere mich, wie blöd das jetzt wieder geklungen hat. Milla macht den Mund auf, offenbar um genau dort nachzuhaken, aber zwei Dinge retten mich. Erstens fängt Pink an, *Just Give Me a Reason* zu singen, und sofort singen alle mit. Und zweitens kommt Rye herein.

Ich stürme praktisch auf ihn zu. »Rye! Ich habe deine persönlichen Brownies in deinem Büro abgegeben, damit du nicht zur Konkurrenzveranstaltung musst.«

Er lacht. »Wir haben deren Nachmittagstee von hier ins Hotel verlegt. Ich weiß, es handelt sich um eine Spendenaktion für den Meerwasserpool, aber die Mundpropaganda, die wir für den *Pleasure Dome* bekommen, gleicht diesen Kompromiss mehr als aus.«

Sophie hebt eine Braue und mustert mich, dann wendet sie sich an Rye: »Ich habe gehört, die Geschäfte laufen besser, seit Floss euer Angebot versüßt hat.«

Er nickt. »Wir sind inzwischen ein beliebtes Ziel für Ladys, die Kuchen mögen und Wellness-Anwendungen.« Er sieht uns beide an. »Und David ist dem historischen St. Aidan sehr verhaftet, denn was immer die Leute glauben, er ist kein Fremder und erinnert sich an den Meerwasserpool aus seiner Kindheit.«

Ich staune. »Ich dachte, er stammt aus Australien?«

Rye schürzt die Lippen. »Dort hat er sein Vermögen gemacht, aber in den Achtzigern hielt er sich wegen der Seeluft für kurze Zeit in St. Aidan auf. Er mietete ein Cottage auf dem Hügel über dem Hafen.« Ryes Geste und Beschreibung könnte auf fast alle Cottages in St. Aidan zutreffen. »Genau deswegen wollte er gerade hier das Hotel bauen.«

»Großartig.« Ich sage das als jemand, der dankbar dafür sein sollte, dass wir diese Räumlichkeiten nutzen können, und nicht, weil es so ist. Was historische Daten angeht, denke ich oft an *The Crown*. Selbst wenn Byron hier ein paar Wochen verbracht hat, als Charles noch mit Prinzessin Diana verheiratet war, ändert das für *mich* nichts. Wegen seiner hinterlistigen Methoden und dubiosen Ziele ist David Byron nach wie vor ein erstklassiger Mistkerl.

Rye sagt mit leiser Stimme zu uns: »Ich bin hier, weil ich Neuigkeiten für die Mädchen habe.« Während er sich dem Tisch nähert, entgeht einigen der Teenager nicht, wie gut er aussieht. »Wenn ich einmal um Ihre Aufmerksamkeit bitten dürfte, Ladys! Es stehen für Sie nachher Erfrischungen im Dessert-Zentrum des Hotels bereit. Und das Besondere ist …« Er macht eine Kunstpause. »Wir werden die *High Tides*-Gärtner für euch servieren lassen.«

Das Kreischen ist so laut, dass ich mir die Ohren zuhalten muss. Für Rye ist es okay, er sagt nur: »Gern geschehen«, und eine Sekunde später ist er verschwunden, während wir mit dem Aufruhr fertigwerden müssen.

Als sich die Aufregung endlich legt, wende ich mich an Sophie. »Danach werden sie nie wieder zu mir kommen wollen, um Blumentöpfe zu bemalen.«

»Keine Sorge, ich bin sicher, das werden sie. Ich kann dir helfen, wenn du möchtest.«

Zuerst denke ich, die Worte kommen von Sophie, aber dann sehe ich hinter ihr Mum von der Veranda hereinkommen. Um sie auf dem richtigen Fuß zu erwischen, mache ich ihr erst einmal ein Kompliment. »Ein weiterer hübscher Jumpsuit, Mum.«

Dieser ist dunkeltürkis mit dunkelblauem Fensterblattaufdruck, und er steht ihr wirklich gut.

Sophie murmelt: »Wir können nur hoffen, dass sie ihn anbehält.«

Ich lächele Mum zu. »Möchtest du einen Ring machen?«

Sie wirkt etwas angespannt. »Ich werde wohl nur zuschauen und mit den Mädels plaudern.«

Milla braucht nur eine Nanosekunde, um zu merken, dass ihre Großmutter da ist. »Granny Suze! Was für ein Glück! Jetzt, wo du hier bist, kannst du uns persönlich und aus erster Hand verraten – ist was dran an den Gerüchten?«

Mum erwidert lächelnd: »An welchen denn?«

Milla antwortet prompt: »Man erzählt sich, dass du nackt baden warst im Hotelpool!«

Mir stockt der Atem. Es ist schlimm genug, dass wir es wissen. Dass andere Leute diese Neuigkeit verbreiten, ist einfach zu peinlich.

Sophie stürzt sich sofort darauf. »Wer erzählt das?« Sie spricht mit zusammengebissenen Zähnen. »Raus damit, Milla. Ich meine es ernst!«

Milla rutscht nervös auf ihrem Regiestuhl herum. »Die Gärtner vom *High Tides* haben eine WhatsApp-Gruppe. Alle in der Schule haben davon geredet!«

Ich erstarre, aber ich kann Mum nicht untergehen lassen – ich muss sie retten! Ich räuspere mich. »Ich fürchte, die WhatsApp-Gruppe hat da etwas durcheinandergebracht. Wenn du vom Nacktbaden im *High Tides* letzten Dienstag sprichst, dann handelt es sich tatsächlich um mich und Kit.«

Es wäre besser gewesen, ich hätte Kit nicht erwähnt, aber ohne ihn geht es nicht.

Vom Tisch kommt Gebrüll, und Milla reckt die Faust. »Ihr zwei seid also wirklich ein Paar! Ich wusste es!«

Ich drohe mit dem Zeigefinger. »Ehrlich, Milla! Zwei Leute, die nackt baden, müssen nicht zwangsläufig eine

Beziehung haben. Es bedeutet nur, dass sie nicht mit nasser Unterwäsche nach Hause gehen wollen.«

Sophie zeigt mir diskret den erhobenen Daumen.

Milla wendet sich an Kit. »Aber du hast dieses Gefühl verspürt? Dass sie die Richtige ist, ja?« Dann sieht sie mich an. »Wenn ihr beide heiratet, kann ich eure Brautjungfer sein!«

Kit schaut beschämter drein, als er sollte, aber nun richtet sich die Aufmerksamkeit aller auf mich.

Ich hebe die Hand, bevor die Sache außer Kontrolle gerät. »Milla! Ich werde *nicht* heiraten.« Ich versuche, von mir und Kit abzulenken. »Wenn Plum und Rye sich jemals verloben, kannst du ja die zwei fragen.«

Kurz darauf dreht sich die Diskussion unter den Mädchen um Hochzeitskleidung, während ich Sophie ansehe, die sich mit den Fingern durch die falschen Haare fährt. Unterdessen zupft Mum nervös an ihrem Gürtel. Ich habe ihr einiges erspart, aber ganz davonkommen lassen kann ich sie noch nicht.

»Was meinst *du* denn, Mum – wenn *du* diejenige gewesen wärst, die nackt baden war, wäre es ein Hinweis auf eine ernste Beziehung?«

Sie verschluckt sich, fängt sich aber rasch wieder. »Du weißt, dass ich Kit immer mochte, Schätzchen. Wie auch immer du das zwischen euch nennst, ich freue mich für euch.« Sie wendet sich an Sophie. »Deine Haare beeindrucken mich nach wie vor. Ich wollte dich beinah schon wieder Schätzchen nennen!«

Was mich an etwas anderes erinnert. »Neulich haben Sophie und ich über unsere Kindheit gesprochen, Mum. Vielleicht können wir drei irgendwann mal darüber reden?«

Mum mauert sofort. »Da gibt es nichts zu erzählen.«

Damit gebe ich mich nicht zufrieden. »Aber da ist so vieles, an das ich mich nicht erinnere!«

»Deshalb nennt man es ja auch Vergangenheit«, kontert sie gereizt. »Die ist vorbei und vergangen. Es ist zwecklos, sie auszugraben.« Sie weicht bereits zur Veranda zurück. »Meine Erinnerung ist wie ein Sieb, es hat keinen Sinn, mich zu fragen, außerdem muss ich los.«

Sophie protestiert: »Aber du hast versprochen, du würdest für Floss' Cupcakes im *Pleasure Dome* bleiben!«

Mum wirft den Kopf zurück. »Kein Interesse, schon gar nicht jetzt.« Im nächsten Moment ist sie unterwegs zum Hotelparkplatz.

Ich atme genervt aus. »Das habe ich nicht gut durchdacht. Ich hätte sie *nach* der Topfbemalung fragen sollen.«

Sophie stößt zu mir. »Du konntest ja nicht wissen, dass sie dermaßen angespannt sein würde. Aber danke, dass du dir die Mühe machst.« Sie umarmt mich. »Mach dir keine Sorgen wegen der Blumentöpfe, ich werde dir helfen.«

»Wird Milla etwas dagegen haben?«

»Nicht, solange ich als du dabei bin.« Mit großen Augen fügt sie hinzu: »Das Leben ist dadurch viel einfacher, obwohl ich unter dieser Perücke wie verrückt schwitze. Trotzdem, vielleicht muss ich für immer so bleiben.«

Was meine Behauptung angeht, das nackt badende Paar seien Kit und ich gewesen, hoffe ich, dass die Aufregung über die Gärtner Schrägstrich Kellner später dazu führen wird, dass die Mädchen es einfach vergessen.

41. Kapitel

The Hideaway, *St. Aidan*
Apfelkuchen und kurze Texte
Montag

Zwei Tage später, es ist Vormittag, und ich streue Wolken von Puderzucker über zwei Himbeer-Sahne-Biskuitstücke und schneide ein Blech Bakewell-Blondies für das Hotel an, während ich mich im Stillen dafür beglückwünsche, dass der Samstag keine Nachwirkungen hatte. Tatsächlich bin ich in Gedanken schon bei meinem Barbie-Outfit für das Kostümfest auf der Promenade. Ich ärgere mich, meine Rollschuhe eingelagert zu haben, und hoffe, dass mein Hintern noch in meine neonpinkfarbene Radlerhose passt. Mein Handy piepst, es ist eine Nachricht von Nell.

Toll, das mit dir und Kit! X

Ich schreibe sofort zurück.

Was denn?

Ein weiterer Signalton und meine Komfortblase zerplatzt.

Ihr seid heiße Neuigkeiten in der St.-Aidan-Gerüchteküche. Ich beanspruche euch als weiteren Erfolg des Singles-Clubs. Xx.

Ich seufze und tippe.

Falls wir je exklusiv werden, werde ich es dich ganz bestimmt wissen lassen. Xx

Da wir schon Thema sind, kann ich ebenso gut nach Kit schauen. Seit Samstag haben wir jeden freien Moment wundervollen Sex und Eiscreme im Bett genossen und dabei den Blick für die alltäglichen Details verloren.

Ich nehme seinen Lieblings-Pudding-Becher aus dem Regal, schneide ein Stück Blondie ab, öffne den Kühlschrank und schicke ihm eine Nachricht.

Hast du Interesse an einer raschen süßen Verkostung? Xx

Er schreibt gleich zurück.

Termin in dreißig Minuten, werde schnell essen. Xx

Zwei Minuten später bleibt Shadow schlitternd vor dem Tresen im Studio stehen, und ich stelle Kits Becher hin, um gleich darauf in ein betäubendes Geknutsche gezogen zu werden, das erst drei Minuten später endet.

»Ich wusste nicht, dass du heute Kunden hast.«

Er nimmt sein Dessert, probiert einen Löffel Himbeereis und schließt die Augen, als es in seinem Mund schmilzt. »Nur jemand für ein Vorgespräch.«

Ich lasse mir von ihm einen Bissen Blondie in den Mund schieben, schlucke herunter und mache mich bereit, das zu sagen, weshalb ich hergekommen bin. »Samstag war ziemlich anstrengend. Ich hoffe, es war nicht zu viel für dich, dass ich aus Versehen das Öffentlichkeitskästchen abgehakt habe.«

Er grinst. »Diese ersten Nächte unter den Sternen waren sehr besonders, aber wir können nicht darauf hoffen, auf ewig unentdeckt zu bleiben.«

Ich seufze. »Nell hat mir vorhin geschrieben, dass sich die Neuigkeit schon in St. Aidan verbreitet hat.«

Er lacht. »Ich hoffe, dazu gehört, dass wir *angeblich* splitternackt waren!«

»Es ist viel schlimmer als das. Sie nennen uns beide mehr oder weniger ein Paar.«

Er nimmt mich in den Arm. »Als würden wir etwas darauf geben, was die Leute über uns reden! Was zählt, ist doch, dass wir glücklich sind mit dem, was wir haben.«

Ich kann nichts tun gegen meine Panik. »Aber keiner von uns wollte mehr als eine kurze Affäre!«

Er reibt sich mit dem Daumen das Kinn. »Im Augenblick stimmt das, aber es ist auch nicht unvorstellbar, dass sich die Dinge ändern.«

»Was? Der Klatsch verwandelt sich in eine sich selbst erfüllende Prophezeiung?« Das ist zu schräg, um auch nur daran zu denken.

Er sieht mich durchdringend an. »Bist du glücklich, Floss?«

Ganz offensichtlich trifft es zu, dass ich meine Hände nicht von ihm lassen kann. Wegen meiner persönlichen Situation ertrage ich es gar nicht, über den Moment hinauszuschauen, denn das zwischen uns kann nicht von Dauer sein. Aber in diesen winzigen Zeitabschnitten fühle ich mich so wohl mit ihm, behütet und lebendig. Er ist so nett und sexy und umgänglich, außerdem bringt er mich ständig zum Höhepunkt. Wenn wir zusammen sind, will ich nicht, dass es jemals endet, und wenn er geht, kann ich es nicht erwarten, ihn wiederzusehen. Ich weiß, wir machen nur einen Trippelschritt nach dem anderen, aber jeder einzelne davon ist erfüllt von einer Freude, die ich nie zuvor gekannt habe.

»Sehr.« Ich versuche, es zu beschreiben. »Die Art von Glück, die Shadow wohl empfinden würde, wenn er unverhofft auf eine offene Packung Kekse stößt und ich ihm gestatte, jeden einzelnen zu futtern.« Ich lasse das einen Moment wirken, denn je mehr ich darüber nachdenke, umso klarer wird mir, dass ich es hassen würde, wenn er es beenden will. »Und du?«

Er zieht ein Gesicht. »Ich bin so glücklich, wie Rye es wäre, wenn du ihm einen Stapel Brownies backst, der bis zur Decke reicht.«

Ich muss grinsen. »Dann ist also Schritt für Schritt zwischen uns alles gut.« Er scheint sich nach wie vor ziemlich sicher zu sein, nie mehr eine Beziehung zu wollen. Für mich wird sich da auch nichts ändern. Wenn wir also beide warme Nächte ohne einen Gedanken an eine Zukunft wollen, geben wir das perfekte Paar ab. »Nun, was meinst du?«

Er überlegt. »Wie wäre es, wenn wir den Rest der Welt ignorieren und wieder darüber reden, wenn der Sommer vorbei ist?«

Ich nicke. »Oktober ist noch weit weg, das kommt einem vor wie eine Ewigkeit, oder?«

Ich bin echt froh, dass wir uns da einig sind. Die ganze Seelenforschung, die ich hinter mir habe, und trotzdem habe ich nie das Modell *Freundschaft plus vorübergehend* in Betracht gezogen, denn genau da scheinen wir jetzt zu stehen.

Während ich darauf warte, dass Kit nicht mehr den Mund voll hat und mir zustimmt, schaue ich aus dem

Seitenfenster. Eine Gestalt in Herrenhalbschuhen und einem dunkelblauen Anzug geht vorbei. Als der Mann sich nähert, werden zwei Dinge klar: Er nähert sich dem Studio, und ich weiß, wer er ist. Ich schreie auf. »Na klar, es ist sein Hotel, aber was zum Teufel macht David Byron hier?«

Kit schaut auf seine Uhr. »Er ist mein Ein-Uhr-Termin und kommt zu früh.« Er atmet geräuschvoll aus. »Ich wollte es dir erzählen.«

Mit leicht schriller Stimme erwidere ich: »Nein! Musst du nicht. Das ist vertraulich und geht mich nichts an. Und ich will es auch gar nicht wissen!«

Ich rufe Shadow, laufe an der Küche vorbei, und im nächsten Moment sind wir zur Tür hinaus und auf dem Rückweg zu *The Hideaway*.

JULI

42. Kapitel

The Deck Gallery, *St. Aidan*
Geheimnisse und Kuchen
Montag

Es gibt Zeiten, da hat man so viel um die Ohren, dass man nicht mehr dazu kommt, sich um die kleinen Dinge zu sorgen. Nicht dass es eine Kleinigkeit wäre, wenn die Leute Kit und mich als Paar sehen. Als Nells Textnachricht kam, war ich zuerst außer mir. Aber wegen der beiden Damenkränzchen mit Aktivitäten, um die ich mich kümmern musste, den meisten Morgen bei Kit, dem Backen für das Hotel sowie zahlreichen von Kits Paaren, von den Einwohnern St. Aidans ganz zu schweigen, die auf meiner Veranda auftauchen, war ich einfach zu erschöpft, um mir über Details wie meinen Status, Gedanken zu machen. Was die gemeinsamen Momente mit Kit angeht, sind sie wie Buttercremekringel auf dem Cupcake. Das Karamellbröckchen auf einem meiner Desserts. Der Schokoladenraspel auf dem Eis. Wären die nicht da, würde ich sie nicht vermissen. Aber nun, da ich es habe, ist es einfach wundervoll. Ich bin entschlossen, alles zu verschlingen.

Was meine Zweifel angeht, habe ich mir fest vorgenommen, das Ganze nicht durch zu viel Grübeln zu verderben. Es mag untypisch sein und unkonventionell, aber wenn man aufhört, darüber nachzudenken, passt es eigentlich ganz gut zu meiner Einstellung der vergangenen vier Jahre, eins nach dem anderen anzugehen. Kein Wunder, dass ich da hineingeschlittert bin. Es mag nicht für jeden das Richtige sein, aber wenn es für mich und Kit funktioniert, warum nicht?

Es ist ein Zeichen dafür, wie anstrengend alles ist, dass ich zwei Wochen brauche, um zu merken, dass ich mich in letzter Zeit gar nicht mehr mit Plum getroffen habe. Was immer Kit und ich im Studio besprochen haben, dass es uns egal ist, was die Leute reden – unsere Nichtbeziehung läuft nach wie vor ziemlich heimlich. Wir essen, gehen mit Shadow am Strand spazieren, dann chillen wir bei ihm oder bei mir. Da im Hotel jetzt mehr Betrieb herrscht, waren wir nicht mehr zusammen im Pool.

Anscheinend fühle ich mich noch ein wenig unbehaglich, weil ich Plum dem örtlichen Tratsch preisgab, denn ich habe heute nicht nur Clemmie als Verstärkung mitgebracht. Als sie und ich, Shadow, Arnie und Bud den Hügel hinauf zu Plums Galerie gehen, ist der Beutel mit Aprikosen-Crumble, den ich trage, fast so groß wie Clemmies Tasche mit Wechselsachen für die beiden Babys.

Ich helfe Clemmie mit dem Doppelkinderwagen durch die große Glastür und gewähre ihr einen Blick in meine Tasche. »Das ist Schuld-Kuchen.«

Clemmie winkt ab. »Es gibt nichts, weshalb du dich schlecht fühlen solltest.« Sie befreit die zappelnde Bud von ihren Sitzgurten. »Anscheinend ist Plum auf der Veranda in der Sonne. Wenn ich den hier nehme, kommst du dann mit Arnie nach?«

Während wir durch die hallende Galerie gehen und dann auf die Veranda treten, blickt Plum von ihrem Laptop auf. »Hallo Fremde. Ist ja ewig her, seit wir dich zuletzt im Ort gesehen haben, Floss.«

Eine bessere Begrüßung hätte ich mir nicht wünschen können. »Ich habe darauf gewartet, dass sich die Aufregung über den Nacktbadeskandal legt.«

Sie schnaubt. »Dass du die Aufmerksamkeit von deiner Mum auf dich gelenkt hast, hat deine Schwimm-Glaubwürdigkeit durch die Decke gehen lassen. Das sind gute Neuigkeiten für den Meerwasserpool. Hat Suze sich denn von dem Schreck erholt?«

Ich bin immer noch baff deswegen. »Sie war schon eine ganze Weile vorher einsilbig. Und als Sophie und ich sie nach unserer Kindheit fragen wollten, ist sie ausgetickt und einfach verschwunden. Seitdem hält sie sich noch mehr bedeckt.« Ich ziehe die Nase kraus. »Wenn sie sich weiterhin so verhält, werden wir die Mums der anderen Meerjungfrauen über unsere Kindheit ausfragen müssen.«

Plum blickt skeptisch. »Wir wohnten am anderen Ende des Dorfes, aber ich werde mich mal erkundigen. Mach dir allerdings nicht zu viel Hoffnung, denn meine Mum ist, was Details angeht, bisher immer vage geblieben.« Plums Eltern wohnen noch in demselben viktorianischen Haus, das mir damals riesig vorkam, als wir Kinder waren. Die Fischerhütten, wo wir wohnten, waren Puppenhäuser dagegen.

Clemmie hält Bud auf dem Knie. »Da wir in der gleichen Straße wohnten, weiß meine Mum vielleicht mehr. Sie ist allerdings auf einer längeren Vogelbeobachtungstour in Puerto Rico. Sobald sie zurück ist, können wir sie fragen.«

Plum lächelt. »Und wie läuft die Romanze so?«

Mir bleibt das Herz stehen, und erst als Clemmie etwas sagt, begreife ich, dass sie Mum meint und nicht mich.

»Es ist klug von Sophie und dir, dass ihr euch zurückhaltet und sie in Ruhe lasst.«

Plum nickt. »Wie sehr man seine Mum auch liebt, es gehört schon Glück dazu, den neuen Partner mögen zu können. Dasselbe gilt auch für Rye mit David.«

Von der Tür her ist ein Räuspern zu hören. »Bin ich zu spät, um mich zu beteiligen?«

Wir drehen uns um und sehen Rye in verwaschener Jeans und T-Shirt, der sich durch die ohnehin schon perfekten Haare fährt.

Plum schnurrt praktisch. »Rye hat eine halbe Stunde frei und ist hergekommen, um sich auf meinem Laptop Fotos von Skulpturen anzusehen.«

Uns ist klar, dass sie dafür mit ihrem Laptop auch sein Büro hätte aufsuchen können. Da er aber hier ist, und zwar nicht als Feuerwehrmann oder Hotelmanager, kommt das einem Date ziemlich nahe.

Clemmie lächelt. »Wir haben gerade darüber gesprochen, dass erwachsene Kinder die neuen Partner ihrer Eltern selten gleich sympathisch finden.«

Ich grinse ihn an. »Es ist beruhigend zu wissen, dass wir normal sind.«

Plum wendet sich an mich. »Ich nehme an, die andere Romanze in der Familie ist bloß ein Gerücht?«

Mist! »Da hast du vollkommen recht.«

Clemmie schaukelt Bud auf ihrem Knie. »Was immer geredet wird, unsere Floss ist entschlossen, frei wie ein Vogel zu bleiben.«

Interventionen wie diese sind genau der Grund, weshalb ich Clemmie dabeihaben wollte. »Ich bin St. Aidans ewiger Single-Albatross, dazu bestimmt, immer zu fliegen und nie zu landen.« Ich stupse Shadow mit dem Fuß an.

»Wir haben uns versprochen, auf ewig Seelenverwandte zu sein, nicht wahr, Shadow?«

Plum lehnt sich zurück. »Apropos, du weißt, dass Dillon Ende des Monats hier sein wird?«

Ich wusste, dass er kommen wollte, aber nicht, dass er so bald hier sein würde. »Er sagte, er würde kommen, aber nicht, wann.«

Plum schiebt die Lippen vor. »Er wollte, dass es eine Überraschung wird, aber da so viel los ist, wollte ich dich lieber vorwarnen.«

Dafür bin ich ihr dankbar, und es ist nur fair, Rye die Zusammenhänge zu erklären. »Dillon ist Plums Bruder. Wir waren früher mal zusammen.«

Er nickt langsam. »Ich weiß, wer Dillon ist.«

Plum ergreift über den Tisch hinweg meine Hand und drückt sie. »Spiel es nicht herunter, Floss. Ihr zwei wart eine Institution.«

Ich sehe Rye unverwandt an. »Wir sind immer noch gute Freunde.«

Plum sieht mich forschend an. »Wir freuen uns alle, dass ihr nach wie vor Kontakt habt.«

Wir tauschen uns kaum noch per Textnachrichten aus, aber ich korrigiere ihre Aussage lieber nicht. Und sosehr ich innerlich auch zusammenzucke, es ist mir lieber, offen damit umzugehen.

Clemmies Brauen schießen in die Höhe. »Als ob wir Meerjungfrauen es anders haben wollten!«

Ich ergreife die Chance, das Thema zu wechseln. »Von den Meerjungfrauen hast du sicher schon gehört, Rye?«

Er grinst. »Insider über St. Aidan sind mein Spezialgebiet. Soll ich dir ihre Namen aufzählen?«

Wir überlegen anscheinend alle, wie wir es formulieren

sollen, dass die Aufzählung nicht nötig ist. Auf einmal wird die Stille zerrissen von einem lauten Geräusch, das wie eine Mischung aus Brandungsrauschen und Elefantentrompeten klingt.

Rye fragt erschrocken: »Was war *das* denn?«

Plum hält sich die Nase zu. »Zeit für einen Windelwechsel, Bud?«

Clemmie greift nach dem Rucksack. »Das wird ein Windeltsunami gewesen sein. Wenn du mitkommst, Plum, können wir Arnie auch gleich versorgen.«

Plum steht schon auf. »Kochst du in der Zwischenzeit Kaffee, Floss?«

Rye bietet sich gleich an. »Habe ich irgendwo eine Kaffeemaschine gesehen?«

»Alle Americano?« Als wir hineingehen und uns hinter den Tresen der Galerie begeben, wird schnell klar, dass ich mit Ryes Barista-Fähigkeiten nicht konkurrieren kann, daher reiche ihm nur die Tassen und stelle Untertassen auf ein Tablett. Ich zähle gerade Kuchenteller ab, als er sich an mich wendet.

»Du weißt, wie sehr Kit dich mag?«

Ich überspiele mein Entsetzen mit einem Scherz. »Das sollte er auch bei all den Bakewell-Blondies, die ich für ihn backe.«

»Es ist viel mehr als das.« Rye sieht mich durchdringend an. »Für Kit ist es ernst. Schon die ganze Zeit.«

Mein Magen hüpft, als stünde ich in einem Highspeed-Lift, trotzdem reagiere ich gefasst. »Wie bitte?«

»Er ist bis über beide Ohren verliebt, seit du hierhergezogen bist.« Rye sieht mich prüfend an. »Das musst du doch gemerkt haben, der Kerl wohnt ja praktisch auf deiner Veranda. Du glaubst doch nicht wirklich, dass er nur aus Appetit ständig nach Eiscreme und Kuchen gebettelt hat, oder?«

Ich bin perplex und versuche, diese Worte zu verarbeiten. »Aber das ist Monate her! Und er hat gesagt, du seist scharf auf den Kuchen!« Mein Verstand arbeitet fieberhaft, bis ich schließlich ein vernünftiges Argument finde. »Kit und ich haben darüber gesprochen und waren uns beide einig, dass keiner von uns für etwas Festes bereit ist, nachdem wir beide eine gescheiterte Beziehung hinter uns haben.«

Rye zuckt mit den Schultern. »Es ist ein ziemliches Risiko, jemandem seine wahren Gefühle zu gestehen, bevor man nicht weiß, ob der andere ebenso empfindet. Aber wenn es dir *nicht* so geht, ist es besser, wenn du Bescheid weißt – auf seiner Seite sind definitiv Gefühle.«

Wie habe ich mich so irren können, obwohl ich mich doch so oft vergewissert habe? Selbst wenn nur ein kleiner Teil von dem, was Rye da sagt, wahr ist, kann ich es nicht einfach dabei belassen. »Dass Kit verletzt wird, ist das Letzte, was ich will.«

Rye zieht eine Grimasse. »Freut mich, dass du das ebenfalls so siehst. Ich hoffe, es macht dir nichts aus, dass ich das sage?«

Das ist das Komische an St. Aidan – jedes Mal, wenn ich denke, es läuft genau richtig, geschieht etwas und zieht mir den Boden unter den Füßen weg. Ich schüttele den Kopf. »Keineswegs. Ich bin sehr dankbar, dass du es mir gesagt hast.«

Ich lege die Löffel hin, die ich in der Hand gehalten habe, pfeife Shadow zu mir und sehe Rye an. »Ich muss los.« Es gibt Dinge, die ich zu erledigen habe. Orte, an denen ich sein muss. Leider fühlt sich meine Brust an, als würde sie implodieren. »Die Milch ist im Kühlschrank unter der Arbeitsfläche. Kannst du Clemmie und Plum von mir Tschüss sagen?«

Das ist alles ein schreckliches Durcheinander. Es gibt nur einen Weg, es wieder in Ordnung zu bringen, und ich muss es so schnell wie möglich tun.

43. Kapitel

Das Studio, Breitengrad eins, High Tides Hotel
Neunzig Meilen pro Stunde im Rückwärtsgang
Montag

An jenem ersten Abend, den Kit und ich beim Hotel verbrachten und darüber sprachen, warum wir für eine feste Beziehung nicht bereit sind, war ich ziemlich durcheinander. Außerdem hatte ich zu viel Prosecco getrunken. Während ich mit Shadow am Strand zurückgehe und über mich und Kit nachdenke, wird mein Verstand mit jedem Fußabdruck, den ich im Sand hinterlasse, klarer. Diese Sache hat nichts mit den Nachwirkungen der Vergangenheit zu tun. Was Dillon und ich hatten, spielt dabei keine Rolle. Mir ist vollkommen klar, dass, selbst wenn Kit und ich jemals an den Punkt gelangen sollten, eine gemeinsame Zukunft in Betracht zu ziehen, ein gewaltiges Hindernis bleibt. Ich lebe ganz in der Gegenwart, weil die Zukunft viel zu unsicher ist, um über sie nachzudenken. Wie auch immer ich es betrachte, letztlich würde ich Kit etwas vormachen, wenn ich ihn um mehr bäte, als wir momentan haben.

Es war ohnehin ein unwahrscheinlicher Zufall, dass überhaupt etwas zwischen uns passiert ist. Wären meine Dating-Regeln strenger gewesen oder erprobter, wäre es vielleicht nie dazu gekommen. Ich meine, man lernt aus Erfahrung, und diese Geschichte mit uns scheint das Potenzial zu besitzen, in eine totale Katastrophe zu münden.

Ich denke außerdem über das nach, was Rye über Kit gesagt hat. Wenn ich Kits jüngstes Verhalten unters Mikroskop lege und mir sein Handeln anschaue, statt nur seine Worte zu hören, spricht vieles für Ryes Aussage. Allerdings sind es eher kleine Signale als große und deutliche. Ein Lachen hier, ein Lächeln dort. Kit, der aussieht, als würde er sich wohlfühlen, obwohl er doch entsetzt sein sollte. Wenn ich an den Tag zurückdenke, an dem Milla mit ihren Freundinnen Ringe herstellte und Kit und ich später über alles redeten, muss ich wohl blind gewesen sein, diese Signale nicht deutlicher wahrgenommen zu haben. Aber wenn es einen Zweifel gibt, muss ich mich dem stellen.

Es ist durchaus möglich, dass Kits wahre Gefühle nicht mit dem übereinstimmen, was er gesagt hat. Ich muss nur an mein eigenes Leugnen denken, während mein Körper das Gegenteil schrie. Ich habe mir ganz gut selbst etwas vorgemacht, weil ich egoistisch war und mir gefiel, was da zwischen uns lief. Ich wollte es so weit wie möglich auskosten.

Wenn ich daran denke, dass ich Kit verletze, indem ich ihn ungewollt glauben ließ, es könnte von Dauer sein, dann bedaure ich es. Ich will ihn nicht in die Irre führen. Die Vorstellung, ihm wehzutun, ist schrecklich, denn er bedeutet mir viel. Was wiederum nur zeigt, wie sehr ich bereits an ihm hänge und wie solche Dinge wachsen können, während ich mir die ganze Zeit einrede, dass ich mir nicht viel daraus mache.

Wenn ich mich selbst unter die Lupe nehme, ist es offensichtlich.

Als Rye von Kits Gefühlen für mich sprach, wurde mir flau im Magen. Und kurz davor pochte mein Herz wie verrückt. Zu erfahren, dass Kit mehr für mich empfindet, als er mir gegenüber bisher zugegeben hat, löste ein erstaunliches Gefühl in mir aus. Als hätte ich nur darauf gewartet, damit meine eigenen Empfindungen außer Kontrolle geraten können. Es ist eine Sache, wenn einem bei einer Person jedes Mal das Blut in den Kopf steigt. Es aber als eine wirklich große Sache zu erkennen, als ein substanzielles, echtes, direkt aus dem Herzen kommendes Gefühl, ist etwas völlig anderes.

Was zum Teufel habe ich getan? Verlangen zu spüren, war in Ordnung, aber mehr zu empfinden, ist ein Desaster.

Nachdem mir das alles klar geworden ist, kann ich unmöglich zu der Version zurück, die ich vorher war. Es ist wie schnell trocknender Zement in meinem Kopf. Ich kann nur versuchen, die Dinge irgendwie in Ordnung zu bringen. Schnellstmöglich.

Es dauert gut drei Stunden, ehe ich von meinem Platz auf der Veranda von *The Hideaway* zum Studio schaue und sehe, wie Kit seine heutigen Kunden verabschiedet, die Richtung Hotel davongehen. Ich habe eine große Box mit Apricot-Crumble vorbereitet, die klemme ich mir unter den Arm, rufe Shadow, und wir rennen los zu *Breitengrad eins*.

Ich stürme durch die Tür, knalle die Box auf den Tisch und springe einen großen Schritt zurück, um weit genug von Kits möglicher Umarmung entfernt zu sein. Dann will ich mit meiner perfekt vorbereiteten kleinen Rede loslegen.

»Ist alles okay, Floss?«

Ich lache innerlich über die Ironie. »Tatsächlich könnte es nicht schlimmer sein, Kit. Es tut mir leid, aber ich kann das nicht mehr …« Meine Stimme wird zu einem Krächzen.

Kit stutzt. »Wie bitte?«

Ich fange noch einmal an. »In Zukunft müssen wir uns auf Arbeit und Kuchen beschränken.« Da er mich verdutzt ansieht, fahre ich rasch fort: »Der Rest muss aufhören. Sofort.«

Zwischen seinen Brauen bildet sich eine Falte. »*Was* muss aufhören?«

Ich gebe mir alle Mühe, mich klar auszudrücken. »Der nette Teil. Wir müssen zurück zum rein professionellen Umgang miteinander.«

Er blickt skeptisch. »Abendessen ist also noch drin?«

Ich muss deutlicher werden. »Nein! Auch keine Strandspaziergänge mehr, kein gemeinsames Essen, keine geteilten Nächte, keine zufälligen Berührungen im Eiswagen und schon gar keine Küsse oder Sex.«

Seine Stimme wird tiefer. »Darf ich fragen, warum?«

Ich muss Rye da heraushalten. »Ich hätte schon früher ehrlich zu mir selbst sein sollen.« Ich atme tief ein. »Auf diese Weise wird niemand verlassen oder übervorteilt, und das Beste: Niemand wird verletzt.«

Er schnaubt. »Dafür ist es ein bisschen zu spät!«

Da ist ein Ziehen in meiner Brust, und als ich den kummervollen Ausdruck auf seinem Gesicht sehe, ärgere ich mich über mich selbst wegen alldem. Dass ich schuld bin. Dass ich überhaupt die ganze Sache angefangen habe. Wenn ich doch nur die Zeit zurückdrehen könnte, hätten wir nie zusammen die Sterne betrachtet. Dann hätte ich ihm ganz bestimmt keine Coco Pops und keinen Kuchen um sieben Uhr morgens gegeben. Wahrscheinlich wäre ich gar nicht nach St. Aidan zurückgekommen.

Ich habe einen bitteren Geschmack im Mund. »Ich habe es gründlich vermasselt, aber ich tue mein Bestes, um es wieder in Ordnung zu bringen.« Als ich zur Tür stürme, brennen mir Tränen in den Augen. »Wenn nichts weiter ist, sehen wir uns morgen.«

Er ruft mir hinterher: »Ich poliere die letzten Ringe für Millas Freunde. Wir könnten jetzt reden, während ich sie dir zeige.«

Ich wappne mich und rufe über die Schulter zurück: »Es gibt nichts mehr zu reden, Kit. Zeig sie mir morgen früh.«

Eine Sekunde später weht mir der Seewind die Haare ins Gesicht, als Shadow und ich auf dem Rückweg zu *The Hideaway* sind.

Meine Welt liegt in Trümmern, aber das Leben geht für alle weiter.

Ich bin schon halb die Stufen zur Veranda hinauf, als mein Handy klingelt.

Ich schlucke ein Schluchzen herunter und melde mich. »Mum! Wie geht es dir?«

Sie zögert. »Ist alles okay bei dir? Du klingst wie Gollum.«

»Ich bin draußen, wahrscheinlich liegt es am Wind.«

Sie spricht weiter. »Ich habe mit Judy geplaudert.«

Das ist Plums Mum. Ich weiß, dass sich die Dinge in St. Aidan schnell rumsprechen, aber ich war nicht darauf vorbereitet, dass sich *dieser* Kreis so rasch schließt. Ich überlege fieberhaft, wie ich am besten reagiere, aber ehe mir etwas einfällt, spricht Mum wieder.

»Es tut mir leid, dass ich dir das Gefühl gegeben habe, du solltest dich lieber an andere Leute wenden, Floss. Du und Sophie, ihr seid meine Töchter, und so schwer es mir auch fällt, in meinem Leben zurückzublicken, ist es immer noch meine Aufgabe, euch die Antworten zu geben, nach denen ihr sucht.«

Ich fühle mit ihr. »Du Arme, wenn wir gewusst hätten, dass du das so empfindest, hätten wir damit gar nicht angefangen.«

Sie seufzt. »Das hätten wir schon vor Jahren machen sollen. Sag mir Bescheid, wann, und ich werde da sein.«

Wir wissen, dass sie meist ausgebucht ist, und wenn es gerade schwierig ist, drängt man besser nicht. »Irgendwann nächste Woche?«

»Freitag bei dir? Nach dem Lunch?«

Das ist der ungünstigste Tag, den sie hätte vorschlagen können, aber es ist wenigstens etwas. »Ich werde es gleich Sophie sagen.«

Zwei Klingeltöne später meldet sich Sophie, und ich erzähle ihr alles. Ich dachte, sie würde sich genauso freuen wie ich, stattdessen wird ihre Stimme schrill.

»Ich kann unmöglich noch zehn Tage warten! Ruf sie an und sorg dafür, dass es früher stattfindet!«

Was nur wieder zeigt, wie verschieden wir sind. Ich arrangiere gar nichts um. Diesmal muss Sophie einfach Geduld haben.

Mir macht es weniger aus, denn seit ich die Sache mit Kit beendet habe, ist das Leben für mich die reinste Apokalypse. Es ist kaum zehn Minuten her, dass ich das Studio verlassen habe, aber es fühlt sich an wie hundert Jahre.

44. Kapitel

The Hideaway, *St. Aidan*
Wie Löcher in einem Einkaufsnetz
Dienstag

Nachdem ich einen Monat lang jede Nacht mit Kit verbracht habe, strecke ich am nächsten Morgen beim Aufwachen automatisch die Hand zum Kissen neben mir aus, auf der Suche nach seiner warmen Haut, der Wölbung seiner Schulter, seinen Stoppeln auf den Wangen. Erst als ich die Augen aufmache und das sanfte pinkfarbene Licht sehe, das durch die Musselinvorhänge hereinfällt, erinnere ich mich wieder.

Er ist nicht hier.

Und er wird auch nie mehr hier sein.

Ein paar Sekunden ringe ich mit mir selbst. Versuche, mir eine Parallelwelt vorzustellen, in der es zwischen uns funktioniert und wir zusammen sein können. Als ich mir eingestehe, dass es völlig aussichtslos ist, steht Shadow über mir, eine Pfote links und rechts von meinen Rippen, und gibt mir zu verstehen, dass er bereit ist für einen Spaziergang. Dieser verschlafene Stadthund hat sich mittlerweile absolut an das Leben auf dem Land gewöhnt.

Danach folgt unsere übliche Morgenroutine, die in gewisser Hinsicht noch ungewohnter ist. Spazieren gehen, backen, duschen und dann los, um drei Dutzend Scones und Mars-Brownies zum *High Tides* zu bringen. Und weil ich gut anderthalb Stunden früher als sonst aufgewacht bin, bleibt noch Zeit, um weitere Kekse zu backen und in die Innenstadt von St. Aidan zu fahren, um Blumen zu kaufen, bevor ich zur Arbeit muss.

Wenigstens habe ich Dinge, an denen ich mich festhalten kann, als Shadow und ich im Studio ankommen. Wir lärmen und lassen Wasser in eine große Glasvase laufen, während ich versuche, mich so zu verhalten wie vor alldem.

»Guten Morgen, Kit. Wusstest du, dass Nelken wieder im Kommen sind? Besonders die roten.«

Er sieht zerknautscht aus, als wäre er gar nicht im Bett gewesen. »Das Orange ist hübsch.«

Ich war früh genug auf, um auch dies nicht dem Zufall zu überlassen. »Sie repräsentieren Glück, Freundlichkeit, Entschlossenheit und Kreativität. Sie stehen außerdem für Gesundheit, Gleichgewicht und Erfolg.« Wir könnten beide momentan alles davon gut gebrauchen. Gestern fiel es mir schwer, die richtigen Worte zu finden, heute kann ich nicht aufhören zu reden. Und die Sehnsucht in meinem Herzen ist so stark, dass es wehtut.

Kit stellt einen Korb auf den Tresen. »Hier sind die Ringe für Milla.« Er hält ein weiches gelbes Tuch hoch und geblümte Säckchen mit Tragebändern. »Ich überlasse es dir, sie ein letztes Mal zu polieren, bevor du sie einpackst.«

Ich nehme einen mit kunstvoll gravierten Blumen und betrachte die anderen. »Die sind wunderschön. Die Mädchen werden begeistert sein.«

Kit ignoriert das und fährt sich durch die Haare. »Ich habe gehört, du hast gestern mit Rye gesprochen?«

Ich halte inne und sehe ihm in die Augen. »Kurz.«

Er runzelt die Stirn. »Ich hoffe, was immer er gesagt hat, war für deine Entscheidung nicht ausschlaggebend?«

Ich seufze. »Kit, wir waren uns einig, dass es jederzeit enden kann, wenn einer von uns beiden das will.«

Er seufzt. »Die Sache zwischen dir und mir fühlte sich an, als wären wir beide voll dabei, jeden einzelnen Augenblick, auch wenn es nur vorübergehend sein sollte.«

Ich weiß, er hat recht, aber das ist umso mehr ein Grund für meinen Rückzug.

Er beißt sich auf die Lippe. »Ich will ja nicht neugierig sein, aber ich würde gern verstehen, was sich geändert hat. Denn für mich ist das, was wir hatten, es wert, darum zu kämpfen.« Er reibt mit dem Daumen an seinem Kiefer. »Allerdings will ich dich nicht zu etwas drängen, womit du dich nicht wohlfühlst, so gut es auch gewesen sein mag.«

Er sieht so zerknirscht aus, dass ich mir Vorwürfe mache, dass ich ihm so wehtue. Wenn er nur halb so sehr leidet wie ich, ist es hart. Wenn ich das alles doch bloß nicht angefangen hätte.

Auch wenn ich noch so schwanke, ich muss zuallererst an ihn denken. »Es tut mir leid, Kit. Ich bin dir dankbar für das, was du sagst, aber meine Entscheidung steht fest.« Ich leide mit ihm, als ich seine enttäuschte Miene sehe.

Er lehnt sich mit der Schulter an die Wand. »Da ist noch vieles, was wir nicht ausgesprochen haben.« Er streicht sich die Haare zurück. »Rye erwähnte, dass Dillon bald zu Besuch kommt. Das ist aber nicht der Grund, weshalb du das mit uns nicht mehr willst, oder?«

»Definitiv nicht.« Nachdem der Druck weg ist, verspüre ich den Wunsch, zu viel Persönliches preiszugeben. »Dillon und ich haben uns getrennt, weil ich zu Hause geblieben bin und mir *Gilmore Girls* angeschaut habe, statt ihn auf seine Kumpel-Partys zu begleiten. Solche Dinge bringen eine Beziehung nicht weiter.«

Kits Lächeln enthält eine Spur Mitgefühl. »Vee und ich haben uns getrennt, weil sie keine Kinder wollte.«

Es ist nur irgendeine Information, die keinen Einfluss auf mich hat, trotzdem fühlt es sich an wie ein Stich ins Herz. Und während es meine Absicht war, zuerst an Kit zu denken, um ihn nicht zu verletzen, ist die Erkenntnis, dass ihm Kinder sehr wichtig sind, wie eine Guillotine, die jede Verbindung trennt. Es löscht den letzten Rest Hoffnung aus, dass es doch noch einen Weg für uns geben könnte. Ich fühle mich wie eine Fliege, auf die eine Fliegenklatsche niedergesaust ist.

Ich habe mit Feuer gespielt, das ich nicht unter Kontrolle halten konnte, und dafür sollte ich mich schämen.

Mit schriller Stimme sage ich: »Na, wer hätte das gedacht? Fünfhundert Orgasmen später, und wir wissen immer noch absolut nichts voneinander!« Ich schaue auf mein Handy, dann betrachte ich Kit, dessen Wangen so eingefallen sind, als ginge es zu Ende mit ihm … Und dann mache ich einfach weiter mit meinem Leben. »Die zukünftigen Mr. und Mrs. Lugieri-Walker werden in genau fünf Minuten hier sein. Ich bringe dir mal lieber einen Kaffee, damit du wieder zu dir kommst.«

45. Kapitel

»Du bist ja immer noch angezogen wie ich!«

Sophie steigt die Stufen zur Veranda hinauf und scheint sich in meinem dunkelblauen, mit Gänseblümchen bedruckten Lieblingsplaysuit so wohlzufühlen, dass ich mich frage, ob ich den je zurückbekommen werde.

Sie wirft die braunen Haare nach hinten und grinst mich an. »Ich wollte es noch eine weitere Woche fortsetzen. Falls du deine Sachen entbehren kannst, meinetwegen auch bis zur Barbie-Party.«

Als ich vor zehn Tagen dieses Treffen mit Mum arrangierte, war ich froh, einen baldigen Termin gefunden zu haben, auf den ich hinarbeiten konnte. Es war gut, einen Punkt in der Zukunft zu haben, die sich vor mir erstreckte. Das gilt auch für den Barbie-Tag am nächsten Wochenende. Er ist eine weitere Wegmarke im unwägbaren Rest der Zeit.

Allerdings ist es auch nicht gerade so, als würde ich irgendwo anders hingehen als zu einem Spaziergang am Strand oder zum Hotel, um etwas zu liefern. Und ja, ich bin angewidert von mir selbst, dass ich derart blind war, was einen Mann betraf. Aber da das noch nie zuvor passiert ist, weiß ich auch nicht, was ich dagegen tun kann.

Als Dillon und ich uns trennten, war das schrecklich, aber es war mehr ein Schock darüber, dass die bequeme Beziehung, in der wir uns eingerichtet hatten, plötzlich nicht mehr da war. Jetzt ist es eher, als hätte ich mich in einem Sandsturm aus Emotionen verirrt, die ich alle nicht verstehe. Manchmal habe ich das Gefühl, ich brauche Milla, die mir streng befiehlt, mich endlich zusammenzureißen.

Ich fühle mich schrecklich und verantwortlich für Kits Herzschmerz. Ich wollte ihm nie wehtun. Wenn er doch nur wüsste, dass ich die Regeln für mich nur deshalb aufgestellt habe, damit ich ihm nicht noch mehr Kummer bereiten kann. Das würde ich ihm gern erklären, aber ich weiß nicht, ob ich die Kraft dazu finde.

Während Sophie Shadows Ohr krault und sich einen Stuhl heranzieht, deute ich auf den hohen Krug. »Nimm dir kalte Limonade, die ist selbst gemacht.«

Sie grinst. »Das ist schon merkwürdig. Als du hier ankamst, haben wir alle angenommen, dass du *The Hideaway* verändern würdest. Aber jetzt ist es, als hätte dich *The Hideaway* in genau die Besitzerin verwandelt, die es wollte.« Sie lacht. »Sag nichts – du wirst gleich Cupcakes herausbringen?«

Ich weiß nicht, was ich davon halten soll, dass sie mich so gut einschätzen kann. »Wie der Zufall es will, das werde ich, aber nur, weil ich neuerdings süchtig danach bin, wie die Buttercreme auf meiner Zunge schmilzt. Was ist in deinem Umschlag?«

Sophie tippt auf das dicke Päckchen, das sie auf den Tisch gelegt hat. »Ich hatte zehn Tage Zeit, um mich auf dieses Treffen vorzubereiten. Meine Unterlagen umfassen zwanzig Seiten plus Zusatzmaterial, je eine Kopie für jede von uns. Was ist mit dir?«

»Ich habe meine Fragen alle im Kopf.« Jedes Mal, wenn ich mein Notizbuch hervorholte, machte ich gleich wieder einen Rückzieher. »Wenn wir aus Mum das Beste herausbekommen wollen, solltest du vielleicht lieber die Perücke abnehmen.«

»Oh, das habe ich fast vergessen.« Sophies Haare sind weniger hell als in meiner Erinnerung, aber ohne Perücke sieht sie definitiv mehr aus wie sie selbst. Leise sagt sie: »Los geht's!«

Mum taucht auf der Veranda auf und beugt sich herunter, um uns einen Kuss auf die Wange zu geben. Dann präsentiert sie uns einen Strauß aus Kornblumen, roten Nachtviolen und Geranien, zusammengebunden mit einer Schleife aus Bast. »Ich habe euch ein Sträußchen aus dem Garten mitgebracht.«

»Danke, die sind reizend. Selbst Milla hat es aufgegeben, hier Blumen zu pflanzen.« Während ich ein Glas mit Wasser fülle und die Blumen hineinstelle, sehe ich Mum an ihrem Gürtel zupfen. »Dein zweitbester Mal-Overall heute.«

Sophie schenkt ein Glas Limonade ein und schiebt es ihr hin. »Ich hoffe, du stürmst nicht gleich wieder los?«

Mum räuspert sich. »Nein, es gibt Dinge im Leben, von denen man hofft, dass man nie über sie reden muss. Aber es ist wichtig, dass ich sie jetzt sage.«

Ich sehe, wie Sophies Finger auf ihren Unterlagen zucken. »Falls ein Diskussionsplan hilft, ich habe einen.«

Mum tätschelt ihre Hand. »Zuerst musst du ein bisschen zuhören, Sophie, alles Weitere sehen wir dann.« Sie macht eine Pause und blickt zum Horizont. »Als du klein warst, noch ehe Flossie überhaupt ein Gedanke war – erinnerst du dich noch daran, wo wir gewohnt haben?«

Sophie nickt. »In einer der Fischerhütten entlang der

Rose Hill Road. Du lebtest noch dort, als Milla geboren wurde.«

Ich schlinge die Arme um mich. »Clemmie wohnte in der gleichen Siedlung.«

Mum lächelt. »Der Küchenfußboden bestand aus Steinbruchziegeln.« Sie stupst Sophie an. »Du hast dein erstes Paar Steppschuhe mit drei bekommen, und du hörtest erst wieder auf zu steppen, als du ein Goth wurdest.« Sie schüttelt den Kopf. »Du hattest blonde Locken, genau wie dein Dad. Er hoffte immer, du würdest eine Tänzerin auf einem Kreuzfahrtschiff werden.«

Sophie sieht entsetzt aus. »Aber ich *hasse* Schiffe.«

»Ich weiß. Welch eine Ironie, nicht wahr? Aber ich muss euch beiden erzählen, was damals passiert ist.« Mum beobachtet die auf den Strand laufenden Wellen, dann sieht sie uns wieder an. »Die Sache ist die, euer Dad ist nicht freiwillig verschwunden. Ich habe ihm gesagt, er muss gehen.«

Ich bekomme eine Gänsehaut auf den Armen.

Mum schiebt die Lippen vor. »All die Jahre habe ich die Leute das glauben lassen, was sie vermuteten – dass er uns verlassen hat. Ich wollte immer die Wahrheit sagen, aber dann habe ich es doch stets von Neuem aufgeschoben.«

Ich hole tief Luft. »Bis jetzt.«

Sophie macht den Mund auf und wieder zu. »A-a-aber ...«

»Ich kann euch jetzt nur erzählen, wie es dazu gekommen ist, und hoffen, dass ihr es versteht.« Mum hält ihren Kragen fest. »Euer Dad fuhr für ein Fernreisebusunternehmen, deshalb war er viel unterwegs. Es gab nur wenige Cottages in unserer Reihe, und irgendwann mietete ein Mann das Cottage am Ende der Straße für kurze Zeit. Bei seiner Ankunft sah er schrecklich aus. Er hatte Leukämie gehabt, seine Ehe war gescheitert, und die Frauen in der Straße kümmerten sich alle um ihn. Sie brachten ihm Kuchen und warme Mahlzeiten.«

Sie macht eine Pause, in der sie zum Himmel hinaufschaut. »Er war ganz anders als alle, die ich bis dahin kennengelernt hatte. Er las viel und war interessant. Vor allem aber war er nett.« In ihrer Stimme schwingt Wehmut mit. »Man plant solche Dinge nicht, aber da euer Dad ständig fort war, kamen wir uns näher, als wir sollten. Wir gestanden es uns selbst kaum ein, doch irgendwie wusste euer Dad davon.«

Sie hält erneut kurz inne, und als sie weiterspricht, hat ihre Stimme sich verändert. »Und dann wurde ich mit Flossie schwanger, und es fühlte sich nicht mehr richtig an, die Geschichte fortzusetzen. Also traf ich eine Entscheidung. Ich blieb bei eurem Dad, und der andere Mann zog weg.«

Ich fühle mit ihr. »Das muss hart gewesen sein.«

Sie nickt. »Rückblickend war es die einzige Zeit in meinem Leben, in der ich wirklich verliebt war. Aber es sollte nicht sein. Seine Zukunft war unsicher, und ich hatte zwei Kinder, für die ich da sein musste. Es half zu wissen, dass ich das Beste für alle tat, indem ich die Familie zusammenhielt. Dann wurdest du geboren, Floss, und da fühlte ich mich in meiner Entscheidung bestätigt.«

Sophie nimmt meine Hand und drückt sie, und ich halte ihre Finger fest.

Mum lächelt. »Als Baby warst du blond, Sophie, und dein Dad hat dich vergöttert. Am Morgen deiner Geburt, Floss, sah dein Dad die dunklen Haare und die langen Beine, ganz anders als seine, und danach hat er dich kaum mehr angesehen.«

Sophie drückt meine Hand fester, und Mum erzählt weiter.

»Ich hoffte, dass wir diese Sache irgendwie überwinden können, aber er wurde seine Eifersucht nicht mehr los. Mit Gleichgültigkeit hätte ich ja noch leben können, und ich beschützte dich, so gut ich konnte, Floss. Doch als du größer wurdest, nahm seine Feindseligkeit dir gegenüber zu. Eine negative Einstellung ist sehr destruktiv. So konnten wir alle nicht weitermachen. Ich traf die härteste Entscheidung meines Lebens, vor allem hinsichtlich der Auswirkungen auf dich, Sophie. Eines Tages, nachdem er besonders gemein gewesen war, sagte ich ihm, er müsse gehen. Er tat es, und das war's.«

Sophie schüttelt den Kopf. »Das klingt schrecklich.«

Mum sieht sie an. »Es war keine gute Zeit, aber es wurde viel einfacher, nachdem ich den Mut aufgebracht hatte, die Beziehung zu beenden.«

Ich kann es genauso gut aussprechen. »Deshalb hast du uns stets unterschiedlich behandelt.«

Mum bestätigt es. »Du hast vor Selbstbewusstsein gestrotzt, Sophie, warst stets davon überzeugt, recht zu haben. Floss dagegen brauchte mehr Zuspruch. Ich wollte euch beide gleich behandeln, aber das funktioniert nicht immer.«

Sophie zieht die Nase kraus. »Ich fühlte mich immer unverwüstlich, aber seit Milla mich herausfordert, bin ich viel weniger selbstsicher.«

Mum sieht sie lächelnd an. »Du warst stets ein Energiebündel. Es ist einfacher für andere, wenn sie deine verletzliche Seite sehen.«

Ich hänge an jedem Wort. »Was wurde aus dem anderen Mann?«

Mum verzieht das Gesicht. »Die Behandlungsmethoden waren damals noch nicht das, was sie heute sind, und seine Aussichten waren nicht gut. Um unserer Familie willen haben wir uns darauf geeinigt, den Kontakt abzubrechen. Er versprach, in seinem Testament zu vermerken, dass ich im Falle seines Todes benachrichtigt werde, aber ich habe nie wieder von ihm gehört. Seitdem gab es nur uns drei.«

Sophie fragt ohne Umschweife: »Wessen Kind ist Floss dann?«

Mum spielt mit ihren Fingern. »Ich war mir nie vollständig sicher, aber es ist eher unwahrscheinlich, dass ein Krebspatient ein Kind zeugen kann.«

Sie reden darüber, als wäre ich nicht da. »Ich bin über dreißig Jahre alt geworden, ohne einen der beiden je kennenzulernen, daher spielt es jetzt auch keine Rolle mehr.«

Mum kaut an ihrem Daumennagel. »Meine Entscheidung hat dich am härtesten getroffen, Sophie. Es tut mir leid, dass ich dir den Dad entzogen habe, der dich liebte, aber damals schien es die einzige Möglichkeit zu sein.«

Sophie wischt sich eine Träne fort. »Es hilft schon zu wissen, dass es nicht seine Idee war zu gehen.«

Ich lege die Arme um sie und ziehe sie an mich. »Er ging nicht fort, weil du irgendetwas getan hast. Es tut mir leid, dass ich der Grund war.«

Sophie schnieft. »Denk das bloß nicht, Floss. Auch wenn du allein warst, Mum, hast du einen tollen Job gemacht. Wir waren glücklich. Und danke, dass du uns die Wahrheit gesagt hast. Es bedeutet mir viel, dass ich sie jetzt kenne.«

Ich bin überrascht, und zugleich fühle ich mich bestätigt. »Ich bin stolz auf dich, dass du es uns erzählt hast,

Mum. Diese paar Sätze lassen unsere Kindheit in einem ganz neuen Licht erscheinen. Alles, was Sophie und ich in letzter Zeit infrage gestellt haben, hat sich nun geklärt.« Ich lächele sie an. »Wenn das alles ist, hole ich nun den Kuchen.«

Mum zögert, als ich aufstehe. »Das ist noch nicht alles. Nicht ganz.«

Sophie sagt verblüfft: »Wenn da noch mehr ist, brauche ich erst einmal eine Dosis Zucker.«

Ich stelle die Platte auf den Tisch und setze mich wieder auf meinen Platz. Mum räuspert sich.

»Es ist noch nicht ganz das Ende der Geschichte. Für mich war die Liebe bisher immer kleine Glücksmomente, ein glückliches Zusammentreffen von Zeit und Ort. Meiner Erfahrung nach liegt das Geheimnis dauerhafter Liebe darin, loslassen zu können.«

Sophie nimmt einen großen Bissen von ihrem Kuchen und lächelt. »Das klingt ganz nach dir, Mum.«

Mum seufzt. »Wenn der Mann aus dem Cottage am Ende der Straße nach ein paar Jahren wiedergekommen wäre, hätten wir es vielleicht miteinander versucht. Als er über dreißig Jahre später in St. Aidan auftauchte, war mein erster Impuls, mich zu verstecken. Das habe ich über ein Jahr lang getan.«

Ich bin baff. »Er war also gar nicht tot?«

Mum schüttelt den Kopf. »Er hat vom medizinischen Fortschritt profitiert und kostete nun das Leben aus. So hatten wir es auch abgemacht, für den Fall, dass er wieder gesund wird. Ich bin mir nicht sicher, ob er tatsächlich nach mir gesucht hat, als er zurückkam, aber St. Aidan besitzt eine ganz eigene Anziehungskraft. Manchmal landen wir hier, ohne es eigentlich zu wollen.«

Ich nicke bestätigend. »Das trifft auf uns drei zu.«

Sophie schiebt sich Krümel in den Mund und klingt wie üblich ungeduldig. »Aber wie ging es weiter? Wo ist er jetzt?«

Mum wirkt ruhiger. »Er entdeckte ein passendes Grundstück, kaufte es – und baute das *High Tides Hotel.*«

Sophie verschluckt sich. »Was zum Geier, Mutter! David Byron ist deine verloren geglaubte Liebe?«

Mum seufzt genervt. »Ich hätte schon viel früher versucht, ihn kennenzulernen, wenn diese Vorgeschichte nicht wäre. Aber dann hätte ich mich wahrscheinlich gar nicht erst auf ein Date eingelassen, also war es vielleicht besser, dass wir uns schon kannten.«

Ich bin gleichermaßen erleichtert und entsetzt. »Deshalb warst du so verschlossen?«

Sie schaut zu den Dachbalken hinauf. »Man kann diese Dinge nicht beschleunigen. Ich hatte nie vor, auch nur in die Nähe des Hotels zu kommen, aber ihr brauchtet mich für den Abend mit dem Eiswagen. Und als ich merkte, dass David mich entdeckt hatte, musste ich weg. Dann, an dem Wellness-Abend, änderte ich meine Taktik, weil ich dachte, es könnte nützlich für euch sein, und David und ich stellten fest, dass es viel zu bereden gab.« Sie zuckt mit den Schultern. »Nach all der Zeit ist uns der Gesprächsstoff noch nicht ausgegangen.«

Ich lache. »Wenn ihr euch genug mögt, um zusammen nackt zu baden, seid ihr nach den Maßstäben St. Aidans zusammen.«

»Das Schwimmen war nur ein bisschen Spaß.« Sie zupft an den Falten ihres Overalls. »Nachdem ich mich so lange nur um mich selbst kümmern musste, überlege ich es mir gut, bevor ich meine Unabhängigkeit aufgebe.«

Mir laufen Tränen über die Wangen, während ich meine Mum ansehe, die sich stets um uns gekümmert und sich selbst zurückgenommen hat. »Spaß, Glück, Liebe – jetzt bist du an der Reihe, das alles zu haben. Was immer ich von David Byron in der Vergangenheit gehalten haben mag, ich könnte mich kaum mehr für dich freuen.«

Mum räuspert sich erneut. »Natürlich ist er nicht perfekt. Er hat die Neigung, ständig für alles bezahlen zu wollen, aber nur, weil er wirklich nett ist. Und wir arbeiten daran. Außerdem ist sein Musikgeschmack schlimm. Es braucht wohl ein paar St.-Aidan-Discos, ehe er zu den Arctic Monkeys tanzt.«

Sophie schiebt die Platte über den Tisch. »Cupcake, Mum?«

Sie zögert, aber dann nimmt sie einen. »Die Regeln eines ganzen Lebens sind gerade über den Haufen geworfen worden, also was soll's.«

Sophies Verstand scheint fieberhaft zu arbeiten. »Werdet ihr heiraten, du und David?«

Ich gebe einen Schrei von mir. »Sophie, das ist die Art von Fragen, die Milla stellen würde!«

Ein Lächeln breitet sich auf Mums Gesicht aus. »Das habe ich mich selbst auch schon gefragt – ich bin mir nicht sicher, ob ich wirklich rechtlich von eurem Dad geschieden bin!«

Das liebe ich an St. Aidan und meiner Familie. Wenn man denkt, es gibt keine weiteren Überraschungen, taucht doch noch eine auf.

46. Kapitel

»Du bist die einzige Freundin, die eine Million leuchtender Shorts besitzt, deshalb warst du meine erste Anlaufstelle.« Clemmie schaut den Stapel bunter Lycrawäsche auf dem Bett durch und zieht eine grellgelbe Weste mit violetten Wirbelmustern heraus, dazu noch eine limonengrüne Shorts. »Perfekt. Ich gebe sie dir gewaschen zurück, und ich sorge dafür, dass Charlie etwas dazu Passendes hat.«

Ich habe Nell bei der Organisation geholfen, aber ich weiß nicht, wann ich Garderobenchefin wurde. »Wenn du Lycra nicht magst – Barbie liebt auch Kleider, und es gibt lange blonde Perücken von *Hardware Heaven,* Janice hat extra viele bestellt.«

Clemmie hebt den Zeigefinger. »Ich leihe dir meine Rollschuhe.«

Ich nicke. »Hauptsache, du hast deine Tickets gekauft.«

Clemmie schaut mich erwartungsvoll an. »Und jetzt musst du mir noch ganz schnell den neuesten Klatsch berichten. Ich bin das erste Mal ohne Arnie und habe versprochen, in fünf Minuten wieder zurück zu sein.«

Ich grinse. »Dann beeile ich mich lieber. Sophie geht es besser nach dem Familiengespräch, von dem du ja weißt. Rye hält Mum nicht länger für eine nach Gold grabende

Psychopathin, seit er weiß, dass sie und David sich schon vorher kannten. Und als David das Angebot für *The Hideaway* machte, wusste er bereits, wer ich bin.«

Clemmies Brauen schießen in die Höhe. »Die Stalker-Vibes mal beiseitelassend, erklärt es, warum das Angebot so großzügig war.«

Ich zucke mit den Schultern. »Ich vermute, dass er darauf hoffte, es würde ihm helfen, die Verbindung zu Mum wiederherzustellen.« Ich versuche immer noch, das alles zu verarbeiten. »Was den Pool angeht, so hatte er dieses Projekt wohl die ganze Zeit im Sinn. Die Anfrage bei der Gemeinde sollte verschleiern, was er in Wirklichkeit vorhatte.«

Clemmie schüttelt den Kopf. »Es fügt sich alles zum Besten. Ohne diesen Anstoß wärst du vielleicht nie auf die Idee mit dem Meerwasserpool gekommen, und der wird richtig gut für den Ort sein.«

Ich lache. »Für das Hotel sieht es jetzt auch besser aus. Wenn wir unsere Karten richtig ausspielen, spendet Mr. Byron möglicherweise für unseren Fonds.«

Clemmie mustert mich forschend. »Kann es sein, dass du ihm gegenüber allmählich freundlicher eingestellt bist?«

Ich rolle mit den Augen. »Das passiert nicht von heute auf morgen. Aber wenn es zwischen ihm und Mum etwas Dauerhaftes wird, muss ich mich eben bemühen.« Ich überlege, was ich Clemmie sonst noch zu berichten habe. »Ansonsten haben Shadow und ich so viel zu tun, dass wir gar keine Zeit für soziale Kontakte haben, selbst wenn wir wollten.«

Clemmie macht ein kritisches Gesicht. »Ist deine Mum richtig verliebt?«

»Sie und David hatten ein Leben lang Zeit, sich zu ändern, seit ihrem ersten Kennenlernen. Es war also nicht selbstverständlich.« Ich winke ab. »Mum streitet es vehement ab, aber tatsächlich ist sie bis über beide Ohren verliebt.«

Clemmie schlingt die Arme um sich. »Es ist wunderbar, dass sie ihr Happy End erlebt.« Sie räuspert sich. »Darf man darauf hoffen, dass du das auch bekommst?«

Ich nehme meinen Mut zusammen, um es auszusprechen. »Ich treffe Kit von jetzt an nur noch beruflich, und daran wird sich auch nichts mehr ändern. Abgesehen von allem anderen will er eine Freundin, die Kinder haben kann.«

Sie gibt einen Aufschrei von sich. »Oh, Floss, das tut mir so leid.« Sie sieht mich genauer an. »Bist du dir sicher?«

Ich verziehe das Gesicht. »Es ist leichter auf diese Weise. Wenn ich weiß, dass ich zu hundert Prozent ungeeignet bin, bleibt mir das Grübeln über den Rest auch erspart.«

Sie runzelt die Stirn. »Und wie kommst du damit zurecht?«

Ich antworte betont leichthin: »Ich hatte Sex nach Dillon, der ist also abgehakt. Und es ist eine große Erleichterung, Kit nichts vormachen zu müssen.«

Sie kneift die Augen zusammen. »Aber wie geht es dir damit wirklich?«

Ich seufze. »Ich futtere zu viel Kuchenteig, aber ich bin zuversichtlich, dass ich es überwinden werde.« Kit jeden Tag im Studio zu sehen, ist qualvoll. Ihn zu beobachten, ein Lächeln aufzusetzen und so zu tun, als freute ich mich für die anderen Paare, bricht mir stets aufs Neue das Herz. Aber das wird nicht ewig andauern. Ich gebe ein hohles Lachen von mir. »Hey, Mrs., du musst los! Wir sehen uns bald wieder. Und vergiss deine Perücke nicht.«

Und das war's erst einmal für mich. Das nächste bedeutende Ereignis in meinem Leben ist das Barbie-und-Ken-Event am Wochenende. Während ich auf der Veranda stehe und Clemmie zum Abschied winke, fühlt es sich noch ewig weit weg an.

47. Kapitel

Der Barbie-and-Ken-Fancy-Dress-Day, die Promenade,
St. Aidan
Bessere Hälften
Samstag

»OMG, du siehst aus wie meine Hot Skatin' Barbie aus meiner Kindheit!«

Sophie lehnt sich gegen das Geländer der Promenade und wirbelt mein kürzestes perlrosa Skaterkleid um ihre Beine, während sie mein Outfit betrachtet. Nate steht neben ihr in einem pinkfarbenen Gingham-Hemd, und Maisie, Marcus sowie Tilly bilden eine Gruppe ein Stück weiter auf der Promenade.

Ich hoffe, ich war nicht gemein, weil ich meine Shorts im hellsten Pink für mich selbst behalten wollte, als die Leute sich Sachen von mir borgten, aber ich hatte nun mal schon den passenden, mit Farbklecksen bedruckten Badeanzug und die Schirmmütze dazu. Jetzt vollführe ich eine Drehung auf den Rollschuhen und schaue mir die Menge auf der breiten Promenade an. Die helle Julisonne lässt die Farben leuchten wie in Barbieland.

Die platinblonde Perückenmähne, die Sophie sich aus dem Gesicht streicht, ist länger als ihre eigenen Haare. »Dank Janice haben wir alle unsere blonden Perücken.« Sie stupst gegen meinen flureszierenden gelben Ellbogenschützer und schnippt gegen meine flachsblonden Haare. »Wie ist das Leben als Blondine, Flossie-Boots?«

Ich muss ehrlich antworten. »Ich bin so gut drauf wie seit Wochen nicht.« Ich sollte jeden Tag Rollschuh laufen. Eine Person in einem pinkroten Jumpsuit neben der Bühne winkt uns zu.

Sophie stößt mich an und winkt zurück. »Hast du Mum und David dort drüben gesehen? Das muss doch nun wirklich sämtliche Vorbehalte, die du ihm gegenüber hattest, zunichtemachen, oder?«

Da bin ich mir nicht sicher, aber ich winke trotzdem. »Auf jeden Fall erhält er den Preis für das beste Hawaiihemd.«

An dem Tag, als wir mit Mum geredet haben, habe ich Sophie erklärt, dass ich nicht darüber spekulieren will, wer mein Dad ist. Seitdem ist es uns gelungen, diese Sekunden des Zweifels hinter uns zu lassen und einfach unser Leben weiterzuführen. Ehrlich, ich hätte es auch nicht ertragen, wenn sie jedes Mal komisch geschaut hätte, sobald sein Name fällt.

Wir wenden uns an Nell und George, die auf der Bank neben uns sitzen, hinter einem riesigen Kinderwagen. Ich betrachte ihre Shirts und Shorts. »Ich bin ja hier nicht die Kleiderpolizei, aber was tragt ihr zwei da eigentlich?«

Nell prustet los. »Wir hatten keine Zeit mehr, die Wechselsachen zu packen *und* uns anzuziehen, daher sind wir im Pyjama gekommen. Immerhin passt es farblich!«

Als Clemmie neben uns anhält, wehen Fetzen von *Fun, Fun, Fun* der Beach Boys herüber. »All der Lärm, und meine beiden verschlafen alles.« Sie schaut an Diesels großem Hundekopf vorbei in ihren Doppeldeckerbuggy, dann blickt sie lächelnd zu uns auf. »Rye muss für den

Nachmittag auch eine Freikarte bekommen haben, denn er und Plum waren unten im Hafen, als ich vorbeikam.«

Nell feixt. »Ein weiterer Sieg für den Singles-Club.« Sie sieht mich kritisch an. »Du und Kit wart meine bisher größte Enttäuschung.«

Ich lasse das nicht an mich heran. »Wir sind beruflich ein tolles Paar, Nell.« Das hört sich immerhin an, als sei das Thema für mich erledigt. Ich halte Clemmie die Leine hin. »Wenn du Shadow halten würdest, solange die Babys noch schlafen, sause ich mal kurz über die Promenade.«

Eigentlich hatte ich überhaupt nicht vor, diese alten Rollschuhe, die ich mir von Clemmie geborgt habe, tatsächlich zum Einsatz zu bringen. Doch als ich losfahre, erfasst mich ein Gefühl von Freiheit. Die lange Promenade mit ihren Metallgeländern und Lichterketten zwischen den Laternenpfählen hätten für das Rollschuhlaufen gemacht sein können. Während meiner vierten Runde habe ich das Gefühl, ewig weiterfahren zu können. Ich biege am Hafen ab und winke Nell und Clemmie im Vorbeifahren zu. Plötzlich tritt jemand aus der Menge heraus, keine zwanzig Meter vor mir, sodass ich hart bremse. Dann muss ich zweimal hinschauen.

Dillon am Barbie-Tag?

Ich lasse mir meine Verblüffung nicht anmerken, und als ich ihn unterhalb des Ohrs auf die Wange küsse, verrät mir der starke Duft von Dior Sauvage, dass ich mich nicht irre. »Hey, schön dich zu sehen, Dillon!« Mir fällt nur ein Grund ein, weshalb er einen lächerlich gut geschnittenen Anzug an einem heißen Nachmittag am Meer tragen sollte. »Du bist als Ken in Dubai hier!«

Er lächelt. »Auf Kurzbesuch! Es gab ein Last-minute-Meeting in London, also bin ich auf dem Rückweg in ein Flugzeug nach Newquay gestiegen.«

Ich schüttele ungläubig den Kopf. »Was machst du nur für Sachen?«

Er mustert mich von oben bis unten. »Ich wollte sehen, wie es dir geht, und nun habe ich meine Antwort. Flossy May kommt ins Dorf, und St. Aidan weiß nicht, wie ihm geschieht.« Ein Grinsen erscheint auf seinem Gesicht. »Es ist schön zu sehen, dass es dir gut geht und ich mir nicht halb so viele Sorgen um dich machen muss, wie ich es getan habe.«

Er könnte kaum glücklicher aussehen, trotzdem muss ich fragen. »Und wie läuft es für dich so?«

Er zuckt mit den Schultern. »Dubai passt zu mir, die Projekte sind das, wovon ich geträumt habe, seit ich sechs war. Ich bin dir dankbar, dass du das verstanden und mir den Anstoß gegeben hast, endlich zu gehen.«

»Gern geschehen, Dill.«

Er ist in seinem Element. Und ich kann nicht anders, als stolz auf ihn zu sein auf das, was er erreicht hat. Sein Aufstieg freut mich.

Während ich ihn weiterhin verblüfft ansehe, kann ich mir kaum noch vorstellen, wie ich jahrelang morgens neben ihm aufgewacht bin. Dass unsere Herzen fast ein Jahrzehnt im selben Takt schlugen, dass wir die gleichen Träume und Hoffnungen hatten. Ich versuche herauszufinden, ob er sich verändert hat oder ich.

Er hebt eine Braue. »Man hat mir einen ganz neuen Job mit einem langfristigen Vertrag angeboten. Ich wollte dich sehen, bevor ich ihn annehme.«

Das ist Dill, der sich immer noch Gedanken um mich macht.

Als wir zusammen waren, bin ich ihm einfach gefolgt, weil er so voller Energie war. Ich habe ihn sämtliche Entscheidungen treffen lassen. Jetzt aber, während ich vor ihm stehe, wird mir deutlich klar, dass ich diese Person nicht mehr bin. Mein eigenes Haus und mein eigenes Leben hier zu haben, hat mir auch einen eigenen Willen beschert. Außerdem habe ich einen Ehrgeiz in mir entdeckt, von dem ich bisher nichts wusste. Und er gefällt mir. Statt dass ich mich hier kleiner und limitierter fühle, wie ich befürchtet hatte, hat St. Aidan mir zu einer ganz neuen Version meiner selbst verholfen – der besten von allen. Ich bin stolz auf das, was aus mir geworden ist.

Ich sehe ihn lächelnd an. »Früher trieb ich durchs Leben und staunte darüber, was für geordnete Existenzen die anderen Leute führten. Ich gebe zu, dass es die Umstände waren, die mich hierher zurückgeführt haben, weniger eine freie Entscheidung. Doch wie sich herausgestellt hat, passe ich sehr gut hierher. Das Strandhaus ist mein Ort und meine Bestimmung. Danke für deinen Besuch, Dill, aber ich bin hier umgeben von Freunden und Familie, und es geht mir sehr gut. In den Emiraten hast du dein Potenzial entdeckt, und in St. Aidan kann ich mich verwirklichen.« Ich ergreife seine Hand. »Geh und genieße deine Beförderung, du hast es verdient.«

Es ist seltsam, daran zu denken, wie nah wir uns einst standen, und wie wir uns, seit unsere Wege sich getrennt haben, in ganz unterschiedliche Richtungen entwickelt haben. Und nun führt jeder ein eigenes Leben. Wir sind noch die gleichen Menschen, die wir vorher waren, aber die Zeit des Getrenntseins hat uns verändert. Und nun ist jeder auf seinem eigenen Weg in die Zukunft.

»Vielleicht können wir uns übers Wochenende sehen, und du könntest Mum besuchen?«

Er schaut auf seine Uhr. »Es ist tatsächlich nur ein Kurzbesuch, wie ich schon sagte. Mir bleiben nur noch zwei

Stunden hier, und ich habe versprochen, mich bei Mum und Dad zu melden. Aber vielleicht nächstes Mal?«

»In dem Fall sage ich Auf Wiedersehen und viel Glück und lasse dich ziehen.«

Als ich ihn umarme, fühlt sein Körper sich seltsam unvertraut an. Als würde ich jemanden umarmen, den ich kaum kenne. Dann lässt er mich los, und ich weiche einen Schritt zurück, dann noch einen.

Aber es gelingt nicht recht, irgendetwas stimmt da nicht. Ich schaue herunter und sehe, dass sich die Schlaufe meines Schnürbandes um eines der Rollschuhräder gewickelt hat. Ich kann nichts tun und strecke die Hände hilflos aus, während ich stolpere und langsam stürze wie ein gefällter Baum. Ich krache mit dem Rücken auf die Steinplatten, dann schlage ich mit dem Kopf auf, in dem der Schmerz explodiert.

Ich höre Dillon rufen: »Floss!«

Dann sehe ich den blauen Himmel über mir und vernehme eine vertraute, tiefere Stimme.

»Sag etwas, Flossie. Sag, dass du okay bist!«

Ich murmele etwas und danke meinem Glücksstern, dass Kit da ist.

Erneut höre ich ihn. »Sie sind Dillon, oder? Ich schaffe es ab hier schon allein.«

Ich richte mich auf, und als Kit mir den Arm um die Schultern legt, sehe ich Dillon, der auf uns herunterschaut.

»Offenbar bist du in guten Händen, Floss.«

Ich schütze meine Augen mit der Hand gegen die Sonne. »Wir sind gar nicht zusammen, Dill!«

Dillon lächelt. »Sie ist etwas ganz Besonderes, passen Sie gut auf sie auf«, sagt er zu Kit. »Moment mal … sind Sie nicht …?«

»Derjenige, der die Ringe gemacht hat, genau«, bestätigt Kit lachend. »Vor langer Zeit.«

Dies ist eine ideale Gelegenheit, also nutze ich sie. »Ich habe diese Ringe noch, Dill. Wenn es dir nichts ausmacht, wüsste ich, wofür man sie verwenden könnte.«

Dillon macht einen Schritt zurück. »Klingt gut. Sie gehören dir, du kannst damit machen, was du willst.«

Ich jubiliere im Stillen. Wenn Kit sie einschmilzt, können wir das Gold für den Ring-Making-Tag nutzen und eine Onlineauktion starten. Mein Kopf mag sich anfühlen, als würde er aufgeknackt, aber ich kann immer noch Spendenaktionen für den Meerwasserpool planen.

Es bleibt keine Zeit, noch mehr zu sagen, denn Plum kommt angerannt, gefolgt von Milla und all ihren Freundinnen, die um Dillon herumhüpfen. Ich schaue hinauf in die Gesichter, und Rye beugt sich zu mir herunter, um mir seine Hand auf die Stirn zu legen.

»Bei einem Schlag auf den Kopf kann man nicht vorsichtig genug sein, Floss. Bleib für die nächsten vierundzwanzig Stunden bei ihr, Kit. Falls sie verschwommen sieht oder ihr übel wird, sag mir Bescheid, dann rufen wir in der Notaufnahme an.«

Vierundzwanzig Stunden mit Kit? Ich versuche, jemand anderen vorzuschlagen. »Ich könnte bei Clemmie bleiben. Oder Nell. Oder Mum. Oder ich gehe zu Sophie!« Noch gar nicht so lange her wäre sie meine letzte Zuflucht gewesen, nun ist sie meine Wahl.

Clemmie tritt aus der Menge, und Shadow stürzt zu mir und fängt an, mir das Gesicht abzuschlecken.

Sie gibt Kit die Leine. »Wie schade, dass du den ganzen Spaß verpasst, Flossie. Du könntest dich zu uns setzen, solange du dich gut genug fühlst, und Kit kann dich später nach Hause fahren.«

Dillon lacht. »Bis dahin spendiere ich eine Runde Eis.« Sofort wird er von Millas Gruppe umringt und muss sich gegen zwölf Teenager behaupten.

Während ich meine Schuhbänder entwirre und Kit mir aufhilft, weiß ich, dass mir nur noch wenige Stunden bis zur härtesten Nacht meines Lebens bleiben.

Es ist eine Sache, die Hände von Kit zu lassen, wenn er im Studio ist. In *The Hideaway* wird das eine ganz andere Angelegenheit sein.

48. Kapitel

The Hideaway, *St. Aidan*
Armeslänge und eine unglückliche Playlist
Samstag

Es ist fast acht, als wir zum Strandhaus zurückkehren. Kit ist am Strand entlang zum Hotel gelaufen, um sein Auto zu holen, dann sind wir wortlos vom Dorf zurückgefahren. Im Hintergrund spielten die Manic Street Preachers *You Stole the Sun from My Heart.* Als wir zu Hause sind, nehme ich mir eine Flasche alkoholfreien Prosecco aus dem Kühlschrank, schiebe sie in eine Kühlmanschette und stelle sie zusammen mit zwei Gläsern auf den Couchtisch im Wohnzimmer. Ich steige über Shadow und setze mich ans andere Ende des L-förmigen Sofas, also müsste der Abstand zu Kit groß genug sein.

Er mustert mich skeptisch. »Nun, da wir hier sind, habe ich dir zwei Dinge zu sagen.«

»Okay.« Ich blicke zu ihm, registriere seine eingefallenen Wangen, die im schwindenden Licht noch tiefer wirken.

»Erstens, bitte sei unbesorgt, ich werde Abstand wahren.«

»Großartig.«

»Und …« Er räuspert sich. »Ich muss dir gestehen, dass ich dich liebe.«

Mein Herz macht einen Sprung, dann erst folgt mein Verstand. »Das ist *ernsthaft* nicht erlaubt.«

»Ich weiß.« Er entkorkt die Flasche, schenkt ein und beugt sich vor, um mir mein Glas zu geben. »Da wir für die nächsten sechzehn Stunden zusammen sein werden, sage ich dir das im Interesse der Offenheit und Aufrichtigkeit.«

Ich nippe am Prosecco und beobachte die im Glas aufsteigenden Bläschen. »Möchtest du ein paar Käseflips?«

Kit schüttelt den Kopf. »Nein danke.«

Ich starre wieder in mein Glas, und fünf Minuten später lehne ich mich nach vorn. »Wie wäre es mit Honey Roasted Cashews?«

Ich gehe in die Küche, ohne auf eine Antwort zu warten, stelle die volle Schale auf den Tisch, und wir nehmen uns beide eine Handvoll. Ich ziehe meine Füße unter mich auf dem Sofa und hole tief Luft.

»Du weißt, dass ich keine Kinder bekommen kann?« Ich sehe, wie seine Brauen in die Höhe schießen.

»Nein, das wusste ich nicht.«

Ich gehe das wirklich ruhig und mit Bedacht an. »Diese Narben auf meinem Bauch stammen von der Operation, bei der sämtliche Sachen entfernt wurden.« Würde ich die medizinisch korrekten Begriffe verwenden, wüsste er möglicherweise nicht genau, was ich meine.

»War das wegen deiner Erkrankung?«

Ich nicke. »Sie haben meinen ganzen Körper nach üblen Zellen durchsucht. Die Chemo hatte meine Fruchtbarkeit bereits zerstört, also gab es ohnehin nicht mehr viel zu verlieren.«

»Das tut mir leid. Es war mir nicht klar.«

Ich zucke mit den Schultern. »Hormontherapie kommt nicht infrage, ich habe das Hormonlevel einer Seniorin, weshalb mein sexuelles Verlangen auch dem einer kleinen Mücke entspricht.«

Er lächelt in sich hinein. »Ich kann nicht behaupten, dass mir das aufgefallen wäre.« Ein verwirrter Ausdruck erscheint auf seinem Gesicht. »Warum hast du mir nichts davon erzählt?«

»Es hat einfach nicht dazu gepasst.« Ich setze erneut an: »Ich würde einem zwanglosen Date nicht erzählen, dass ich nach einer Hysterektomie in einer verfrühten Menopause bin. Und jetzt sage ich es dir nur, damit du verstehst, warum ich als Freundin nicht geeignet bin.« Seiner Miene entnehme ich, dass es ihm immer noch ein Rätsel ist. »Du erwähntest, dass du und Vee euch getrennt habt, weil sie keine Kinder wollte.«

Er kneift die Augen zusammen. »Na ja … aber vielleicht nicht so, wie du denkst.«

»Wie denn sonst?« Entweder scheitert eine Beziehung an der Kinderfrage oder eben nicht.

Er holt tief Luft. »Als Geschäftspartnerin war Vee sachlich, clever und wunderbar, aber das sind nicht zwangsläufig die Eigenschaften, die aus jemandem eine tolle Lebenspartnerin machen. Als sie mir eröffnete, dass sie keine Kinder will, begriff ich, dass wir auf lange Sicht als Paar nicht glücklich werden. Ich merkte vorher schon, dass es nicht richtig gut lief, aber ich konnte den Grund dafür nicht benennen. Dass sie keine Kinder wollte, war letztlich der Auslöser, aber es lag mehr an ihrer fehlenden Wärme und Empathie als an dem nicht vorhandenen Kinderwunsch.«

Ich trinke einen Schluck Prosecco. »Nun, danke für diese Erklärung.«

»Es ist gut, dass wir endlich über die Dinge sprechen, auf die es ankommt.« Er zögert. »Und es tut mir leid, wenn es unsensibel war, was ich über das Kinderkriegen gesagt habe. Das hätte ich nicht getan, wenn ich von deiner Situation gewusst hätte.«

Ich verziehe das Gesicht. »Ich bin in diesem Punkt inzwischen weniger empfindlich als früher. Ich kann Kindern in St. Aidan schlecht aus dem Weg gehen.«

Er schüttelt den Kopf. »Es war heldenhaft von dir, wie du angesichts der Umstände geholfen hast, Arnie auf die Welt zu bringen.« Ein Lächeln umspielt seine Lippen. »Wenn ich Milla und ihre Freundinnen sehe, wie sie Rye bedrängen, finde ich die Vorstellung von eigenen Kindern beängstigend. Aber ich könnte mit beidem leben.« Er sieht mich sorgenvoll an. »Ändert es nun etwas für dich, nachdem du meine Einstellung zu eigenen Kindern kennst?«

»Na ja … nein, eigentlich nicht.« Ich bin ihm wenigstens den Versuch einer Erklärung schuldig. »Es gibt da noch mehr.«

»Offensichtlich.« Er hat die Beine vor sich ausgestreckt und stellt die Füße wieder nebeneinander. »Wie wäre es mit einem langsamen Spaziergang barfuß am Strand?« Er hat nicht nur meine Gedanken gelesen, sondern zieht auch schon seine Deckschuhe aus.

Während wir von den Dünen hinunterwandern, ist die Sonne schon am Horizont versunken, und der Wind bläst uns die Haare ins Gesicht. Wir wenden uns Richtung St. Aidan, steigen über die Spur aus Seetang und gehen ans Wasser. Als wir auf den nassen Sand treffen, umspült das Meer meine Zehen, und Kit bückt sich, um für Shadow einen Stock aufzuheben.

Er wirft ihn, und als wir unseren Weg fortsetzen, mit einem angenehmen Abstand zwischen uns, sagt er: »Ich höre dir zu, sobald du bereit bist, mir zu erzählen, was das Problem ist.«

»Das habe ich dir schon gesagt. Ich versuche, nicht an die Krankheit zu denken oder darüber zu reden, aber sie hat nun mal große Auswirkungen auf mein Leben. Wenn man noch nie ernsthaft krank war, ist das schwer nachzuvollziehen, aber es wirkt sich auf sämtliche Bereiche des Lebens aus.«

Er nickt. »Kann ich mir vorstellen.«

Ich blase die Wangen auf, da ich diese Dinge für gewöhnlich verdränge. »Wenn man als Teil einer Beziehung krank wird und sich wieder erholt, kann es schwierig werden. Aber gemeinsam kann man die Hindernisse meistern.«

Ein Seitenblick von ihm verrät mir, dass er noch sehr genau zuhört.

»In vielerlei Hinsicht ist es schlimmer, der Partner von einem kranken Menschen zu sein, als die Krankheit für den Betroffenen ist. Was ich damit sagen will: Man würde sich nicht freiwillig in eine solche Situation begeben, wenn man nicht bereits darin wäre.«

Er zuckt mit den Schultern. »Mir ist klar, dass es schwierig ist.«

Ich nehme den Stock von Shadow, schleudere ihn auf den trockenen Sand und schaue dem rennenden Hund hinterher, ehe ich mich wieder an Kit wende. »Ehrlich, keine Kinder haben zu können, ist der leichte Teil. Ich habe sogar eingefrorene Eizellen.« Ich verdrehe die Augen. »Mir fehlt das Geld für irgendwelche Prozeduren, weil ich stattdessen *The Hideaway* gekauft habe.«

»Du hast eine Menge mutiger Entscheidungen getroffen.«

»Ich war einfach vernünftig und habe meine Zukunft als Single geplant, weil ich einem Partner nichts bieten kann.«

Wir gehen weiter. »Den Teil verstehe ich immer noch nicht. Warum *kannst* du nicht mit jemandem zusammen sein?«

Ich blase erneut die Wangen auf. »Wenn man das hatte, was ich gehabt habe, ist es nicht unbedingt vorbei. Der Krebs kann irgendwo anders im Körper zurückkommen. Das passiert nicht bei jedem, aber manchmal hat man Pech.«

Er nickt. »Es könnte also einen Rückfall geben?«

Ich winke ab. »Es gibt Statistiken, aber an die sollte man sich nicht klammern. Es ist besser, wenn man einfach sein Leben lebt und sich sorgt, wenn es tatsächlich passiert. Allerdings ist es eine Achterbahnfahrt. Man macht sie, weil man keine Wahl hat, aber freiwillig ganz sicher nicht.«

Er gibt einen Laut des Erstaunens von sich. »Wow.«

Endlich scheint er zu begreifen. »Es ist einfach nicht fair, wenn jemand, der wieder krank werden kann, es zulässt, dass sich jemand in ihn verliebt. Eine Beziehung sollte man mit einer Person starten, die gesund ist.«

Er bleibt stehen, und seine Augen glänzen. Ich bleibe auch stehen, und er nimmt meine Hand. »Und wenn es längst zu spät ist?«

Das ist die andere Sache beim Kranksein. Es erfordert Tapferkeit. Um mit allem fertigzuwerden, muss man hart sein und darf sich keine Schwäche erlauben. Ich habe jahrelang nicht aus Selbstmitleid geweint, aber plötzlich ist mein Gesicht nass, und die Tränen laufen endlich. Ich will das hier mehr als alles in der Welt, aber ich darf nicht egoistisch sein. Ich habe sämtliche Schläge auf dem Weg eingesteckt. Aber ich habe nicht erwartet, dass es so schmerzen würde, wenn der üble Teil eigentlich vorbei sein sollte.

Ich schlucke. »Es geht mir zwar besser, Kit, aber ich darf nicht alles erwarten und mich auch noch verlieben.«

Auch seine Wangen sind nass von Tränen. »Ich muss dich umarmen, Floss.«

Ich habe einen Kloß im Hals. »Bitte tu das nicht. Die Wahrheit ist, ich liebe dich zu sehr, um dich mit irgendwas anfangen zu lassen.«

Er schließt die Arme um mich, und dann presse ich die Wange an sein weiches T-Shirt, während ich die Finger in seinen wundervoll muskulösen Rücken drücke. Als er spricht, spüre ich die Vibration seiner Stimme in seiner Brust.

»Du liebst mich also auch?«

Ich bejahe es. »Es wurde mir an dem Tag klar, als Rye mir sagte, dass du mich magst. Da wusste ich auch, dass wir uns nicht mehr sehen dürfen.«

Kit weicht zurück, um mich anzusehen, und seine Augen verengen sich zu schmalen Schlitzen. »Aber warst du seitdem glücklich? Denn ich habe mich elend gefühlt.«

Ich muss ehrlich sein. »Mir ging es auch schrecklich.«

Er atmet schwer aus. »Wir könnten also zwei glückliche Menschen sein oder zwei unglückliche? Ich glaube, ich werde dich in dieser Frage überstimmen.«

Er zieht mich wieder an sich. »Wenn du mich liebst und ich dich liebe, müssen wir einen Weg finden, damit es funktioniert.« Er streichelt mit dem Daumen meine Schläfe. »Nichts im Leben ist sicher. Aber wie lang sie auch sein mag, ich möchte diese Zeit mit dir verbringen – die guten *und* die schlechten Zeiten.«

Ich schniefe. »Ich wünschte, ich könnte Ja sagen.«

Seine Brust hebt sich an meinem Gesicht. »Ich will nicht, dass es uns wie deiner Mum und David ergeht und wir uns erst am Ende unseres Lebens wiederfinden. Ich will jeden Augenblick mit dir zusammen sein.«

Er hat recht, wenn ich mir überlege, wie viele Jahre des Glücks Mum verpasst hat. »Mum ist nicht der Typ, der etwas bedauert, aber ich freue mich sehr, dass die beiden jetzt ihre gemeinsame Zeit haben.«

Kit sieht mich an. »Wir müssen zusammen mutig sein, unsere Chancen nutzen und an die Zukunft glauben.« Er wartet einige Sekunden. »Ich bin dazu bereit, wenn du es bist.«

Ich zerbreche mir den Kopf, wie ich dem zustimmen kann, aber dann liegen seine Lippen auf meinen, und die pulsierende Sinnlichkeit seines Kusses überwältigt mich. Als er sich sanft wieder von mir löst, bin ich benommen.

Ich muss protestieren. »Mich dazu zu bringen, dass ich Sterne sehe, ist unfair.«

Von ihm kommt ein tiefes Lachen. »Was immer nötig ist, damit du Ja sagst.« Er reibt sein Kinn an meiner Wange. »Ich habe mich gleich am ersten Tag am Straßenrand in dich verliebt. Es ist anders als alles, was ich je zuvor empfunden habe.«

Ich muss lachen. »Was hat dich am meisten beeindruckt? Wie ich mein T-Shirt blitzartig ausgezogen habe, um Arnie aufzufangen, oder mein Geplänkel mit der Feuerwehr?«

Er schließt die Augen, während er überlegt. »Alles. Ganz besonders deine Liebe zu Clemmie. Nicht viele Leute hätten die Nerven behalten wie du. Du warst einfach atemberaubend, und ich war hin und weg. Das lag natürlich auch an deinen Brüsten.« Er beißt sich auf die Lippe. »Ich bewundere außerdem deine Schokoladen-Brownie-Puddings, wie du mit den Kunden umgehst und deine fantastische pinkfarbene Shorts. Aber das kam alles später.«

Wenn wir schon bei Geständnissen sind, muss ich auch welche machen. »Ich habe dich an diesem ersten Tag in meiner Fantasie ausgezogen – und an jedem Tag danach. Und dass du mir Vanilledonuts gekauft hast, hat alles geändert. Obendrein hast du *The Hideaway* vor dem außer Kontrolle geratenen Lagerfeuer der Teenager gerettet. Jedes Mal, wenn ich dich sah, hatte ich Schmetterlinge im Bauch, und ich habe schon gar nicht mehr mitgezählt, wie oft du mich und Shadow gerettet hast. Und wie du mich zum Höhepunkt bringst ...«

Ich will ihm sagen, dass dem niemand auch nur annähernd jemals nahegekommen ist, aber dann trifft ein Schwall eisiges Wasser meine Füße, und ich springe kreischend zurück.

»Wow, ist das kalt!«

Kit lacht und zieht mich für einen weiteren Kuss an sich, während das Wasser unsere Knöchel umspült. »Es muss wohl kalt sein, es ist ja das Meer.«

Wir stehen im Wasser, halten uns aneinander fest, und ich fühle, wie sich das Glück wie eine warme Welle in mir ausbreitet.

Ich will gerade erneut meinen Mund auf seinen pressen, da weicht er zurück, legt den Zeigefinger auf seine Lippen und deutet auf den Strand. Ich drehe mich um und muss lächeln. Ein paar Meter von uns entfernt steht Shadow bewegungslos im Wasser und sieht sehr erstaunt aus.

Ich flüstere Kit zu: »Ich liebe diesen Hund so sehr. Er ist eine einzige große dunkelbraune Freude in meinem Leben.«

Kit lacht. »Er bellt nicht mehr und läuft auch nicht weg. Er sieht vielleicht gerade schockiert aus, aber in Wirklichkeit findet er es toll.« Er schaut mich an. »Shadow im Meer – wenn es je ein kosmisches Zeichen dafür gab, dass du Ja zu unserer Liebe sagen sollst, dann haben wir es hier!«

»Ich glaube, du könntest recht haben.« Dann rufe ich über den Strand: »Ist es gut im Meer, Shadow? Was meinst du, werden wir von jetzt an und für alle Zeiten jeden Abend unsere Puddings mit Kit teilen?«

Shadow bellt laut und legt die Vorderläufe auf den Boden, eine Aufforderung zu spielen, schnappt nach dem Wasser und rennt den Strand entlang.

Ich lache. »Ich glaube, da haben wir unsere Antwort. Eines ist jedenfalls sicher – wir drei Flüchtlinge haben einen weiten Weg zurückgelegt, seit wir London verlassen haben.«

Kit legt die Hände auf meine Schultern und sieht mir ins Gesicht. »Ich habe genug Liebe für uns beide, und ich bin bereit, mich um dich zu kümmern. Was immer das Leben für uns bereithält, wir stellen uns dem gemeinsam. Ist das okay?«

So formuliert, gibt es nur eine Antwort. »Absolut.«

»Danke, Flossie.« Er lacht und zieht mich erneut zu einem leidenschaftlichen Kuss an sich.

Erst eine ganze Weile später spricht er wieder. »Wollen wir zurück?«

Ich lehne mich an seinen warmen Körper. »Ja, ich denke schon.« Und als wir Arm in Arm den Strand entlang zu *The Hideaway* gehen, fühle ich mich wie die glücklichste Frau auf der ganzen Welt.

AUGUST

49. Kapitel

Der Hafen-Plansch-Tag, Hafen, St. Aidan
Hohe Einsätze und hohe Flieger
Samstag

Es ist schon erstaunlich, was eine Person mit einem wenig ausgeprägtem Organisationstalent wie ich auf die Beine stellen kann, wenn eine ganze Gemeinde hinter ihr steht. Dank vieler bereitwilliger Helfer kommt die Hafen-Plansch-Spendenaktion zustande, und drei kurze Wochen nach dem Barbie-Tag stehen Kit, die Meerjungfrauen und ich auf dem Kopfsteinpflaster des Hafenkais von St. Aidan, an den vor Georges Büro aufgestapelten Hummerkörben, und beobachten den Besucherstrom.

Clemmie schaut sich staunend um. »Ich kann gar nicht glauben, wie viele Stände es gibt!«

»Alles dank Nell, die Dakota vom Singles-Club für unsere Sache gewonnen hat.« Das ist eine energiegeladene Fitnessprinzessin mit brillanten Marketing- und Publicity-Fähigkeiten. Und nicht nur die Zahl der Stände geht auf ihr Konto. »Hier streifen Reporter mit Fernsehkameras umher, und Pirate Radio bringt eine Liveberichterstattung. Sie meint, es wird sehr leicht sein, die Leute vom Meerwasserpool zu überzeugen.«

Clemmie schiebt den Kinderwagen in Position und setzt sich auf eine Bank, neben sich Diesel, den Hund. »Den großen Bannern am Sprungbereich nach zu urteilen, ist das *High Tides Hotel* wohl auch für den Meerwasserpool, statt einen eigenen zu wollen.«

Ich bestätige es. »David muss bei Mum sehr hartnäckig gewesen sein. Er bot eine so großzügige Spende, dass wir nicht ablehnen konnten.«

Plum tritt zu uns. »Sieh dir die *High Tides*-Stände an, die Kosmetikerinnen bieten Pediküren und Handmassagen mit Empfehlungen für Wellness-Behandlungen an. Außerdem verteilen sie tolle Proben, wenn man sich auf ihre E-Mail-Liste setzen lässt.«

Sophie räuspert sich. »Wir haben uns kürzlich mit dem Hotel darauf geeinigt, unsere Produktpalette anzubieten, daher sind in den Probeschachteln an ihren Ständen auch jede Menge Sophie-May-Minipröbchen.«

Plum fährt fort: »Nach dem Planschen im Hafenbecken wird gegessen, getrunken und, am wichtigsten, getanzt.« Sie wackelt mit den Brauen. »Ich garantiere euch einen Abend mit erstklassigen Partyhits.«

Rye hat sich um das Soundsystem gekümmert, und dank Plums Playlist und ihrer Bedingung an ihn, jeden Song darauf zu spielen, sind die beiden sich inzwischen noch näher. Da es noch andere Betriebe in St. Aidan gibt, hat der *Hungry Shark* die Hauptbar, außerdem gibt es weitere Unternehmen aus dem Ort, die Essensstände oder Imbisswagen haben. Dakota hat sehr gute Deals mit ihnen ausgehandelt.

Ich schaue hinauf zu den kreuz und quer über uns hängenden Girlanden und lausche den Schreien der Möwen und dem Klirren der Takelage an den Masten der farbenfrohen Boote, die an den schwimmenden Pontons vertäut sind. Alle paar Minuten ist ein explosives Planschen zu hören, wenn eine der teilnehmenden Personen ins Wasser springt, begleitet vom Jubel der Zuschauer überall im Hafen.

Nell erscheint im Türrahmen des Büros, in dem sie kurz verschwunden war, um Baby Georges Windel zu wechseln. Sie zeigt auf die lange Schlange von Leuten in Boardshorts und Badeanzügen auf der Kaimauer, die alle darauf warten, ins Wasser zu springen. »Hast du die Schlange gesehen? Bei so vielen gesponserten Springern werden wir einen Haufen Spenden einnehmen!«

Ich zupfe an ihrem karierten Hemd. »Wieder draußen in vorzeigbarer Kleidung und auch noch auf das Wesentliche konzentriert – du bist ja wirklich wieder zurück im Spiel, Nelly-Melone!«

Sie schubst mich. »Da bin ich nicht die Einzige! Ehrlich, ich freue mich riesig für dich und Kit.«

Kit hört ihre Bemerkung und gibt mir einen Kuss. »Wir sind auch ziemlich glücklich, Nell.«

Mum kommt herüber und beteiligt sich sofort am Gespräch. »Hast du gehört, dass die zwei nackt baden waren, Nell?«

Ich protestiere. »Mum, das waren nicht wir, sondern du!«

Sie schüttelt den Kopf. »Na ja, was auch immer, Schätzchen, wir freuen uns alle sehr für euch. Nicht wahr, David?«

David sieht sie liebevoll an. »Aber ja. Und wir sind gespannt auf die Überraschungen an diesem Nachmittag.«

Ich muss lachen. »So spannend wird es nun auch wieder nicht. Was hier läuft, ist es im Großen und Ganzen auch schon.«

Mum tippt mir auf den Arm. »Achte nicht auf ihn, Schätzchen, er ist nur ganz aufgeregt, weil überall im Ort seine *High Tides*-Banner hängen.«

Clemmie wischt Schokolade von Buds Händen. »Verkauf dich nicht unter Wert, Flossie. Es ist eine fantastische Veranstaltung, und die haben wir dir zu verdanken.«

Der Dank gebührt nicht nur mir allein. »Es war meine Idee, aber alle haben mitgeholfen.«

Sophie hat mir letzte Woche meine Perücke zurückgegeben, nachdem Nikki von *Force 10 Hair* ihre blonden Haare ein wenig dunkler getönt hat. Aber sie behält immer noch ein paar meiner Lieblingsplaysuits. Sie lehnt sich zu mir herüber. »Deine Solange-der-Vorrat-reicht-Kekse sind der Renner, Floss.«

Auch dafür bin ich nicht allein verantwortlich. »Ich habe das Backen übernommen, aber Milla und ihre Gang kümmern sich hervorragend um den Stand. Es war eine großartige Idee von ihnen, jede halbe Stunde einen anderen Kuchen auf Social Media anzupreisen und die Einnahmen anzuzeigen.« Ich wende mich an Rye. »Mars-Brownies sind als Nächstes dran, falls du Interesse hast.«

Er winkt mit seinem Eis und streckt die andere Hand nach Plum aus. »Wenn du mitkommst, esse ich das hier unterwegs auf, schaue nach den Mitarbeitern und bin der Erste in der Schlange.«

David ruft ihnen hinterher, als sie sich schon ihren Weg durch die Menge bahnen: »Bleibt nicht zu lange.« Er räuspert sich. »Ich meine ja nur!«

Mum verdreht die Augen. »Was ist los mit ihm?«

Ich stehe nah bei Kit, meine Schulter ist unter seiner Armbeuge, und ich flüstere ihm ins Ohr: »Was hat er denn?«

Er lächelt. »David ist voller Ideen für Werbung für das Hotel. Du wirst es schon sehr bald sehen.« Er kommt noch näher, sodass ich seinen betörenden Duft einatme.

»Du siehst wunderschön aus. Ich liebe diese abgerissene Jeansshorts und das T-Shirt.«

»Danke.« Ich drücke seine Hand und wende mich an Sophie. »Erinnerst du dich an dein Libertines-Shirt? Kit hat es aus der Schublade fallen sehen und mich gebeten, es anzuziehen. Tatsächlich habe ich Arnie darin aufgefangen!«

Clemmie lacht. »Was für ein Nachmittag das war! Er ist schon so sehr gewachsen, jetzt könntest du ihn nicht mehr auffangen.« Sie umarmt mich. »Ich bin so froh, dass du zurückgekommen bist, und ich freue mich riesig, dass du und Kit zusammen seid. Du siehst richtig gut und glücklich aus.«

Nachdem wir in Erinnerungen geschwelgt haben, sind Rye und Plum zurück, George hat sich zu Nell gesellt, und Sophie, Nate, Milla und die Kids lassen sich ihr Eis schmecken. Als das ferne Geräusch eines Motors die lärmende Menge übertönt, zeigt David zum Himmel.

»Schaut, da kommt es!«

Wir blicken alle nach oben und sehen ein kleines Flugzeug über Comet Cove in Sicht kommen und brummend auf uns zufliegen.

Nell ruft: »Da ist ein Banner! Das ist genial! Mal sehen, was draufsteht.«

David liest vor, während das Flugzeug über die Bucht hinwegfliegt, das flatternde Banner hinter sich herziehend.

»HIGH TIDES HOTEL UNTERSTÜTZT
ST. AIDANS MEERWASSERPOOL!«

Nell gluckst. »Ich hoffe, die TV-Crews nehmen das auf!«

Kit schützt die Augen mit der Hand vor der Sonne. »Keine Sorge, die Kameraleute wurden vorher instruiert.«

Er sieht mich an. »Du findest nicht, dass es übertrieben ist?«

Ich schüttele den Kopf und stelle fest, dass ich tatsächlich eine Gänsehaut habe. »Nein, es ist toll.«

Als das Flugzeug Richtung Oyster Point fliegt, winken wir alle. Dann macht es einen Bogen, und als es ein zweites Mal über die Bucht fliegt, haben wir alle unsere Handys gezückt, um das Ganze zu filmen. Es verschwindet wieder, und unsere Blicke bleiben auf den Himmel gerichtet, in Erwartung des nächsten Bogens. Diesmal dauert es ein bisschen länger, bis es zurückkommt, aber als es endlich auftaucht, drückt Kit meine Hand fester. Nell murmelt: »Sie haben das Banner gewechselt.«

Ein Raunen geht durch die Menge, und ich lese die Worte laut vor:

»WILLST DU MICH HEIRATEN, FLOSSIE FLAPJACK-FACE?«

Ich brauche eine Weile, bis ich begriffen habe, und dann laufen mir Tränen übers Gesicht.

Als ich mich umdrehe, kniet Kit auf dem Kopfsteinpflaster, schaut auf zu mir, mit einem zärtlichen Ausdruck in den grauen Augen, umrahmt von dunklen Wimpern, und Shadow steht neben ihm und leckt ihm über die Wange. »Also, was meinst du? Würdest du mich heiraten, Floss? Ich will dich nicht drängen, aber ich liebe dich so sehr, dass ich keinen einzigen Tag verschwenden will.«

Ich unterdrücke ein Schluchzen und blicke in die vielen Gesichter um uns herum. Mum, David … Sophie, die mit zusammengebissenen Zähnen die Fäuste ballt, Milla, die auf und ab hüpft.

Dann ruft jemand: »Sag Ja, Flossie Flapjack-Face!« Und die Menge stimmt ein, alle im Hafen rufen: »Sag Ja, Flossie Flapjack-Face, sag Ja, Flossie Flapjack-Face!«

Kit schaut kopfschüttelnd zu mir hoch. »Sorry, so viel Druck war nicht geplant.«

Nell stößt einen Jubelschrei aus. »Das ist St. Aidan, Kit, da helfen eben alle gern!«

Die Menge klatscht und trampelt mit den Füßen, daher sage ich zu Kit: »Ja, unbedingt, ich würde dich liebend gern heiraten.« Dann rufe ich es lauter, damit die Umstehenden es auch hören können. »Ja, unbedingt! Natürlich will ich ihn heiraten! Ich kann mir nichts Besseres vorstellen!«

Als das Flugzeug verschwindet, geht ein Raunen durch die Menge, und Kit präsentiert mir einen Ring.

»Der ist nur für heute, bis du dich für einen entschieden hast.«

Er schiebt mir den Ring auf den Finger, und ich lese die außen eingravierten Worte: *Willst du mich heiraten, Floss? xx*

Milla kreischt: »Omigosh, ein gewidmeter Verlobungsring! Die wurden in der *Grazia* nie erwähnt!«

Und dann taucht das Flugzeug ein weiteres Mal auf, wieder ein neues Banner hinter sich herziehend, auf dem steht:

»FLOSSIE HAT **JA** GESAGT!«

Der Jubel der Menge hallt durch die ganze Bucht, während das Flugzeug vorbeifliegt.

Kit steht auf, legt die Arme um mich und zieht mich für einen Kuss an sich. Als wir uns wieder voneinander lösen, kommt das Flugzeug schon wieder vorbei, diesmal mit dem *High Tides*-Banner.

David reibt sich die Hände. »Wow, das lief gut! Herzlichen Glückwunsch, Floss und Kit. Und ein großartiger Moment für das Hotel war es auch!«

Rye hält sein Smartphone hoch. »Es ist alles hier festgehalten!«

Und dann drängen sich alle heran, um uns zu umarmen.

Nell reckt triumphierend die Faust. »Der Singles-Club hat schon Heiratsanträge erlebt, aber dieser wird in die Geschichte eingehen als der romantischste aller Zeiten.«

Clemmie sieht Kit strahlend an. »Ich bin ganz hin und weg davon, wie du wusstest, was Floss sagen würde, Kit.«

Ich lache. »Als hätte ich etwas anderes antworten können.« Sophie kommt, und ich drücke sie an mich, dann sage ich zu Mum: »David hatte recht mit den Überraschungen.«

Mum winkt ab. »Und was machen wir nun?«

Anscheinend warten alle auf meine Antwort, daher sehe ich Kit an. »Wie wäre es, wenn wir uns zur Feier des Tages mit Donuts vollstopfen und anschließend die ganze Nacht durchtanzen?«

Er grinst. »Das hier ist St. Aidan – was würden wir sonst tun?«

PS

Im nächsten Frühjahr

In der Nacht des Tages, an dem Kit mir einen Heiratsantrag gemacht hat, sehen wir unsere erste Sternschnuppe. Kurz vor Weihnachten heiraten wir in kleinem Kreis im *High Tides Hotel*. Kit hat schlichte Ringe angefertigt, die Shadow in einem Samtsäckchen trägt, das wir ihm um den Hals gehängt haben. Alle Meerjungfrauen sind da, und Milla, Tilly, Maisie und Bud sind Brautjungfern, Marcus ist ein Pagenjunge und Chef-Hundeführer, und hinterher trifft sich das ganze Dorf zum Tanzen am Strand.

Ja, Kit sieht fantastisch aus in seinem dunkel karierten Anzug, und ich habe einen weißen Playsuit aus Seide an, dazu Plateauschuhe, die Plums Mum in den Siebzigern getragen hatte – nur weil ich erwachsene Dinge mache, heißt das nicht, dass ich in jeder Hinsicht erwachsen werden muss. Kit, Shadow und ich pendeln zwischen *The Hideaway* und den *Latitudes*, und wir haben es nicht eilig, daran etwas zu ändern.

Nicht jeder stürzt sich gleich in eine Liebesbeziehung wie Kit und ich. Nach einiger Überzeugungsarbeit ist Mum immerhin bereit, dass sie und David Verlobungsringe tragen können, bis sie irgendwann bereit ist, mehr von ihrer Unabhängigkeit aufzugeben. Bis dahin teilen sie ihre Zeit zwischen dem Hotel und *The Hermitage* auf.

Dank der Bemühungen von Clemmies Mann Charlie

und der Handelskammer sind Zuschüsse gesichert, zusätzlich zu den schon erheblichen Spenden, die wir für den Meerwasserpool gesammelt haben. Und dank Davids Ehrgeiz sowie einer weiteren großzügigen Spende haben die Arbeiten am Strand schon begonnen, sodass wir alle darauf hoffen können, noch vor dem Ende des Sommers in dem Meerwasserpool zu schwimmen.

Nach meiner matriarchalischen Erziehung werde ich niemand anderen als Mum als Elternteil anerkennen, nur hat Kit zufällig einen Hinweis auf die Frage entdeckt, die ich nicht zu stellen vorhatte. Er bemerkte nämlich, dass David, Rye und ich sehr ähnliche Hände haben. Ich bin mir ziemlich sicher, dass er als jemand, der Ringe anfertigt, als Einziger genau genug hinschaut, um einen solchen Vergleich anzustellen. Ich bin mir außerdem sicher, dass er diese Information um meinetwillen für sich behalten wird. Jetzt, da wir uns alle gefunden haben, ist es gut so, wie es ist.

Irgendwann im Lauf der Dinge ging es meinem Hals besser, nur habe ich zu viel zu tun, um meine alte Arbeit wiederaufzunehmen. Und wenn wir an London oder St. Aidan denken, gibt es nur einen Ort, an dem wir sein wollen.

Es gab so viele Veränderungen seit jenem Nachmittag letztes Jahr im April, als Shadow und ich im Ort auftauchten. Was sich damals wie eine Endstation anfühlte, erwies sich als der Beginn eines neuen und viel besseren Lebens. Kit und ich sehen das Glück nicht nur in jedem Augenblick, sondern schauen auch, dank der Kraft, die wir zusammen gefunden haben, weiter nach vorn. Wir vertrauen auf uns und eine großartige Zukunft.

Eine der besten Veränderungen für mich seit meiner Rückkehr ist das, was sich zwischen mir und Sophie entwickelt hat. Bei meiner Ankunft war ich skeptisch, ob ich ihr dankbar sein sollte, aber indem wir uns durch unsere Probleme hindurchgearbeitet haben, verstehen wir uns auf einer ganz neuen Ebene, was unsere Beziehung komplett verändert hat. Während ich glaubte, mich damit abgefunden zu haben, keine Kinder bekommen zu können, hatte ich nicht damit gerechnet, den Mann, den ich liebe, mit einem Baby auf dem Arm zu sehen. An dem Tag, als Kit zufällig auftauchte und den kleinen George knuddelte, während Nell den Kinderwagen aufräumte, bemerkte Sophie meine tiefe Niedergeschlagenheit. Eine Woche später, als sie vorschlug, es sei das Natürlichste der Welt, wenn sie für mich und Kit ein Baby mithilfe meiner eingefrorenen Eizellen austrüge, waren wir völlig überrascht. Doch nicht lange danach waren wir einverstanden.

Es ist ein großes Opfer, das sie und ihre Familie bringt, aber sie stehen alle dahinter und sind sehr gespannt auf dieses Abenteuer mit uns. Sophie sagt, Schwangerschaften und Geburten seien leicht für sie, und da ihre eigene Familie komplett ist und sie noch jung genug, wäre dies der beste Zeitpunkt. Da sie meine Schwester ist, könnte sie mir kein größeres Geschenk machen als ein Baby, aber sie meint, dass ich in letzter Zeit Dinge für sie getan habe, durch die ihr Leben viel besser geworden ist. Noch ist ihr Babybauch sehr klein, aber wir halten gespannt den Atem an und hoffen, dass alles gut geht.

Falls ihr je nach St. Aidan kommt, um im Meerwasserpool zu schwimmen und durch die Dünen Richtung Comet Cove zu wandern, und ihr entdeckt eine Wäscheleine mit Babysachen im Wind vor einer klapprigen Strandhütte mit wackligem Blechdach, wisst ihr, dass wir es geschafft haben.

Anmerkungen der Autorin

An meine Leserinnen …

St. Aidan ist ein fiktiver Ort, aber ich habe inzwischen das Gefühl, dort gelebt zu haben, und manchen Leserinnen geht es genauso. Wenn euch eure Zeit in St. Aidan gefallen hat, möchtet ihr vielleicht wiederkommen. Alle meine St.-Aidan-Storys können unabhängig voneinander gelesen werden. Die Bücher sind chronologisch aufgebaut, einige Charaktere tauchen in mehreren Büchern auf, aber nicht jeder ist in jeder Geschichte. Für Leute, die versehentliche Spoiler vermeiden wollen, hier die Reihenfolge, in der sie geschrieben wurden:

Der kleine Brautladen am Strand
Winter im kleinen Brautladen am Strand
Sommer im kleinen Brautladen am Strand
Weihnachten im kleinen Brautladen am Strand
Die kleine Traumküche in Cornwall
Das kleine Cottage in Cornwall
Ein verschneites Weihnachtsfest in Cornwall
Liebe im kleinen Brautladen am Strand
Sommer in der kleinen Traumküche in Cornwall

Und zuletzt dieses hier …
Viel Spaß beim Lesen und alles Liebe, Jane xx

Danksagung

Danke an alle meine Leserinnen und Leser. Diese Geschichten werden lebendig, wenn ihr die Seiten umblättert. Ich finde es toll, dass ihr genauso gern wie ich für ein paar glückliche Stunden nach St. Aidan flieht.

Als ich mit dem Schreiben dieser Geschichte begann, war ich fit und gesund und nervös darauf bedacht, Floss' Hintergrundgeschichte hinzubekommen. Nach einigen Kapiteln ergab eine Routineuntersuchung bei mir, dass ich einen Darmtumor habe. Da der Krebs bereits an dem Punkt war, sich im ganzen Körper auszubreiten, hatte ich mit dem Timing unglaubliches Glück. Während meiner Behandlung spornte es mich an, dass im fertigen Buch wenigstens die Details zu Floss authentisch sein würden. Meine Botschaft an euch alle lautet: Wenn ihr die Möglichkeit zur Vorsorgeuntersuchung habt, geht hin. Mein Pooh-Stick hat mir das Leben gerettet. Euer könnte dasselbe für euch tun.

Auf dieser Reise wurde mir buchstäblich von Hunderten wundervoller und großartiger Profis des Gesundheitssystems geholfen, im Chesterfield Royal und Weston Park in Sheffield. Ich kann gar nicht sagen, wie dankbar ich jedem Einzelnen bin, dass ich durch sie eine weitere Chance zu leben bekam. Ohne sie wäre ich nicht mehr hier.

Die ganze Zeit hindurch hatte ich tolle Unterstützung. Danke an Charlotte und Amanda (Ledger und Preston) für eure unglaubliche Wärme und Liebe. Danke an das wundervolle One-More-Chapter-Team, an Kimberly Young und das weitere HarperCollins-Team, an Rachel McCarron und die Rechtsabteilung.

Dank auch an meine Freunde, die das mit mir durchgestanden haben. An meine Schwestern. An alle Leute, die mir Genesungswünsche schickten. An meine Kinder Anna, Indi und Max sowie deren Partner Aladdin, Richard und Izzy – danke, dass ihr mir in den entscheidenden Momenten beigestanden habt. Dank an Eric, der vor meinem Krankenhausfenster Starjumps gemacht hat, an Theo, dafür, dass er auf die Welt gekommen ist, und die Freude, ein Neugeborenes halten zu können. An Aladdin und Anna für die überraschende Geburt von Dahlia und Lyla-Rose.

An Jess und Ash, Lottie und Chris, Karl und all die Cushways.

Die letzten Umarmungen spare ich mir für Phil auf. Und natürlich für Herbie und Bear. xx

Floss' Rezepte

Für den Fall, dass dieses Buch euch das Wasser im Mund zusammenlaufen ließ, hier einige von Floss' Lieblingsrezepten aus der Küche von *The Hideaway* – zum Ausprobieren für zu Hause.

Floss' Lemon-Drizzle-Cake

Floss' Lemon-Drizzle-Cake ist auch für Anfänger sehr einfach zu machen und zu jeder Jahreszeit köstlich.

Glasur:
Saft einer Zitrone
50 g Zucker (optional)

Kuchenmischung:
100 g mit Backpulver gemischtes Mehl
100 g weiche Margarine
100 g Streuzucker
2 Eier
geraspelte Zitronenschale

Ofen vorheizen auf 180 °C Ober-/Unterhitze, 160 °C Umluft, Gas Stufe 4, und eine flache Backform von 19 cm Durchmesser einfetten.
Schale einer Zitrone auf einen Teller raspeln.

Mehl in eine Rührschüssel sieben, gebt den Streuzucker, die Margarine, Eier und Zitronenschale dazu.

Rührt den Mix, bis der Teig leicht und fluffig und gut vermischt ist.

Gebt den Teig anschließend mit einem großen Löffel vorsichtig in die Backform.

Verteilt den Teig gleichmäßig und wischt die Seiten ab, falls er überläuft.

Schiebt den Kuchen mit Ofenhandschuhen für 15 bis 20 Minuten in den Ofen, bis er goldbraun und fest ist.

Halbiert die Zitrone und presst den Saft aus. Gebt den Saft in eine kleine Schale und mischt die kleine Menge Zucker darunter.

Wenn der Kuchen fertig gebacken ist, löst ihn mithilfe eines Glasurmessers aus der Form. Kippt ihn auf einen Kuchenrost zum Abkühlen.

Wenn ihr die Glasur mit Zucker wollt, gebt Zucker und Saft in eine Pfanne und rührt bei schwacher Hitze um, bis sich der Zucker aufgelöst hat. Gießt den Saft (oder Saft und Zucker) vorsichtig über die Unterseite des Kuchens und lasst ihn einziehen.

Falls ihr lieber Orange-Drizzle-Cake statt Lemon-Drizzle-Cake möchtet, ersetzt die Zitrone einfach durch eine Orange. Wollt ihr den Kuchen höher haben, verwendet die doppelte Menge an Zutaten und eine tiefere Backform. Die Backzeit verlängert sich entsprechend.

Ist der Kuchen abgekühlt, schneidet ihn an und genießt!

Floss' Chocolate-Brownies

Von Floss' vielen Brownie-Rezepten ist das ihr Liebling. Sie macht sie in einer Blechform der Größe 30 x 20 und 6 cm Tiefe. Manchmal legt sie die Form mit Backpapier aus, aber wenn sie es eilig hat, lässt sie es weg. Auch hier variiert die Temperatur je nach Art des Ofens, außerdem wollt ihr die Backzeit vielleicht variieren, um klebrigere Brownies zu erzielen. Denkt daran, dass diese Brownies noch weiter garen, während sie abkühlen.

375 g Butter mit Raumtemperatur
375 g dunkle Schokolade, wenn ihr es edel wollt
(ansonsten passt Kakao auch gut)
6 große Eier
1 EL Vanilleextrakt
500 g Streuzucker
225 g helles Mehl
1 TL Salz

Heizt den Ofen auf 180 °C Ober-/Unterhitze, 160 °C Umluft, Gas Stufe 4.
Fettet die Form ein oder legt sie mit Backpapier aus.
Schmelzt die Schokolade und Butter zusammen in einem Topf mit dickem Boden, bevor ihr ihn zum Abkühlen zur Seite stellt.
Verrührt die Eier mit dem Zucker in einer Schüssel und gebt den Vanilleextrakt dazu.
Siebt das Mehl in eine andere Schüssel und mischt das Salz darunter.
Wenn die Schokoladenmischung abgekühlt ist, schlagt die Eier und den Zucker darunter.

Rührt das Mehl unter und knetet die Masse, bis sie geschmeidig ist.

Gebt alles in die Backform und schiebt sie für etwa 25 Minuten in den Ofen. Schaut gegen Ende öfter nach, damit es nicht zu lange gebacken wird.

Wenn es fertig ist, hat die Oberseite eine helle braune Kruste, aber innen wird es dunkel und klebrig sein.

Lasst es abkühlen und schneidet dann Stücke daraus.

Floss' Bakewell-Tart-Blondies

Gehören zu Floss' Lieblingskuchen und sind meine Favoriten, weil ich die Marmelade liebe. Mmh, lecker!

- 250 g Butter
- 125 g weicher brauner Zucker
- 125 g weißer körniger Zucker
- 3 Eier (mittelgroß)
- 100 g gemahlene Mandeln
- 225 g Mehl mit Backpulver
- 200 g weiße Schokolade, in Stücken oder Splittern (optional, aber extra köstlich)
- 250 g Himbeermarmelade
- 50 g Mandelblättchen

Heizt den Ofen auf 180 °C Ober-/Unterhitze, 160 °C Umluft, Gas Stufe 4 vor.
Fettet eine Backform, 20 x 30 cm, ein oder legt sie mit Backpapier aus.
Gebt die Butter und den Zucker in einen Topf mit dickem Boden und verrührt alles bei schwacher Hitze, bis sich der Zucker aufgelöst hat.
Lasst die Masse anschließend zehn Minuten abkühlen.
Gebt die Eier dazu und rührt sie unter.
Fügt das Mehl und die gemahlenen Mandeln hinzu und rührt die Masse für eine kurze Zeit, bis sie dick und klebrig ist.
Gebt die weißen Schokoladenstückchen oder -splitter dazu und hebt sie unter.
Gießt die Mischung in die Backform und verteilt sie gleichmäßig. Tropft die Marmelade in Klümpchen auf die Oberfläche und drückt sie behutsam in den Teig.

Im Anschluss verstreut ihr die Mandelblättchen gleichmäßig auf die Oberfläche, dann backt ihr das Ganze 30 Minuten im Ofen, bis die Oberfläche sich zu wölben beginnt. Nehmt die Backform aus dem Ofen und lasst alles abkühlen, stellt den Rost dann in den Kühlschrank, ehe ihr mundgerechte Stücke schneidet.

Floss' M&M's-Cookies

Floss' zuverlässige Lieblingskekse, die auch zu meinen gehören. Es geht doch nichts über einen M&M's-Cookie!

125 g ungesalzene Butter/Margarine zum Backen
175 g hellbrauner Zucker
1 mittelgroßes Ei
1 TL Vanille
300 g einfaches Mehl
1 EL Maismehl
1 ½ TL Backpulver
½ TL Backsoda
½ TL Salz
400 g M&M's (oder Smarties)

Gebt die Butter und den Zucker in eine Schüssel und verrührt beides, bis es cremig ist.
Schlagt das Ei hinein, gebt die Vanille dazu und schlagt erneut.
Siebt das Mehl, das Maismehl, das Backpulver, das Backsoda und das Salz und verknetet das Ganze zu einem Teig.
Fügt die M&M's (oder Smarties) hinzu und rührt sie gleichmäßig unter den Teig.
Teilt euren Teig achtmal und rollt die Stücke in gleich große Bälle.
Kühlt die Teigbällchen im Kühlschrank eine Stunde (oder im Tiefkühler für 30 Minuten).
Während der Teig kalt gestellt ist, heizt den Ofen auf 200 °C Ober-/Unterhitze oder 180 °C (Umluft) vor.
Nehmt die Teigbällchen aus dem Tiefkühler/Kühlschrank, drückt sie flach und legt je vier auf ein mit Backpapier ausgelegtes Blech.

Backt die Kekse im Ofen für 11 bis 13 Minuten, holt sie dann heraus und gebt sie auf einen Kuchenrost zum Abkühlen.

Lasst die Cookies für eine halbe Stunde abkühlen (sie backen während dieser Zeit nach).

Dann lasst sie euch schmecken.

Man isst sie am besten frisch, aber sie halten sich ein paar Tage in einem luftdichten Behälter.

Love, Jane xx